十朝

貳部曲
奇道

卷五　龍韜豹略

高容 GAO RONG 作品

視草北來唐學士
擁旄西去漢將軍

遼　●皇都

燕　渤海

前晉　●幽州

●太原

歧　後

●鳳翔　●汴州

前蜀　長安

●成都　南平　●揚州

荊州　吳　●錢塘

潭州　吳越

楚

閩　●福州

大理

大長和

交趾　南漢　●番禺

●大羅

後梁勢力圖 公元 907-922 年

五代十國(後梁)勢力圖
公元 918-920 年

本書目錄以公元年為序號，章回名稱取自《李白詩選》

九一六・一

王城皆蕩覆・世路成奔峭

天祐中，汴將王檀率師三萬，乘莊宗在鄴，來襲并州。時城無備兵，敵軍奄至，監軍張承業大恐，計無所出，閱諸司丁匠，登陴禦捍。外攻甚急，金全遽出謂承業曰：「老夫退居抱病，不任軍事。然吾王家屬在此，王業本根之地，如一旦為敵所有，大事去矣。請以庫甲見授，為公備寇。」承業即時授之。金全被甲跨馬，召率子弟及退間諸將，得數百人。夜出北門，擊賊于羊馬城內，梁人驚潰，由是退卻。俄而石君立自潞州至，汴軍退走。微金全之奮命，城幾危矣。莊宗性矜伐，凡大將立功，不時行賞，故金全終莊宗世，名位不進。《舊五代史・列傳十三》

天祐十二年末，亦即大梁乾化五年冬，河東戰神李存勖與大梁百計名將劉鄩於莘縣對峙，已長達數月之久，始終僵持不下，雙方都為後續糧草的供應感到十分憂心。

梁帝朱友貞在派趙岩表達嚴重關切後，又連發數道敕旨催促發兵，劉鄩仍只回答需等待時機，還盼朝廷增援糧草，朱友貞氣得想把劉鄩調回來，劉鄩索性不理不睬，朱友貞不禁開始懷疑他想背叛自己，卻想不到叛變真的發生了，只不過主叛者並非劉鄩，而是至親兄弟！

劉鄩獨自承擔著大梁朝廷和河東大軍的雙重壓力，只能努力安撫軍心，加強訓練兵卒，然而雙方僵持的局面還遙遙看不到盡頭，他再怎麼心力交瘁，也只能咬牙苦撐。

這一日，劉鄩忙到深夜時分，才回到主帥營帳中，正打算休息，帳外又傳來稟報聲，竟是驛卒以八百里加急的方式連夜送來一封京城羽檄。

劉鄩心中掛念朝廷情況，一聽到有消息傳來，立刻出去迎接，待打開羽檄後，赫然見到信中寫了兩道重大消息，令他十分震驚，將驛卒打賞回去後，便將書信帶回主帥營帳裡，並未與眾將領討論。

羞兒見劉鄩神色凝重地回來，便溫柔地為他解甲卸衣，又打好熱水，準備服侍他洗漱後就寢，卻見他一直坐在桌案前，望著書信反覆閱讀，苦苦思索，不肯安歇。

羞兒柔聲問道：「朝廷來了什麼信息，教將軍如此憂心？」

王彥章走後，劉鄩但覺整個軍營唯羞兒一人是知己，也不瞞她，坦言道：「朝廷傳來兩則消息，一好一壞，壞消息是前幾日，康王居然派遣殺手行刺聖上！」

羞兒吃驚道：「康王不是聖上的親弟弟嗎？他怎能手足相殘？」

劉鄩道：「所幸龍體無恙，叛亂很快敉平了。」

羞兒接口道：「可是這麼一來，聖上受了驚嚇，心情就更煩躁了。」

劉鄩嘆道：「聖上從此再也不信任宗親，還將衡王、惠王、邵王等一干兄弟都幽禁起來。」

羞兒愕然道：「沒有叛亂的王侯也抓起來？他們不是親兄弟嗎？」

劉鄩又是一嘆：「聖上是未雨綢繆！」

羞兒最清楚他承擔著多大的壓力，柳眉微蹙道：「聖上對親兄弟都這樣，更何況是手握大權的將軍？」輕輕撫了他微現蒼白的鬢絲，輕嘆道：「聖上對這裡的情況肯定會失去耐心，將軍更辛苦了！」

「但還有一個好消息……」劉鄩拿出地圖，指著圖上城池緩緩解釋：「如今河東大軍都在魏博，晉陽兵馬稀少，連強將都沒有，只剩張承業這個老宦官帶著幾千士兵在防守，附近州鎮也沒有猛將，就連駐守汾州的八太保李存璋都不算厲害，他從前是李克用的貼身護衛，李克用自己武功太高強，根本不需要什麼護衛，李存璋最多就是鞍前馬後地服侍，後來李存勖繼位後，李存璋更多是在輔政，無論是武功或軍功，他都沒有多大建樹。」

羞兒道：「我知道！將軍先前曾率大軍進入太行山，就是看準晉陽城空虛，欲施『釜底抽薪』之計，將河東連根拔起，只恨天公不作美，一連下了十多天的雨，才功虧一簣，讓咱們陷入這般困境。」

「不錯！這好消息便是……」劉鄩微微一笑，道：「王檀將軍也看出晉陽城空虛，向聖上提出分進合擊的計劃，由他率大軍進攻晉陽，李存勖得到消息後，定要率大軍回援，我便可趁機奪回魏州，將魏博完全掌控住！」

羞兒實在忍不住了，一口氣道：「奇襲晉陽本來就是將軍的計策，上回失敗後，將軍還屢屢上奏，希望朝廷能夠支援，聖上卻聽信讒言，不肯發兵給糧，才弄致今日這等局面，如今王將軍奏報同樣的策略，聖上居然就准了，這分明是竊取你的軍功……」見劉鄩目光微微一沉，心知自己太多話了，連忙住了口，低聲道：「是羞兒僭越了，不該妄議朝政，也不該批評聖上，可是我……」還是忍不住又道：「真為將軍抱不平！」

劉鄩正色道：「這些話妳以後莫再說出口了！」

羞兒道：「我明白！聖上已經對將軍起疑，咱們絕不能行差踏錯，以免惹來殺禍，我以後會謹言慎行，絕不會再多說一句，只要默默為將軍辦事就好。」

劉鄩嘆道：「我讓妳別說，不是怕聖上疑心我。王將軍想出這個法子，再怎麼說，也是真心在為國家排憂解難，他並不像趙岩那幫小人只會攬權納賄、耀武揚威，而聖上終於同意出兵，也是好事。我雖然拒絕回朝，聖上也沒有處罰我，這一次甚至展現出體恤之意，派澶州刺史楊延直率一萬兵馬前來魏州，聽我調遣，還勉慰我說：『現在全國兵力都交托給將軍了，社稷存亡，在此一舉，期盼將軍能帶領大家努力作戰。』」

羞兒柔聲一嘆：「將軍真是心懷大梁，精忠報國，只可惜為小人所累。」

劉鄩道：「只要是對大梁好，眾將領能夠聯合起來，齊心打敗河東，我受一點委屈，有什麼要緊？聖上不過是誤信讒言，時日一久，他終會明白誰是小人、誰是忠臣！」又指著地圖上魏州、晉陽兩座城池，微笑道：「這次是咱們翻轉局面的絕佳機會，一旦李存勖聽到王檀大軍奇襲晉陽，無論如何，都只能帶著大軍回援，咱們便能趁機奪回魏州了！」

羞兒難得見劉鄩如此高興，也打從心底為他歡喜，道：「大軍分別從兩邊夾擊，無論李存勖選擇救哪一邊，河東都要蒙受巨大損失！」

「不只如此，」劉鄩精光一湛，道：「倘若我把這計劃透給契丹，耶律阿保機一定會趁機攻打幽、雲、蔚一帶，至少能牽制住周德威，不讓他南下相救，最好的情況就是河東在三方夾擊下，全面崩垮！」

「這的確是絕妙計劃！」羞兒笑道：「最重要的是，將軍終於可以出兵了！聖上和將士們再也不會懷疑你了！」

劉鄩深邃的雙眸湛出一道不同以往的亮光，彷彿那平靜的深湖終於掀起了濤浪，口中卻欲言又止，羞兒有如解語花般，立刻猜知除了三方夾擊外，他心中還藏有最深的一計，問道：「將軍的意思是機會來了？我提的那個計劃，要配合這次三方夾擊的時機來執行？」

劉鄩嘆道：「妳真是冰雪聰明！可惜太聰明的女子，總不能安心享福。」

羞兒柔聲道：「能為將軍分憂解勞，就是羞兒最大的福氣，」

劉鄩感動道：「我手下那幫兵將，沒一個比得上妳這弱女子能這麼體貼我的心思。」

羞兒問道：「將軍打算何時動手？」

劉鄩道：「我想過了，這件事派底下的人去執行就好，我實在捨不得妳去冒險！」

羞兒道：「小兵們做事粗糙，這麼重要的計劃，不能交給他們。幾個將領還要留在您身邊協助對抗河東軍，只有我去，才最能掌握情況！將軍憐惜我，不想我去冒險，但羞兒是最好的人選，只有我去，才最容易成功！」

劉鄩愛憐地望著她，問道：「妳有把握安全脫身嚒？」

羞兒柔聲道：「羞兒出身賣餅小家，若不是將軍給我和爺娘一方安身之地，只怕我們早就受到惡霸欺凌至死，我的心、我的命全是你的，我願為鄩郎拼死一試！」

劉鄩心中感動，輕握住她削瘦的雙肩，在她額上柔情一吻。羞兒心中激動，玉臉扉紅，幾乎要倚入劉鄩的懷裡，卻感到那雙有力的手微微顫抖，似乎在阻止自己進一步親近，瞬間她心中湧起無限委屈，美眸浮了淚水，低聲道：「夫人讓羞兒來服侍您，我也已經陪在您身邊那麼長的時日了，將軍……真不想要羞兒嚒？」

這句話就像一點破口，讓隨之而來的情慾海嘯，幾乎衝垮劉鄩好不容易築起的防線，他瞬間陷入萬分掙扎，以至全身都忍不住顫慄起來，經過幾度天人交戰，許久許久，他仍是深深吸了口氣，硬生生壓抑住內心的渴望，嘆道：「妳去歇息吧……」望著羞兒萬分失落的神情，美眸如梨花沾露，他心中一軟，幾乎要將她狠狠地擁入懷裡，但想到一旦嚐到神仙滋味，日後必是英雄氣短，日日沉溺於溫柔鄉中，再無心思打仗，他就不敢妄動。

大梁此刻還陷在危局裡，他不能棄家國於不顧，終於還是閉了眼，忍心不看她泫然欲泣的嬌顏，只握了她的手安慰道：「將來……有一天，等大梁蕩平北方，統一天下的那一天！我定會攜子之手，退隱山林，到那時，彈琴賦詩、朝夕相伴，與妳片刻也不分離。」

羞兒雖覺得萬分委屈，卻也習慣了他的克制，只能輕輕點了點頭，柔聲道：「將軍也安歇，羞兒這便回去了。」

馮道在金匱盟的幫助下，準時回到了魏州軍營，劉玉娘雖有些驚訝，卻沒有刁難，反而微笑稱讚：「大王常說馮巡官人很機靈，果然不錯！」

馮道見她先前還取笑自己沒用，只因成功送了一封信，就從「討巧」變成「機靈」，心中暗想：「這笑面虎翻臉跟翻書一樣，真是陰晴不定，讓人難以捉摸！難怪孔夫子要說『唯女子與小人難養也！』小馮夫子卻還要多加兩句：『女小人更難養，唯小飛虎可馴之，小馮子當避而遠之！』」這小飛虎自是指李存勖。

他心中胡思亂想，面上仍恭恭敬敬道：「為大王辦事乃是份所當為，卑職絕不敢延誤軍機。」抬起頭微微一笑，又道：「夫人曾說只要準時送了信，卑職就能見到大王……」

劉玉娘道：「大王還待在貝州，正與九太保商量攻城事宜，一時半刻不會回來。」

馮道見她無喜無嗔，聽不出是什麼心思，只好又道：「卑職可前往貝州，說不定能想出什麼點子來相助大王攻克城池。」

劉玉娘微笑道：「大王總說你鬼點子最多，我也很期待看你能想出什麼法子來？你這便去吧，相信大王會很高興見到你！」

馮道見她沒有阻攔，有些意外，心想無論她弄什麼玄虛，此刻還是以見李存勖為第一要務，歡喜道：「多謝夫人！卑職馬上出發，必竭心盡力為大王贏得勝利！」說罷即行禮告辭，片刻也不多留。

貝州刺史張德源縱兵擾民，河東軍主帥九太保李存審召集城外民丁挖壕溝，將整座城池包圍起來，不讓貝州兵出來，張德源堅守不降，雙方一直僵持不下。李存勖為激勵士氣，前往慰勞圍城的軍兵，此刻他正站在城寨的一座高坡上眺望敵情，李存審、元行欽及一眾將領集結在他兩旁，商討對策。

「啟稟大王，馮道馮巡官已到軍營等候，想求見大王！」一名親衛前來稟報。

李存勖一愣，隨即歡喜道：「他自己忍不住尋來了！」抬頭見天色漸晚，薄雪又開始飄飛，便道：「今晚本王要設宴慰勞大家圍城的辛勞，先回去吧。」

眾將領聽到大王忽然要宴請大家，都感到驚喜，一陣歡呼後，便簇擁著李存勖回營帳，只有李存審這明眼人才看出大王設宴，其實是為了迎接一個小巡官！

這晚宴就設在主帥營帳裡，雖不像在晉陽那般講究，能擺上鍋爐大鼎來細心烹調，但河東軍擅騎射，進入附近的山林打了十幾隻野禽，充做燒烤美食，再加上粟米粥、酪餅、蒸饃，數十罈烈酒，這麼洋洋灑灑地擺下來，倒也不寒酸。

李存勖坐在營帳最深處的主位上，身邊坐了兩名小將，他們軍階不高，原本不應坐在這個位置，卻因為蘆葦蕩一戰護駕有功，以貼身侍衛的身分排列在大王左右，正是夏魯奇和元行欽。馮道因為官階低微，被排在最末一個臨近帳門口的位置，與李存勖雖然打上照面，卻仍談不上半句話，只能遙遙相望。

李存勖心情特別歡快，與眾將領大塊吃肉、大口喝酒，玩鬧得十分厲害，時不時還偷眼打量宴席末端的馮道，想著他幾時會來跟自己敬酒，又要如何惡整他一下，才會不傷大雅，又能扳回面子。

馮道遠遠望著李存勖，見他滿臉意氣風發，對梁晉的僵局並不像張承業那般憂慮，不禁暗暗佩服：「無論戰事如何緊張，身子如何創傷，小李子永遠有自信，渾身都充滿活力！」他卻不知李存勖最近剛接收李嗣源十年的功力，自是元氣滿滿，活力充沛。

馮道想找一個合適機會過去敬酒，見元行欽就坐在李存勖身邊，頓時起了猶豫，兩人同為幽燕降臣，本該特別親近，但馮道心知元行欽為人狠厲，行事不擇手段，不禁心中一嘆：「小李子身邊有個劉玉娘，就已經夠麻煩了，想不到還多一個元行欽……唉！」

元行欽看見馮道，也有些意外，他原以為馮道已經死在牢獄裡了，想不到竟會在此相逢，他對軍權武功才有興趣，此刻他也已經伴在天下第一軍王的身邊，將來榮華富貴不知凡幾，對馮道這種孱弱文臣壓根就沒放在心上，以為他就是一個不得志的文士，不知找了什麼門路幸運地投靠到河東，撈了一個小官位混日子。

宴席上還有另一個舊識，便是掌書記王緘，他出身世家，乃是東晉王導宰相後裔，原本就瞧不起馮道這種憑著一點小聰明而上位的鄉下小子，兩人在大安山行刺劉仁恭事件中相識，後來王緘奉命前往河東討救兵，他借著馮道的計策被李克用賞識，從此留在河東。

老掌書記馬鬱原是幽燕劉仁恭的掌書記，潞州之戰時，隨監軍張居翰一起率軍前往晉陽，要共同對付梁軍。事後李克用將三萬燕兵盡扣留下來，因看重馬鬱的學問，便讓他擔任掌書記。王緘一投靠河東，立刻去拜在馬鬱門下，好有個熟識的大靠山。後來馬鬱年老退休，由盧質接任掌書記一職，盧質升官後，這掌書記一職便落在了馬鬱的學生王緘頭上，從此王緘更是目高於頂，面對馮道，他心中有幾分彆扭、幾分輕視，乾脆假裝不識。

掌書記一職與貼身親衛有相似之妙，品級雖低，卻最貼近大王，是許多文官搶破腦袋，甚至降級也想要爭取的香餑餑，而如今李存勖身邊一文一武的兩個紅位子，恰好被幽燕來的王緘和元行欽各自佔了，李存勖因此趁著微醺的酒意，便想調侃馮道來得太遲，故意提高聲音道：「新來的馮巡官，這次運來四萬石糧，夠咱們弟兄吃兩個月，你們說說看，能不能在兩個月內打敗劉老賊？」

眾將領齊聲歡呼：「在大王英明的帶領下，我們一定能打敗梁軍！」

馮道聽到李存勗故意點自己的名，又不直接對話，心知他是在等自己示意，連忙拿了酒杯，起身走到他面前，恭敬行禮道：「卑職參見大王。」

李存勗目含戲謔笑意，打量他兩眼，大聲道：「本王聽說你曾在劉守光底下當參軍，整理一些文簿，偶爾也出些主意，可是劉守光用了你的主意後，卻敗在本王手下，倘若你真有本事，為何不能力挽狂瀾？」

馮道恭敬道：「卑職出生於幽燕，早年投在劉守光麾下，乃是上天選定，天生自然，既食主之祿，自當為主分憂，我為劉節帥出主意，乃是恪守本分，後來他將我投入牢獄，我再也無法規勸他的作為，其後劉節帥如何發展，便不是卑職力所能及了。」頓了一頓，又道：「兩軍交戰，勝負成敗，常緣於天道、人心之所向。大王能得幽燕，乃是符合天道義理，德澤廣被，為萬民仰望，因此卑職一脫牢獄，便向大王奔來了！」

李存勗見他既不貶低舊主，又懂得適時吹捧新主，還暗示自己是盡忠臣屬，回答得面面俱到，但就是不肯承認自己先前拒絕英主的過錯，心中雖消了大半怒氣，仍不肯放過他，又道：「許多人一眼就看出劉守光是個二愣子，像元行欽、王緘一早就棄暗投明，偏偏你不識英主、愚昧頑固，以至落得牢獄之災，今日雖幡然醒悟，逃難過來，但本王已是猛將如雲、謀臣如雨，你這個小身板子，肩不能挑、手不能提，連喝酒也不能陪本王盡興，你有什麼本事可以待在本王身邊？」

馮道聽這意思，李存勗顯然還在氣惱自己不早些過來，心想：「看來他確實不知道劉玉娘命我送信，還派人殺我，但假借公公名義勾結趙岩，還有密函內容，他究竟知不知情？如果不知情，就是劉玉娘私通大梁，這事便太嚴重了！」又想：「但劉玉娘身為小李子最寵愛的夫人，實在沒有理由私通大梁……我須把這事查清楚，切莫打草驚蛇！」他腦中轉過千般想法，臉上只微微一笑，恭敬道：「卑職來得早，不如來得巧。」

李存勖聽他語氣，似早有準備，「哦」了一聲，饒有興致地問道：「如何巧法，你倒給本王說說。」

馮道朗聲道：「前日大王在漳水河畔的蘆葦蕩裡遭遇梁將王彥章……」

沒人敢在李存勖面前提這場敗績，想不到這新來的小巡官真不知死活，公然將這事在眾人面前朗聲說出來，李存勖臉色倏然一變，黑沉了下來，暗想：「這小子真是不肯服輸，非要教我難堪，瞧我怎麼修理他……」

卻聽馮道更大聲道：「那王彥章暗施詭計，又有大軍支撐，才得以偷襲大王一槍，雖然大王無關痛癢，但卑職怎能容敵人欺主？便苦苦思索方法要對付他。卑職初來乍到，若沒有奉獻一點功績，豈不是有負大王厚恩收留？幸好這幾日卑職已想到妙法，便趕著過來向大王獻計！」

李存勖暗中回憶與王彥章對戰的情形不下數百回，又不斷勤練槍法，越練越覺得就算當日兩人公平對決，自己恐怕也是失敗收場，他百思不得破解之法，才更覺得這是一件奇恥大辱，不願碰觸。今日馮道雖公然道破，卻巧妙地為自己保留了面子，還說有法子可解決，不由得大喜，連忙問道：「你真有法子？」

「其中奧妙，」馮道微笑道：「卑職只能說予大王一人知曉。」

李存勖見他懂得為自己隱瞞槍法奧秘，更加歡喜，連忙道：「你快過來！」

馮道快步走近他身邊，李存勖急問：「我要如何攻守，才能破他的槍法？」

馮道低聲道：「王鐵槍法乃是朱全忠專門研究來對付烏影寒鴉槍，所以無論大王如何攻守，短時間之內，都不可能破解。」

李存勖目光一沉，冷聲道：「你是什麼意思？難道我朱邪一族的神功竟不如狗賊的破槍法了？」

馮道說道：「先王武功天下第一，乃是世人公認，怎會不如朱賊呢？只不過王鐵槍法既是專門用來對付烏影寒鴉槍，大王要反制它便有些困難，不是短短時日可辦到。」

李存勖不悅道：「但你方才明明說有法子……」

馮道說道：「卑職的意思是大王何必親自出手？只要派一個人去對付王彥章即可。」

李存勖卻搖搖頭，咬牙道：「本王不親自打敗他，難消心頭之恨！」

他不肯派人去對付王彥章，除了想要親手消恨之外，還有一個顧慮，倘若派去的人真打敗王彥章，固然可喜，卻也表示那人比自己更加厲害，武功也比烏影寒鴉槍更高明，日後天下人便要說「李存勖號稱戰神，還不如自己的下屬」，豈不是要再丟一次面子？就算他暫時不能成為天下第一，也必須是河東第一！

馮道早就猜到李存勖過人的好勝心，微笑勸道：「這王彥章沒有朱賊撐腰，哪能使出什麼厲害槍法？但蓚縣一戰，朱賊御駕親征，一遇上大王的軍隊，就嚇得落荒而逃，回去後還大病一場，就此歸西，孰高孰低，不是早就分出來了？」

蓨縣一戰，朱全忠雖是敗在李存審手中，而李存審是李存勖的下屬，馮道將這功績歸於李存勖，也不算錯，至少也是李存勖用人得宜。李存勖聽他這麼一說，心中自是十分歡喜：「我勝過朱賊，朱賊又勝過王彥章，我自然是勝過王彥章了……」

馮道又道：「更何況，朱賊並非自己出手，而是訓練一個弟子出來，大王非要親自出手，豈不是自降身分去與朱賊的弟子相爭了？」

李存勖笑問：「那你說本王該怎麼辦，才能既消氣又不失身分？」

馮道微笑道：「大王應該也要收一個弟子，教他槍法，再讓弟子去打朱賊的弟子，這樣勝了也有面子，不是麼？」

李存勖原本黑沉沉的臉瞬間怒氣全消，喜上眉梢，道：「對！你說得對！朱賊能訓練一個弟子，本王也能訓練一個弟子！」

馮道說道：「只要大王的弟子能打敗王彥章，就代表你這個做師父的不只武功高強，就連教徒弟的本事也勝過朱賊！」

「你說得對極！」李存勖話一出口，立刻又覺得不對：「可我教出來的徒弟也是使烏影寒鴉槍，又如何能勝過王彥章？」

馮道微笑道：「王彥章使的也不是『不老神功』，而是朱賊融合對武道的領悟，自創的一套槍法。」

李存勖聞言不由得雙目放光，心中湧起了想要開派立武的想法：「我從來沒有想過要開創一套武學……」想到在創立《一葉落》詞牌、《陽台夢》曲目之後，再開創一套武功，從此多添一樁美名流傳千古，世人將更仰慕他的文武全才，心中歡喜難言，哈哈一笑道：「你提得好極了！」

馮道又細細解釋：「這名弟子人選十分重要，最好還是使槍、戟、槊這類長武器，對付鐵槍才不會吃虧，但自身的功法必須是全然不同派系，再融入烏影寒鴉槍的奧義，那便能融合兩家之長。」

李存勖打量了他兩眼，笑問：「蘆葦蕩那一戰是七哥告訴你的？」

馮道恭敬道：「都監很擔心大王的安危，便讓卑職想法子。」

李存勖點點頭，又道：「你既然早有研究，該是把我河東將領的本事都檢視過一遍了，誰最適合當本王的弟子，你心裡可有人選？」

馮道說道：「夏魯奇！」

李存勖最近與元行欽甚是投緣，原本心中人選是他，聞言不禁一愕，心想馮道並不認識夏魯奇，為何會推舉他，便問道：「為什麼？」

馮道說道：「此人對大王忠心耿耿。」

李存勖點點頭，道：「不錯！我烏影寒鴉槍的奧妙不可輕易外傳，必須是絕對忠義之人，夏魯奇在蘆葦蕩一戰冒死護衛，確實忠義，但元行欽也忠心耿耿。」

馮道又道：「元行欽使的是吳鉤，短不及長、輕不及重，無法對付王彥章的重鐵槍，而夏魯奇原本就擅使長槍，輕易能領會大王的教導。他的武功乃是自己在死戰中生成，完全不合武學規矩，再加上長槍短劍的胡亂搭配，正好可以打破王鐵槍法的規矩，讓王彥章應付不暇！他此刻輸給王彥章，是因為他的土戰法還不夠精致奧妙，只要大王稍加點撥、改革，他就能登上絕頂高手之列！」

這雖是以夏魯奇的功法所做的改革，但李存勖要對外宣稱是自己的創新，夏魯奇也不會說什麼，甚至會對大王的栽培感激涕零，也就是說這法子對李存勖而言，既不必親自冒險，又能挽回面子，還能名傳千古，李存勖歡喜得哈哈大笑：「你總是有奇思妙想，能符合本王的心意！」

眾人雖聽不見兩人談論對付王彥章的細節，但瞧他二人說話情景，再見到李存勖屢屢被馮道逗得哈哈大笑，便知道大王對此人青眼有加，心中真是既羨慕又嫉妒。李存審等見識過馮道本事的老人，卻是暗暗好笑：「大王一開始還想給馮巡官下馬威，才眨個眼，兩人已貼著臉說悄悄話，還哈哈大笑了，誰有馮巡官這本事？他總能化暴雨為春風，潤萬物於無聲。」

「報——」

正當李存勖興致勃勃，滿心想著如何開宗立派時，帳外忽傳來一聲急報，打斷了眾人的歡鬧。在李存勖的同意下，探子快步進來，恭敬道：「啟稟大王，我們得到最新消息，大梁匡國節度使王檀統合了河中、陝、同三鎮共五萬兵馬，瞧他們行進的路線，很可能直奔晉陽而去！」這河中最大藩主朱友謙雖已投靠李存勖，但周圍仍有一些州鎮隸屬於大梁，王檀收的河中兵便是來自於此。

眾將領一陣嘩然，七嘴八舌地說道：「梁兵又來一次，咱們得趕快回師救援！」

「上次劉鄩大軍離開，我們跟著回晉陽，魏博還能守住，可這次不一樣，劉鄩大軍還在這裡，一旦我們回去了，等於好不容易拿下的魏博就要放棄了！」

「這意思是對付劉鄩或王檀，咱們只能選擇一邊了！」

「當然是選晉陽了，晉陽有咱們的家小，是咱們的根基，無論如何都不能丟，難道眼睜睜看著他們被梁軍屠殺？」

梁晉仇深似海，一旦城破，就只有被屠滅的下場，眾人想到妻兒不保，再沒有興致吃喝，一雙雙眼睛都望著李存勖，只等他一聲令下，就要回營整軍，援救晉陽。

面對如此大的消息，李存勖卻十分鎮定，連眼睛也不眨一下，只沉吟道：「朱友貞這一著棋下得很不錯啊！正當我們還關注在東邊魏博的爭奪時，他已悄悄調集西南方的兵馬，準備攻打晉陽了……」

眾將領見李存勖還有閒心去稱讚對手，心中都佩服無已：「大王真是處變不驚啊！」

馮道離李存勖最近，清楚看見他的眼神，一點也沒有面對生死危局的不安，反而像猛虎看見獵物般，閃爍著熾烈的光芒，由此可見他絕非故作鎮定，而是打從心底有著強大的自信，馮道也不禁油然生出佩服：「小李子真是天生的戰神，聽到這消息，竟如此興奮……」不知為何，他總覺得有些不對勁，一時間又捉摸不到哪裡出問題。

李存勖問探子：「王檀大軍如今到哪裡了？倘若他的目標真是晉陽，我們有幾天時間可做準備？」

探子答道：「梁軍大多是步兵，剛剛出了『陰地關』，如果以日行四十里計，距離晉陽快則三天，慢則四天。」

李存勖抬眼望去，見眾將領激動焦急，心中一嘆：「這些人就沒一個能想出辦法，只會慌亂不安！」轉頭去問馮道：「馮巡官，你方才說你初來乍到，想要有所貢獻，本王就給你一個機會，你說這事該如何處理？救晉陽還是守魏博？」

眾將領聞言，心中都是一愣：「當然是救晉陽，這有什麼好選的？」又想：「這人是從幽燕來的，難保不會有私心，大王一定是故意考驗他，看他對我河東是否忠誠？」一雙雙銅鈴大眼如火炬般盯著馮道身影，似乎他一個答錯，團團怒火立刻就能燒滅他！

眾將領雖未出言，馮道自能感受到下方群情激動，心中也是不解：「這件事清清楚楚，小李子為什麼還要考問我？」他想不明白，只好據實以答：「卑職以為晉陽萬不可失。」

眾將領心中稍安，斂了怒氣，李存勖目光卻別有深意地打量馮道兩眼，笑問：「本王好不容易打下魏博，怎可放棄？這晉陽和魏博，本王都要！你有什麼法子解決這難題？」

眾人聞言，都急如熱鍋上的螞蟻，暗想：「只有短短三、四天時間，若要挽救晉陽，現在立刻起兵趕回去，都不一定來得及，大王居然還在琢磨如何兩邊保全？」

匆促之間，馮道忽然面對考題，確實沒有兩全其美的方法，想了想，道：「咱們的鐵騎疾如雷電，不如派一隊先鋒軍趕回去，打王檀一個措手不及，大軍再跟隨於後，以最快的速度化解晉陽危局，再趕回這裡，或許劉鄩還來不及奪下魏州，咱們仍有機會與之一爭。」

李存審也是善用計策的智將，聽馮道這麼說，心中暗暗稱許：「馮巡官所說，與我心中想法相合……」他正要出言贊成，李存勖卻是冷笑一聲，道：「王檀要出兵晉陽，肯定與劉郙通過聲息，劉郙好不容易等到這個機會，必會全力搶回魏州，怎可能錯失？馮巡官，你這法子行不通！」

馮道說道：「大王言之有理，卑職愚鈍，只能想出這法子。」

李存審按捺不住，道：「這法子雖不完善，卻已是目前最好的方法了。」

「最好的方法？」李存勖輕輕一哼：「我以為他能想出更好的方法呢，看來是本王期望太高了！」

馮道心想李存勖早有定見，便道：「讓大王失望，是卑職之過，但不知大王對此事有何指示？」

李存勖微笑道：「九太保和馮巡官都善用謀略，兩人還想到一塊去了，可本王偏偏不同意！這樣吧，咱們就打個賭，本王絕對有更好的法子解決這一危機！」

李存審與馮道互望一眼，心中恍然明白：「敢情大王還是為了好面子爭勝，才反對我倆的主意！」

馮道心中好笑：「小李子就想證明比我更聰明，更擅用計謀。」

李存審卻想：「蘆葦蕩那一戰，我責備軍兵以後不准再隨大王冒險，他心裡不痛快了……」

兩人只好恭敬道：「臣豈敢與大王打賭？」

李存勖笑道：「就小賭一番，尋個樂趣，有什麼關係？本王又不會要你們的人頭！」

兩人聽到「人頭」，心中「咯噔」一聲：「晉陽危急這麼大的事，大王完全沒當回事，只當是尋樂趣……」想到再爭辯下去，可能「人頭落地」，也不敢再出言相勸。

李存勖見他們眼中閃過一絲驚懼，越發得意，心中暗笑：「九哥成天管東管西，囉嗦得半死，這傢伙又自以為聰明，兩人竟還聯成一氣，想逼我回援晉陽，我不壓他們一回，他們倒分不清誰是大王了！」便道：「這賭注嘛，本王再想想。至於回晉陽這一趟，本王非但不會秘密行動，還要大張旗鼓、大肆張揚，最好弄得天下皆知，就讓王檀和劉鄩瞧瞧，誰是真正的天下第一戰神？他兩人就算聯手，也不是本王的對手！」

眾將領恍然大悟：「原來大王想以威勢嚇退王檀……」便高聲歡呼：「大王威名遠播，王檀肯定會嚇得屁滾尿流，早早滾回陝州！」

李存勖幾次奇兵勝戰，令眾將領對他言聽計從，並不會多想，只有馮道和李存審互望一眼，心中隱隱覺得奇怪。

馮道暗想：「既然王檀和劉鄩早就知道我們斷不可能放棄晉陽，定會出兵回援，小李子又何必大肆張揚？這似乎有脫褲子放屁之嫌……呸呸呸！我讀聖賢書，豈可想這粗俗字眼……」但心裡真覺得李存勖就是脫褲子放屁，只不過如今不知賭注是什麼，也不敢隨意出言反對。

李存勖對眾人的順從十分滿意，大聲道：「今晚先好好吃完酒菜，明日午時整軍出發！」

「是！」眾人齊聲答應，心想還有大把時間，便繼續飲酒作樂。

馮道看著眼前的情景，內心實在擔憂，尤其掛念張承業的安危，便走近李存勖身邊低聲道：「大王明日整軍出發，卑職願作馬前卒，連夜快馬趕回，搶先一步通報都監，讓晉陽軍民早做防範，等大王的軍隊到了晉陽，便能裡應外合地夾擊王檀。」

這提議既合情合理，又能搶得先機，李存勖卻是一愣，似乎完全沒想到馮道會說出這番話，衝口道：「你才剛來，便想離開嚒？本王還想留你在身邊……」話到一半，忽然止住，似乎覺得有什麼不妥，沉沉地望了馮道一眼，便不再說下去。

馮道不明白他為什麼不高興，好言解釋道：「大王本事通天，又有九太保在身邊協助，可晉陽城空虛，沒什麼厲害的守將……」見李存勖臉色依舊不善，便小心翼翼道：「大軍行進速度慢，卑職先快馬趕回去，大王有什麼指示，想怎麼內外夾攻，卑職都可以先報告都監，讓他做好準備。」

李存勖眼中閃過猶豫，似在考量什麼，又無法直言，半晌，才微微蹙眉，沉聲道：「如果只是傳消息，我派人回去即可，你不必跑這一趟。」

馮道說道：「探子只能傳消息，起不了什麼作用，但卑職不一樣，萬一王檀大軍先到了，卑職可以協助守城，不過三日時間，大王的軍隊就會抵達晉陽，到時卑職依舊可以陪在大王身邊出主意。」

李存勖聽他說的頭頭是道，實在沒有理由拒絕，只好答應：「好吧！你就先回去，通知都監小心防範梁軍。」

馮道連忙行禮道：「卑職即刻出發！」等不及宴會結束，便先行告辭，騎上踢雲烏騅，日夜兼程地趕回晉陽。

即使馮道馬不停蹄，仍耗去一天時間，才回到晉陽稟報情況，距離梁軍抵達也只剩兩、三天。張承業不由得大吃一驚，連忙召集眾臣一起想辦法。張承業當眾問馮道：「大王的軍隊幾時會到？你快給大家說說。」

馮道答道：「快則兩天，慢則四天，也就是說咱們只要支撐個一天，至少會有先鋒軍過來。」

節度判官盧質急問道：「如今軍兵大多去了魏州，城中也無大將，該由誰來主持戰事？」

放眼看去，殿中全是文臣，連一個帶過軍隊打仗，像樣的武將都沒有，張承業實在選不出人來，便道：「咱家先寫幾封急信給附近的州鎮主將，讓他們帶人過來。」

行軍司馬盧汝弼道：「可晉陽所有兵器才剛剛送往魏州，就連弓箭都匱乏。」此人是盧質、盧程的從叔，范陽盧氏世族老一輩的代表人物，文采斐然，在唐昭宗時期已登進士第，任祠部郎中，入士林名流。後來唐昭宗被朱全忠軟禁在洛陽時，盧汝弼擔心自己也遭殺害，便逃了出來，投靠李克用，如今除了輔佐張承業管理官吏考核除補，也兼任行軍司馬，主管軍械統籌。

馮道自告奮勇道：「卑職先召集城中工匠，趕緊砸鍋打鐵地鑄造武器，並且安排老弱婦孺排好隊伍，將造好的兵器、各種需用的物資，接力送往城頭。」

張承業又將其他工作快速分派好，讓眾臣各司其職，趕緊去辦事。

正當馮道忙得像打轉陀螺般，既要籌集軍器，又要召集百姓、安撫民心時，張承業再度召喚眾臣來到大殿，憂恨道：「沒有人會來！」

「什麼意思？」眾臣驚惶問道：「憲州、嵐州、忻州離得最近，都不肯派兵過來？」

張承業氣憤道：「他們懼怕王檀大軍，個個拿了一堆理由推拖，只想嚴守自家城門，不敢發兵營救！」

眾人聞言都驚呆了，急道：「那怎麼辦？梁兵就快到了，各州不來營救，只能指望大王的援軍了！」

張承業急問道：「大王的軍隊究竟到哪裡了？有沒有消息？」

另一個探子回報道：「卑職在瞭望台上一直盯著魏州一路，至今沒有瞧見任何兵馬奔馳的煙塵。」

「什麼？」馮道吃驚道：「我出發隔日，大王就啟程了，就算大軍行進得慢些，先鋒軍也應該快到了，怎麼會沒有半點影子？」

張承業擔憂道：「難道大王被劉鄩攔截了？」

「怎麼辦？怎麼辦？萬一王檀大軍直下晉陽，該怎麼辦？」一班文官搓著雙手，臉色蒼白地互相對望。

李存勖的姐夫、潞州觀察判官任圜道：「不如咱們再寫個急信報告大王！」

張承業道：「大王若能回來，絕不會撒手不管，他一定是遇了什麼難事，咱們只能自己想辦法！」

盧質道：「那就通知周總管……」

張承業道：「幽州遙遠，等不到周德威回來，更何況契丹虎視眈眈，他還得顧守北方！」望了眾人一眼，又道：「我先前已派人送八百里加急去潞州和汾州，只要撐持個兩日，二太保或八太保定能率兵過來！」

盧汝弼道：「可梁軍已在百里之內，以步兵速度，最多一天半就能兵臨城下，王檀有五萬大軍，咱們城中守備不足千人，還沒有坐鎮指揮的將軍，只怕連一天都守不上……」

盧程十分害怕，衝口道：「這裡太危險了，咱們先撤吧！等大王回來，咱們可以東山再起……」

「撤？」張承業氣不打一處來，破口罵道：「你想撤去哪裡？起草文書不行，算帳不行，逃跑你倒是搶第一！你從別的地方逃難過來，大王好心收留你，你不思回報主恩，一遇災難就想逃？你倒是說說，晉陽沒了、太原沒了，你還能逃去哪裡？」

盧程咕噥道：「王檀帶了大軍前來，怎麼抵擋？留得青山在，不怕沒柴燒，我說逃，也是為了大家的安危著想……」

張承業斥道：「大王養你們是做什麼呢？一個個坐吃等死，卻一點辦法都沒有！家國危急，事到臨頭就只想逃？你再說一個『逃』字，咱家就直接把你丟入柴火堆裡燒成灰！」又指著眾文官怒罵道：「臨陣脫逃，按軍法當斬！本都監絕不寬貸！」

盧程嚇得噤了聲，心中卻琢磨著怎麼無聲無息地逃。

張承業斂了怒氣，又問：「城中還有誰可主持戰事？有誰打過仗？」

盧質道：「真能打仗的，早就派去外地了！城中只剩安金全將軍了，他從前跟在周總管身邊，習練一身本事，後來年紀大了，又全身傷病，這才請求回家休養身子……」

任圜也附和道：「整座晉陽城只有他一人是真正帶過軍隊打仗，如今也只能請他出來統率大家了！」

張承業心中猶豫不決：「已經全身傷病，還能主持這場硬仗嚒？這豈不是要了他的命？」卻見一個鬚髮皆白的老將身穿戰甲，手持長槍支撐著病體，努力昂首大步地走近前來，正是安金全。

張承業見他臉色青白似鬼，關心道：「安將軍不是抱病嚒，怎麼來了？」

安金全行了一禮，朗聲道：「城中危急，末將雖然退居抱病，不任軍事。然晉陽是王業之根本，大王和眾將士的家眷都在城中，一旦被梁軍佔據，大勢去矣！請都監授我府庫兵甲，帶領大家抵禦賊寇！」

張承業感動道：「好！好！安將軍能出來主持，再好不過，咱家立刻下令一切軍兵物資都由你調遣！」

安金全強打起精神，召集城中所有壯丁準備守城，如此也不過再多湊數百名勇士，連同原本的士兵，連兩千人都不到，但他依然精神抖擻地為眾人打氣：「晉陽城牆堅厚，糧草充足，梁軍想破城，比登天還難！大家只要牢牢守住自己的崗位，來一個殺一個、來兩個殺一雙，等大王的軍隊一到，咱們就能出城反攻，內外夾擊，殺梁狗一個落花流水！」

眾兵齊喝：「我等謹遵將軍之命，必誓死守城！」

「急報！王檀大軍已到一里外！」城下探子騎了快馬奔來，手中高舉最緊急的紅色旗號，大力搖晃、大聲呼喊，話才喊畢，不遠處已傳來陣陣鐵靴踏破山河的震撼聲。

儘管安金全已在城頭佈好陣勢，全體士兵也有背水一戰、誓死如歸的決心，但真正看到城下數萬梁軍個個頭戴銀盔、身披重裝鎧甲，手持長槍，宛如一片黑壓壓的旋風狂捲而來，似乎一瞬間就能吞沒晉陽城的氣勢，晉軍們還是不由得膽顫心寒！

「殺！」王檀一聲令下，震天戰鼓擂起，梁軍瞬間衝湧而至，有如螞蟻雄兵般爬上雲梯，奮力砍殺，形勢凶猛、銳不可擋，儘管安金全讓士兵們倒火油、燒雲梯、射飛箭、丟石塊，仍阻止不了梁軍的攻勢，幾次都差點被攻破城樓、撞開城門。

晉陽軍以數百肉身抵擋不斷湧上的千萬敵軍，甚至眼目都來不及分辨，只能見敵就砍，如此咬牙苦苦撐持，可半日、一日過去，卻未見任何援軍到來，士兵們開始覺得氣餒，互相哀聲發問：「王軍不是兩日就到，怎麼不見半點人影？」「汾州軍呢？潞州軍呢？」

安金全見敵人已攻入羊馬城內，心中不安：「援軍再不到，軍心必垮，我得想辦法轉移他們的注意力……」見夜幕低垂，便去召集自己的兒孫、從前跟隨自己的子弟兵、城中退休將士這些有作戰經驗的人，道：「梁軍已怯，你們隨我出去大殺一場，以震敵心！」❶

眾人毫不猶豫，齊聲稱：「是！」便騎上戰馬，隨安金全趁著夜色漆黑，衝出北門。

安金全從前有「安五道」的名號，意思是他騎術、輕功皆十分精湛，來去如鬼影，從前跟在周德威身邊，憑藉這鬼魅凌厲的騎術，常令梁兵聞風喪膽。如今他身子雖病痛，騎術卻沒落下，騎在馬上殺敵，有馬身拖住他的病軀，反而行動更加自如。

安家子弟兵既師承於他，自也騎術精湛、輕功了得，跟隨他穿梭在梁軍之中，連連射出火箭，引起一片又一片火海，燒毀不少梁軍的攻城器械。

梁兵萬萬想不到晉軍竟敢出城衝殺，被這忽來的火海嚇得倒退十數丈，將城門口清出一片空地，登時緩了攀城攻勢。

安金全見危機暫解，便藉著火海阻隔，帶領子弟兵迅速退入城門裡。城樓上的晉兵見安金全如此厲害，一時士氣大振，大聲歡呼，更奮勇殺退仍在登城的梁兵，暫時忘了王軍未到之事。

梁軍主將王檀也是一名經驗豐富的老將，心知李存勖的大軍很快就會趕來，倘若能搶先佔據晉陽，劉鄩又趁機奪回魏博，那麼李存勖拖著七萬兵馬無處可去、無糧可依，立刻就會崩垮，因此這一次他不但志在必得，更要趕在李存勖抵達前搶下晉陽，否則會橫生變數：「只有兩天！兩天之內必須攻下晉陽！」

他緊急指揮梁兵撲滅城門火海，又開始發動新一波強攻，無論河東軍多強悍，抵擋多激烈，他仍命傳令兵不斷鼓吹號角、急擂戰鼓、猛揮旗幟，發動一次又一次狂風暴雨般的強攻，絕不讓晉陽兵有一絲喘息的機會：「我士兵多，萬人打百人，累也累死他們！」

安金全每每看到守兵們快要支撐不住，總是不顧病體，率騎兵奔出城門，放火箭大殺一場，燒毀敵人的攻城器具，又旋風而回，好讓守城的士兵能稍喘口氣，可他自己回來後，總劇咳不止，甚至咳出血來，卻仍強撐著傷體登上城樓督戰，一刻也不敢歇息。

遲遲不見李存勖的兵馬，城內也瀰漫一股風雨欲來的氣氛，眾臣心中越來越不安，便集結起來去問張承業。

盧汝弼道：「汾州距離最近，只一日行程，都監送了急信過去，難道八太保也裝聾作啞，不肯過來？」

不過短短幾日，張承業原本蒼白的臉色已累成慘白：「契丹趁機攻打蔚州，八太保還來不及接到咱家的急信，就先趕去蔚州處理，如今汾州那邊已派人去通知他了。」

眾人聞言，心中震驚：「這分明是劉鄩傳消息給契丹，打算三路夾攻，難道天真要亡我河東？」

盧程忍不住害怕，衝口道：「等八太保回來，晉陽早就完了！」話才說完，便遭張承業狠狠一個白眼，斥道：「你快去巡城，看有什麼缺補，再不然，就上城樓殺兩個敵兵！別在這兒廢話，你再多囉嗦一句，咱家就治你擾亂軍心之罪！」

盧程委屈巴巴地望了盧汝弼和盧質一眼，見兩人臉色鐵青，也不敢為自己爭辯，只好摸摸鼻子低垂著頭，灰溜溜地走了。

任圜連忙又問：「二太保也沒動靜麼？」

張承業沉聲道：「潞州乃是重鎮，當初好不容易才搶下，大梁一直虎視眈眈，二太保恐怕不敢輕易調兵出來！」又道：「今日我召集大夥兒過來，便是要你們知道，即使身為文臣，也要有為保護晉陽子民，犧牲死戰的決心！」

眾文臣一片惶然，正面面相覷，不知該不該稱「是」時，外邊卻又傳來盧程的急呼：

「都監，不好了！」眾文臣被他喊得更加忐忑，盧質和盧汝弼互望一眼，臉色越發難看：「這傢伙再這麼找死，咱倆也護不住他了……」

卻見盧程匆匆奔來，急向張承業報告：「方才我去巡城時，見到當初隨賀德倫一起投降的親兵，眼看城中危急，不思幫忙，竟想逃回梁軍那邊，還殺傷咱們搬石塊、箭矢的婦孺！」

張承業怒不可遏，咬牙道：「咱家早知這幫梁賊不可信任，大王當初就不該饒他，亞子還是太心軟了！」又對盧程道：「把賀德倫和他的親兵全捉起來！立刻斬了，一個都不能留！」

盧程一愣：「全斬了？那賀德倫不是大王親封的大同節度使麼？他並沒有隨手下人造反……」

張承業怒道：「蠢材！等他造反就來不及了！」又對盧汝弼道：「你去處理這事，大王有什麼責問，咱家擔著！」

盧程一向認為張承業就是個溫軟的老宦官，犯了錯，頂多挨兩句罵，此刻忽然見識到他殺人不眨眼的一面，嚇得不敢再說，只趕緊隨盧汝弼離開。

正當張承業忙著防止內部動亂時，馮道每隔一段時間就奔去瞭望台問守兵：「看見大王的軍隊了麼？」一次又一次，總是得到失望的答案，他越等越擔心：「小李子究竟發生什麼事了？難道他再次中了劉鄩的詭計，大軍被困住了？」

梁軍攻城兩日，城頭上已堆滿屍體，連清理都來不及，晉軍無論怎麼以一抵十，安全全怎麼捨命護城，梁兵仍是蟻聚蜂攢地湧上城頭，軍陣排列得遙遙不見邊際。

「從我出發到現在，已近五天了……」馮道心中湧上百般思緒，想了各種可能，都解釋不了為什麼王軍還未到：「難道小李子真的遇難了，倘若真是這樣，就太糟了！可……」他從天星圖象裡明明看見李存勖將成為下一任天下共主！

晉兵無人可替，日夜不停地揮殺兩天兩夜，連眼也沒闔，飯也來不及吃，就是鐵打的身子也受不了，許多士兵身上傷血交加，氣力耗盡，開始精神恍惚，甚至在對敵時，自己一個不慎，就摔下城去，又或是已明明抵擋住對方刀刃，卻因為氣力不濟，仍支撐不住，命喪敵手。

安金全眼看情況不妙，便下了城頭，趕去問張承業：「梁軍日夜進攻，我軍不過千人，就算勇猛能敵，但無人替手，累也累死，這該如何是好？大王的軍隊究竟到何處了？」

張承業道：「咱家方才得到消息，援軍在半路上遭遇梁賊阻攔，稍有耽擱，再過半日便到了！」

安金全一咬牙，道：「看來末將只好再出去拼殺一場了！」便轉身離去，再度執槍上馬，準備出城衝陣。

馮道剛指揮完兵器補給，正趕往城頭想幫忙禦敵，遠遠聽見張承業、安金全兩人對話，連忙快步奔近張承業身邊，低聲問道：「我剛剛從瞭望台回來，並未瞧見任何王師回來的煙塵，公公如何知道大王快回來了？」

張承業兩眼滿佈血絲，目中含淚，顯然已是心力交瘁，哽咽道：「咱家是騙他們的……」

馮道「啊」了一聲，急道：「我瞧安將軍已經體力不支，怎能再去衝陣？我去叫他回來！」

張承業望著前方黑沉沉的夜色，忍不住潸然淚下：「回不回來都一樣，你以為安將軍不知道麼？除非真有奇蹟出現，否則再過半日，城就守不住了……」

「碰碰！」說話間，城上接連掉下兩名精神不濟的士兵，在兩人面前摔得面目全非、形如爛泥。

馮道雖看過無數戰爭傷禍，望著因疲累而摔死的士兵，心中仍感到震撼，因為他明白張承業話裡真正的意思：「這幫傷兵最多只能再支撐半日，就算不被敵人殺死，也沒有力氣作戰了，晉陽將亡，城中老弱婦孺無一能倖免，安金全死在城外或城內，其實也沒多大差別，他去衝陣，至少還能保有一個將軍但願戰死沙場、馬革裹屍的尊嚴……」

話才說完，遠方忽然傳來梁軍的嗚嗚號角聲，那聲音不同以往，十分短促，一聲催過一聲，逼得人非常緊張，晉兵眼看千萬敵兵向城樓衝殺過來，都想：「看來梁軍真要大舉強攻了，我們無論如何是抵擋不住了……」積累許久的情緒再忍不住爆發開來，有人瘋狂吶喊，有人大聲嚎哭，天地彷彿只剩一片絕望的漆黑、殘忍的血紅和軍兵哀嚎聲，幾乎再看不到半點希望。

「完了！」張承業、安金全、任圜、盧汝弼、盧質、盧程等文臣武將各在一方，卻同時雙眼一閉，心痛得落下淚來：「河東真的完了……」

「不對！不對！」當所有人都萬分絕望，只有馮道還堅持著心中的一點信念，相信河東不會崩垮：「我明明察看過天星圖譜，小李子絕不會就此敗亡，公公此刻也不會身死，可為什麼會這樣……」望著城頭一個個倒落的晉兵，搬武器上城樓被射殺的老弱婦孺，還有正衝湧過來的梁軍，心中不禁淒寒：「在天星圖象裡，強者的星子光芒耀眼，容易察看他們的命運，而這些平凡百姓的命運如螻蟻般，一瞬間大把大把消逝，即使在星圖裡也毫無痕跡……」

忽然間，一道閃電射穿陰鬱的長空，接著響起轟隆隆的雷聲，震撼著兩邊軍心，人人都知道生死在此一決！

同時間，馮道心中也像劃過一道電光，照亮了李存勖臨別時最後的眼神和話語，令他內心升起一絲顫慄，噗咚咚如擂鼓：「小李子曾跟我打賭，說有更好的破敵計，究竟是什麼？當時我說要趕回來報訊，明明合情合理，他為什麼不肯答應？明明我只離開三日，他就會率大軍回晉陽會合，他為什麼不高興，還要強留我在魏州？他對我這般依依不捨，會不會太抬舉我了？」不知為何，在晉陽即將城破，河東即將崩垮之際，他竟想起這些無關緊要的問題！

大雨如洩洪般，瞬間嘩啦啦地傾盆落下，使梁軍攻城變得困難了，但更困難的是竟有幾隊黑衣騎兵像飛矢利箭般，一下子從四面八方穿入梁軍之中，揚弓掃射、馳突斬擊，來去如神！梁軍眼看破城在即，完全沒想到會有敵人從後方突襲，一時間反應不及，被衝撞得陣式大亂！

此時安金全正好率領子弟兵衝出北門，遠遠瞧見梁軍中竟有黑色旗幟飄揚，連忙凝目望去，這才看清那軍旗上寫了「潞」字，激動得大喊：「潞州援軍到了！昭義侍中大軍到了！二太保到了！弟兄們！殺啊！殺啊！」晉軍一陣激動，不顧血淚交織、雨水滂沱，盡爭先衝鋒，誓要殺退來敵。

梁軍忽然聽到「二大保、昭義侍中大軍」，以為二太保李嗣昭親率大軍前來，嚇得一陣混亂，甚至自己互相衝撞，彼此踐踏。王檀心知梁兵一旦受了驚嚇，就會潰不成軍，一邊運功大喊：「沒有潞州大軍，只有五百騎！只有五百騎！殺了他們！」一邊極力指揮梁軍歸隊。

原來二太保李嗣昭聽說晉陽被襲，因潞州也是重鎮，他實在不能親領大軍出城，便派牙將石君立率五百精騎前來救援，石君立清晨便領兵出發了，王檀得到消息，立刻派人去「汾河橋」攔截，雙方經歷一番激戰，石君立殺盡梁兵，率隊衝過汾河橋，一路直奔晉陽，抵達時已是深夜，蒼天又下大雨，掩飾了他們的蹤影，因此正在攻城的梁兵渾然不知後方有敵人來襲，才被攻個措手不及，可就這麼一個輕忽，梁軍在安金全和石君立的夾殺之下，已死傷數千之眾！

梁軍驚魂甫定，正想著要不要歸隊繼續作戰，還是就此逃離戰場，遠方卻又傳來一陣鐵蹄奔馳聲，接著一道吶喊聲在狂風暴雨中響起：「不只有潞州大軍，還有我汾州大軍！梁狗已經落入陷阱，被我們重重包圍了，兄弟們殺啊！殺啊！一個都別讓他們逃出去！」

梁軍聽到這喊聲竟然能在千軍萬馬、風嘯雨驟聲中傳出來，可見其人內力深厚，絕不是泛泛之輩，心知對方真來了個大人物，並非虛張聲勢，再不顧一切嚇得拔腿就跑。晉軍這邊卻是士氣大振，連聲歡呼：「八太保來了！不只有二太保，八太保也帶大軍來了！」

王檀原本勝券在握，怎知李存勖沒來，卻相繼來了潞州軍和汾州軍打亂了一切，他心知對方根本沒有那麼多軍兵，急得一連串大喊：「沒有潞州大軍！沒有汾洲大軍！誰敢逃？軍法處置！」

風雨熄滅了火把，暗夜模糊了視線，梁軍環顧四周，盡是黑影幢幢，彷彿真有千軍萬馬把自己包圍起來，耳中聽見盡是敵人歡呼聲，王檀的號令混在其中，一下子就被淹沒了，梁兵再不管死罪威脅，拼命奔逃，生怕落了人後，一如往常地，梁軍只要士氣一潰，便是一瀉千里。

「完了……」王檀看著梁兵像洪水般奔流而去，一咬牙，憾恨道：「撤！」只能一邊殺敵，一邊率親軍暫時退出羊馬城外。

張承業、馮道從城頭匆匆奔下來，出城去迎接正要收兵回城的安金全，忽然一道身影閃過，竟是盧程搶先一步抱住安金全，哭得唏哩嘩啦：「老將軍，咱們這一回能活命，全依靠您了！」

「盧判官……這……呃……」安金全是直性子的老將，可不適應他這般哭膩膩的擁抱，一時有點手足無措。

張承業連忙上前，笑著拉開盧程，道：「安將軍對敵人眉頭都不皺一下，對咱們自己人，卻沒有辦法！」又道：「這一回你抱病抗敵，保住晉陽，實是居功厥偉，咱家真要好好謝謝你。」

張承業身分、輩分都比安金全來得高，讓他說出一句感謝，實屬不易，安金全連忙行禮道：「保家衛邦乃是末將的本分，幸有都監指揮，馮巡官支援，晉陽才能化險為夷。」

馮道聽安金全提及自己，連忙上前一步，無意間將盧程微微擠到了更外邊，道：「下官不敢居功，還是將軍最辛苦，功勞最大！」

張承業被馮道這兩句話提了醒，連忙對安金全道：「你身子不好，這般勞累只怕會落下病根，你先回去好好休養，日後咱家一定會向大王奏報將軍的功勞。」

安金全聽張承業要為自己提功，大王必另眼相看，不只可得豐厚賞賜，說不定還能加官晉爵留給子孫，一時激動難已，歡喜道：「多謝都監……」一句話未說完，再支撐不住地昏了過去。

「安將軍！」眾人齊聲驚呼，安氏子弟連忙七手八腳地將他抬回去。

盧程覺得這一仗自己也是忙裡忙外，勞苦功高，卻被眾人冷落，還被一個小巡官排擠在外，實在心有不甘，此時見李存璋收軍回來，連忙笑臉迎上，大聲歡呼：「這一仗全賴八太保主持，才能保得大家平安！八太保可是解救晉陽的大英雄！」他正想親近一番，卻被張承業當頭潑了一大桶冷水：「你別在這兒瞎攪和了！趕緊去找金瘡醫師救治安將軍，順便安排宴席犒賞有功將領，還有差人去慰問士卒、安頓百姓，這麼簡單的事你總會吧？別再搞砸了！」

盧程平白被當眾數落一頓，甚覺難堪，但面對張承業，也不敢反駁，只能垂首領命而去，心中卻氣沖沖地懷恨上馮道：「這點小事，教那個小巡官去做便是，怎能勞動我范陽盧氏子弟的大駕？」

李存璋是個沉穩內斂之人，對盧程的歡呼沒有驕矜自喜，反而下了馬，快步過去向張承業致意：「我得到大王的消息，本該盡早回來，可蔚州那邊忽然來了急報……」

張承業蹙眉道：「契丹那邊處理得如何了？」

李存璋一邊下令大軍入駐晉陽，一邊與張承業併肩而行，解釋道：「耶律阿保機忽然派兵攻打蔚州，周叔叔還要顧守幽州，抽不出兵馬來，我只好趕緊過去處理，那契丹將領眼看討不了便宜，就派使者來勒索財物，我心裡掛念大王的吩咐，不想與契丹糾纏，又不能輕易答應他們的勒索，乾脆先把契丹使者關押起來，拖延一段時日。幸好梁軍退去了，我還得趕回蔚州去處理這事，以防耶律阿保機氣惱之下，還有什麼動作。」

馮道一直跟在張承業身邊，隨兩人入城，聽到這裡，再也忍不住，問道：「八太保，卑職有一事想請教。」

多年不見，馮道又換了一身河東官服，李存璋在匆促混亂間，並沒有認出他來，見一個小巡官竟敢插口兩人對話，張承業也不以為忤，這才定睛瞧去，驚喜道：「你是馮小兄？」

馮道連忙堆了燦爛笑臉，道：「是！正是我！我現在是河東馮巡官！職位太低，不敢與八太保稱兄道弟。」

李存璋哈哈一笑：「你來了！太好了！大王肯定很高興！」又道：「你想問什麼？」

馮道問道：「八太保前幾日便去了蔚州，因此錯過都監的求救信，那麼你又如何接到大王的指示？」

李存璋笑道：「大王不愧是戰神，將劉鄩、王檀這幫梁將的心思捉摸得十分清楚！稍早之前，他便差人告訴我，劉鄩曾想謀奪晉陽，只因天雨才失敗，梁兵必會捲土重來，而且很可能是傾盡全國之力，兵分兩路，既要晉陽，也要魏州，因此要我整軍待發，時刻警醒。可偏不巧，大王書信才到不久，蔚州那邊就出事了，我心想梁兵攻晉陽一事，只是大王的猜測，並未屬實，而蔚州之事卻是十萬火急，我便率一隊兵馬趕過去，先行處理，但我心中掛念晉陽安危，也不敢久待，便先跟契丹使者周旋著，幸好趕得及回來，否則為了一個蔚州，丟了晉陽，便要釀成大錯了！」

張承業笑讚道：「大王對於戰機的掌握確實厲害，幸好你也行事沉穩，沒有非要跟契丹拼個你死我活，真是天祐我河東！」

「不對！」馮道聽著兩人的對話，臉上的笑容不禁僵硬了，胸口彷彿被大鍾擊中：「小李子一早就猜到大梁會再次攻打晉陽，因此在王檀發兵前，已指示八太保要隨時待命，所以那日他才會胸有成竹地與我們打賭說他有更好的計策，因為他相信八太保能護住晉陽城。但八太保只有幾千兵馬，未必擋得住王檀數萬大軍，只能拖延一陣……對了！小李子的用意就是讓他拖延到大軍回來，可為什麼直到現在，他還沒回來？」

張承業見他神思恍惚，喚道：「傻小子，想什麼呢？」

馮道恍若不聞，滿心只專注在整理思緒：「劉鄩既號稱百計，眼看王檀出兵攻打晉陽，難道只會配合夾擊，把頭號戰功白白拱手讓給王檀？他肯定要抓住機會，再多施什麼詭計，好一舉滅了河東！」念想及此，已覺得大事不妙，急道：「公公，八太保，卑職得先趕回魏州！」說罷也顧不得行禮告辭，便轉身奔去騎他的踢雲烏騅。

張承業先前太緊張，現在又太歡喜，竟忘了李存勖還沒有回來解救晉陽，聽馮道語氣驚惶，才猛然想起此事，連忙大喊：「無論如何，都要保護大王安全啊！」

這一場惡戰從深夜打到了清晨，晉陽數度危急，直到梁兵潰逃，李存璋率數千軍兵入駐，城中才算安定下來。

王檀見此戰已功虧一簣，心中憾恨難已：「只差那麼一點……」索性領親兵在城外大肆劫掠百姓，發洩夠了，方始回師。

（註❶：羊馬城：在晉陽城外又築了一圈防御工事，又稱「羊馬垣」。）

九一六・二　秀色空絕世・馨香為誰傳

劉鄩遣卒詐降於晉，謀賂膳夫以毒晉王。事洩，晉王殺之，並其黨五人。《資治通鑑・卷二六九》

卻說那一日，李存勖得到晉陽危急的消息，隔天便從貝州返回魏州，一如他原先的計劃，在城中大肆閱軍，接著便帶領數萬大軍出城，只留下李嗣源率一小隊橫沖都防守魏州城池。

河東大軍浩浩蕩蕩地出發，才走到元城西側，李存勖忽然下令：「全軍轉入城外西邊的太行山裡！」待走一小段路後，見四周山石高聳、林蔭茂密，足以遮蔽大軍行蹤，又下令：「全軍就地紮起簡單營帳！」

兵將們雖有些訝異：「我們不是要回晉陽嚒，怎麼在山裡紮營了？」但向來習慣服從大王的命令，並沒人敢發出疑問，只安安靜靜藏在山林裡，就像當年奇襲潞州夾寨般，他們耐著性子等待啟程的指示，可一日一日過去，眾人都擔心晉陽家眷的安危，漸漸地，開始流傳著一些微詞。

李存審也忍不住了，大步來到這座臨時搭建的主帥營帳，卻遇見負責守衛的元行欽橫槍攔阻：「大王正在休息，九太保有什麼事？」

李存審心中一愣：「亞子勇壯如虎，這緊要關頭，竟然在大白天裡休息？」他感到事情有些不對勁，還來不及開口問話，元行欽已道：「若真有急事，也必須等我進去通報，大王願意召見，才可進去！」他昂首瞪望這位年逾五十、戰功彪炳的大將，沒有絲毫畏懼之色，無形中已流露出挑釁意味。

李存審於二十三歲投靠李克用，被收為義子，那一年李存勖剛好出生，李克用歡喜之餘，不但讓李存審掌管義兒軍，就連他打仗受了傷，也常常親自為他療傷，日夜關照。李存審等於是看著李存勖長大，因為年長許多，與李嗣源一樣的心情，特別愛護這個幼弟，萬萬想不到兩人做了三十年兄弟，要見一面，卻被一個新收的低階護衛刁難，若是其他太保如李嗣本那等急性子，遇見元行欽這囂張態度，肯定二話不說，就先暴揍他一頓，但李存審天性豪邁，不計小怨，又聰明機敏，已嗅到一絲不尋常的意味，為顧全大局，便不與元行欽計較，只道：「你便進去通報吧！」

元行欽轉身進入營帳，雖未說任何話，但英眉飛揚、神情驕傲，彷彿在說就連十三太保也得先看他的臉色，才能見到大王。

李存審望著元行欽高大挺拔、朝氣勃勃的背影，告誡自己：「大王軍權越來越大，必須建立制度才能管束眾人，總不能放縱我們這幫老兄弟不守法度，這傢伙只是在奉公執法，你有什麼好介意的？」又想：「我們這幫兄弟老的老、逝的逝，屬於十三太保的時代終究會過去，難道大王還能一直倚靠我們？他身邊勢必會有越來越多的年輕猛將……」想到此處，不禁輕輕一嘆：「只盼我們這幫老人走了之後，大王還能明辨善惡，不受小人迷惑！」他還沉浸在自己的感慨中，元行欽已經出來，道：「九太保請進。」比起方才，語氣中多了一分恭敬，顯然李存勖雖不耐李存審的嘮叨，聽到他前來，還是歡喜相迎。

李存審不再理會元行欽，大步走進營帳內，李存勖明知他為何前來，仍笑問：「九哥怎麼來了？」

李存審行禮稟報道：「大王，晉陽情況危急，士兵們都擔心城中安危，我來請示大王打算何時啟程，好讓大家事先準備。」

李存勖取笑道：「本王不是和你打了賭，必有退梁妙計！九哥又著急什麼？怕輸得太慘嚒？」

李存審心中嘆了口氣：「亞子真是太好強了！」正想開口勸說，李存勖已看出他的憂慮，笑道：「九哥莫再嘮叨了！我又不是小孩子，做事自有分寸，上次是劉鄩太狡詐了，我才會中他的詭計，這次我定要連本帶利地討回來，你等著看好了！」

李存審被搶白一頓，只好把口邊的叮嚀吞回去，好言道：「大王既有神計妙策，願不願分享給九哥聽呢？」

李存勖聽他語氣放軟，不再囉嗦，得意道：「好吧！這事是該說給你們聽了！你先教人去城裡喚大哥一起過來用膳，咱們三兄弟一邊吃一邊聊，不只如此，今晚本王還要給將士們多添一袋乾糧，讓大家好好吃一頓飽，明日才有力氣打仗！」

李存審雖覺得奇怪：「我們還未回晉陽，明日跟誰打仗？」但見李存勖胸有成竹，又願意討論戰略了，也不再囉嗦，便退出主帥營帳，先派人快馬回去魏州城，通知李嗣源過來，又通知派糧官，讓士兵們加糧吃飽。

長途行軍時，一般士兵吃的是隨身攜帶的糜餅乾糧，軍官能開小灶，用自己攜帶的陶甕煮粟粥，偶爾能配上肉乾，李存勖則有專門的伙夫在一座獨立的小帳篷裡準備餐食，但吃得也簡單，仍是烤餅、粟粥、肉乾之類的。倘若軍營駐在山林河畔，行程不緊張，士兵們會偷空去打獵、捕魚、採野菜，也能開灶煮粥，加點新鮮肉食蔬果。但這次李存勖帶大軍隱藏在山林裡，卻禁止炊煮，只讓兵將們隨身攜帶數日份的乾糧。

這大軍其實就藏在魏州舊城附近，李嗣源得到通知，十分驚訝：「大王竟率大軍藏在山林裡，並沒有回去晉陽？」他感到事態嚴重，立刻快馬趕去太行山，不到半個時辰，已來到軍營處。

李存審站在營寨口等候，見他滿臉疑惑，只無奈地搖了搖頭，道：「我也不知大王弄什麼玄虛！」

兩人一起來到主帥營帳，元行欽依舊態度嚴謹地守在帳外，見到李嗣源，心中有些彆扭，目光沉沉地向兩人行了一禮，卻不知還要說些什麼，倒是李嗣源態度大方，拍了拍他的肩頭，道：「既然跟了大王，日後定要全力護衛他的安全！」元行欽默默點了頭，連一句「義父」也喚不出口，李嗣源也不在意，便和李存審相偕進入帳中。

此時晚膳已備妥，李存勖一見到李嗣源，立刻來了勁，因為這個大哥總是全力支持自己，到時兩人就可一起說服李存審這個老頑固，遂興沖沖地招呼：「兩位兄長快坐下！咱們好久沒有這樣聚在一起歡快用餐了！」

兩人見他在這緊急時刻，居然放下大王架子，想一敘兄弟情誼，都面面相覷，感到有些不安。

李存審暗想：「河東已到了生死存亡的關頭，亞子居然不思救援，還有閒情逸致敘情？

從前他再大膽不羈，也不至於貪歡享樂，忽視先王基業，今日到底怎麼了？難道是因為知道河東將亡，索性與兄弟們痛快飲酒，瀟灑訣別？」

李嗣源雖然排名老大，但他性情比李存審更沉默內斂，也更清楚自己的身分絕不可逾矩，因此對李存勖從未想要質疑管束，只有使命必達、全力護持的觀念。他實在擔憂晉陽的情況，卻只能把所有不安硬是壓了下去，告訴自己：「亞子向來聰明大膽，每每都能破解危局，今日他會這般輕鬆，必有打敗梁軍的妙計，只不過這計劃他不能事先說出來，我定要相信他，好好配合！倘若……真出了意外，大不了，我全力護他衝出危地，扶他東山再起！從前義父不也是從一小支軍隊、一小支軍隊慢慢擴展，才形成十萬大軍，成為一方之霸，義父能，亞子這麼聰明，一定也能！」

「來！咱們好好喝酒！」李存勖想到大功快成，天下人又要再次佩服自己，心中歡喜，主動舉杯向兩位兄長致意，李嗣源和李存審連忙回敬，李存勖瞧他們戰戰兢兢的模樣，忍不住笑道：「我知道你們急著想打仗，放心吧，明天等劉鄩出來，定讓你們痛揍他一頓，替本王報一槍之仇！」

「明天？劉鄩？」李嗣源和李存審實在驚愕，同聲問道：「咱們不回晉陽嚒？」

李存勖冷哼道：「我一旦離開魏州，劉鄩肯定會全力奪城，蘆葦蕩一戰，他已欺我一回了，我怎能不狠狠討回來，還拱手讓出魏博？所以，我就待在這裡等他！等他爬出老巢，殺他一個措手不及！」見兩人驚詫的表情，又笑道：「我怕動搖軍心，是以不敢事先說出，此刻也只讓兩位兄長知道。明日！我賭他最晚明日就會出來，到時還要兩位兄長配合，分佔兩邊犄角，合我三人之力，把劉鄩的大軍包圍起來。」

李存審憂心道：「大王這計策確實出其不意，但劉鄩遲遲沒有動靜，他真會上當麼？」

李存勖大肆閱軍，弄出極大的動靜，就是想引誘劉鄩出夾寨，如今大軍已離城三天多了，劉鄩始終沒有動作，他其實也有些著急，但李存審沒有讚賞自己的妙計，還出言質疑，反而不服氣，冷哼道：「倘若連號稱『算無遺策、百勝將軍』的九哥都猜不到我的計謀，劉老頭又如何猜得到呢？他與王檀行這夾擊之計，不就是為了搶回魏州，怎麼可能不出來？」

李嗣源也忍不住了，問道：「萬一明日劉鄩還是沒出來，咱們要在這裡等到幾時？晉陽可是等不了！」

李存勖哼道：「昔日劉鄩偷襲晉陽不成，我早就猜到梁狗會重施故伎，已吩咐八哥隨時待命守護晉陽，只要城中能守得半日，最多一日，八哥定能趕得及救援，你們不必擔心！」

李嗣源和李存審再次對望一眼，仍不放心，李存審又道：「大王固然神機妙算，但八哥平時多在後方輔政，缺乏戰陣經驗，而且手中也只有數千兵馬，如何對付王檀數萬大軍？」

李存勖笑道：「九哥，你也太小看他了！八哥心思細膩，武功也不差，只不過少涉戰場，這一次就當做是給他磨練了！將來咱們的版圖會越來越大，需要更多能固守一方的大將，我把領地封給其他降將，心裡總不踏實，倒不如封賞給自家兄弟！在整頓軍紀時，八哥拼命為我擋下所有人的非議，是該賞他鎮守一方了！倘若他沒有本事對付王檀，我又怎麼放心把州鎮交給他？」

李存審與李存勖性情有些相似，不拘小節、聰明機變、用兵大膽，聽李存勖說得頭頭是道，言之成理，不禁被他說服，暗想：「亞子這一招雖險，卻也十分高明，倘若我再勸阻下去，倒似我在擋八哥的升官路了！」

李嗣源心思單純，覺得就算要考驗李存璋的能力，也不必拿晉陽這根基地去冒險，忍不住又勸道：「大王一早就備下兵馬保護晉陽，確實設想周到，大王想提拔自家兄弟，也是重情重義，是大王的恩典，但八弟不只缺乏戰陣經驗，汾州兵馬也不多，萬一、我是說萬一他真抵擋不住，該如何是好？從得到消息開始，咱們連同整軍、出城靜候，已經足足消耗四天了，劉鄩直到現在，尚未有任何動靜……」

李存勖信心十足地道：「本王打賭，劉鄩明天一定會出兵，沒有王彥章在一旁攪局，本王半天之內就能滅了他，到時便緊急趕往晉陽救援，兩位兄長可有問題？」

李嗣源和李存審互望一眼，齊聲道：「明日我倆必為大王全力剷除劉賊！」

李存勖拍手笑道：「那便好了！」又道：「吃吧！吃飽一點，明日才有力氣宰了劉百計！」心知自己不開動，兩位兄長絕不會開懷大吃，便刻意大口喝酒、大塊吃餅，想化解對峙緊張的氣氛。

兩位太保實在沒有李存勖的信心，見他歡快吃喝，又不能掃興，便勉為其難地喝了幾口酒，各自咬了一口肉乾。李存勖見兩人神情仍是擔憂，一邊吃烤餅，一邊道：「就算八哥不能一口氣打退王檀，聯合城中兵力，拖延個兩天總是成的，這便為我們爭取了時間！這樣吧，只要明日分出勝負，大哥便率一隊先鋒軍搶先趕回晉陽，追殺窮寇等後事，便交給九哥和元行欽、夏魯奇那班小將！」

當先鋒軍是李嗣源的拿手好戲，聽李存勖允許自己在大勢底定後，搶先趕回晉陽，立刻答允：「是！我橫沖都必以最快的速度回防！」

「大哥出手，還怕不能一舉破了王檀？」李存勖歡喜地舉酒，哈哈大笑，道：「來！吃吧！今日的烤餅不錯，特別香，越吃越饞！我得好好獎賞這伙夫，你們也快嚐嚐……」正要說些什麼，忽然間，笑聲竟哽住了：「嗚……」

兩位太保原本正要伸手去拿烤餅，忽見李存勖臉色一瞬間脹得發紫，「碰！」地一聲，整個人就往後倒落，不只眼神驚恐，微微翻白，即使已經昏迷，身子還微微發顫！

「亞子！」兩位太保驚駭得掉了手中烤餅，齊聲大呼。

李嗣源連忙將李存勖扶抱坐起，再次坐到他身後，試圖為他輸功急救。李存審則奔到帳外低喝：「快傳所有軍醫過來！不准洩露半點消息！」又回入帳中提刀戒備，謹防有敵人趁機闖入刺殺。元行欽聽到命令，大吃一驚，連忙奔去找軍醫。

李嗣源感到自己的輸功未見果效，急得不停呼喊：「亞子！亞子！你如何了？」

李存勖只覺得自己墜入一個黑暗深淵，無止盡地掉落，周遭似乎有一堆人在呼喊，卻沒有人能把他拉上來，他想掙扎自救，卻全身麻痺，動彈不得，想要呼喊，連咽喉也被緊束得幾乎不能呼吸，甚至連惆悵悲傷都來不及，就失去所有知覺，黑暗吞沒了他，只餘滿懷不解與壯志未酬的遺恨……

過了一會兒，幾個軍醫匆匆趕至，李嗣源連忙放下李存勖，讓他們診治，食醫師一看情狀，嚇得臉色蒼白，驚呼：「大王中毒了！」把了把脈，又道：「是很厲害的毒，應是混在食物裡下的！你們切莫再吃那些酒菜了！」

李嗣源忽然想起，道：「一定是烤餅出了問題，大王吃了，我和九太保還未吃！」與李存審對望一眼，心中都不禁打了一個寒顫，三人同餐共飲，倘若不是他們心懷憂慮，遲遲未去吃烤餅，三大主將就全倒下了！敵人手段之厲害，真是不費一兵一卒，就瓦解了河東！

李存審恨聲道：「想不到劉百計如此奸詐，不敢堂堂對決，盡使一些卑鄙手段！」

經過一番緊急救治後，那食醫師微微吐了口氣，拭了拭額上汗水，道：「我們已經暫時保住大王的性命了。」

李存審急問道：「暫時？是什麼意思？」

食醫師將桌上酒菜一一裝入囊中，道：「我得先檢驗食物，看是什麼毒，才好對診下藥。」輕輕嘆了口氣，又道：「這毒性十分複雜，若是三天之內找不出解方，配不了解藥，一旦毒入心房，便無救了……」

饒是兩位太保智高膽大，經歷無數風浪，想到這事後續發展，也不禁驚出一身冷汗：「我大軍已出來許久，劉鄩卻遲遲沒有動靜，就是在等這一刻！」

劉鄩會派刺客潛入李存勖的伙房下毒，自是知道河東軍根本沒有回晉陽，就算李存勖還有三日時間，劉鄩也不會等待，只要下毒刺客回去稟報說已經得手，劉鄩立刻就會出動大軍！

藏在太行山裡的河東軍原本就人心浮躁，不明所以，忽見梁軍大舉攻來，又不見大王現身主持，再想到晉陽城破，家眷全滅，必會驚慌潰逃，劉鄩輕易就可贏得這一仗，而晉陽城也會因為遲遲沒有援軍，被王檀攻破，到那時，河東就真的滅亡了！

李嗣源心知絕不能讓下毒之人回去，急道：「我去抓刺客，或許他有解藥！」便奔出營帳，往伙房而去。

李存審心中驚顫，雙拳緊握，只覺得一生中所遇過的凶險都比不上這一次，卻偏偏無法可想，只能親自顧守在李存勖身邊，又下令所有親衛緊緊守住主帥營帳，其餘閒雜人都被排除在外，誰洩露了消息，便斬首不赦。

卻說李嗣源奔去伙房查看，驚見帳外衛兵都倒臥在地，已然身亡，而帳內五個伙夫臉上滿是煙灰，手腳盡被繩索捆綁，口中塞著布條，堆疊著躺倒一地。李嗣源見其中一人掙扎得厲害，便取下他的布條，隨手扯斷他的繩索，大聲喝問：「下毒的人呢？你們為什麼讓賊人來行刺大王？」

大軍行進時，為大王備菜的伙房通常是一座簡單獨立的小帳篷，為安全之故，帳外有親衛把守，尋常士兵並不能進入，今日這軍營乃是匆匆搭建，守衛的親兵以為這地方隱密，且很快就要啟程前往晉陽，在防守上便有些鬆懈，乃至被敵人所趁。

伙夫臉色驚惶，嚇得結結巴巴：「敵人武功高明，我們抵擋不住……」

李嗣源又問：「他是怎麼下毒的？」

這伙夫還算伶俐，心神稍定，便一口氣快速說道：「我們正要做烤餅時，忽然有個賊人潛入，先綁了我們，又代替我們做烤餅，等親衛來取餐時，便連同其他酒菜一起送給大王……」

「果然是烤餅出了問題！」李嗣源一把抓起伙夫的衣襟，著急喝問：「賊人逃往哪裡了？」

伙夫連忙指了西方，顫聲道：「你來之前，他才剛走，往那邊去了……」

「是梁營的方向……」李嗣源起身衝了出去，心中只想：「他一定是趕回去跟劉鄩報訊，應該還走不遠，我務必要追上他，就算拿不到解藥，也要殺了他！」

這些被捆綁的伙夫見李嗣源走遠了，居然自行掙脫繩索，悄悄起身，拿出藏在柴薪底下的長劍，小心翼翼地往伙房外走去！

原來真正的伙夫已被殺害，這五人其實是劉鄩派來的刺客所扮！他們必須確認李存勖確實中了毒，才能回去覆命，但李存審封鎖了消息，他們無法得知情況，就假裝被捆綁的伙夫，先待在伙房內，再伺機行動，直到看見李嗣源驚惶奔來，他們立刻確認計劃成功，便準備逃跑。

李嗣源平時待在自己的軍營裡，負責管治橫沖都，已十分繁忙，除了商討重要軍機事宜，並不常過來與李存勖敘餐，更不會到大王專屬的伙房查看，因此不認識真正做餐的伙夫，又急著追回下毒之人，這才上了大梁刺客的當！

那五名刺客跑出伙房，正想奔往樹林躲藏行蹤，卻驚見李嗣源竟趕了回來，當路攔住他們！

原來李嗣源雖不識伙夫，但他追出數丈，就發現地面根本沒有半點賊人腳印，立刻明白那些伙夫其實就是大梁刺客，於是飛快轉了回來，擎出長槍指著五名刺客，喝道：「快把解藥拿出來！」

刺客見事機敗露，其中一人低喝道：「飛霙劍陣！」與另外三人揚起長劍，分據四角，形成一個陣式，「唰唰唰唰！」四道銀光突竄出來，分從上下左右刺向李嗣源的雙腕、雙踝！

李嗣源手中長槍旋轉如風車，一下子就震退四道劍尖，雙方這麼一交手，李嗣源心中已然有數，這四名刺客不是什麼高手，頃刻間就能解決，但他不願下重手，一來是必須留下活口，好逼取解藥，二來是提防沒有出手的第五人！

這人臉上煙灰特別黑，顯然是離開伙房時，又刻意把灶裡的灰燼往臉上塗抹了一把，但四人激戰時，他竟然只站在後方，看似置身度外，並不打算參與這一戰，但或許他才是飛霙劍陣的關鍵，在陣式運轉最激烈時，就會天外飛來一劍直取敵人性命，所以李嗣源並不敢輕忽，面對四名刺客，他只用了兩成心思，其餘八成心思反而放在第五人身上！

不容他多想，四人已再次攻來，劍尖一片輕顫，震出一片密密光影、紛飛如霙，雖不是什麼絕頂高手，攻守配合卻十分緊密！

正當李嗣源以強大內力貫入長槍，硬是逼退四周劍光時，第五人果然覷準時機出手了！一道極細極長，肉眼難辨的玄鐵絲如蛇信般竄出，以不可思議的角度一路彎轉飛繞，穿過四人華麗如花、密如織雨的劍尖，瞬間纏繞上李嗣源的頸項，欲以銳利的鐵絲圈割斷他的腦袋！

李嗣源面對這突來的殺機，確實有些意外，但他武功高了不只一籌，上一刻手中長槍還在對付四名劍客，下一剎那，槍尖已然收回，對準鐵絲圈點去，那勁力一透，原本的殺圈被震得擴散開來，圈不成圈，反而打中一名刺客，同時間，李嗣源沖身而起，飛撲向第五人！

四名刺客見他沖出劍陣包圍，立刻飛身追上。第五人眼看李嗣源氣勢洶洶撲了過來，身影一個倒掠，離開他長槍擊殺的範圍，接著一個轉身，竟不管其他四人的死活，自顧自地施展輕功縱飛而去。

李嗣源心想這人一定是刺客首領且身分重要：「如有解藥，一定放在他身上！我定要追上他！」身子還未落下，槍尖往下點地，借力再度彈身而起，凌空追去。

那四名劍客眼看首領危險，立刻身劍合一，如飛矢般疾撲向李嗣源身後，李嗣源一個長槍迴掃，要將他們震飛出去，那四人卻像不要命般，竟不顧勁力重創，仍飛撲過來，就像水蛭黏上人身般，雙臂雙腿死死纏抱住他的腰身、手臂、雙腿，一副同歸於盡的姿態。

李嗣源眼看那首領輕功絕佳，只怕他瞬間就要消失，下手再不留情，「碰碰碰碰！」連發四重拳，黏在身上的四人終於軟軟掉落，其中一人即使掉落地面，還緊緊抓住他的腳踝。李嗣源急得一腳把對方踢飛，但只耽擱這麼一會兒，刺客首領已去得遠了。

李嗣源怎容得他逃脫？立刻功聚雙眼，一邊觀察地面腳印，一邊聽風辨聲，一路施展輕功疾追，直追至荒野外的水瀑邊，只見那刺客首領就在前方，李嗣源立刻提功聚於槍尖，飛撲過去，狠狠刺出！

刺客首領感到背後一蓬氣勁衝了過來，心知不敵，驚駭之餘，縱身一躍，跳入水瀑下方的深潭裡。

李嗣源生長於草原大漠，後來也多待在北方旱地，一生幾乎都在馬背上度過，若論騎術，他絕不會輸給任何人，但水中爭鬥可就難為他了，這恰恰是他最弱的一環！或許劉鄩就是看破沙陀軍不擅水戰，才為刺客選了這樣一條逃生路！

但事關河東存亡和李存勖的生死，李嗣源絕不會退縮，即使解藥很可能根本就不在這名刺客身上，但只要有一絲希望，他就會拿自己的性命去為河東拼出一條生路！他對李克用、李存勖向來如此，那一份責任與情感，就像是天生刻在骨血裡，不容半點猶豫，所以他永遠衝鋒在前，這一次一如既往，他想都沒想，就直接衝入水裡，卻不知這麼簡單的一跳，竟改變了自己的命運！

此時李嗣源的武功已臻絕頂，雖不適水性，但對付一個小小刺客，他還是十分自信，因此在身子衝入水中的剎那，已經閉眼屏息，以水流波動感應對方的動靜，希望在一個呼吸之間就能解決對方，以彌補自己在水中的劣勢！

豈料那刺客武功不敵，水性卻極佳，一見李嗣源追入水中，立刻甩出玄鐵絲纏住他的足踝，再繞過大石，想要將他困在水底，硬生生溺死他！

李嗣源內功深厚，應變又快，一感到足踝有異物，立刻雙腿蜷縮，一手往下拽住玄鐵絲，用力回扯，將那藏身在水底的刺客扯向自己，另一手企圖去抓刺客飛散在水中的髮絲。

那刺客冷不防被他這麼拉扯，幾乎要撲跌入他的懷裡，嚇得連忙收回玄鐵絲，在李嗣源的指尖幾乎觸到他髮絲之際，像一條游魚般滑溜出去。

李嗣源不得不睜開眼探尋刺客的身影，眼看那人就在左前方，立刻提功聚於槍尖，轟地刺向敵人後背。刺客感到一道磅礴水柱順著對方槍勁撲來，連忙滑游到大石後方，那一蓬水柱將巨石直接打出一個凹洞，石屑連著水花噴灑成一片白茫茫的濛霧，反而遮住了李嗣源自己的視線。

刺客趁這機會，游向更深處，李嗣源如何肯放棄？立刻雙手雙腿大力划動，努力追逐在後，那人一邊將玄鐵絲向後甩成一波又一波的巨圈，帶著水流繞成一道又一道的漩渦，攪亂李嗣源的游移！

李嗣源被玄鐵絲和水漩渦這麼一阻，前進更慢，擔心再這麼下去，會追丟了人，索性將內力貫入長槍，再一次暴衝出去。那刺客感到一道強勁水柱直衝向背心，吃了一驚，雙腿一蹬，身子一個陀螺急轉，衝出水面，奔入水瀑後方，李嗣源也趕緊衝出水面，將滿貫槍勁再一次轟向水瀑，打算一舉斃了賊人，「轟！」水瀑破散開來，下一剎那，眼前出現的情景卻把他震撼得呆住了！

刺客一個沖飛升天，避開爆散而來的水瀑槍氣，落下時，頭上皮盔被震得拋飛出去，潑墨似的青絲飛散在水瀑中，臉上的煙灰被沖刷得一乾二淨，露出玉白如霜的容顏，身上的黑衣因著濕漉而緊緊貼著曲線，白花花的水浪順著她如美人魚般的身形滾落下來，形成一種難以言喻的迷魅。

兩人對面相望，中間隔著水瀑霧氣、落葉飛花，李嗣源只不過在一片霧浪之中望去，女子面容還迷濛不清，他卻已經目眩神迷，擊殺的勁道不自覺弱了，就連手中的長槍也差點握不住！

李嗣源年近不惑，一生穿過無數殺戮戰場，醒斷英雄魂、醉臥美人膝，早已看盡生死離、愛憎情色，或許沒讀什麼書，卻並非沒有見識，莫說他府中妻妾都頗具姿色，就連李存勖侍妾劉玉娘、侯冰月也是萬中無一的絕色美人，可這一刻，他竟有一種感覺，那些佳麗再美，不過是塵世俗人，只有眼前少女才是真正的天仙下凡！

長久以來，他以為自己心中只有河東大業，此生只為輔佐義父、義弟而存在，尤其在李克用去世後，他保護李存勖的意念有如鋼鐵長城般，從不曾有過一絲動搖，然而眼前的美麗竟似蘊含一股不可思議的力量，輕易就瓦解了他的城牆，令他幾乎忘了追殺刺客的目的，甚至寧可拋下長槍，也不願傷她一分一毫！

萬般思緒在李嗣源腦中激盪，以至於他一動也不動，少女雖不明所以，卻趁他呆愣的瞬間，旋身退入水瀑之中，雙臂一個花式迴轉，將玄鐵絲勾折成數條琴弦，纖指靈動地操控著十數片花瓣，點點飛揚在絲弦上，「叮叮叮！」隨著一串琴音響起，震得水瀑如箭，「唰唰唰！」地灑射向李嗣源。

然而在李嗣源眼中，那翩翩身影竟不像要取他性命，反而像仙女飄飛在雲霧繁花間，舞弄著水花彩瓣。秉持沙陀傳統的他，若是遇到中意的女子，通常會直接迎娶回府，他不會虧待府中妻妾，卻也不會特別放在心上，可面對眼前這個少女，他竟退縮了，既不敢刺出這一槍，也不敢表白示意！一個面對千軍萬馬都不會退縮的老將，居然退縮了，這令他感到萬分羞恥！

但同時，他又有一種如夢初醒的感覺，從前他似乎未經少年，便已經老成了，所以他從不知情竇初開的年少情懷是什麼滋味，這一瞬間，他忽然發現自己的心仍會悸動，除了血戰沙場、兄弟情義，還有熱情如火的渴求，和一種特別的溫軟柔情，這是何等不可思議！

「危險！」此時馮道剛好騎馬奔至，他原本要趕往魏州城，途中遠遠瞧見李嗣源正與一女子對打，卻忽然呆愣住，急得連聲大喊：「大哥，危險！」

李嗣源被這喊聲驚醒，忽見到蓬蓬水花夾著勁力衝灑過來，宛如千百水箭，手中長槍連忙舞成屏風，將前方水箭盡震散開去，但這般抵擋只是他長年在戰場上求生存所養成的反射動作，下一剎那，水霧退去，女子身影更清晰些，他心中便只餘一個念頭：反射的氣勁會不會震傷了她？接著思緒便又再度陷入混亂。

李嗣源這一移位，馮道遠遠瞧見少女，也不禁呆了：「完了！完了！這世上竟有女子比妹妹還美！我心中這麼讚嘆，實在是對不住妹妹，可……這也沒有辦法……」他其實並沒有完全看清少女的容顏，卻還是忍不住繼續讚嘆：「她明明一身黑衣，怎會美得像白玉曇花？不！應該說豔勝紅雲牡丹？不！不！不！都不對！」他腦中一片混亂，心中湧現一股前所未有的羞愧與激動，既覺得對不起褚寒依，又實在無法欺騙自己：「世上根本沒有一種花兒足以比擬這位小娘子，任何花朵見到她，只怕都要羞愧得自己凋亡了！」這才明白李嗣源為什麼會呆愣住。他狠狠搧了自己兩耳光，好清醒過來：「我替妹妹打你這個混帳小子，竟敢胡思亂想，還覺得有人比她美……」

少女見有人來了，趁李嗣源呆愣之際，灑出片片花瓣暗器，轉身沖天飛起，倒掠著飄落遠方地面，又再度飛身而起，掠過樹梢，幾個起落，就像一抹雲朵輕輕飄向遠方，消失在天際……

李嗣源想追又不敢追，想殺又不敢殺，只眼睜睜看著倩影飄逝，心口從急速加劇到落入死寂，竟有經歷生死來回的激動與疲累，事過境遷後，更有一種悵然莫已的感慨，彷彿這一生若無緣再看見這道美麗風景，便是萬念俱灰！

「大哥！」馮道一邊下馬，一邊呼喚地奔了過去。

當時李嗣源派石敬瑭去接應糧草，事後得到石敬瑭回報，已知馮道非但沒死，還當了河東巡官，他高興到徹夜難眠，滿心想著再過不久就能與兄弟相會，但此刻聽見馮道的喊聲，回過頭來，瞥了他一眼，竟沒有認出人來，兩眼只空茫茫的，似失了魂魄，黑黝黝的一張方臉也變得慘白，忽然間，他縱身一躍，又跳入水潭之中！

馮道吃了一驚，快步奔近岸邊，對著水潭大喊：「大哥！大哥！你怎麼了？我是馮道啊！」

李嗣源把自己浸在冰寒的水潭中許久，直到全身冷卻，腦子終於清醒過來，才重新爬上岸，神情卻依舊淒慘，好像自己犯下滔天大錯。

馮道關心道：「大哥，你怎麼啦？」

李嗣源伏跪在岸邊激動地喘氣，心裡萬分自責，腦中卻還轉著那道美麗倩影，他其實自始至終都沒有真正看清少女的容顏，他實在不知自己怎會陷入如此難堪的處境，忍不住紅了眼眶，斷斷續續地喘吁道：「大王中了毒，命在頃刻，我本想捉住那女子，逼她給出解藥，可……我竟失手了……我竟連一個女子也抓不住……」他握著拳頭一遍又一遍激動地捶打地面，就像恨不能捶死自己。

「大王中毒了？」馮道吃了一驚，又嘆道：「果然如我所料！劉鄩除了三方夾殺，還藏有最隱密的一計，原來是差人下毒！」心中暗想：「那天仙般的少女難道也是一場美人計？」但他不敢把這話說給失魂落魄的李嗣源聽。

李嗣源慘然道：「如果刺客逃回去稟報，劉鄩必會馬上率大軍前來，後果不堪設想，可我竟然放走了刺客……」

李嗣源向來沉穩內斂，馮道從未見他如此失神，連忙安慰道：「大哥，我有好消息，晉陽守住了！王檀退兵了！」

李嗣源一愣，激動地抓了馮道的雙臂，驚喜道：「王檀真的退兵了？怎會輕易就退兵了？」見馮道滿臉喜色，知道不假，心中大石總算放下一半，嘆道：「你真有本事！你一回去，什麼事就都解決了。」語氣中仍懊惱自己辦事不力。

馮道搖搖頭道：「不是我！是安金全將軍抱病主持大局，堅守住城池，直到八太保和石君立率兵來救！」

李嗣源點點頭，讚道：「安金全向來是好漢！」想到自己，又不禁愧從中來，哽咽道：「可大王命在旦夕，我……卻放走了刺客！」

馮道安慰道：「你或許太累了，才會失手。」

「我……」李嗣源與馮道說了這一會兒話，漸漸拉開對少女的懷想，終於回了神，便試圖安慰自己：「不久前，我才輸了十年功力給亞子，一定是這樣，才會精神不濟，連一個小姑娘也對付不了……」

馮道急問：「大王現在如何了？」

李嗣源搖搖頭，頹喪道：「軍醫說三日之內，必須找到解方，否則大王性命堪憂！」

馮道說道：「大哥，你先回去穩定軍心，我去找刺客！」

「那刺客……」李嗣源才說到這裡，好不容易壓下的倩影又浮上心頭，他真恨不能把那身影從腦子裡挖出來，心想：「任誰見了她，都要神魂顛倒，連我這年近半百之人都克制不住，更何況三弟血氣方剛，又如何招架得了？」心中忽想馮道這一去，肯定會迷戀上少女，如此一來，兩人喜歡上同一女子，豈不是破壞兄弟之義？隨即又暗罵自己怎會生出這般荒唐的念頭，頓時尷尬得紅了臉。

馮道見他臉色微赧，吞吐不語，愕然道：「那刺客怎麼了？」

李嗣源不能說出自己的失心瘋，吶吶道：「那刺客有妖術，會把人迷得團團轉，我怕你有危險……」心知這實在是彆腳的藉口，幸好馮道也沒拆穿，不由得輕輕一嘆：「想不到大梁有這麼厲害的殺手，下回我再遇到她，一定要把眼睛給矇住了，免得受妖術迷害……」兩人若再相遇，他真捨得矇上布巾，不看她一眼嚒？這番說辭連他自己都不相信。

馮道安慰道：「大哥放心吧，我也懂一些旁門左道，你知道我從來不會勉強自己，一見情況不對，肯定逃得比誰都快！」

李嗣源暗嘆：「只怕你沉迷其中，根本就不想逃……」但他沒理由阻止，想到馮道即將見到少女，心中欣羨不已，幾乎要衝口說自己想陪同前去，但話到口邊，終於硬生生地忍下，他告誡自己絕對不能再追去，免得釀成不可挽回的大錯，便悵然地點了點頭，叮囑道：「你千萬小心！」

馮道正準備上馬，忽覺得不對勁：「倘若李存勖是前幾日中了毒，才沒有回援晉陽，為何大哥直到現在才追殺刺客？」便問道：「大王不是要回援晉陽麼？怎會中了毒？是幾時中的毒？三日時限還剩多久？」

李嗣源悵然道：「你走的隔日，大王就回魏州點兵出發，可是並沒有回去，而是率大軍藏在太行山森林裡，等了三天多，大王才告訴我和九太保說準備與劉鄩大戰一場，他話才說完，就中毒了！這件事是剛剛發生，當真出乎我們意料之外，才會弄得措手不及！」

「藏在森林裡四天？」馮道心中的迷霧彷彿被一道驚雷狠狠劈開，一咬牙，道：「我明白了！我這就去找刺客，無論有沒有結果，明日天亮前，我一定回去。」說罷便騎上馬，奔追而去。

李嗣源心想大王倒下，迎戰劉鄩大軍的重任就落到自己肩上，整軍備戰之事，絕不能輕忽，便也趕回太行山軍營。

「打從一開始，李存勖就沒打算回援晉陽！甚至王檀攻打晉陽的計劃，也不是他猜到的，而是……」馮道一邊尋找刺客的足跡，一邊將所有線索串連起來：「他設下的！因為劉鄩一直躲在夾寨裡不肯出來，李存勖擔心糧草不繼，於是設下這個局，以晉陽城當餌，引誘劉鄩出兵！」

他從懷裡取出那張寫著「洛香皂囊、趙岩府邸」的紙條，又想：「我送去洛陽的皂囊密函，其實就是劉玉娘以公公的名義買通趙岩，讓趙岩向王檀提議大梁可以兵分兩路，一路突襲晉陽，一路奪回魏州，王檀以為這是絕妙好計，立刻上稟朱友貞，而劉鄩原本就想突襲晉陽，得到朝廷指示，自會積極配合出兵，準備搶回魏州。

李存勖故意大動作率軍出城，並不是為了威嚇王檀，而是要讓劉鄩相信他真的回師晉陽了，但其實他只是躲在附近山林裡，只等劉鄩的兵馬一出夾寨，就要來一場大突襲！為防萬一，還事先安排了八太保隨時待命解救晉陽，但他實在輕忽了百計將軍的厲害！

劉鄩不只要雙殺，還想三殺！他先把將消息透給契丹，以至八太保前往蔚州，差點趕不及回來救援，幸好八太保性情沉穩，先緩和契丹的挑釁，只要晚了半天，李存勖以晉陽為誘餌的險招，就會弄假成真，鑄成大錯了！」

想到晉陽幾乎覆沒，居然是來自於李存勖自己的計劃，他內心不禁竄起一陣激靈：「萬一晉陽真被王檀攻下，此時李存勖也已除掉劉鄩七萬大軍，大梁損失慘重，又沒有什麼強將，以戰神的能為，輕易就能拿下整個魏博六州當做根據地，並不會成了喪家之犬，唯一要考慮的是，晉陽傷亡慘重，甚至被屠城，會引發士兵埋怨，李存勖可解釋是被劉鄩拖住，藉此激發同仇敵愾的士氣，重新奪回晉陽，沒有劉鄩支援，王檀孤木難支，奪回晉陽對李存勖而言，變得輕而易舉！這個計劃確實石破天驚，只是可憐了晉陽百姓成了陪葬品！

萬一李存勖壓不住士兵怒火，必須有一個替罪羔羊讓他們發洩，這個替死鬼的身分並不能太低……」這一剎那，他終於明白劉玉娘讓自己送信的用意，不由得渾身發冷：「到那時，劉玉娘就會拿出軍令狀，證明此事是公公擅自授意我去勾結趙岩，如此將怒火東引，只要李存勖下令處死公公和我，最多加上一個前往蔚州救火，而來不及趕回保護晉陽的八太保，最後再從優撫卹，大肆慰勞士兵一番，便可脫身了……看來我得設法燒毀那紙軍令狀，還有趙岩手中的皂囊，這事也只能讓金匱盟處理了！」

他思來想去，覺得整件事還有些說不通的地方：「拿晉陽百姓去當誘餌，如此細膩陰毒的計劃，不像是李存勖的作風！他曾怨我沒有早點投奔，後來又想把我留在魏州，可見他知道晉陽有危險，並不希望我陷入險境。如今戰事緊張，公公正為他籌集軍餉，他也沒理由加害公公，所以……想拿我和公公當擋箭牌的，應是劉玉娘自己的主意！但她是李存勖最寵愛的女人，公公把河東治理得好，李存勖才有本錢爭霸，也能保住她的榮華富貴，她為什麼要陷害我倆？那是因為……對了！就是『榮華富貴』這四個字！」

想到這裡，他已經明白劉玉娘的全盤計劃：「公公掌管著河東所有錢財政務，劉玉娘這貪財的女人急紅了眼，便想陷害公公，好提拔自己的人馬，將河東錢財都掌握在手裡！不只如此，她還一心想當皇后，公公卻是李存勖稱帝最大的阻礙，於是她向李存勖提出買通趙岩、以晉陽城引劉鄩出兵的計劃，李存勖滿心想逼劉鄩出寨，無奈答允，卻不知劉玉娘其實計中藏計，想要一箭雙雕，既引誘劉鄩，又陷害公公！

劉玉娘認定我是公公的人，一開始阻礙著我接近李存勖，又想借徐知誥殺我，幸好我事先讓金匱盟沿路護送，並沒有出任何岔子，後來她終於同意我去見李存勖，應是我完成送信任務，已落入她的圈套，李存勖又催促著想見我，她不得已只好讓我前往貝州。幸好我堅持回晉陽與大家共患難，且晉陽也沒受什麼大損傷，李存勖就不須要找替罪羊了，否則後果不堪設想！」

想到整個計劃如此陰狠，他不由得越發心寒：「在這裡當差，比在劉守光底下更加可怕，怎麼死的都不知道！這個女人真是狠毒，什麼都做得出來，我日後必要多加提防！」

他又想：「劉玉娘以晉陽城為餌，誘劉鄩出夾寨，看似石破天驚的妙計，其實還是低估了百計將軍！她萬萬想不到劉鄩正好利用這件事，反過來引誘李存勖出魏州！無論李存勖是不是真的要回攻晉陽，一旦離開魏州府院，行軍途中，戒備必然減弱，當所有人的目光都聚焦在晉陽和魏博之爭，很容易忽略身邊的殺機，尤其李存勖帶人藏身在山林裡，等著伏擊上當的劉鄩，定是滿懷興奮、放鬆戒備，劉鄩正好利用他這一點自得的心裡來下毒！

一旦毒殺成功，躲藏在太行山的河東軍肯定會潰散，不只王檀可拿下晉陽，劉鄩也可奪回魏州，還能招撫流散的河東兵，為大梁再添兵力，簡直就是一舉三得的好計！當真是不費吹灰之力，彈指之間，就瓦解了整個河東！

劉鄩拿回魏博，只是份所當為，這軍功原本比不上王檀打下晉陽，但殺了李存勖就不一樣了！他的風頭立刻就能壓過王檀，在大梁那一幫奸臣面前揚眉吐氣，從此再也沒有人能撼動他大梁首將的地位！這個劉鄩真不愧是百計將軍！每一道計謀都是方方面面、公私兼顧，難怪當年王師範遇上楊師厚，弄得全軍覆沒，只有他的城池還堅守住！可惜這麼好的計謀卻有一個致命傷，那就是——」

他思索至此，心中豁然開朗：「倘若小李子沒有被毒死，一切將會反轉得很徹底！」

九一六・三

毒草殺漢馬・張兵奪雲旗

帝屢趣劉鄩戰，鄩閉壁不出。晉王乃留副總管李存審守營，自勞軍於貝州，聲言歸晉陽。鄩聞之，奏請襲魏州。帝報曰：「今掃境內以屬將軍，社稷存亡，系茲一舉，將軍勉之！」鄩令澶州刺史楊延直引兵萬人會於魏州，延直夜半至城南，城中選壯士五百潛出擊之，延直不為備，潰亂而走。詰旦，鄩自莘縣悉眾至城東，與延直餘眾合，李存審引營中兵躡其後，李嗣源以城中兵出戰，晉王亦自貝州至，與嗣源當其前。鄩見之，驚曰：「晉王邪！」引兵稍卻，晉王躡之，至故元城西，與李存審遇。晉王為方陳於西北，存審為方陳於東南，鄩為圓陳於其中間，四面受敵。合戰良久，梁兵大敗，鄩引數十騎突圍走。梁步卒凡七萬，晉兵環而擊之，敗卒登木，木枝為之折，追至河上，殺溺殆盡。鄩收散卒自黎陽渡河，保滑州。《資治通鑑・卷二六九》

太行山森林，河東主帥營帳裡，李存審一直寸步不離地守護著昏迷的李存勖，見李嗣源臉如死灰地回來，急問道：「沒搶到解藥？」

李嗣源沉重地搖了搖頭，又道：「但有一個好消息，我方才遇見馮道，他說晉陽城已經守住了！王檀已經退兵了！」

李存審歡喜道：「太好了！這樣軍心也能穩定下來！」

李嗣源點了點頭，走向昏迷不醒的李存勖，見他雙目緊閉、臉色青白，口唇紫黑，問道：「亞子情況如何了？」

李存審才浮起的笑意立刻僵在臉上，蹙眉道：「醫師說只有三日期限，倘若找不出解藥……」話未說完，李嗣源已「碰！」地一聲，跪到床邊，緊握住李存勖的手，俯在床緣痛哭失聲：「大哥對不起你！義父，孩兒對不起你……沒有保護好亞子……」他心中不只憂傷，更多的是自責與懊悔。

李存審拍拍他的肩頭，哽咽道：「亞子向來福大命大，一定會有辦法的。」

李嗣源將對自己的不滿狠狠發洩，心思才真正清醒過來，他用大掌抹去淚水，起身坐到床邊，抬眼望向李存審，毅然道：「我與亞子功出同源，上回為他療傷，頗有成效，不如我把全身功力都過渡給他，說不定能逼出毒素……」

李存審知道李嗣源一旦豁盡全身功力，以後便如同廢人了，他不知一向沉穩的李嗣源為何如此衝動，勸道：「先等個兩天，或許醫師能找出解方……」

「不然！」李嗣源黯然地搖搖頭，沉聲道：「那刺客一旦帶回消息，劉鄩立刻就會率大軍攻來，並且會散佈大王身故的消息來動搖我們的軍心，兵卒們見不到大王出面闢謠，肯定會支撐不住，時間緊迫，容不得咱們再等三日。」

李存審心知他說得有理，無奈答應：「好吧！你自己當心，若輸功無效，切勿逞強，總不能兩個人都倒下。」

李嗣源卻不是這麼想，他恨不能將命都輸給李存勖，以贖自己縱放刺客之罪，他扶起李存勖，坐到後方，雙掌抵住對方背心的「命門穴」開始輸功，帳外卻傳來一道女子喊聲：「大太保果然有情有義！」

兩位太保吃了一驚：「怎會有女子輕易闖入軍營？」

李嗣源暗想：「這緊要關頭絕不能讓人打擾，否則我兩人命俱休矣！這女子……」心中忽然一緊：「難道她去又復返？她怎能闖進來？太危險了……」

這句「太危險了」，究竟是擔心李存勖此刻太危險了，還是擔心神祕少女孤身闖入軍營太危險了？他自己也弄不清楚，只知道自己實在想再見到神祕少女，又覺得萬萬不可再見，如此七、八個念頭在心裡衝突，思緒頓時混亂，手上的運功時強時弱，李存勖抵受不住這樣紊亂的內力，不禁嘔出一口血來，李嗣源吃了一驚，連忙鎮定心神，重新調整內力，可內心深處卻怎麼也平靜不了。

李存審更是憂心：「大王的營衛至少有數十人，個個勇悍強壯、武功厲害，元行欽更是一把好手，為什麼外邊沒有半點打鬥聲音？難道劉鄩派來的高手真這麼厲害，竟能無聲無息地闖過軍營殺了他們？」他聽見帳外有兩對腳步聲都輕盈若無，又想：「這兩人若不是文弱書生，就是絕頂高手……」但能大肆闖過河東軍營，來到主帥營帳前叫囂，絕不是平庸之輩，他連忙取了長刀，提功戒備地走向帳門，正想拔刀守衛，女子已大剌剌地掀開帳簾走了進來，一見李存審氣勢洶洶，便止了腳步，面對這位名震天下的百戰將軍，女子臉上毫無懼色，反而流露一抹嘲笑神情。

李存審見她身上穿了河東軍服飾，腰間卻懸著一柄不相配的寬大菜刀，心想此人竟偽裝成河東軍混了進來，並且殺害衛兵，可見不是善類，立刻長刀橫胸，擋住她的去路，向李嗣源瞄了一眼，意思是：「這人是刺客嚒？」

李嗣源正為李存勖運功，原本閉著眼，聽到女子闖入的聲音，微微睜眼瞄去，見不是水瀑少女，大大鬆了口氣，隨即又有幾分失落，向李存審微微搖首，示意不是刺客。

李存審稍稍放心，正想開口喝問，女子身後又緩步走進一位全身披戴灰黑色連帽斗篷、臉上戴著金雕花紋面具的神祕人物！

李存審瞬間繃緊了神經，全身提功戒備，手中長刀微微一震，示意他們止步，沉聲喝問：「你們是誰？為何來此？外邊的守衛……」

女子哼道：「為免他們囉哩囉嗦，我把他們全弄昏了！」

李存審、李嗣源以為她一口氣打昏數十人，都想：「這女子瘦瘦小小、貌不驚人，竟有如此功力……」

女子看出他們眼中的疑懼，不耐煩道：「我只是用煙霧迷昏他們，沒取性命！」

那戴金雕花紋面具的神祕人始終站在女子身後，不發一語，李存審看出他才是重要人物，喝問道：「閣下是誰？既有膽來到這裡，又何必裝神弄鬼？有什麼目的，何不痛快說出來？」

神祕人沉聲道：「本座乃是金匱盟主，她是『五味聖手』的單傳弟子！我們是來救治晉王的。」這攜帶寬大菜刀的女子自然就是阿寶。

李嗣源和李存審同時一愣：「他怎麼來了？」

四年前，李存審在蓨縣一戰得到金匱盟主的紙條「天起風雲日，朱恐退軍時」，因而抓準時機，以五百晉兵大破三十萬梁軍，名動天下。他對金匱盟主萬分好奇，幾番打聽都沒有著落，也只好把這個神祕人物給擱下，直到今日河東再遇危機，金匱盟主不只出現，還帶醫者過來，他心中瞬間燃起一線希望，對李嗣源低聲道：「傳說五味聖手是個醫毒俱佳的隱世高人，這金匱盟主也很有本事，或許他們真可以救大王……」

同樣是四年前，李嗣源曾遵從金匱盟主的指示，悄悄前往大安山地牢搶救馮道，誰知馮道早已失蹤，人沒救成，反而造成幽燕士子大出逃，事情過去許久，他幾乎把這號神祕人給忘了，誰知今日這緊要關頭，金匱盟主又出現了！

他對金匱盟主始終存疑，便低聲回答李存審：「大王中毒之事十分隱秘，只有我們幾人知曉，連外邊的親衛都不知道，他們如何能在這麼短的時間內得到消息趕過來？」

李存審明白他的意思，河東幾人都不可能洩露消息，那麼唯一的可能，就是大梁那邊傳出的消息！

李嗣源又低聲道：「還有，五味聖手既號稱醫毒俱佳，就表示她不只醫術精湛，也擅使毒，或許他們正是替劉鄩下毒的主謀！」

李存審但覺李嗣源分析得有理，對方敢侵門踏戶，肯定有備而來，瞬間將手中長刀握得更緊，牢牢守住門戶，不肯退後一步，喝道：「你們究竟有什麼意圖？」

金無諱並沒有往前逼進的意思，只道：「倘若我真有惡意，只要任晉王毒發身亡就好了，又何必冒險前來，多此一舉？」

兩位太保一聽，但覺有理，不禁心意動搖，互望一眼。

「我來為晉王解毒，是要收取報酬的！」金無諱微微一笑，又道：「晉王的性命價值連城，河東之禍迫在眉睫，相信無論是什麼條件，你們都會答應。」

李存審心知天下沒有白吃的午餐，聽到對方提條件，反而稍稍安心，誠如他所說，這世上沒有什麼事物比李存勖的性命更重要，任何條件都可答應，便望向李嗣源，無聲地尋求他的意見。

李嗣源心想河東向來重武輕文，隨著李存勖版圖越擴越大，十分缺乏治事文臣，當年幽燕士子大出逃，他們方有機會大力網羅人才，當初他雖是被金匱盟主擺了一道，沒有救到馮道，但事後回想起來，整件事情河東得益最大，這究竟是巧合，還是金匱盟主有意相助？這神祕人究竟是敵是友？他實在弄不清楚，但此刻李存勖情況危急，已由不得他們做選擇。

阿寶見李存審還擋在前方，著實不耐煩，道：「你們再不讓開，他死了，我們可沒什麼要緊，你們損失就大了！」忽然發現什麼似的，瞪大了眼睛，指著李嗣源驚呼道：「喂！喂！你別給晉王亂輸功，你越輸功，越激得他毒性大發，你後悔都來不及！」

李嗣源吃了一驚，連忙收手，李存勖身子一晃，又吐出一口黑血，卻仍是神智不清地往後軟倒，李嗣源連忙接抱住他，再小心翼翼地將他放在床榻上。

「報——」帳外忽然傳來夏魯奇的聲音。

李存審微然蹙眉，道：「有什麼事在外頭說即可。」

夏魯奇道：「劉鄩已在整軍，預計破曉時分就會出動！」

李嗣源和李存審互望一眼，很顯然李存勖瞞著眾人，悄悄派夏魯奇去梁營打探軍情，就是為了等劉鄩出動，然後在元城山林大舉伏殺，如今終於等到機會，李存勖自己卻反而著了劉鄩的道！

「大王一中毒，劉鄩果然就出動了！」兩位太保都經過大風大浪，倘若這事發生在自己身上，二話不說就讓阿寶嘗試，要刮要刺，眉頭都不會皺一下，但要拿李存勖的性命做賭注，他們實在下不了決心去信任一個莫名冒出來的醫毒高手

阿寶哼道：「十三太保在戰場上殺人，眼睛都不眨一下，做個決定竟然這麼婆媽！梁軍就要打過來了，晉王橫豎是一死，你們不如爽快點，讓我試一試，死馬當活馬醫！」再不管一切，逕自走向李存勖。

李存審想要攔她，又自掙扎，終於放棄了抵抗，任由阿寶坐到李存勖的床緣，為他翻眼皮、把腕脈。阿寶察看一陣後，望了金無諱，道：「這毒是『望江南』！應是來自煙雨樓，是以南方的『望江南』草為主，再混合其他幾種花草所提煉出來的毒藥。」

「煙雨樓？」李存審與李嗣源互望一眼，同時感到不解：「那些刺客不是大梁派來的嚒？怎會扯上南吳？」

李嗣源想到水瀑少女身分如此複雜，心中更是微微顫慄：「她……究竟是梁人還是煙雨樓的刺客？」

金無諱沉吟道：「或許是大梁向煙雨樓買了毒藥，又或是聘用了煙雨樓的殺手，都有可能！阿寶，妳可有辦法？」

阿寶笑道：「倘若這點小東西都難倒我，那我豈不是愧對『五味聖手』的名聲了？總之，我先以銀針刺激，幫晉王逼出毒血，讓他先清醒過來，能吃能動，日後再以口服湯藥調

養一陣，便能痊癒。」

她將李存勖的身子翻了過來，又從懷中拿出一袋銀針，對準「肝俞穴」就要扎下，李存審還是沒法全然信任這個陌生女子，忍不住沉喝一聲：「慢著！我讓軍醫過來一起診治！」

阿寶冷笑道：「我不喜歡旁人插手！你那幫庸醫若是管用，我就不會坐在這裡了！他此刻應該忙著救醒那些昏迷的衛兵吧！」趁李存審遲疑間，「嗤嗤嗤！」已連下六針，除了「肝俞穴」外，又扎了「太衝」、「中封」、「中都」、「章門」、「期門」等五處穴道，運針速度之快，李存審甚至來不及喝止。

李存勖忽然低哼一聲，似要醒轉，李嗣源和李存審急得睜大了眼，牢牢盯望著他，低呼：「大王！大王！」

阿寶拍手道：「好啦！一柱香之後，他就會真正甦醒過來，我下的這六道救命針，可支撐晉王十五天時間，他雖不能激烈動武，坐鎮後方指揮大軍還是可以的，但要全然解毒，還需我五味聖手的金湯藥方……」說話間起身退到了主人身邊。

金無諱沉聲道：「現在該來談談我金匱盟的條件了！」

李存勖意識漸漸清醒，但全身仍麻痺不能動，只雙眼能緩緩睜開，口唇也能微微開闔，卻還說不出話。

李存審和李嗣源心知阿寶的解毒術確實厲害，倘若不答應她提的條件，這毒解到一半，也是麻煩，李存審只好問道：「閣下有什麼指教，但請說出。」

金無諱道：「劉鄩快打來了，只要士兵們看到晉王安然無恙，就會振作精神，奮勇衝陣。再者，劉鄩後續所有的計謀都是根據晉王身亡而制定的，一旦晉王安然現身，劉鄩受到驚嚇，也會被殺個措手不及，這一仗，你們是十拿九穩，等你們打勝仗後，阿寶會到晉陽王府取一箱東西，同時送去金湯藥方做為交換，十五天的時間，綽綽有餘！」

李存審和李嗣源已然明白金匱盟主會出手相助，是因為晉王府有他想要的物件，李存審心想這代價絕不簡單，蹙眉問道：「閣下究竟想要什麼東西？」

金無諱道：「阿寶，你唸給他們聽。」

「你們聽好了！這箱東西必須包含十五件事物……」阿寶拿出一張紙條，不疾不徐地唸道：「第一件是西漢長沙王留傳的『鏤雕龍鳳紋玉瑗』；第二件是商朝婦好的『俏色玉龜』。第三件是北魏留傳下來的『人面龍紋鑲金寶石耳飾』，這耳飾中間鏨刻著一個捲髮深目高鼻的胡人面孔，兩側有雙角長彎龍紋，耳環下方是花草紋縷空金托，托內鑲嵌著紫水晶，托下還綴有小金棒、珍珠、綠松石珠等各色寶石！」

李嗣源是一戎馬大老粗，幾時懂得這些精緻飾物？儘管李存審喜讀兵書，比李嗣源學識淵博些，但同樣地對古玩飾品並沒有研究，兩人都是一頭霧水，對面相望，彷彿在問彼此：「這些是什麼東西，晉王府有嘛？」

金無諱完全不在意兩人的驚詫，阿寶也是自顧自地唸道：「第四件是北周留下的『金人魚紋鏈』，這條頸鍊是用八條金絲纏編而成，墜飾是一個大肚前挺的黃金小胡人，雙手抱著金魚尾巴，魚口大張，含著左右兩條頸鍊，下方墜飾鑲嵌著紅、藍、綠三種寶石，最重要的是——小金人的雙眼上方必須開一孔，嵌入珍珠，有如『天眼』！」

李嗣源和李存審同感詫異：「要在項鍊墜飾上的小人兩眼之間，再開一個天眼小孔，嵌入珍珠？這是何等高超的工藝……」

阿寶繼續唸道：「第五件是『石榴花紋白玉簪』，是在薄薄的青白玉片上雕出三朵深淺不同層次、依序盛開的海棠……」

李嗣源和李存審雖不懂玉石雕刻，也知道要在薄細的玉簪片上雕出三朵動人的海棠花，是多麼細緻的刀工，必須大師般的工匠才能造出，卻聽阿寶續道：「但最特別之處是三朵海棠的頂部還要再精雕出一枝延伸的石榴花，這是太平公主的遺物！」

「太平公主的髮簪？我們上哪兒去找？」李嗣源和李存審面面相覷，疑惑更深了。

阿寶續道：「第六至十件也是前朝公主遺下的玉梳和髮簪，分別是『鴻雁銜枝紋金質梳』、『金烏忍冬草紋玉梳』、『鎏金透雕卷花蛾紋銀梳』、『鴛鴦海棠紋玉簪頭』、『玉鏤雕丹鳳紋鎏金簪』。

第十一件是前朝吳王李恪的元妃弘農楊氏的『寶相花金釵』，釵首是一朵黃金寶相花，層層金瓣上都要鑲嵌著一顆顆五彩寶珠。

第十二至十四件是楊貴妃的遺物，分別是『鎏金包銅嵌寶白玉鐲』、『金烏步搖』和『雙鳳琵琶』！這白玉鐲也就是玉臂環，由三段溫潤白玉連接而成，每個接合處都以鎏金包裹，其中一個鑲接處雕了四朵雲紋，中間鑲嵌一顆大玫瑰寶石，兩側還嵌著四枚七彩小寶石；另兩個鑲接處則是嵌著紅寶石獸頭，最重要的是，獸頭的雙眼必須嵌以綠松石！

至於金烏步搖，乃是唐明皇派人從『麗水』取來上好的金玉，再教名師精雕而成，形似飛鳥啣珠串的飄逸模樣。」

李存審和李嗣源雖聚精會神地聆聽，用心記想，仍被阿寶描述的物件弄得迷迷糊糊，但覺自己是井底之蛙，竟不知世間有這麼多精貴之物。

阿寶道：「最後一件也是最重要的，是則天女皇的『金玉鳳凰簪子』，據說她生平最愛鳳凰簪子，除了以鳳凰彰顯女皇尊貴的身分之外，也與她年少時的一段緣分有關，這金玉鳳凰簪名稱雖普通，樣式也簡單，卻是她最寶愛的一支簪子，簪上有米粒般的珍珠做成鳳凰眼睛，那珍珠雖小卻熠熠生輝、光采奪目，勝過任何大十倍的寶石，你們可不要拿錯了！」❶

李存審和李嗣源聽到這裡，終於明白了，對方索要的東西幾乎都是前朝遺下的皇家之物，除了雙鳳琵琶和俏色玉龜外，盡是女子飾品，件件大有來頭，這一箱東西加起來，簡直就是價值連城！兩人深覺這金匱盟主太貪心了，只是此刻受制於人，不敢發作。

李嗣源猜想：「難道這金匱盟主要送禮物給心上人，才要收集這些名貴的簪釵飾器？」

李存審卻想：「弄這些勞什子太麻煩了，聽這金匱盟主的氣息，似乎內力淺薄，這姑娘雖刁鑽厲害，我和大哥聯手，未必扣不下兩人，不如就直接逼他們給出藥方！」

金無諱見他眼神閃動殺氣，看出他的心思，冷笑道：「倘若今日我們沒有萬全準備，又怎敢踏入河東軍營？就算兩位太保真能拿下我們，阿寶隨意寫個藥方，你們敢用嚒？晉王的性命何等寶貴，而這些飾器對於你們來說，根本毫無用處，擺在家裡還礙地方、染灰塵！九太保竟想冒險賭上晉王的性命，也捨不得這些身外之物？」

李存審被看穿了心思，又被數落一頓，他平生真沒這麼尷尬過，心知自己確實賭不起，也只能暗暗一嘆，拱手致歉道：「閣下若真能解救大王，就是河東的大恩人，我們豈敢動手加害？」頓了頓又道：「不是我們捨不得這些身外之物，而是你索要的東西太過名貴繁雜，戰爭多年，唐廷早就被朱賊洗劫一空，這些寶器若不是在梁都，就是不知流落何方，短短十數日，教我們上哪兒去湊齊？倘若這一仗拖過十日，又或是我們真來不及在時限內找到，敢問閣下這金湯藥方可否通融……」

金無諱斷然拒絕道：「藥方換寶物，一件都不能落掉，倘若送來的飾器有任何造假或缺失，那麼晉王也只能好自為之了！」

阿寶將列寫十五件寶飾的清單放在桌上，兩人便退出帳外。

李存審和李嗣源兩個歷經無數生死難關的老將，這一刻竟被一堆女子飾物給難倒了，更拿對方一點辦法也沒有，只能眼睜睜看他們離去。

李嗣源嘆道：「至少晉陽已經保住了，大王也暫保一命，可以先應付劉鄩的進攻，至於那十五件寶物，到時再發動軍兵去尋找吧！」

李存審贊同道：「大哥說得不錯！先解決眼前困難再說，其他事，再慢慢想辦法。」

李嗣源又道：「梁軍快來了，我先去準備，你照看亞子。」說罷便出去整頓軍隊。

過了片刻，李存勖真正甦醒過來，全身還軟痛無力，李存審在一旁照看，順便將劉鄩派人下毒、金匱盟主前來救治的經過說了一遍，又道：「那金匱盟主特意留了一手，說將來要索取十五件寶飾，才能交換藥方。」

李存勖這才知道自己又中了劉鄩的毒計，他最是好強，一連兩次面子、裡子都輸給劉鄩，新仇舊恨加在一起，當真是氣急敗壞，斜眼瞥見桌上那一張密密麻麻的寶飾清單，恨聲道：「那金匱盟主究竟是什麼人？兩位兄長竟奈何他不得？當真是虎落平陽被犬欺，誰都敢欺到本王頭上！」

李存審安慰道：「大王不必著急，此事容後再處理，先把身子調理好，應付眼前危局，方是正事。」

李存勖聽說戰情緊迫，恨聲道：「這一次，我定要把梁軍趕盡殺絕，嚇得劉鄩屁滾尿流，跪在本王面前求饒！」便咬牙強撐著坐起，急促地運功。

李存審見李存勖心緒難平又強行運功，連忙勸說：「大王的毒素尚未全解，切莫操之過急，萬一因為急切運功又出了岔子，豈不傷上加傷？馮道方才傳回消息說王檀退兵了，既然晉陽無事，劉鄩那邊也不必太擔心，倘若戰事真的不利，咱們便退回晉陽去。」

李存勖氣惱道：「好不容易勾得劉鄩出來，怎能龜縮回晉陽？」

李存審知道他簡直氣壞了，怕他一上戰場就不顧自己的身子，又道：「大哥已經去整備兵馬了，到時大王只要露個面就可以了，相信梁軍一見到大王的威風，便會落荒而逃！」

王檀攻打晉陽，原本就是李存勖的誘敵之計，聽到梁軍退去，但覺自己勝了一局，心中鬱氣稍解，得意道：「本王早說晉陽無事，根本不必回師解救，九哥，這一局，是不是你輸啦？」

李存審無奈道：「是我輸了！」

李存勖哈哈一笑道：「你這個百戰名將都輸給本王，是不是表示本王是千勝戰神？你說，那另一個百計將軍又會不會輸給我呢？這一次，本王定要讓天下人知道，誰才是真正的一步百計！」

李存審像哄小孩般道：「你此刻還是先好好調理身子吧！這樣才有力氣督戰，也才能真正打敗劉鄩，出一口惡氣！」

「不錯！」李存勖也知當務之急是應付劉鄩大軍，終於真正靜下心來，盤膝趺坐，努力調息。

元行欽進來道：「啟稟大王，方才探子又來報，說劉鄩整軍極快，未等破曉，就率大軍出動了，看行軍路線，正是要前往魏州城，再過兩個時辰，便會經過這裡！」

李存審蹙眉道：「劉鄩整軍這麼快，果然早有準備！」

「兩個時辰……」李存勖睜開眼，哼道：「足夠本王恢復了！」又對李存審道：「九哥，你率一隊兵馬悄悄躡在梁軍後方，讓大哥先回魏州城調動橫沖軍，等劉百計走近這裡，咱們就依原定計劃，將他三面圍起，殺他一個措手不及！」

元行欽此時才知李存勖將大軍藏在這山林間的用意，有些訝異，連忙道：「可還有一道消息……」

李存勖問道：「什麼消息？」

元行欽道：「澶州刺史楊延直率一萬兵馬奔赴魏州，如今已快抵達城南，想是要與劉鄩會合，聽他調遣。」

李存勖以為一切盡在掌握之中，萬萬想不到大梁還能派出援軍，自己已經付出中毒的沉重代價，居然還沒有大敗劉鄩的把握，當真怒火沖燒，但當著元行欽這小將的面，不好發作出來，只憋得滿臉通紅。

李存審卻是說出了憂慮：「大王原本想三面包圍劉鄩，但楊延直若真從後方突襲，只怕包圍不成，我軍還會腹背受敵。」

李存勖恨聲道：「倘若能搶先一步驚擾楊延直，讓他退兵就好了……」

元行欽立刻自告奮勇：「大王，我去！」

李存審蹙眉道：「但大軍要包圍劉鄩的部隊，沒有多餘的人馬可以給你。」

「只要五百兵馬！」元行欽心知這幫老將瞧不起自己，滿心想在李存勖面前立功，一抓到機會就展現出生死無畏的忠勇：「請大王賜我五百兵馬，末將必不辱命！若不能達成任務，行欽願與敵人同歸於盡！」

「好！」李存勖大聲讚道：「本王就需要你這樣的勇士！」想了想，心中已有對付楊延直的計劃，道：「你隨大太保回魏州城，本王授命你從城中挑選五百精騎，帶領他們悄悄襲擊楊延直的軍隊，一邊吶喊：『晉王來了』，楊延直還沒來得及跟劉鄩通上信息，一定會以為本王親征，中了我大軍埋伏。」

元行欽恭敬道：「是！憑藉大王威名就足以嚇退梁軍，末將定能完成任務！」

李存勖笑道：「不錯！本王的威名有用得很，但你只要驚退他們就好，不需拿命死拼，我還等著你回來護衛呢！」

元行欽歡喜道：「是！謝大王隆恩！」便與李存審分別領命退出帳外。

李存審去整頓自己的軍隊，元行欽則去通知李嗣源一起回魏州城準備行動。

劉鄩得到羞兒的回報，知道李存勖確實中了毒，便吩咐身邊副將：「楊史君率一萬澶州軍駐紮在城南，你先快馬通知他，一個時辰後，準備合力奪下魏州城！」

待副將離開後，劉鄩便召集大軍從莘縣出發，心中殷殷記掛朱友貞的勉勵：「聖上已將全國軍力都交予我，社稷存亡，在此一舉，我絕不能辜負……」卻不知自己正一步步走向死亡之路！

梁軍行了一段路，來到元城附近，那副將卻驚慌地飛奔回來：「將軍，不好了！城南沒有援軍！」

「什麼？」劉鄩吃了一驚，急問：「楊延直還未到嚒？」

「不是！」那副將急得滿臉通紅：「我找到幾個受傷的散兵詢問，他們說昨夜城中忽然有晉將元行欽率大軍突襲，澶州軍沒有防備，大驚潰逃了！」

「潰逃了？」劉鄩簡直不敢相信一萬援軍就這麼沒了，急問：「還有多少軍兵留下？」

「沒有人留下！都逃了！連楊史君也逃了！」副將急問道：「將軍，我們該怎麼辦？還要攻打魏州城嚒？」

劉鄩心想李存勖中毒將亡，良機不可錯失，毅然道：「當然要打！我們還有七萬軍兵，如何打不起？你盡量收集逃亡的散兵到城東，我率大軍過去會合！」

「是！」副將再度飛奔而去。

劉鄩繼續率大軍前進，不多時來到魏州城東，正打算開始發動攻擊，卻不知李存審已悄無聲息地跟躡在後，忽然間，劉鄩警覺到不對勁，十面埋伏的肅殺氣氛，也不過如此！

「小心後方！」劉鄩才大喝一聲，千百箭雨就從後方山坡灑射出來，梁軍一陣慌亂，紛紛回身抵擋，卻見李存審率領大隊騎兵從山石後方衝湧而出！

梁軍陡然遇襲，又見對方來勢洶洶，一時人馬雜遝，死傷無數，劉鄩怕梁軍潰散，急得大喊：「向西北方撤退！」

梁兵一邊回頭抵擋身後的騎兵飛箭，一邊整肅軍隊向西北方退卻，卻聽到林中傳來一陣驚天吶喊：「殺！」竟是李存勖親領軍隊在西北面擺出方陣！

「晉王……」劉鄩萬萬想不到李存勖還活著，且親自領軍，一瞬間，像被驚雷重重劈中，整個人震撼到腦袋一片空白，忍不住驚呼：「晉王……怎會出現在此？」他深信羞兒絕不會背叛自己，但要如何解釋眼前的情景？

於此之際，援軍斷絕、毒計失效，所有預定的計策全被打亂，劉鄩只能強迫自己極力鎮定下來，尋找可能的生機，見前後無路，只有進入魏州城，大軍才有屏障，正要下令全軍衝向城門，突然間，城門自動打開，號角大響，震動天地，竟是李嗣源率領橫沖騎兵衝了出來，鐵蹄隆隆、來去如風，手起刀落，瞬間就割下一批梁軍腦袋。

梁軍眼看己方腦袋一顆顆滾落，嚇得魂飛魄散，驚慌奔逃，但四周皆有敵兵，根本無路可逃，許多人甚至跪縮在地上抱頭痛哭，劉鄩眼看情況糟得不能再糟，緊急下令，教全軍在中間擺開一圈又一圈的圓盾陣，以抵禦來自四面八方的猛烈攻擊。

李嗣源、李存審知道李存勖其實還未恢復，為免被劉鄩看穿，兩人都火力全開，拼命衝陣。

梁軍雖然緊緊結成圓盾陣，但這樣一來，就像孤島般，無路可退、無處可躲，只能硬抗四面八方沖湧而來一波又一波的攻擊，劉鄩心知被巨浪吞沒只是遲早的事，但任憑他徒有百計之稱，此刻卻一計也施展不出，只能眼睜睜看著圓盾陣倒了一圈又一圈。

雙方從清晨打到傍晚，梁軍疲餓交加，又看不見生路，到最後實在支撐不下去，所有意志在一瞬間崩垮，接著便兵敗如山倒，無論劉鄩怎麼呼喊約束，眾兵只爭先恐後地逃亡。

梁軍集結起來，還能憑藉人多勢眾去抵擋凶悍的河東軍，一旦分散逃竄，就只有被屠殺的份，眼看大勢已去，副將著急喊道：「將軍快退吧！咱們護你衝出去！」

劉鄩心痛至極，卻難挽狂瀾，只能含淚應允，在百多名忠勇騎兵的護衛下，衝出重重包圍。

但李嗣源沒打算放過這個兩次幾乎殺死李存勖的百計老將，見劉鄩衝出重圍，連忙號召兩百名橫沖精騎急追，卻被大量奔逃的梁兵給阻了進程，為鼓舞部下突破困難，他一馬當先地衝刺在前方，又揚聲大喝：「隨我殺了劉鄩，賞黃金三兩！」

橫沖精騎聽到大太保祭出獎賞，心知只要殺了劉鄩，不只可得三兩黃金，回營後更會得到大王的重賞，個個興奮不已，立刻施展精湛的騎術，一路左突右馳，冒險穿梭在混亂奔逃的梁兵之中。

數萬梁軍棄械丟甲，憑著雙腿拼命奔跑，自是逃不過河東騎兵的追殺，許多人甚至爬上樹，以致路邊的大樹被壓斷一排又一排，梁軍一路逃到黃河岸邊，只能跳河逃走，卻又被活活淹死，可憐七萬梁兵就這麼沿路倒落，屍血漂浮，將黃河生生染成了紅河。

劉鄩帶領百多名騎兵奔到黃河岸邊，遙指順河而下的一座城池，大喊道：「大夥兒加把勁，只要進入黎陽城就安全了！」

眾梁騎一聽，振奮起精神，快馬加鞭地急奔，可惜天不從人願，敵人以更快的速度追了上來！

橫沖精騎個個是百戰老兵，行動似旋風，在數萬逃兵中穿梭，仍似入無人之境，一路急奔猛追，終於趕在劉鄩部隊進入黎陽城前攔住對方。

百名梁兵遇上兩百名橫沖軍，簡直是小羊遇到狼，除了劉鄩和副將，其他人完全沒有可比性。

橫沖軍見獵物已落入包圍，萬分得意，並沒有一窩蜂地衝殺上去，只騎著馬兒在百名梁騎四周飛快旋轉，大聲歡呼咆哮，驚嚇他們，那囂張的氣勢就像大貓在戲弄小鼠。

能護衛劉鄩衝出重圍的梁將，也不是庸手，但見到敵人身形雄壯、神威赫赫，仍不由得感到氣餒，覺得自己再怎麼奮力拼搏，似乎都難逃一死。

「慢著！」劉鄩不忍這僅存的子弟兵還遭到屠戮，一扯韁繩，調轉馬頭，面對著李嗣源大聲道：「大太保，我有個提議！」

李嗣源微然抬手，原本圍住梁兵團團飛馳的橫沖軍瞬間靜止下來，光是這動靜自如的御馬功夫，就讓梁將暗暗驚詫，自嘆不如。

李嗣源知道自己心思直率，對方卻是詭計多端，生怕他又有什麼陰招，便提功戒備，沉聲道：「劉鄩，無論你有什麼提議，今日都難逃一死！」

「我知道！」劉鄩聲音不卑不亢、不疾不徐，並沒有一丁點面臨死關的焦躁恐懼：「你我同在沙場多年，應該都一樣，早有『捐軀報主恩，視死忽如歸』的覺悟！」❷

不知為何，聽到這句話，李嗣源鋼鐵般的心腸瞬間被觸動了，一直以來，他都把義父的恩情和亞子的情義看得比自己的性命還重，他忽然覺得眼前這位貌似儒士的將軍其實是個知己，只不過各為其主，才成為敵人，遂問道：「你想怎麼做？」這般問話已是他對敵人最大的敬重。

劉鄩道：「今日我七萬梁兵戰死沙場，是我這個主帥無能！你追到此處，不過是想取我性命，何不給我一個機會，與你單挑對決，倘若我能贏你一招半式，你便放走我這幫老兄弟！至於我，無論勝負如何，都會留下任憑處置！」

「將軍！」這幫梁將、親衛都跟了劉鄩許多年，彼此情義深厚，見劉鄩要犧牲自己來替他們求情，都驚呼：「我們不走！我們寧可跟你一起戰到最後一刻！」

劉鄩揮揮手，示意他們噤聲，眾人不敢再說，卻因為忍不住淚水，大力抽噎了起來。

李嗣源明白他的意思，七萬士兵只餘百人存活，這些將領經此一役，就算真的平安回去，對河東也構不成威脅了，而劉鄩從敗戰中一路奔逃出來，其實已受了不少傷，要贏個一招半式，或有可能，要從李嗣源手中全身而退，是絕無機會，他提這條件，是真心想用自己來換下屬的平安！

李嗣源想看看這位百計將軍是否有真本事，還是只會耍陰謀詭計？他更想成全對方保護下屬的心願，因為倘若易地而處，他也會做同樣的選擇，便道：「只要你肯下馬，我就放他們離去。」讓劉鄩下馬，是不讓他有任何逃走的可能。

劉鄩二話不說，立刻跳下馬兒，還一劍揮下自己坐騎的頭顱，那馬兒跟隨劉鄩多年，方才還負著主人逃離危難，此刻馬首落地，兩眼圓睜，彷彿怎麼也不相信劉鄩會如此對待自己！

梁軍見狀，泣不成聲，還想再勸：「將軍，我們願與你同生共死……」

劉鄩沉聲喝令：「本帥命你們退入黎陽城，即刻就走，不得耽誤！」梁軍無奈，只得扯起韁繩，緩緩策騎退走。

李嗣源微微頷首，示意部屬讓開一道缺口，好讓梁軍離去。他敬重劉鄩的豪情俠義，也不催逼，直到梁軍策騎奔遠了，自己也躍下馬來，揚起長槍，道：「來吧！」

「有請了！」劉鄩手中閃出一道碧盈盈的劍光，身子縱飛而起，撲向李嗣源，瞬間就逼入李嗣源胸前空門，其速之快，宛如驚天閃電，正是一招「生死計須臾」！

這一場對決，無論勝負，劉鄩都難逃一死，但他仍施盡平生絕學，因為他必須捍衛大梁名將的最後一點尊嚴！死前能遇上李嗣源這樣的對手，是人生幸事，就算慘輸至死，也是暢快淋漓，毫無遺憾！

李嗣源瞧那劍光詭異凌厲，與劉鄩儒雅的氣質全然不同，反而綻放出一股柔中帶剛、沛然莫之能禦的氣勢，不由得一聲喝采：「好！」身為沙陀頭號戰將，他天生就不知膽怯，面對這詭異的劍招，非但不退，反而衝身迎上，手中長槍一個旋飛，便與劉鄩的百計春絲劍糾纏在一起了！

「叮叮噹噹！」一個劍招詭異、一個槍法強悍，不過須臾片刻，兩人已交擊近百下！

劉鄩總能在每一次交擊的瞬間，忽然分出一束束劍絲去突襲李嗣源的五官、手腕、咽喉、心口等弱處，其劍絲變化莫測，教人防不勝防。

李嗣源則憑著勤學苦練，以戰養戰的應變，手中的槍尖、槍桿、槍纓每個部位早已與他的意念融為一體，成為可任意運用的武器。

他知道劉鄩曾在蘆葦蕩打敗李存勖，他之所以答應決鬥，乃是想為義父的烏影寒鴉槍法討回公道，他要證明這天下第一的槍法絕不遜於詭計多端的劍法，因此面對敵人不成章法的詭譎，他大勇無畏，每一招都謹守烏影寒鴉槍的奧妙，以快打快，快至無可分辨、無法抵擋，每一擊都全力以赴，施出有如狂風暴雨般的罡勁，逼得劉鄩每每分出劍絲去突襲，最後又不得不收回劍絲集中成一束，才能抵擋住他每一道猛烈的攻擊！

幾回之後，劉鄩發現自己的分絲變化，非但不能奏奇功，還拖延了應付時機，最後他只能將劍絲全然收束，再不去耍什麼分絲詭招，但這樣一來，百計春絲劍的奇妙就施展不開了。

劉鄩漸落下風，不由得暗暗吃驚：「從前我以為河東只周德威與李存勖才稱得上是對手，想不到這大太保的武功竟如此高絕，比兩人猶有過之，我真是小瞧他了……」回想起蘆葦蕩一戰，又想：「就算晉王沒有受傷，也絕不可能逼得我連百計春絲都施展不出，可他竟然……」

李嗣源雖然威名遠播，為人卻低調，因此劉鄩一直認為他武功再高，也不過是匹夫之勇，只要憑著奇詭劍招、細膩心思，便有機會勝出，縱然今日難逃死劫，也寧可是在激烈對決，勝過李嗣源之後，再被其他橫沖軍兵圍殺至死，此刻他方知自己大錯特錯，就算當時真殺了李存勖，河東也依然存在著可怕人物，光是一個李嗣源就可以獨霸一方，更何況還有其他太保，大梁想要憑藉朱友貞那樣的溫室之子一統天下，簡直就是癡人說夢……

「叮！」一聲，槍劍交擊，劉鄩心念一動，不再硬抗，手中軟柔長劍順勢貼上李嗣源的槍桿，宛如青蛇遊走般，順滑而下，刺向李嗣源的右手腕，逼他放脫長槍。

這一招「得失計毫釐」，確實出乎李嗣源意料之外，他冷哼一聲，右手放開槍柄的瞬間，左手已經抓住槍桿中段，一個旋槍倒打，槍尾結結實實打中劉鄩的胸口！

劉鄩並沒有後退，硬生生以內力相抗，吃下李嗣源這一重擊，為的是爭取兩人貼身相鬥的一瞬之機，因為長槍只適遠距揮舞，不利近身博鬥，而他的百計春絲劍卻是剛可遠刺、軟可近攻，他劍尖原本正快速下刺李嗣源的手腕，忽然間，以一個不可思議的角度彎折向上，疾刺向李嗣源的下頷！

這一招端的是奇、狠、快！

兩人相距如此之近，李嗣源實難躲避，眼看那劍尖就要由下往上，洞穿他的腦袋，李嗣源忽然向下一倒，平飛出去，躲過這穿腦之禍！

劉鄩的心計卻沒有那麼簡單，他健腕一震，使出「縱橫計天下」，那春絲劍忽然纏綣住槍尾，硬是將李嗣源拖了回來！

李嗣源若被拖回去，將會落入春絲劍的刺殺範圍裡，他急忙以足跟抵住地面相抗，兩人就這麼各持一端，身子斜挺，比拼起內力。

原來兩人相鬥一陣，劉鄩已發覺李嗣源的槍法固然精湛，出手也勇猛快速，但蘊含其中的內力卻跟不上他招式的猛烈精密，這是一個很奇怪的現象，卻也是自己的可乘之機，便設法引誘李嗣源落入比拼內力的陷阱裡！

劉鄩猜測得不錯，李嗣源剛剛輸了十年功力予李存勖，一時還不適應自己內力已消弱大半，出招仍是一貫迅猛，才造成內力與招式匹配不上的破綻！

可尋常人面對烏影寒鴉槍的快攻，往往已應接不暇，哪有餘裕留意到這細微破綻，也只有劉鄩這般細膩的心思，才能在萬般急迫中，還思考著如何用之破敵！

雙方僵持一陣，李嗣源已感到對方內力悠然綿長，自己應付得有些吃力，不禁暗罵自己只一味衝刺，竟忘了前些日子才內力大失，他必須想辦法突破這僵局！

瞬間，李嗣源足下勁力一鬆，放棄抵抗，身子被扯得往前飛撲，劉鄩以為李嗣源終究不耐久戰，百計春絲劍猛然炸射開來，只等著獵物撲入其中，卻不料李嗣源長槍轟然前刺，竟使出同歸於盡的招式！

劉鄩勢單力孤，李嗣源實在不需要鬥至兩敗俱亡，這一招著實令劉鄩感到意外，因為他忘了沙陀軍本是不怕死的戰法，非勝即死，沒有第三條路！

眼看厲槍轟然刺來，出於求生的本能，劉鄩忍不住飛身向旁閃躲開去，然而這一招之失，他便再難有任何勝機了！

李嗣源身子還未落下，槍尖一點地，立刻借力飛撲過去，他槍尖越轉越快、越轉越快，不斷旋化出一隻隻寒鴉，虛實交錯、無孔不入地刺向劉鄩！

劉鄩心知時間一長，李嗣源必後繼無力，因此極力採取守勢，將百計春絲劍時而散如屏風，去抵擋外邊的狂暴槍勁；時而刺如利箭，去擊殺每一隻槍尖幻化出來的寒鴉，只待對方耗盡氣力，便是反攻之時！

但李嗣源已明白自己的弱點，也知道不能再拖延下去，趁著劉鄩將春絲散開成屏風的剎那，他忽然將全身功力一收，漫天鴉影急速匯聚成一條墨龍，人槍合一地衝奔向劉鄩，這一招乃是畢其功於一役，他相信劉鄩再怎麼樣，也避不過自己的全力一擊！

劉鄩眼看對方磅礡氣勁撲衝過來，他分散的力道還不及收回，不由得心膽一寒，向後疾掠，那墨龍卻以更快的速度衝奔過來！

千鈞一髮間，空中飛撲下一道雪白身影，以纖足獨立的姿勢，優雅地擋在劉鄩身前！

李嗣源心中一震，槍尖霎然頓止，原本該一往無前的磅礡巨力瞬間反撲自身，令他倒飛數丈，跌坐在地，吐出一大口鮮血！

「羞兒，妳怎麼來了？」劉鄩一愣，低呼：「這不關妳的事，妳快走！」

「我不走！」羞兒急得紅了眼眶，美眸含淚：「都是我的失誤，才會變成這樣……」

「羞兒……」李嗣源抹去唇邊血水，狼狽地站起身，遙遙望去，瞬間滿臉通紅、全身火燙，心神恍惚：「原來她叫羞兒……」

兩人正面相對，他終於看清少女的容顏，原以為上次在水瀑中相遇，已是最殘忍的緣分，沒想到兩人會重逢於血淋淋的戰場！

原以為上次因著迷霧朦朧，才會對少女產生幻想，一旦看清對方的真面目，所有綺思破滅，自己定會清醒過來，萬萬沒想到，今日才是真正的一眼千年！

萬般思緒在李嗣源腦海中旋轉、掙扎，令他幾乎快喘不過氣來，明明應該立刻殺了兩人，他卻不敢呼吸、出不了手，好似一丁點妄動，便會驚破眼前這一場美夢，一時間，只萬分痛恨自己，可就是捨不得移開目光，逼自己清醒！

不只李嗣源如此，其他河東軍見到少女也全傻了，不是掉了手中兵器，就是呆呆站立。

少女玉容如霜、神情楚楚，垂墜在眼角的晶淚似要飄落下來，就像是對這場殘酷戰爭發出最深的悲憫，一時間，彷彿天地靈氣、世間讚嘆都匯聚到她身上，卻沒有人能想出字句來形容她的美，只覺得她就像一抹白光，淨化了一切罪惡，是最純美無暇的存在！也是讓敵人下不了手，最厲害的武器！

可襄王有夢，神女無心，「嗤嗤嗤！」羞兒纖手一揚，對著李嗣源和河東軍撒去數百片花瓣暗器，宛如天雨暴射！

滿天花瓣狂飛，遮蔽了佳人神顏，李嗣源瞬間清醒過來，急呼：「小心！」他本能地倒掠數丈，以長槍舞成屏風，將暗器震開。

其他河東軍卻沒有這麼幸運，直到暗器刺入身子，才痛醒過來，一旦花瓣暗器落下，再次見到少女神顏，忍不住又陷入神魂顛倒裡，只恨不得她纖手握過的暗器全灑到自己身上，就算牡丹花下死，也心甘情願。

李嗣源心知不能再這樣下去，用力扯下身上布條，縛住眼睛，呼喝道：「梁女會施妖法迷惑人心，大家快閉了眼，不准看！」

即使他這麼呼喊，眾士兵還是捨不得閉眼，李嗣源卻已經以聽風辨形的方式，擎槍飛刺向劉鄩。

羞兒見劉鄩身上傷痕累累，再次挺身擋到他前方，與李嗣源對戰。

李嗣源雖然蒙了眼睛，可越是這樣，便越是留意佳人動靜，越是想像佳人音容樣貌，幾次他槍尖刺到對方，都下不了手，羞兒卻趁機搶了一匹河東軍的馬，拉著劉鄩快速撤退了！

李嗣源聽出兩人已離開，隨即拿下蒙眼的布條，明知應該追上去，腳下卻彷彿有千斤重，怎麼也舉不起，他怕再遇到那少女，自己會永遠忘不了她，可這個行刺李存勖的大梁殺手啊，又怎能放過？

他怔怔望著儷影成雙遠去的身影，又想到她方才捨命相護劉鄩，美眸滿是欣慕愛意，忽然間他感到自己明明沒有中劍，心口怎會如此劇痛，就像破了一個大洞般，不斷淌血……

（註❶：則天女皇與鳳凰簪子的故事請參考拙作《武唐》。）

（註❷：「捐軀報主恩，視死忽如歸」出自魏晉・曹植的《白馬篇》。）

九一七・一 直木忌先伐・芳蘭哀自焚

鎮州王鎔、定州王處直遣使推帝為尚書令……帝讓乃從之，遂選日受冊，開霸府，建行臺，如武德故事。《舊五代史・卷二十八》

王乃置酒錢庫，令其子繼岌為承業舞，承業以寶帶及幣馬贈之。王指錢積呼繼岌小名謂承業曰：「和哥乏錢，七哥宜以錢一積與之，帶馬未為厚也。」承業曰：「郎君纏頭皆出承業俸祿，此錢，大王所以養戰士也，承業不敢以公物為私禮。」王不悅，憑酒以語侵之，承業怒曰：「僕老敕使耳！非為子孫計，惜此庫錢，所以佐王成霸業也，不然，王自取用之，何問僕為！不過財盡民散，一無所成耳。」

王怒，顧李紹榮索劍，承業起，挽王衣泣曰：「僕受先王顧託之命，誓為國家誅汴賊，若以惜庫物死於王手，僕下見先王無愧矣。今日就王請死！」閻寶從旁解承業手令退，承業奮拳毆寶踣地，罵曰：「閻寶，朱溫之黨，受晉大恩，曾不盡忠為報，顧欲以諂媚自容邪！」曹太夫人聞之，遽令召王，王惶恐叩頭，謝承業曰：「吾以酒失忤七哥，必且得罪於太夫人，七哥為吾痛飲以分其過。」王連飲四卮，承業竟不肯飲。王入宮，太夫人使人謝承業曰：「小兒忤特進，適已笞之矣。」明日，太夫人與王俱至承業第謝之。未幾，承制授承業開府儀同三司、左衛上將軍、燕國公。承業固辭不受，但稱唐官以至終身。

掌書記盧質，嗜酒輕傲，嘗呼王諸弟為豚犬，王銜之；承業恐其及禍，乘間言曰：「盧質數無禮，請為大王殺之。」王曰：「吾方招納賢才以就功業，七哥何

言之過也！」承業起立賀曰：「王能如此，何憂不得天下！」質由是獲免。《資治通鑑・卷二七〇》

皇后生於寒微，既貴，專務蓄財，其在魏州，薪蘇果茹皆販鬻之。《資治通鑑・卷二七三》

莘縣一戰，李存勖因為獨排眾議，堅持不回援晉陽，從而大勝梁軍，真正站穩魏博，使得他聲望如日中天，不只敵人聞風喪膽，就連河東老將也不得不俯首讚佩、心悅誠服，李存勖當真是意氣風發、不可一世，誰也瞧不在眼裡，唯獨有一件事讓他暗自憂心，便是身上所中之毒未解，為了等候金匱盟送來解藥，他讓李嗣源、李存審留守魏博，自己帶著劉玉娘母子和親衛隊返回晉陽，並邀請王鎔、王處直前往，一起慶賀聯盟之功。

這一日，眾人返回晉陽城，稍事休息之後，李存勖在劉玉娘的提醒之下，特意在宣光殿安排了簡單精緻的酒宴，席中只有張承業、盧汝弼、盧質、任圜等親近的文臣，和王鎔、王處直兩位藩主，另外還有元行欽和閻寶等親衛隨侍。這閻寶原是大梁的保義節度使，在晉軍攻打魏州附近的領地邢州時投降，封了個檢校太尉的虛職，也就成了李存勖的貼身護衛，一起回城了。

眾人一番寒暄敬酒之後，便開動宴席，王鎔見席間氣氛和睦，談笑歡愉，便趁機舉酒道：「大王屢屢大破梁軍，就如太宗一般，乃是文武雙全、功德兼隆，當世第一人！」

王處直也跟著舉酒，道：「武德年間，太宗還是秦王，在虎牢之戰中，連破竇建德和王世充兩大勢力，建立功勳之後，便開設天策府，廣納文武英才，這才成就了後來的大唐盛世。如今咱們與偽朝相爭，已到了最緊要關頭，大王何不效法太宗，任尚書令，開設霸府，建立行台，以唐帝名義承制任命官吏，如此也能廣召天下豪傑前來效力！」

張承業聽聞此言，心中一震，偷眼瞄向李存勖，見他臉色紅通通，眉眼含笑，卻沒有絲毫驚訝，已知其中深意，正思索怎麼開口勸阻，王鎔已笑讚道：「郡王此番建言，大大的妙啊！」

李存勖微微一笑，跟著舉酒與兩人相敬，道：「本王區區之功，怎能與太宗相比？」

王鎔勸進道：「大王文成武德，功蓋千秋，古往今來，只太宗一人可比。倘若大王能開設霸府、任尚書令，以唐制任命百官，不只是合乎天理正道，也是傳承大唐盛世之意！」

倘若王鎔說的是「大王可比太宗」也就罷了，偏偏他說的是「只太宗一人可比大王」，這前後順序一倒，其中深意便微妙得很，讓張承業心裡直犯疙瘩，幾乎要衝口斥責。

雖然霸府、尚書令等建言，李存勖早已心知肚明，但聽到兩人的頌讚之辭，仍是心花怒放，忍不住哈哈一笑：「趙王言過了！偽朝尚未剿滅，本王哪有心思想著自己的封號？」

王處直肅容道：「不然！正是偽朝未滅，才更應該這麼做！大王乃是眾望所歸，絕不只是三鎮盟主，應該是天下盟主！倘若大王想以正統對抗偽朝，首先便應該仿效太宗承尚書令、設立霸府，使各路人馬各安其職，心中有一個依歸，才能齊力推翻偽朝！」

王鎔笑咪咪地贊同道：「不錯！郡王說得極是！當年太宗也是在天下未定之時，就先設立天策府，集結眾人之力，一舉平靖天下！」又轉過來對張承業笑道：「張公，您說是不是？相信看到大唐重建，您也會很高興的！」

張承業沉聲道：「前後兩位晉王，父子相承，全力護持大唐，確實勞苦功高，天下擁唐義士皆知，但……」他說「父子相承」，便是在提醒李存勖復唐乃是他父親的遺志。

王處直不讓他把反對的話說出，插口笑道：「張公說得不錯！在眾藩鎮為保己命，紛紛向偽朝屈服之際，只有兩位晉王為保住大唐命脈，獨自抗爭逆賊多年，其高義薄雲，天下皆知！也是這番功勞，讓先帝心中感動，親自賜姓為李，視如皇親宗室，如今時機成熟，是晉王樹立大唐旗幟，號召群雄來歸的時候了！」

座上賓客紛紛附議：「趙王、郡王所言極是！請大王設立霸府，率領我們重振大唐！」

李存勖已然推拒了兩次，倘若再謙退，怕張承業就會順勢阻止自己了，笑了笑道：「兩位懇切之言，真是一語驚醒夢中人！以大唐名義設霸府、任尚書令，這不是為了本王的名利權勢，而是為了大唐的正統著想，這是大家心心念念、矢志不渝的願望，乃是為了報答先帝之恩，也是先王的遺志，不是嚒？」他最後幾句是對著張承業說的，未待張承業回答，又道：「本王若再推拒，便是不以大唐為念、不以蒼生為念，還是不肖子孫了！」

張承業知道他們是有備而來，於此形勢，只有說出小皇子仍在世，才能推翻他們這一套密不透風的說辭，但此話一出，便會為小皇子帶來無窮無盡的危險，正當他心中掙扎該如何決定時，李存勖已笑道：「七哥，你做事最周到，識人、用人最有辦法，這霸府名單需考慮各方形勢，本王只能委付你了！」

此話一出，眾人未等張承業回答，盡皆哈哈大笑，舉杯歡慶：「恭喜大王！賀喜大王！

都監任人唯才，必能為大王選賢與能！」

李存勖又笑道：「吔！你們說錯了，這霸府既要由都監來掌管成立，首先要加升的便是都監自己，日後他便是開府儀同三司，你們要尊稱他為『特進』！」

眾人齊聲稱「是」，又紛紛歡喜喊道：「特進必能為大王召選賢才、廣徵豪傑！」

張承業心知肚明，李存勖乃是恩威並施，一方面藉眾人之力，逼迫自己答應籌設霸府之事，另方面又以三司官銜、國公爵位來吸引自己答應。他人雖溫和，性情卻耿介，即使當此壓力，也不妥協，仍推辭道：「咱家只是承先帝之命，盡本分輔佐河東，不敢領受這三司職份。」短短三句話已表達自己是大唐忠臣的位分，不能接受李存勖的封賞，即是不接受李存勖承接大唐的意圖。

他忽想起自己曾允諾替安金全提報戰功，便趁機道：「此番晉陽危急，咱家未立寸功，更不敢領什麼賞賜，倒是安將軍抱病出來主持大局，拼死奮戰，晉陽才得以保全，大王既有心選舉英才，這安將軍忠勇非常，若得提拔，必會為大王拼死效力，盡展所長……」

晉陽之危，乃是李存勖心裡的一根刺，見張承業非但不肯鬆口籌設霸府、接受封賞，還故意提起晉陽危難，不悅道：「此番我們大勝劉鄩，同時也保住了晉陽，乃是本王事先做了妥善安排，連用奇計，才有此功。眾將士在外奮戰，個個都是九死一生，勞苦功高，就連本王自己也被大梁刺客暗算，付出沉重的代價，七哥倘若親身參與，親眼瞧見那些驚險的情況，便會知道安將軍固然有些微功勞，但實在算不得什麼，更何況，拼死奮戰難道不是身為武將的責任嚒？七哥為何獨厚安將軍？」

張承業想不到李存勖是這般反應，便道：「此番大捷，大王確實文韜武略，智勇過人，眾將士也都勞苦功高，但安將軍抱病上陣，為保大王基業，幾乎丟了性命，咱家不是要獨厚誰，而是讓大王知曉，我河東有一位如此忠勇的將軍，死命效忠大王……」

「好啦！本王知曉了！既然他這麼忠勇，待他病好了，就讓他去守新州！」李存勖見張承業欲再說些什麼，不耐煩道：「今日郡王、趙王在此做客，是來慶祝我們連番大捷，結盟之功，先不談咱們自家之事，日後本王自有定奪，此刻先好好享受酒菜，欣賞戲曲再說！」又笑道：「為了慰勞七哥辛苦籌糧，兼且慶賀大唐霸府成立，本王特意差人演了一齣《參軍戲》，七哥看了，定能哈哈大笑，一抒胸懷。」

這《參軍戲》是大唐有名的曲目，戲中一位參軍因貪污犯罪，落得被眾人戲弄嘲笑的下場，張承業明白李存勖之意，一是慰勞他籌設軍糧時，整治貪官污吏的艱辛，二是讓他回味大唐戲曲，稍解思念前朝之情，對李存勖如此費心安排，他本該萬分感動，但如此美意的背後，卻是要逼他答應襄助籌設霸府，他心中無奈，暗想：「那霸府制度乃是曹操所創，他即使挾天子以令諸侯，但至死也未能稱帝，我又何必把這事想得如此嚴重，白擔這麼多心？我若是堅持不允，只怕日後諸事難行，反而不利小皇子繼承大統。」便舉杯道：「多謝大王為咱家如此費心安排，那霸府之事，既關係滅梁大業，咱家定會竭心盡力周全一切。」

李存勖歡聲呼喝：「今日喜事連連，本王與大家先乾三杯！」

眾人連忙舉酒回應，同時間，絲竹聲響起，幾位油頭粉面的伶人入場，說唱俱佳，戲謔詼諧，演得活靈活現，逗得眾人哈哈大笑。李存勖看得興致昂揚，連連乾酒，又指著前方表演參軍的伶人，問道：「這是誰？」

元行欽侍立一旁，恭敬答道：「表演參軍的是景進，另外那戲弄他的，乃是郭門高、史彥瓊，還有楊婆兒、周匝、陳俊和儲德源。」

「好！」李存勖覺得這組伶人比之前表演的都好，歡喜之餘，連乾數罈酒，酒氣沖升之下，已有幾分醉意，遂連連大聲歡呼：「這個好！賞錢！」

張承業聽到大王要賞錢，便差人去拿伶人應得的銅錢，李存勖見賞得少了，呼喝道：「這次表演得好，本王要大大賞賜！」

張承業未待他說完，連忙道：「伶人該得的賞錢，已經給了，如此便好，你們可以退下了。」最後一句是對伶人們說的。

李存勖醉得忘乎所以，揮著手臂，時而拍拍胸膛，時而指向眾人，大聲道：「本王才剛剛大勝敵寇，立下不朽功勳，來日即將設霸府，任尚書令，位居千萬人之上，賞一點庫錢給伶人又怎麼？這府庫就在旁邊，來人，去取來！每人賞……」

張承業插口道：「大王醉了，忘了府庫緊俏，將來還有連番大戰，實應量入為出，一分一毫也不宜浪費，這伶人不過是歡歌載舞，博君一笑，對大業並沒有什麼實質貢獻，如何能得重賞？」

李存勖滿臉紅通通，指著自己胸口大聲道：「能博本王一笑，便是最大的貢獻！」又喝了一口酒，道：「七哥，你知不知道我為什麼喜歡看戲曲？因為我第一次看戲曲，就是陪父王一起欣賞『百年歌』！當時我跟父王許誓要替他征戰，如今我不但做到了，還掃蕩四方，威震天下，我賞賜給伶人，是要告慰父王，我並沒有辜負他的期許！」

張承業沉聲道：「倘若先王有知，定會希望你勵精圖治，而不是賞賜伶人。」又輕聲喝斥伶人：「你們已得賞錢，還不下去？等在那裡，是想貪圖什麼？」

李存勖見張承業不肯拿出庫錢，總不能為了幾個伶人與他鬧翻，便揮揮手，道：「你們下去吧，日後本王想看戲時，定會再召見你們！」

伶人面面相覷，見李存勖不再堅持，也只好退下，眼看大筆賞錢就這麼飛了，心中暗恨，便奔去找劉玉娘訴苦。

過了一會兒，劉玉娘帶著李繼岌來了，微笑道：「今日這般熱鬧，和哥吵著要見父親，也想與各位叔伯同樂。」

李存勖看見愛兒，憐寵之情生起，登時忘了對張承業的不滿，連忙展開雙臂，哈哈笑道：「和哥，快來父王身邊！」

李繼岌笑咪咪地奔了過去，投入他懷裡，李存勖一把將他抱起，讓他面向賓客，坐在自己的雙腿上，又對王鎔、王處直道：「你們瞧，這小子與本王長得像不像？」

王鎔、王處直自是齊聲讚揚：「虎父果然無犬子！」「不只飛虎子後繼有大王，連小小飛虎都出來了！」

李存勖哈哈大笑，十分歡喜，劉玉娘趁機道：「難得今日這麼高興，不如就讓和哥給大家起舞助興。」

和哥聽到母親的指示，立刻從李存勖的膝上滑溜下來，蹬蹬蹬地跑去劉玉娘身邊，拿出一把早就預備好的小木槍，有時蹦蹦跳跳，佯裝策馬奔馳，有時一雙小手臂努力揮舞長槍，揮得滿臉紅通通，奮力地學著李存勖各種威武的模樣。

眾人看了都歡聲叫好，給這個稚童最大的鼓勵，李存勖更是滿心驕傲，滿懷愛寵，歡喜得連乾幾杯酒水，感動得眼中幾乎浮了淚水。

和哥舞畢，瞧了母親一眼，劉玉娘滿眼高興地向他微笑點頭。和哥得到嘉許，知道自己做得不錯，立刻蹦蹦跳跳地奔到李存勖懷裡，用稚嫩的聲音撒嬌道：「父王，孩兒舞得好不好？」

「好！」李存勖笑讚道：「當然好！父王太歡喜了！」

和哥一字一字像背書般，問道：「父王要賞孩兒什麼？」

李存勖哈哈一笑道：「父王打下的江山，以後都是你的了！」

和哥歡喜道：「謝謝父王！」

張承業聞言，心中一刺，但覺李存勖越來越糊塗了，忍不住道：「就算面對無知稚兒，大王也不可信口開河，隨意許諾。」

李存勖被這麼當眾指責，一時惱火，反駁道：「本王向來一言九鼎，幾時信口許諾？」

張承業道：「大唐江山怎可隨意轉送？」

李存勖怒道：「我辛辛苦苦打下的江山，為何不能……」話到一半，忽然清醒了幾分，聽懂了張承業的意思，一句話憋在喉頭，欲吐不吐，只憋得滿臉通紅。

從前李存勖與太保、重臣有什麼衝突，都是張承業從中化解，可這一回卻是兩人暗裡爭執，其他人都是大老粗，想勸架也無從勸起，就連和哥坐在李存勖的雙腿上，也感受到兩人氣氛有些不對勁，怯怯地望了母親一眼，劉玉娘向他霎霎眼，他立刻用稚嫩的聲音道：「七伯伯別生氣，和哥也給你舞一曲！」

任誰見到這麼天真的孩童勸和，心都要融化，更何況張承業向來疼愛和哥，直把他當成親孫子來寵愛，便軟了態度，微笑地向他點點頭，道：「好孩子。」

和哥又望向李存勖：「父王也別生氣。」

李存勖尷尬地道：「父王沒生氣，但七伯伯可不像父王一樣，時常騎馬打仗，你怎麼給七伯伯獻舞啊？」

和哥鼓起小小的腮幫子，大聲道：「別的舞，我也會！」說罷用力跳下李存勖的懷抱，轉到張承業面前，又揮起他的小手臂，連連抬腿，大聲唱道：「受律辭元首，相將討叛臣。咸歌《破陣樂》，共賞太平人……」

他不明辭中之意，口齒含混不清，但誰都看出這是大唐最有名的《秦王破陣樂》，這原本是一個龐大的樂團才能表演，但看著和哥這麼賣力，小臉紅撲撲的，誰也不會計較他跳得像不像、好不好了。

眾人都歡呼叫好，張承業自是知道和哥要練出這兩首舞曲，並不容易，那是有心人教的，正當他沉浸在大唐榮光與無限感慨時，和哥已舞畢一段，氣喘吁吁地跑來跟張承業撒嬌：「七伯伯不生氣了！」

張承業也笑著抱了他，道：「沒生氣！沒生氣！誰捨得跟咱們的小和哥生氣呢？」

和哥仰著小小的臉蛋，又道：「那七伯伯要賞和哥什麼？」

張承業立刻解下纏頭的玉帶，又差人去取來一袋正面刻著唐太宗「昭陵六駿」名稱、背後鑄有駿馬圖案的馬錢，鄭重地交給和哥，微笑道：「這袋錢幣裡有太宗的昭陵六駿，每一匹馬的圖案都有，乃是先帝賜予七伯伯的珍藏，今日便送給和哥了，你要好好收藏！」

這馬錢雖是打遊戲之用，但也相當於正常的錢幣，可流通於市面，而且根據製工的精美，有不同的價值。張承業這一套既是大唐皇宮所出，便是雕工精細的寶物，價值不菲，但最重要的是，這是李曄年少與他嬉戲時，所贈送的紀念品，他要拿出來轉贈，內心實在萬分不捨，但他知道今日若不拿出夠分量的贈物，於雙方的面子都不好看，忍不住又叮嚀道：「你要記得，咱們是大唐臣民，太宗是咱們大唐最英明的君主……」

和哥聽得似懂非懂，只睜著一雙大眼瞧著張承業，可李存勖已然不悅，笑道：「七哥，和哥雖然年幼，再怎麼說，也是將來晉王爵位的承襲者，又不是那些伶人！他為你這麼賣力的表演，你怎能用一條舊纏頭和一袋馬錢就打發了？和哥沒錢，身上連一點像樣的東西都沒有，旁邊府庫裡有堆積如山的錢財，全都掌握在七哥手裡，再怎麼樣也該賞他一些吧！」

張承業肅容道：「和哥是為咱家一人歌舞，並非是建立功業，咱家送給和哥的纏頭，是從我的俸祿積蓄所得，也就是用我的私物來回報，但府庫裡的錢財乃是公物，是大王用來蓄養戰士的，咱家絕不敢取一分一毫來作為私人的饋贈！」

先前張承業對霸府之事諸多迴避，又拒絕賞賜伶人，李存勖心中怨氣已然累積，此刻酒意發作，再忍不住爆發：「這一大片江山都是本王親手打下的，錢財也是百姓上貢給我的，怎麼我連要賞賜一點給親兒，都要受你這老宦官管束嚒？」

張承業想不到李存勖會對自己罵出這一番話來，震驚之餘，已氣得臉色發白、全身顫抖，冷聲道：「老宦官沒有子孫可繼承家業！我珍惜府庫錢財難道是為了自己的子嗣打算？我是為了輔佐大王成就霸業！大王若不同意，也可以自己隨便取用，又何必問我這個老僕人？只不過錢財散盡之時，將士百姓也會離開你，你的大業將一無所成！」

李存勖想不到自己已是天下共仰，張承業竟然一點面子也不給，直接當眾人之面駁斥，再忍不住，一揚手，便拔起身旁元行欽腰間的佩劍，二話不說，就揮砍向張承業！

張承業吃了一驚，出於本能地使出「軟玉綿掌」第一式「蒼璧禮天」，身子一滑，便溜出桌邊，向外退了一大步，他萬萬想不到李存勖會舉刃殺向自己，待回過神來，心中才湧上一股悲痛。

兩人四目相對，李存勖滿臉通紅，眼中熊熊怒火，竟沒有罷手之意！

張承業忽然明白李存勖固然是酒醉發瘋，但也是心中積怨已久，才會爆發出來，他再也忍不住悲從中來，眼底浮了淚水，卻又冒著受死的危險，上前拉住李存勖的衣袍，哽咽哭道：「先王臨終之時，老臣受顧托之命，立誓要為國家誅滅汴賊，倘若今日因守護大王的基業而死，老僕也算盡力了，日後於地下面見先王，已然無愧！大王若還是生氣，就請處死我好了！」

李存勖見張承業當眾聲淚俱下、以死相逼，他不愧反怒，羞惱至極，只覺得劉玉娘說的一點也不錯：「那老閹人才不是為大王著想！他只是把你當成傀儡，利用你來遂行他自己復唐的心願！每一場仗都是大王拿命去拼搏下來，憑什麼讓他和李氏去坐享其成？他手中明明掌控著全河東的錢財，卻不肯供應軍隊足夠的糧草和裝備，任憑大王出生入死地與梁軍爭戰，以至大王受了重傷！所以他非但不是你的良助，還是大王施展宏圖最大的絆腳石！你莫要上他的當了！」

當時他還喝止劉玉娘莫要胡說，可劉玉娘卻道：「人家都說閹宦貪財，果然不錯！我瞧他死死守著錢財，是把大王的府庫都當成他自己的了！你若不信，便在宴會上試他一試，你瞧瞧他會如何？你便會知道，這世上，只有妾才是真正對你好，是為你著想的！」

李存勖心中迴蕩著劉玉娘的言語，不由得殺心更熾，虎目大睜，滿眼通紅，一把劍揚起，停在空中，幾乎就要再次殺去。

閻寶搶上一步，伸手去猛力拉開張承業的手臂，呼喝道：「休得對大王無禮！」

張承業一口惡氣無處發，長臂一揮，氣憤地使出「軟玉綿掌」第三式「青圭禮東」，一道軟綿柔韌的勁力掃向閻寶的腰身。那閻寶也算大梁猛將，剛投靠河東，成了李存勖身邊的護衛，今日初識張承業，見他居然屢次冒犯大王，便想展現自己護主效忠之心，見張承業瘦骨嶙峋、蒼蒼老矣，以為他弱不禁風，便沒有太大防備，想不到一陣綿韌的勁力拂來，他竟被掃得彈飛出去，跌落在地。

張承業忍不住大步向前，又多揍他兩拳，一邊破口罵道：「閻寶，你就是朱賊的同黨！大王不計前嫌地收容你，你受晉大恩，不思盡忠回報，居然想諂媚惑主來求得升官晉爵！」

他這一痛揍閻寶，便離開了李存勖的劍鋒之下。

閻寶原以為李存勖是萬人欽仰的大王，在河東說一，無人敢說二，而張承業就是個不得志的老宦官，想不到他目光犀利，當眾道破自己急切求功的心思，且不顧大王顏面，居然就動手痛揍自己。閻寶想抵擋，雙臂連揮，卻被那軟綿綿的勁力一一卸滑開去，全都擋了空，他方知這老宦官看似軟綿綿的老好人，骨子裡十分硬氣，且是個厲害高手，並不是自己能得罪的。

俗話說「打狗看主人」，張承業這般當眾打閻寶，且痛斥他諂言惑主，李存勖看在眼裡，只覺得他是在狠打自己臉面，且諷刺自己昏庸愚昧，一時怒火沖升，握劍的手已微微顫抖，第二劍幾乎就要再刺去，此刻張承業對著閻寶，是將背心全然露給李存勖的劍鋒，眾人眼看李存勖臉色由紅轉鐵青，目露殺光，一時心驚膽跳，卻無人敢出言提醒或勸阻，劉玉娘更是暗自竊喜，只要張承業一死，再無人擋著她的皇后發財路！

只有盧質本性正直，又有些世家子弟的疏狂傲物，此刻醉得不輕，這酒氣一上頭，便壓抑不住了，站起身來怒罵道：「都監為大王的基業鞠躬盡瘁、殫精竭慮，都病得不像樣了，大王還要殺人？若不是大王那幫豬狗兄弟，仗著權勢拼命想挖河東根底，都監何至於那麼辛苦，連銀錢都賞不出來？我河東軍又何至於缺乏軍餉？真正該殺的，是那幫虧空府庫、壓榨百姓的豬狗！」

倘若眾兄弟是豬狗，那李存勖自己又是什麼？盧質這一番仗義直言，簡直是幫了倒忙，他自己站得老遠，李存勖殺不到，一把怒火沖燒向站得最近、正打罵閻寶的張承業，再也不顧一切，「唰！」地一劍便刺向對方的背心！

「啊！」眾人都驚呼出聲，不知這位一向忠勤護主、不惜死諫的老臣僕是否會被激怒反抗，徹底與大王翻臉？還是真會授首就戮，成全大義？

張承業回過身來，眼睜睜看著李存勖的劍尖向自己刺來，倘若他有心閃躲，自然躲得開，可直到劍尖已逼近他胸前三分，他都不相信李存勖真會舉劍刺殺自己，衣衫未破，他心口已像破了個大洞般，劇痛得似要滲出血來，身子卻呆立不動！

他從未想過兩人會有這一刻，更想不通究竟是什麼讓兩人走到了這一步？以至於他忘了閃躲，甚至壓根就沒有想躲開的意思，他想瞧瞧李存勖是不是真要狠心刺死自己？

「叮！」一聲，一把寬菜刀豁地飛了進來，撞開李存勖快速直近的劍尖，李存勖喝醉了酒，這劍雖刺得又急又快，但力道不足，握劍的手還微微顫抖，被這麼大力一撞，長劍登時拋飛出去，直射木柱，插在上方搖搖晃晃。

眾人吃了一驚，都想誰這麼大膽，竟敢阻擋大王的利劍，李存勖被這麼一撞，倒也清醒了幾分。

那柄菜刀撞了長劍，一個藉力巧妙旋轉，沖飛上天，眾人目光隨之而上，赫然發現橫樑上不知何時坐了一名身穿樸素灰衣的瘦小女子，目光厲厲地瞪視下方。

眾人實在驚詫，紛紛想道：「此人是誰？竟敢闖進來撒野？」都以為這女子是為張承業出頭，卻聽她繼續嘲笑道：「你這個老宦官，人家要殺你，你明明能躲，幹嘛不躲？還白白浪費本姑娘的力氣救你！你知不知道我救人一命，值五百金！你這個窮酸老宦官付得起嘜？

你一條纏頭都用了十幾年，也捨不得換新，還被晉王嫌太老舊，送他的娃兒都不值，你這麼刻薄自己，肯定是寧可一死，也捨不得付我這救命錢了，今日真倒楣，我真是白白做了一樁虧本生意！」頓了一頓，又道：「天下的主子沒一個好東西……不對！除了我家主子之外，其他主子都不是好東西，你這麼一腔熱血為人家，被打被殺也不還手，有什麼用？沒人會記念你的！」此人自是阿寶。

張承業、李存勖兩人聞言，都是一陣尷尬，一黑一白的臉同時脹得通紅。元行欽悄悄貼近李存勖的耳畔說道：「末將去把她抓下來，別讓她在這裡胡說八道。」

阿寶又道：「晉王身子未癒，卻一天到晚想胡亂殺人，就不怕毒氣攻心，再難挽救？」

李存勖這才想起自己體內的「望江南」未解，確實不該醉酒暴怒，刺激血氣運行，又清醒了幾分，心知自己的性命掌控在對方手裡，對元行欽道：「罷了！別輕舉妄動！」

他中毒一事，十分保密，除了元行欽和劉玉娘外，無人知曉，就連張承業也不知道，阿寶卻將這事公然揭開，似乎有意把事情鬧大，眾人聞言，不禁又吃了一驚：「她話中之意，大王好似中了劇毒，這是真的麼？」

張承業聞言，心中擔憂李存勖的狀況，但他性子向來沉穩，立刻斂了心神，道：「妳是阿寶姑娘吧？有什麼事還請下來說話。」

阿寶道：「老宦官，我家主人跟你的約定還沒有到期，你先不必著急！這一回，是我跟晉王約好了，要來取一箱東西，取完我便走。」

李存勖心中一凜：「七哥竟跟金匱盟主有約定？他瞞著我與這神祕勢力交往麼？」

張承業心中卻是一嘆：「當初金匱盟主打賭說，倘若亞子明告天下不再擁立大唐，我便輸給他一個任意條件，依今日形勢看來，亞子確實動了別樣心思，但他還不敢明目張膽地摒棄大唐名號，這樣，我究竟算不算輸了？」又想：「無論如何，我總得將亞子的心思扭正了，別讓他繼續往歧路上走！」

兩人雖各有心思，此時卻不便討論，李存勖只對著阿寶呼喝道：「妳不下來，怎麼交換東西？」

阿寶冷笑道：「本姑娘就愛待在上頭圖涼快，不喜歡下去聞你們那些爭來鬥去的污穢氣！倒是你東西準備好了沒有？」

李存勖才剛回到晉陽，想不到金匱盟這麼快就找上門了，道：「還沒有！」從懷裡拿出那張清單交給張承業，道：「這一十五件東西，在不在府庫裡？」他方才還喊打喊殺，此刻卻急需張承業相助找出十五件寶物，臉色不禁有些尷尬，低聲道：「這些東西關係到我的解藥……」

張承業連忙接過清單，仔細瞧去，越看越吃驚，兩道白眉幾乎要皺到一起，憂急道：「這些東西件件價值連城，府庫全然沒有，就算真有個一、兩件，也絕湊不到十五件……」

阿寶不耐煩道：「你別問他了！這吝嗇的老宦官平常都省吃儉用，哪裡懂得積累女子簪飾？還不如問問你身邊那位闊夫人！」

李存勖聰明絕頂，聞言恍然明白關鍵竟是在劉玉娘身上！轉頭望向她，只見她原本嬌俏紅潤的臉變得霎白，美眸寒冰似雪，深深盯著阿寶，似恨不得將她千刀萬剮，偏偏朱唇緊抿，一聲不吭。

這一來，場中所有人的目光一下子都聚到劉玉娘身上了！

李存勖曾對劉玉娘提過清單的事，劉玉娘只回答到時候再想辦法尋找，從未承認自己擁有那些東西，倘若金匱盟是私下索取，她便要謊稱自己只有其中幾樣，與對方討價還價一番，但如今阿寶將這事攤在眾人面前，便容不得她敷衍應付了。

阿寶道：「我數到三，再不拿出來，我就離開了！」

劉玉娘當真心如刀割，一時陷入萬分痛苦掙扎，手中的絲巾都快擰斷了，阿寶見劉玉娘還是不肯鬆口，冷笑道：「原來晉王的命這麼不值錢！」

劉玉娘氣急敗壞得將頭上髮簪、身上頸鍊、玉環、珠寶全摘下來，丟到桌上，道：「我有的就這些了，妳自己下來拿吧！」

阿寶冷聲道：「當初我主人說過，十五件寶物，一件都不能出差錯，妳以為隨便拿了一堆石頭，就可以欺騙我嚒？」又對李存勖道：「晉王，你記著，害死你的就是你這位愛妾，可不是其他人！」說罷便作勢要施展輕功離去。

「慢著！」劉玉娘在眾人目光逼迫之下，深吸一口氣，忍下心中痛楚，便吩咐那心腹乳母去取飾物。

過了一會兒，東西取來，乃是一只長方琴盒和一個扁長形的小珠寶盒，乳母將兩件事物一併呈給劉玉娘。

劉玉娘心中痛極，忍不住打開來看，一方面檢查物件有無缺失，另方面也是臨別最後一眼，與心愛之物淚眼訣別。

旁人目光隨之望去，見長方盒內有一支精緻的雙鳳琵琶，小珠寶盒內恰好裝著十四件飾器，不由得暗暗驚嘆，夫人竟私藏這麼多珍器！而大王命危，她居然還不肯拿出來！眾人又悄悄望向李存勖，只見他臉色鐵青，不發一語，顯然也極為不悅！

劉玉娘將小珠寶盒蓋好，放入琴盒之中，讓兩盒併為一盒，再依依不捨地蓋上琴盒蓋，將鎖頭扣好，仰首恨聲道：「妳要的東西在這裡，下來拿吧！」

阿寶朗聲道：「這東西既是魏國夫人出的，那我這藥方也只能給她瞧。妳自個兒上來吧！」最後這句自是對劉玉娘說的。

李存勖沉聲道：「妳小心行事！」

「我明白。」劉玉娘一抿唇，抱著琴盒施展輕功飛上橫樑，輕巧地落在另一端。

當所有人目光都隨著劉玉娘的身影望向橫樑，關注著樑上兩名女子的動靜時，卻有一人趁著這一片混亂，悄悄來到宴會廳門口，探出一顆腦袋瓜，向盧質招招手。

盧質經過這一番變故，也清醒了幾分，連忙快步出去，問道：「馮巡官，你來這裡做什麼？」

馮道因為官階太低，不能參加宴會，道：「盧尚書，我方才聽見大王竟然要殺都監，你還仗義執言……」

盧質想到自己醉得糊塗，竟然大罵李存勖的兄弟是豬狗，又想到李存勖居然為了一點賞銀就要殺張承業，不禁越想越後怕，懊惱道：「我喝起酒來，什麼話都止不住了……」

馮道說道：「不然！盧判官是真俠士，才肯仗義執言，只不過這事恐怕不易善了！」

盧質喝了太多酒，一時還頭昏腦脹，無法思索，嘆道：「你說得不錯！這該如何是好？」

馮道說道：「晉王最是孝順，為今之計，只能趁這姑娘來鬧事，你趕緊去求見曹太夫人，讓她幫忙解圍。」

因為馮道官階太低，見不到太夫人，盧質醉酒時雖然糊塗，清醒時卻十分聰明，聽見他的建議，立刻心領神會，倘若李存勖連張承業的命都敢取，那麼這世上只怕除了曹太夫人，再沒人壓制得住他了，連忙道：「你說得不錯！我這就快去！」

卻說廳殿之中，阿寶和劉玉娘兩人都立在細長的橫樑上，眾人在下方仰首觀望，無人注意到盧質的離席，只見阿寶一手拿著一封紙束晃了晃，另一手伸出向劉玉娘，道：「拿來吧！一手交箱，一手交藥方！」

劉玉娘十分謹慎，左手緩緩遞出琴盒，右手則去取藥方，阿寶也是如此，她右手將菜刀平伸出去，讓劉玉娘可將琴盒放在寬大的刀面上，左手遞出寫著藥方的紙束，就在兩人即將接到對方的東西，倏然間，劉玉娘指尖輕輕一按機刮，射出一蓬獨門袖箭「金枝玉葉」！

這金枝玉葉十分毒辣，有一個小箭筒縛綁於她手腕內側，藏於衣袖中，只要輕輕一拉箭筒上的機括，就能一口氣射出數十片薄如蟬翼、形如葉片、清透玉白的暗器，其速之快、邊緣之鋒利、色澤白透若無，令敵人眼目難辨，萬難防範。

兩人對面而立，凌空站在一根狹長橫樑的兩端，若是輕功稍差者，連站立都有困難，而上方即是屋頂，阿寶面對這突如其來的殺機，既不能往上沖飛，又不能向左右兩旁閃躲，瞬間陷入萬分險境！

劉玉娘既捨不得寶物，也捨不得藥方，對金匱盟又懷恨在心，便事先想好這魚與熊掌兩者兼得的毒計，她也想看看金匱盟的高手，是否真有通天本事？

阿寶怒氣陡升：「這貪心的女人，為了一堆無用的寶物，竟不管自己夫君的性命……」這念頭轉動只是瞬間，再顧不得一切，手中縮回菜刀，一個花式迴轉，就將玉葉暗器反撥回去，要教眼前這個貪心的女人自食惡果！

下方不乏高手如李存勖、張承業、元行欽、閻寶，眼看兩名女子在橫樑上惡鬥，只瞧得心驚膽跳，卻來不及出手相助。

劉玉娘面對這突如其來的反轉，竟不閃不躲，樑下眾人都以為她嚇傻了，李存勖幾乎就要飛身上樑去相助一把，他還來不及行動，下一剎那，卻又再生出變故！

而劉玉娘嬌俏的臉上也隱隱露出一抹陰沉得意的微笑！

原來「金枝玉葉」最厲害之處，並不在千百片玉葉難以抵擋，而是敵人一旦用兵刃震開暗器，交觸的剎那，薄如蟬翼的玉葉會自動破碎，中心的主葉脈就會化成一支金色小毒針激射出來！

對方在不明就裡之下，以為擋住了數十片玉葉的割殺，正慶幸間，下一剎那，忽然見到數十支毒針近在咫尺，從四面八方激射而至，任憑武功再高，也來不及應付，往往是瞬間斃命！

阿寶確實吃了一驚，但反應更快，手中菜刀向右一個花式揮掃，「叮叮叮！」瞬間將右邊的十多支金毒針震開，身子同時向右邊倒落，只足尖勾住橫樑，往下蕩了一個大圈，待她重新繞回橫樑之上時，前方、左邊的另外數十根金毒針，已紛紛掉落。

劉玉娘萬萬想不到她身手如此之快，不禁全身毛骨竦然，因為阿寶再站回橫樑之上，已不是與她對面而立了，而是像鬼魅緊貼在她身後，並且點中她後心穴道，教她動彈不得，手上菜刀更是直接架在她的頸間！

劉玉娘瞪大了眼，連呼吸也不敢喘一口，甚至也不能求饒，深怕自已喉間一個顫動，就會被割開一道口子，輕易死去。

樑下方一干高手眼睜睜看著一個瘦小女子威脅魏國夫人，卻無能出手相救。於此之際，李存勖為保住藥方且救下心愛的女人，只能硬著頭皮，仰首大聲喊道：「本王與貴盟主已約定好，只要備妥寶物便能換取藥方，姑娘，妳既奉命前來，就要盡力促成雙方交易，莫要輕意毀約，違反你家主子的命令！」

阿寶冷哼道：「是這個惡毒女人毀約在先……」說話間，手中菜刀「呼！」一聲，瞬間離開劉玉娘的玉頸，手起刀落，往劉玉娘的頂心劈下！

劉玉娘臉色霎白，暗呼：「完了……」

樑下眾人更是嚇得心口幾乎跳了出來，李存勖急得大喊：「妳敢動她……」他原想說「妳敢動她一根寒毛，我河東十數萬鐵騎絕對會踏平金匱盟！」一句話才呼出幾個字，只見阿寶僅僅是削落劉玉娘一片頭髮，讓她出個醜。

阿寶冷聲道：「若不是看在我家主人的面子上，我早將她剁成十七、八塊了！」她取走劉玉娘手中的琴盒，又將那張藥方遞到她眼前，道：「妳好好看清楚、記清楚！」

只見那紙柬上寫著：「香附三錢、血藤、青廣、木香各五錢、田七粉二錢、冰片末二錢……每日水煎兩次，口服。」

劉玉娘原本已是心驚膽顫，待看到這張藥方的最後一行小字：「第一帖需以軍令狀為柴薪，之後連吃五帖便可痊癒」，更是嚇得魂不附體，心中震撼無已：「她怎知道我手中有一張軍令狀？」

一般軍令狀都是軍中所用，這藥方既然只給她一人看，很明顯的就是指她手中唯一的那一張——馮道立給張承業的軍令狀！

阿寶打開琴盒和小珠寶盒，仔細瞧了幾眼，見東西無誤，又貼近劉玉娘的耳畔，輕聲道：「今日我只是給妳一個小小教訓，妳最好記住，所有藥引都不能弄錯！還有，老宦官與我家主人打了賭，妳是知道的，主人讓我警告妳，在賭約實現之前，妳莫再打老宦官的主意，否則，我要取妳性命，乃是易如反掌，但我也不殺妳，只要在妳這張俏生生的小臉蛋上劃個一刀，讓妳生不如死，那便夠了！」

劉玉娘聞言，不由得嚇出一身冷汗，美貌絕對是她受寵的依恃，若是毀容，莫說李存勖會恨惡她，就算她想學國夫人劉氏，尋找其他權貴依附，也不可能。

阿寶道：「這藥方都記住了嚒？」

劉玉娘霎霎眼，表示自己記住了，阿寶纖足一掃，將劉玉娘踢下房樑，眾人眼看魏國夫人從上方掉落，都驚呼出聲，李存勖連忙伸手接抱住她，阿寶卻趁著眾人注意力被引開之際，一柄菜刀「唰唰唰！」地破開上方的窗欞，從破口處飛身出去，消失得無影無蹤。

元行欽道：「我去追她！」

「罷了！任她去吧！」李存勖心情煩躁，道：「我先送夫人回房，你們繼續吃喝，莫要讓賊人打擾了興致！」說罷便抱著不能動彈的劉玉娘快步離去。

李存勖將劉玉娘抱入寢殿內，放在床上，為她解了穴道，不悅道：「原來那十五件事物早就在妳手裡！妳幾時有這麼多銀兩，能買來這麼多寶物？」

劉玉娘坐起身子，美眸含淚，哽咽道：「不是早在我手中，而是妾憂心大王的身子，自從知道清單後，便暗中派人到處去尋找。為了大王的基業，我平時用心與各藩鎮的貴夫人們培養情誼，這次遇到緊要關頭，便發揮了作用，是這群夫人們傾力相助，直到昨夜，才總算收齊這十五件事物。」

李存勖怒氣稍斂，又道：「就算如此，妳既已湊齊了寶物，為何又捨不得拿出來？難道本王的性命還不如幾根簪飾？」

劉玉娘委屈道：「我瞧那女子瘦瘦小小的，心想若是能制服她，不只能得到藥方，還能將寶物留下，給大王換軍餉，不必便宜那金匱盟！人家捨不得你為軍餉發愁，連和哥要一點獎賞，都得看老宦官的臉色，還在眾人面前鬧得這麼難看，簡直有損你大王的尊嚴，這才冒險向那女賊出手！」

這一番話又惹得李存勖百般滋味上心頭，一來覺得自己酒醉衝動，怎能為一點小事就對張承業拔劍相向？另一方面卻也覺得張承業倚老賣老、屢屢壓迫，竟全然不顧他身為大王的面子！

劉玉娘想到阿寶的威脅，心生後怕，道：「我萬萬想不到那女賊武功如此厲害，人家為了你，差點連命都沒了，你還冤枉人家！」說罷拗起小脾氣來，轉過頭去不理會他。

李存勖心中歉疚，坐到了床沿，輕輕扶住她削瘦的雙肩，好言道：「是我錯怪妳了！妳為了換取軍餉，捨命與那女賊子相鬥，我竟誤會妳不顧惜我，都是我不好！」見劉玉娘仍不相理，便轉到她面前，裝可憐道：「小娘子別生氣了！小亞子向妳好好賠不是了！」

劉玉娘噗哧一笑，啐道：「身為大王，還這般孩子氣！小心被那幫老頭瞧見了，又惹來一番嘮叨！」

李存勖將她摟入懷裡，笑道：「我便只有在妳面前，才能這般隨心所欲！」

劉玉娘點了他的鼻尖，道：「你知道便好，下次可不准再冤枉人家了！」

李存勖笑道：「是！娘子吩咐，為夫若再有下次，便依軍法處置！」

劉玉娘嬌哼道：「這事可不能就這麼算了！你曾答應只要打敗劉鄩，便要好好賞賜人家，任我提要求，可賞賜都沒還下來，你卻來冤枉人家，兩件事合併，你說該怎麼辦？」

李存勖握了她的手，道：「此番能大勝劉鄩，全憑妳的巧計，我本就該好好獎賞妳，就算妳真拿了那十五件寶物，我也不該生氣，只不過它們事關重大，我才著急了！」說到這裡，心中越發歉疚，便發下豪語道：「這件事既是寶飾惹起的，不如我另外賞妳十五件寶飾，妳看中什麼，我都想辦法弄來！」

劉玉娘道：「你若要從府庫拿錢，只怕老宦官還要囉唕，妾也不想你為難，只不過，咱們得有自己的銀兩，大王要做什麼才方便。」

這番話一下子打中李存勗的心，道：「妳說得對極！府庫錢財全握在七哥手裡，他固然是為我河東基業著想，但確實有些不方便，妳以為該如何行事，才能兩全其美，既不損害七哥的管理，本王又能運用自如？」

劉玉娘被阿寶威脅不能傷害張承業，亟思另闢財源，她烏溜溜的瞳眸一轉，拍手笑道：「我想到了！不如你允我做買賣！」

李存勗愕然道：「我身為一呼百應的河東大王，妳是我的夫人，怎能拋頭露面去做低賤的買賣？」

劉玉娘可管不了那麼多，昂起玉首，自信道：「從劉鄩一戰，你該知道我的本事一點也不比你那些謀臣差，只要大王給一個特令，不管我賣什麼，柴草蔬果、金飾玉器的，誰都不許干預，我相信我做生意、掌管錢財運轉的本事，絕不會比老宦官差！那老宦官採用的無非就是地方文官的一貫做法，勸課農桑，蓄積金谷，招兵買馬，開鋪利市，經營鹽鐵，這些事誰不會做？他只會死守府庫，我卻有辦法為大王增加錢財，像變戲法般一變為二、二變為四地倍增！待賺了錢，咱們便平分，如此一來，大王就不必再受制於老宦官了！」

李存勗沉吟道：「這倒不失為好方法，只不過哪有夫人去賣貨的？這終究有失身分，只怕母妃、七哥都會反對……」

劉玉娘笑道：「放心吧！我不會自己出面，咱們先悄悄進行，待我賺得滿盆滿缽，有餘裕供應你的軍隊，相信他們就不會反對了！」

李存勖本來就喜歡冒險，不是墨守陳規之人，聽劉玉娘提出這新奇大膽的點子，頗是心動，便道：「好！本王就允妳放手去做！待妳收成時，我再來共享豐盈！」

「還有一件事，就是那金匱盟主！」劉玉娘慫恿道：「此人手眼通天，太過厲害，居然敢以十五件寶物威脅大王，倘若不盡快剷除他，瓦解金匱盟，萬一被其他藩主利用，於大王的事業就不妙了！」

李存勖卻是笑了笑，道：「這金匱盟主十分神祕，是該查清他的底細！但在危急時刻，他願意為我解毒，讓我打敗梁軍，就表示本王的威望足以令他信服，將來，他未必不能歸我所用！再者，他手中握有許多高人、物資，對我的大業定有幫助，絕不能輕易殺他！」

劉玉娘慫恿不成，心中暗恨，卻不露半點怨色，反而甜甜一笑，道：「大王說得極是！不如讓妾為你查訪此人的消息，待有機會，便安排你們見面！」

李存勖見她總是能體貼自己的心意，笑著環抱住她，道：「本王有妳，真是福氣！」

正當小倆口和好如初、甜蜜恩愛，曹太夫人的心腹婢女卻來傳報：「大王，太夫人請您過去一趟。」

「啊！」李存勖天不怕、地不怕，就怕自己的娘親，瞬間臉色一變，憂心忡忡道：「糟了！母親肯定知道我方才的事了……」

劉玉娘哼道：「這老宦官居然還去告狀！」

李存勖慌了，急道：「怎麼辦？怎麼辦？我方才確實是酒熱沖腦，太糊塗了！」他遲遲沒有回去大廳，一直與劉玉娘躲在寢殿裡，就是因為方才執劍殺張承業一事，他著實有些尷尬，不知如何善後。

劉玉娘知道他十分孝順，道：「不如你帶都監一起去見太夫人，讓他幫忙說好話，倘若他真愛護你，定會答應，不會拿這事為難你。」

李存勖嘆道：「也只能如此了！」心中感激劉玉娘一再為自己設法解圍，在她額上一吻，便匆匆回去酒宴，曹太夫人的婢女也跟了過去。

眾人見李存勖回來了，都鬆了一口氣，望望張承業，又望望李存勖，只見張承業臉色鐵青，李存勖倒了酒水，走上前去行禮致歉道：「我今日真是喝醉了，才會犯下大錯，請七哥不計前嫌，喝下這杯賠禮酒，和我一同去見太夫人，為我分說一番。」

張承業聽他雖然致歉，但其實是擔心曹太夫人責罵，並非真心認過，又想到方才若不是阿寶出手相擋，自己已然命喪黃泉，這杯酒無論如何都喝不下去，只鐵青著臉不吭一聲。

李存勖甚是尷尬，只得自己喝下，接著又連倒了三杯酒，張承業雙拳緊握，內心掙扎：「我不喝這酒，與亞子之間便有了疙瘩，再難回到從前。我若是喝下，便會讓有心人以為只要在大王面前挑唆兩句，大王就會輕易殺我，而我也因畏懼權勢，就被一杯酒水輕易擺平，如此一來，那些貪瀆的權貴再也不會怕我，我又怎麼對抗這些蠹蟲？」想到李存勖今日之舉，固然是酒醉衝動，但從霸府、尚書令、伶人獎賞、和哥獻舞，這一招招排佈下來，定是有心人所為，他心情激動，忍不住眼眶泛紅，全身微微顫抖，怎麼也不肯喝這致歉酒。

李存勖想不到張承業如此頑固，既尷尬又無奈，經婢女輕聲催促幾次，只好作罷，自己去見曹太夫人。

過了一會兒，那婢女又匆匆回來，對張承業低聲道：「太夫人有句話讓小婢一字一句傳給您。」張承業點點頭，那婢女道：「太夫人說：『今日小兒冒犯了特進，讓您受驚了，已經責打過他了，請您先回府歇息吧。明日定帶著小兒親自向您謝罪。』」

張承業心想：「太夫人話裡提了兩次『小兒』，這是把亞子當小孩兒，讓我不要跟他一般見識。既不稱呼我『七哥』，又不稱呼『都監』，卻刻意改稱『特進』，這『特進』職位等同三司，意思是拜託我不計前嫌地幫亞子周全霸府之事了！還說明日親自登門……唉！」既是曹太夫人出面，他也不好再堅持，微然點了頭，嘆道：「一點小事，也不必讓太夫人操心了！妳回去稟報，說咱家會一如既往，掃榻恭迎。」這意思便是此事已過，兩家又如從前一般親近了，說罷便起身離席而去，那女婢也趕緊回去稟報。

張承業一走出晉陽宮，意外見到馮道立在馬車邊等候，忽覺得這世上終於有個知心人，眼眶一下子就紅了。馮道見他臉色蒼白、步伐顫巍巍，顯然心神受了極大的震蕩，連忙三步併兩步地上前，伸手攙扶他小心翼翼地登上馬車，兩人坐於車箱內，一路相對無言，直到抵達監軍府，下了馬車，進入書房，張承業讓僕人備了一點醒酒茶，兩人才安坐下來，微微鬆了口氣。

張承業拿起杯盞，喝了一口茶，再放下時，眼中已浮了淚水，感慨道：「亞子一路定桀燕、收魏博，如今已是威震天下了……」

馮道輕聲安慰道：「大王百戰百勝，乃是公公盡心輔佐的結果，應當歡喜才是。」

「可……」張承業忍不住伸袖拭了淚，哽咽道：「亞子已不是從前那個小亞子了！」

馮道溫言道：「公公不是常說，他既要成為一方霸主，就絕對不可能是個小孩子！」

張承業嘆道：「話是沒錯，可再怎麼樣，亞子也不該……」話到一半，他抽吸了一口氣，止住了淚，氣憤道：「都怪王鎔和王處直那兩個老傢伙，亞子就是被他們帶壞的！這兩人竟互通一氣，共推亞子擔任尚書令、開霸府，還讓咱家幫忙召選人才！」

馮道並未參與宴會，不知道先前發生什麼事，只是龍敏前兩日忽然來投奔，他想為這位不得志的好友找個職務，便設法進入晉陽宮，留在宣光殿附近的花園裡等候張承業，卻見到一群伶人氣沖沖地經過，嘴上還嘟囔著說要去找魏國夫人讓老宦官好看。

馮道但覺不妙，連忙奔去廳殿外，運起「聞達」玄功聆聽，正好聽見盧質酒醉大聲嚷嚷，說李存勖為了一點小兒獎賞，竟要刺殺張承業，此刻又聽張承業提及霸府一事，才知道兩人先前已有一番暗中較量，不禁微微一愣，暗想：「這尚書令乃是大唐尚書省的首長，說穿了就是宰相之位！立國之初，太宗曾擔任過尚書令，後來眾臣為避諱，都不敢接任這個官位，直到德宗才又擔任過尚書令，整個大唐王朝，總共也只有兩位皇帝擔任過尚書令，王鎔和王處直卻推舉小李子擔任尚書令，其中用心，不言而喻，難怪公公如此傷心！」

自從曹操首開霸府，挾天子以令諸候，接著司馬家族、唐太宗、朱全忠……千百年來，只要亂世藩王有心問鼎帝位，大多會先建置霸府，收羅文臣武將，形成一個小朝廷來掌控軍政，待時機成熟，藩王逼迫臺面上的皇帝讓位，小朝廷的人馬就能以最快的速度取代大朝廷，穩定政局，也就是說只要現在能擠入河東霸府，佔據一個位置，將來晉王稱帝，自己就會是開國功臣！

王鎔、王處直會這麼提議，乃是認定晉王即將統一北方，自己卻不在河東之內，倘若設立一個霸府，重新安排職分，兩人便能順理成章地插位進來。

而霸府這樁好事，除了張承業這個死忠於大唐的老臣會不高興外，其他人幾乎都是額手稱慶，擠破了頭也想往裡鑽，李存勖將召選人的任務委付給張承業，自是看重他的德高望重、選賢與能、公正無私，偏偏這工作不僅得罪人，也違背張承業心底的意願。

馮道恍然明白即使張承業德高望重，也難免滿腹愁悵，有不想做卻不得不做之事：「公公若是將河東霸府弄得有聲有色，小李子稱帝就更加容易，離復唐之路就越來越遠了；若是公公不肯幫忙建立霸府，就是與小李子鬧翻，那復唐之事更是遙遙無期……」

張承業嘆道：「亞子也是再三辭讓，才接受了！」這句話說得有氣無力，像是在安慰自己李存勖只是拗不過眾人的好意，才勉為其難地接受尚書令一職，但馮道已聽出其中更深的含意，就是李存勖已經把「三辭三讓」那一套玩得很順手了。

看著張承業兩鬢鬚白，形貌蒼老憔悴許多，可想他內心有多糾結，身上的擔子有多沉重，馮道心中不禁湧上一陣酸楚：「公公是個忠誠耿直之人，既答應了小李子，就會全力以赴，可這一來，他卻必須親手砸破自己復唐的美夢……」又想：「該來的總是會來！我該如何化解公公的心結，才能幫助他免受無謂的傷害？」

張承業喝了口茶，以驅走心裡的寒意，又道：「咱家也想過了，要設便設吧！等時機成熟，再把小皇子迎回來主持霸府。」

馮道點點頭，道：「公公既下決心要成立霸府，有什麼需要小馮子效勞的，儘管吩咐，若有什麼得罪人的，都交給我，我臉皮厚，不怕！」

張承業聞言，愁鬱的心情才稍稍抒解，道：「我知道你這小子最是圓滑，總能把事情處理好，又不會得罪人。只不過這霸府既是為小皇子而設，在人選方面，便要多加斟酌，既要顧慮到河東方面，也要為小皇子舖路，讓他一回來，便有支持的人馬，咱家得好生思量。」

馮道沉吟道：「如今人人以大王馬首是瞻，要找到忠於唐廷之人，恐怕不易。」

「就是這樣才困難！」張承業輕輕一嘆，道：「你幫咱家拿個筆墨過來。」

「是！」馮道連忙起身，將筆墨紙硯張羅好，又著手為張承業研墨。

張承業道：「今晚宴會之事，一樁樁、一件件接連發生，肯定有人在亞子身邊挑唆。」

馮道一邊研墨，一邊說道：「在魏州時，我就覺得魏國夫人很不簡單，公公定要小心提防她。」

劉玉娘在尊長面前一向乖巧有禮，因此張承業一直以為是權貴奸臣在攛弄，萬萬想不到是這個小女子，不禁一愣，問道：「她做了什麼事？」

馮道不敢言及出賣晉陽一事，只說她十分貪心，想要掌控財權，又叮嚀道：「大王十分寵愛她，公公只要暗自提防她，切莫與她正面衝突，以免與大王鬧得更僵。」

張承業沉思一會兒，道：「咱家明白了！那和哥跳舞討賞便是她安排的！」又悵然道：「我掌管著河東錢財，是擋人財路，想要我命的，又何止魏國夫人？我年事已高，身子又不好，心裡早有準備，只不過在離世之前，定要安排好一切，我固然要為小皇子鋪路，也不能放任奸人傷害亞子，亞子年輕衝動，好大喜功，如今功高蓋世，便會吸引一堆小人環繞，他若聽信讒言，不辨忠奸，將來定會敗光產業，鬧至眾叛親離，所以我必須在他身邊安排忠臣勸諫，就算咱家遭到奸人相害，也能安心離世，無愧無憾！」

馮道早知道他對誰都是一腔忠貞，勸也無用，只安慰道：「公公把身子養好，就能親自看顧大王，斥逐奸人。」

「你說得是！」張承業一邊提筆蘸墨，在紙上書寫，一邊沉吟道：「無論如何，這霸府人選還是必須以打敗大梁為先，所以周德威和十三太保……這些猛將，自然都得入選……」

馮道見他時而陷入沉思，時而振筆疾書，對人事的安排也不敢多口，只恭恭敬敬地在一旁繼續研墨。

「文官方面，我也心裡有數……」張承業這般思索了許久，塗改無數回，才寫完長長一串名單，終於抬起頭來，道：「只有一個位子最令人頭疼！」

馮道忍不住探頭過去看，見名單最末，一個八品小官下方的人名空著，愣然道：「掌書記？」

張承業以筆冠輕輕點著「掌書記」下方的空白處，道：「這掌書記品級雖低，作用卻大得很，是大王最貼身的人，不但能適時規勸亞子，也是他此刻最需要的！」

馮道不解道：「如今這掌書記是王緘，他不是坐得好好的嚒？」

張承業忿忿道：「說到這王緘，咱家就來氣！再怎麼說，他也是幽燕有名的才子，先祖還是東晉宰相王導，居然鬧了個大笑話，弄得河東臉面盡失，亞子還在生他的氣呢！」

馮道想到在魏州時，王緘還目高於頂，刻意忽視自己，好奇道：「他怎麼了？」

張承業道：「前些時候，咱們大破偽梁及幽燕，大王命他寫露布昭告天下，那傢伙居然不知露布是什麼，竟把捷報寫在一塊大白布上，派人用馬車拉著到處晃蕩！原本是向天下示威的喜事，如今卻成了其他藩鎮茶餘飯後的笑話，你說氣不氣人？這幫人薄讀一點書，有一點家世，就自詡為才子，真是……唉！」

這兵部露布其實就是告捷的文書，馮道想不到心高氣傲的王緘竟然不懂，鬧了笑話還到處招搖，一時無語，只能陪著苦笑。

「不只如此，」張承業道：「韓延徽你認識吧？」

韓延徽是馮道難得的知交好友，兩人曾約定要分別待在耶律阿保機、李存勖這兩大豪雄底下安治百姓，馮道對這摯友甚是關心，愕然道：「藏明怎麼了？耶律阿保機不是挺器重他的？他不至於鬧出什麼笑話吧？」

張承業哼道：「要真能鬧出笑話才好，可偏偏這人精明似鬼！」

馮道忍不住要為摯友辯駁兩句：「藏明是個知書達禮、心懷蒼生的好人……」

張承業不等他說完，已插口道：「真是心懷蒼生，就不會投奔契丹了！」

馮道嘆道：「他當初被劉守光逼迫，也是萬般無奈……」

張承業冷笑道：「他投奔契丹是無奈，那麼前些日子，他跑來河東興風作浪，又是什麼意思？」

馮道驚愕道：「藏明來了？」

張承業道：「當時契丹到蔚州打草穀，他應是想了辦法隨軍前來，然後悄悄跑到我方軍營說要投靠，八太保一邊派人護送他來晉陽，一邊傳信到魏州給亞子。這傢伙在契丹確實有些建樹，亞子聽說之後，很欣賞他的才能，便有意讓他取代王緘擔任掌書記，王緘知道後，心中嫉妒，便使了一些小手段，將他嚇跑了！」

當時馮道待在魏州處理善後，忙進忙出，不知道這位摯友匆匆來去，兩人竟擦身而過，扼腕嘆道：「藏明會逃出契丹，必是在那裡過得不如意，倘若我那時還在晉陽，必能讓他安心留下，真是太可惜了！」越想越擔心，又道：「如今他契丹也回不去了，還能去哪裡？莫不是流浪荒野，埋沒了一身才華？甚至還有生命之憂……」

張承業哼哼一笑，道：「那傢伙可比你厲害多了！你還擔心人家呢！」

馮道莫名捱了一記悶棍，愕然道：「公公是什麼意思？」

張承業道：「他說如今北方大多歸屬晉王治下，如果留在這裡，必會遭奸臣所害，只能再回去契丹！」

馮道驚訝道：「他背叛了契丹，又逃回去，耶律阿保機豈能饒他？」

張承業笑道：「這就是我說他比你厲害的地方，他在契丹根本就混得風生水起，又摸透了耶律阿保機的性子，這才敢冒險投奔大王！他回契丹後，告訴耶律阿保機說他只是思母情切，才偷偷跑去探親，但實在思念主君之恩，便又回來了，耶律阿保機非但不揭穿他，還賜他一個契丹名『匣列』，官加三級，不但讓他擔任崇文館大學士，還主管政事省，擔任政事令，就相當於咱們大唐的中書令，內外大事都可參決。」

「原來藏明已當了契丹宰相……」馮道驚愣得張大了口，半晌，才由衷讚嘆一聲：「了不起！」

張承業哼哼一笑，道：「這下你可明白了吧！大多數的臣子都是混不下去了，才投奔別營，他卻是把自己養肥了，見耶律阿保機還不肯讓漢人文官參決大事，便故意去外面溜躂一圈，待價而沽，讓兩位雄主得之歡喜，失之悲嘆！」

馮道嘆道：「可見藏明真是人才，無論走到哪裡，都受歡迎！」

張承業冷哼一聲，啐道：「這種人才，咱家卻是不敢用！」

馮道聽他話中有話，問道：「公公為何這麼說？」

張承業冷笑道：「他回去契丹升了高位，還不罷休，立刻寫了一封書信回來，說他感念晉王的知遇之恩，但實在是害怕王緘嫉妒陷害他，不得已才逃回契丹！你說這算什麼？人都走了，還想著在大王面前留個好名聲，以備不時之需，順道再踩王緘一腳，好報一箭之仇！王緘這人心胸狹小，愛爭功奪利，偏偏不夠聰明，大王收到信後，對王緘發了好大一頓脾氣。這兩人一比，孰高孰低，你可一目瞭然了，也難怪王緘會害怕韓延徽！」

馮道一時無語，忍不住暗嘆：「看來藏明確如公公所言，手段比我厲害多了……」又想：「是我從前不瞭解他，還是他去契丹後已然變了？又或者，他如我們的約定，正努力設法變成權臣？」

張承業道：「走了也好！就怕他回去以後，把契丹扶持得太好，成為咱們的頭號大敵！」

馮道學著張承業方才的話，笑道：「藏明玩什麼把戲，半點也沒逃過公公的法眼，孰高孰低，可一目瞭然！」

張承業啐道：「小子就會拍馬！」

馮道見他終於笑了，心中稍安，又道：「既然公公擔心藏明把契丹治理得太好，當初為什麼不設法留下他？」

張承業哼道：「韓延徽敢把兩位大王玩弄於股掌，這種人不會忠於大唐的，亞子的掌書記只能是你！放心吧，他不過是看在馬鬱的面子上，才沒有立刻拔掉王緘，但如此連番大錯，王緘很快就會丟掉掌書記這個位子，到時，你便有機會了！」

雖然馮道從整件事的發展，已猜知張承業的作為，心底還是打了個激靈：「公公掌管河東人才的任用，一開始便知道小李子想留下韓延徽取代王緘，於是故意洩露消息，讓王緘倍感威脅，不得不出手逼走藏明，但這麼一來，王緘便得罪小李子了！公公這一記乃是一箭雙雕，王緘、藏明同時出局，我便有機會替補上了……」又想：「公公真是大內高手，把小李子、王緘、藏明三人的性子都琢磨透了，拔人、用人全都無形無跡！幸好公公對主上赤忱耿介，運用權謀也非出於私心，否則誰敵得過他？」

只聽張承業嘆了口氣，又道：「亞子性情活潑，又博覽群書，並非尋常武夫，因此掌書記必須學識淵博、文雅風趣，才能貼合他的心意，但同時要細心謹慎，能夠彌補他的缺失，還要態度柔軟，具備高超手腕，能擺平各方派系鬥爭，不能讓那些瑣事打擾到他，所以，在咱家心中，你才是最適合的人選！

先前我擔心你剛來河東，擺不平那些功臣宿將、世家大族，想等幾年再為你謀劃，而且王緘已經擔任著掌書記，我也不好輕易更動，如今亞子想成立霸府，時不我待，須盡快將你安排到這個位子上……」

馮道明白張承業內心真正的想法，只有兩人聯手，才可能阻止李存勖稱帝的野心，沉吟道：「但王緘是大王親自挑選之人，他再怎麼生氣，也沒有說要換了王緘，更何況這個位子一旦空出來，必是各方人馬爭奪……」

張承業道：「咱家已經想好了，你先擔任霸府從事，掌管霸府所有文書，順道把各方派系摸熟了，一旦處理得好，不用咱家鋪路，亞子自己都會找時機提拔你！」

「掌管霸府文書？」馮道不由得讚嘆張承業的高明，這位子品級更小，沒人爭搶，雖不如掌書記與晉王親厚，但只要懂得製造機會，還是很容易接近李存勖，最重要的是，能掌握各方派系的秘密消息。

張承業道：「只有咱倆，力量還是單薄了些，得多提拔正直可靠的人才，亞子才不會盡被小人包圍！」

馮道見名單已經充足，張承業如此說必有用意，小心翼翼地問道：「公公的意思是……」

張承業道：「我聽說你小子有朋友來訪，叫他過來看看吧！」

馮道驚詫道：「公公真是手眼通天，什麼都瞞不過您！」

張承業笑道：「你今日過來，難道不是為了這事嚒？」

馮道趕緊陪笑道：「我這朋友真是不錯的，品行端正、滿腹才學，絕對誠實可靠，倘若是三腳貓，又或是奸狡之徒，我也不敢推薦給公公。」

張承業道：「咱家年紀大了，身子又不好，你去了亞子身邊，也不能幫我了，我的確需要有個誠實可靠的幫手。這裡的人都已經濁了，各有各的山頭，你朋友乾乾淨淨的，沒什麼勢力攪在其中，正好適合，你小子的眼光，咱家還是信得過的！

霸府的名單大家都搶破了頭，他一個新來的人，又沒有什麼顯赫的資歷，要放進霸府是困難的，但留在咱家身邊，當個監軍巡官，使掌奏記，還是可以的。」這番話透露出他不只知道馮道有朋友前來投靠，連龍敏的底細都已經摸透了。

馮道既驚且喜，連聲道：「多謝公公提拔！能待在公公身邊學習，是莫大的福氣，龍兄肯定很高興，我回去便立刻告知他，讓他盡快過來為公公分憂解勞。」

張承業又問：「對了！胡三那邊情況如何？如今算來，小皇子也十四歲了，該懂事了！胡三有沒有好好教導他？」

馮道說道：「胡三前日裡有寫信過來，報告小皇子的狀況，他說小皇子知書達禮，仁慈寬厚。」

張承業微笑道：「那很好啊！胡大夫果然不負先帝托付！」

「唯獨有一件事，小皇子似乎……」馮道小心翼翼地試探道：「不想當皇帝……」

「這什麼意思？」張承業心頭一震，白眉深鎖，沉聲道：「咱們在這邊拼死籌謀復唐大業，他卻只貪圖享樂？還是他貪生怕死，想隱居起來得過且過？他不知道自己身上揹著重責大任嗎？」

「不是……」馮道吞吞吐吐道：「他很有慈心，也懂事，只不過想學醫，救治百姓……」

張承業沉聲道：「這就是胡大夫的錯了！小皇子年紀還小，什麼都不懂，胡大夫須好好教導他，讓他深明大義，多少人為大唐存續犧牲了，就連先帝、先后為保住他性命，也死於逆賊之手，他豈可如此任性？讓胡三告訴他，救一人不如救全國，治一人不如治天下！這是他與生俱來的責任，不可推諉！」

馮道見他怪罪胡三，只好勸道：「公公也說小皇子年紀尚幼，待胡大夫多教個幾年，或許他就能想得通透了！」

張承業點點頭，仔細盤算：「朱全忠、楊師厚雖然都已倒下，但大梁根基太過深厚，梁晉之戰只怕還要拖個好幾年，等亞子成功滅梁後，小皇子也近二十歲了，登基稱帝不會太年幼，才有能力好好治理國家，也是好事！」

兩人就這麼討論霸府人事，直到深夜，馮道索性在監軍府睡下了，微微歇息一陣後，兩人又起身，繼續商議梁晉形勢及對應之策，幾乎徹夜未眠。

雲蒼月濛，夜霧瀰漫，就在張承業與馮道商討霸府人事、李存勖待在曹太夫人那裡聆聽教訓時，一葉小舟趁著霧色迷濛的遮掩，順著運河緩緩飄出晉陽「西城」，進入「中城」底下，撐舟的船夫戴著笠帽、一身黑衣，以竹篙巧妙一撐，令舟身一個輕盈彎轉，進入汾河，順著水勢往下，直漂流到郊外。

小舟漸漸漂離晉陽宮城，夾岸兩側的景致也從宮殿亭閣、寺觀寶塔轉成林木蔥蘢、森森鬱鬱，舟夫見前方有座密林，便施展輕功躍上河畔，又將手中的船繩繫在岸邊以固定小舟，再施展輕功奔入密林裡。

林蔭朦朧，憑添幾分詭異氣氛，舟夫拿下笠帽，從懷中拿出一根蠟燭點上，照亮四方幽暗，金色燭光暈染在舟夫小巧臉蛋上，竟顯得明麗如曦陽、嬌豔如彤霞，原來這舟夫居然是晉王愛妾劉玉娘！

她拿著燭火耐心等候在密林中，想到那十五件寶飾是自己花了近五年時間，用盡各種手段從各方官吏手中收取銀兩，才存到足夠的錢財，又花了無數心血才從幾個貴夫人手裡買來，卻被金匱盟主一個藥方輕易訛詐走，再加上先前在富貴宴中損失的千金，還有阿寶割臉毀容、不能再動老宦官的威脅，這一樁樁、一件件，都令她心如刀割、恨如火燒，與金匱盟簡直是不共戴天！

正當她陷入氣惱，苦思對策時，一道殺氣快速逼近，讓她寒毛直豎，連忙回身望去，那人卻已貼在身後，兩人臉面相對，不過三分之距，劉玉娘吃了一驚，慌不迭地連退兩步，退得太急，腳下一個不穩，就要往後跌落，那人卻更快地伸出手臂，攬向她纖腰，扶住她往後傾仰的嬌軀，露出一抹瀟灑迷人的微笑，道：「玉煙堂主見到我，何故如此驚慌？不是妳約我來的嚒？」

這俊美男子不是別人，正是煙雨樓主徐知誥，他俯身低首，幾乎貼近劉玉娘鮮艷欲滴的唇瓣，在幾乎碰觸的瞬間止住了，因為他明白太艷麗的東西，往往有毒！

而劉玉娘也恰恰伸出玉指抵住他的唇，隔在兩人之間，不讓徐知誥妄進一步，兩人隔著一指之距凝望半晌，劉玉娘忽然噗哧一聲笑了出來，一邊起身退了兩步，與徐知誥保持適當距離，一邊橫了個媚眼，道：「男女之間，若摻雜了權謀，情就不純了！權謀之間，若摻雜了情愛，心就不忍了！咱們還是保持距離來得好，我怕一跟你靠近，就像羅妹妹一樣，死於非命！我晉王妃當得好好的，何必犯這個傻？」她說的羅妹妹乃是死於幽燕的羅嬌兒，此刻她雖未封晉王妃，但心裡已這麼認定，便順口說出來。

徐知誥聳了聳肩，也不以為意，一展摺扇，輕輕搖搧，流露一貫瀟灑的氣度，微笑道：「那妳今夜冒險約我，又為了什麼？」

劉玉娘眼看曹太夫人出面，李存勖便立刻向張承業敬酒賠罪，她知道日後要再慫恿李存勖殺張承業，已不可能，她感到自己孤木難支，急需強而有力的外援，因此即使她實在不願受控於煙雨樓，也不得不再度找上徐知誥。她嬌聲抱怨道：「上回我讓你幫忙殺信使，你沒有做到，說是金匱盟橫插一手，你不是說會查清金匱盟的底細嚒？查得如何了？」

徐知誥目光一沉，微然搖首道：「金匱盟像忽然冒了出來，擴展極快，一下子就遍及北方，不只許多達官顯貴都有來往，就連許多小販、農民、織女、鐵匠、落魄文士、敗戰勇將，甚至煙花酒女，都與金匱盟有關，只要金匱令一出，所要的消息、物資便會自動從四面八方集結過來。」

劉玉娘道：「既是如此，咱們抓幾個跟他們接觸過的人來嚴刑逼供，循線追索，不就能找到金匱盟主了？」

「不然！」徐知誥道：「這些人並非金匱盟主的屬下，反而比較像是金匱盟的客人，他們手中若剛好有金匱盟徵收的物資，便會送到徵召處，而金匱盟也會毫不吝嗇地以較高的價錢收買。這些人有的為了圖利、有的為了報恩，也不是每次都參與，他們甚至沒聽過金匱盟主這號人物。」

劉玉娘沉吟道：「阿寶、阿貴的武功都那麼厲害，又神出鬼沒，要抓他們並不容易……」美眸一轉，懷疑道：「當日你沒有殺了馮道，是因為金匱盟阻止，他只是個小人物，為什麼金匱盟如此重視他，你真相信是因為寒江堂主？」說到這裡，精光一湛，嘲笑道：「你居然會相信那種鬼話，而放棄殺仇人的機會？這可一點都不像我認識的冷血無情的煙雨樓主！你該不會是對寒江堂主還餘情未了，捨不得下手吧？」

劉玉娘這一番譏諷直刺徐知誥心中痛處，乃是為了逼他說出實話，但徐知誥卻不為所動，他當然不能說出自己胸懷宏圖，與金匱盟主做了條件交換，只目光一沉，冷聲道：「我自有打算，這些不是妳該知道的，妳只要記住別再打馮道的主意就夠了！這個人，我必要親手了結！」

劉玉娘見激將法無法逼他說出實話，心思微微一轉，微笑道：「馮道如今投在晉王底下，他的性命等於是捏在我手裡，我想怎麼處置，便怎麼處置，除非……」

徐知誥恍然明白她是來談條件的，臉上無喜無怒，也不意外，只淡淡道：「說吧！妳有什麼要求？或許我可以考慮。」

劉玉娘道：「那一日，劉鄩派人來向晉王下毒，據說是『望江南』，以至我損失慘重，這『望江南』是你提供給她的吧？劉鄩身邊那個人，應該就是咱們煙雨樓四大堂主裡最美的小妹子——花見羞吧？」

徐知誥微笑道：「她長大了，自該有個好歸宿！她有什麼需要，我這個做樓主哥哥的，送點嫁妝什麼的，總會盡心辦到！」

劉玉娘冷聲道：「她毒殺的是我的夫君！」

徐知誥道：「劉鄩也是她的夫君，這梁晉之戰一直都存在，妳們姐妹間要如何爭鬥，乃是各憑本事。」

劉玉娘冷聲道：「我知道你安排我們在梁晉之間攪風攪雨，就為了讓淮南得利，但我可以告訴你，我絕不會像張曦、王雲或羅嬌兒那樣，任你們擺佈！如今李存勖就是我的榮華富貴，我絕不准任何人傷害他，誰想擋我的榮華富貴，我就全力除掉誰！」

徐知誥微笑道：「妳若有本事除掉花雨堂主，請自便！妳知道我絕不會追究，但妳說了這麼多廢話，究竟想要什麼？」

劉玉娘道：「既然你說我們各憑本事，那我要你保證兩不相幫，你絕不准再提供毒藥給花見羞，那麼，我可以答應放過馮道！」

徐知誥心知劉玉娘或許不如張惠睿智，不如花見羞美貌，也不如褚寒依爽快俐落，但心機狠毒遠勝煙雨樓其他女子，她在河東興風作浪固然是好，但倘若她一直針對馮道使些小手段，不免有些麻煩，會阻礙自己與金匱盟主的三年之約，遂大方答應：「好！一言為定！我兩不相幫，妳們自取勝負！」

劉玉娘得到這聲允諾，才欣然離去，趁著李存勖還未從曹太夫人那裡回來前，已安然回到嘉福殿寢室內。

翌日午時，曹太夫人果然帶著李存勖前來共用午膳，張承業事先得到通報，便差僕人準備膳食，馮道心知自己不宜在場，連忙告辭離開，回去通知龍敏得到監軍巡官的好消息。

監軍府的家宴十分簡單，座上也只有張承業做東，招待曹太夫人和李存勖。

張承業作東，自是主動舉酒相敬，曹太夫人回了酒水，微笑道：「小兒喚你一聲七哥，便是親近你如兄長，兄弟間偶有齟齬、喝醉鬧酒，都是尋常之事。幾位太保都是粗魯武人，一旦喝醉了，吵架打架，甚至拔刀相向，都是家常便飯，小兒雖然受了一點禮教，讀了一點詩書，但從小跟著太保們長大，免不了受他們影響，也養成酒醉胡鬧的壞習慣！你是看著太保們長大的，肯定知道他們打得再凶，也不是真有惡心，更沒有隔夜仇，睡一覺起來，便和好如初了，你說，是吧？」

張承業是閹人，心思特別敏銳、情感也細膩，一旦真心換絕情時，便特別容易傷感，但幾個太保年輕時，常常今日打得頭破血流，似不共戴天，明日便勾肩搭背一起去喝花酒，上戰場時更是捨命相護，張承業初來河東時，看見這番景象，著實驚詫，後來也見怪不怪了，只不過這事忽然發生在自己身上，便不易釋懷，今日聽曹太夫人一番開解，心想似乎確實如此，臉色便緩和了幾分，鬆口道：「我和亞子不過是兄弟間意見不和，這一點小事，怎勞太夫人來調解？」

曹太夫人微微一笑，溫言道：「咱們兩家本如親人，可亞子一出征，往往好幾個月，都沒機會過來走動，今日我是特意過來探望，瞧瞧你的身子如何，好些了嚒？」說罷便向李存勖使了眼色。

李存勖拿出一個禮盒，打開盒蓋，露出裡面的千年人蔘，道：「七哥，昨日是我不對，我真是喝得太醉，不知道自己做了什麼。你為我河東鞠躬盡瘁，以至身子抱恙，卻從不說苦、不炫功，若非得娘親提醒，我還糊裡糊塗的，不知體恤。」又捋起衣袖，露出一道紅痕，道：「你瞧，娘親都責打過我了，這痕跡還紅通通的，你莫要再生我的氣，你不原諒我，娘親就不會原諒我，父王一直視你為左膀右臂，還將我交託給你，倘若他在天上瞧見咱倆鬧成這樣，他也不會安心的。」說罷便親自為張承業斟酒，再舉酒相敬：「我年輕狂躁，做事沒有分寸，你能不能看在父王、母妃的面子上，原諒我一回？下次……我是說絕沒有下次，父王、母妃、天地皆可為證！」

張承業終於拿了酒杯，卻還沒有喝下，道：「亞子既是無心之過，七哥也不會小雞肚腸，這事便讓它過去吧！我既已承諾先王要輔佐亞子光復大唐，便會信守承諾，這霸府之事，咱家也會盡力周全……」

李存勖見張承業當著母親的面允諾，便是會盡心盡力成全這事，連忙再敬一杯酒，道：「多謝七哥！」

張承業蹙眉道：「只不過這人事上有一點小麻煩……」

人事之爭，最是麻煩，李存勖心知肚明，連忙道：「有誰不同意七哥，你儘管提出，我定會全力做你的後盾！」

張承業道：「其他人都好辦，就是那個盧質，仗著世家大族的身分，不但多次無禮，昨日還喝醉了酒，出言不遜，乾脆殺了他，以免再得罪大王。」

曹太夫人才以「喝醉酒做的事都不算數」來為李存勖開脫，倘若李存勖因盧質喝醉罵他，就要殺了盧質，豈不是推翻了曹太夫人的說辭，讓她下不了台？李存勖因此有些為難，道：「我正要設立霸府招賢納才，以成就功業，盧質不只有世家大族的身分，也有宰相之能，他性子雖然疏狂了些，卻是難得的良才，我方才雖說要支持七哥，但也不能濫殺無辜，七哥這樣建言，未免太過了，我實在不能同意！」

張承業站起身，端了酒水反敬李存勖，笑道：「大王能夠如此禮賢納士，必是萬民來歸，何愁不能征服天下？」

李存勖恍然大悟，心想：「原來七哥怕我事後找盧質算帳，才故意說反話來勸我。」便大方喝了酒，將對盧質的氣惱盡數放下。

曹太夫人見張承業不計前嫌，還順勢施計勸阻李存勖殘殺良才，心中甚是感激，便趕緊招呼他們吃飯喝酒，三人終於其樂融融地吃了一頓和解飯，把心中的不愉快暫時拋下。

九一七・二　借問誰凌虐・天驕毒威武

三月辛亥，攻幽州，節度使周德威以幽、并、鎮、定、魏五州之兵拒於居庸關之西，合戰於新州東，大破之，斬首三萬餘級，殺李嗣恩之子武八……以大暑霖潦，班師。留曷魯、盧國用守之……秋八月，李存勖遣李嗣源等救幽州，曷魯等以兵少而還。《遼史・卷一本記第一・太祖上》

契丹乘勝進圍幽州，聲言有眾百萬，氈車毳幕彌溫山澤。盧文進教之攻城，為地道，晝夜四面俱進，城中穴地然膏以邀之。又為土山以臨城，城中熔銅以灑之，日殺千計，而攻之不止。周德威遣間使詣晉王告急，王方與梁相持河上，欲分兵則兵少，欲勿救恐失之，憂形於色，謀於諸將，獨李嗣源、李存審、閻寶勸王救之。王喜曰：「昔太宗得一李靖猶擒頡利，今吾有猛將三人，復何憂哉！」存審、寶以為虜無輜重，勢不能久，俟其野無所掠，食盡自還，然後踵而擊之。李嗣源曰：「周德威社稷之臣，今幽州朝夕不保，恐變生於中，何暇待虜之衰！臣請身為前鋒以赴之。」王曰：「公言是也。」即日，命治兵。夏，四月，晉王命嗣源將兵先進，軍於淶水，閻寶以鎮、定之兵繼之。《資治通鑑・卷二百六十九》

莘縣一場大戰，劉鄩折損七萬兵將，剩不足百騎，退守黎陽，消息傳到開封，大梁朝廷一片愁雲慘霧，眾臣苦無對策，朱友貞更是焦急、憤怒、沮喪百般滋味夾纏心頭，幾次傳書召回劉鄩，但劉鄩為固守黃河，半步也不敢離開黎陽，只能置皇命於不顧。

朝廷敕旨越來越急，信中內容越來越嚴厲，劉鄩心知自己失掉魏博，又得罪皇帝，日後恐惹來殺身之禍，在花見羞的屢屢勸說之下，終於決定急流勇退，便遞上書信說自己年事已高，想告老還鄉。

朱友貞氣憤憂愁之餘，索性召來趙岩、袁象先、張漢傑兄弟等一干心腹臣子在宮中花園設宴，飲酒苦嘆：「想不到那幫沙陀蠻子如此強悍，在短短時間內，就逼得我大梁土地不斷後退，如今只剩黃河這道天險，一旦讓他們渡過河岸，朕的大業就完了！」第一次他忽然懷念起楊師厚的強悍。

袁象先與趙岩一樣，因輔佐朱友貞登基有功而得到大賞賜，不僅擔任開封尹、檢校太尉，還領宋州節度使，手握十萬大軍，恃權驕橫，巨貪納賄，毫無底限，聽朱友貞如此感慨，自要熱心為主君解憂，連忙道：「臣以為最好的法子就是多派兵馬，牢牢守住黃河沿岸……」

朱友貞不耐道：「朕不知道嚒？可我大梁還剩多少兵馬可以揮霍？這黎陽就在開封城的正上方，已經打了大大小小數十仗了，就好像在朕的頭上懸了一把利劍，隨時會掉下來！萬一劉鄩有個什麼閃失，沒守住，讓賊子渡過黃河，朕就完了！」氣得拿出劉鄩的奏章丟到桌上，又罵道：「說起這個劉百計，朕就恨不得斬了他的腦袋！他丟掉七萬大軍，屢召不回，朕都還未重罰，他居然丟來一封信說不幹了！枉費朕這麼信任提拔他，屢屢好言相勸，他簡直是忘恩負義！」

眾人想不到劉鄩竟想辭退，都有些意外，趙岩陪笑道：「這種敗軍之將，對我大梁毫無用處，既然他想告老還鄉，陛下何不趁機收回軍權？」

朱友貞怒道：「要不是瞧在黎陽還需有人顧守的份上，才暫且饒他一命，否則這等逆臣賊子，朕豈能容他苟活？」氣沖沖地喝了幾口酒，又恨聲道：「外敵強悍、將臣囂張，朕要忍受這個劉鄩到什麼時候？今日召你們來，就是讓你們出主意，看有什麼法子可以擊退賊兵？」

趙岩道：「臣以為可引契丹作為外援……」

朱友貞不等他說完，已揮手阻止道：「那契丹蠻子曾跟父王結為『甥舅之國』，他為甥、父王為舅，我堂堂大梁王朝，怎可淪落到去找一個小蠻子、小外甥來當打手？」

趙岩安慰道：「先帝與耶律阿保機才是父侄輩的關係，你與阿保機乃是堂兄弟，兄弟有難，拔刀相助，乃是天經地義，更何況先帝從前與李克用相爭時，也常送禮予契丹，這等來往是很尋常的，陛下毋需介懷。晉賊壯大，相信耶律阿保機比咱們還著急！我聽說這契丹蠻子年初時，已自立為帝，號稱『天皇帝』，想來他的兵馬已養得十分雄壯，足以扯扯晉賊的後腿，陛下只要派人去提點提點他就可以了！」

朱友貞是個識時務的人，知道情勢惡劣時就必須隱忍，無奈道：「這事便交給你了！」

袁象先又道：「晉軍既有契丹牽制，陛下就不必再受劉鄩的氣，不妨先壓一壓他的銳氣，找個藉口將他調離黎陽，倘若別的將領能守住黃河，到時便可動手了！」

朱友貞眼中微微閃過一道厲光，沉聲道：「你說得不錯！黃河沿岸佈防之事，就交由你去安排！」

河東軍在打敗劉鄩七萬大軍後，李存勖便返回晉陽處理事宜，留下李嗣源和李存審率領史建瑭、符彥卿、石敬瑭、李從珂、高行周等幾位年輕猛將，趁著梁廷還來不及補充兵員，一路乘勝追擊，連下衛、惠、相、洺、邢數州，捷報傳回，河東一片歡聲雷動，李存勖欣喜之餘，也更安心留在晉陽與張承業討論霸府人事，並調整未來策略。

這一日，李存勖興沖沖地召集霸府臣屬一起商議軍事：「從邢州到衛州，我們已經形成一條垂直鎖鏈，等於突破了魏博西邊的防線，接下來，只要再突破東邊的博州、澶州和最麻煩的貝州張德源，便能飲馬黃河，問鼎中原了！」

眾人聽李存勖說得神采飛揚，都十分興奮，連聲附和。

「報！」

正當河東大臣你一言、我一語熱烈討論時，蔚州的探子卻忽然趕馬回來，滿面血淚、滿身傷痕，被李存勖的親衛攙扶進來。眾人一看便知不妙，李存勖蹙眉喝問：「發生什麼事了？」

「啟稟大王！」蔚州探子一邊行禮，一邊哭道：「六太保和他四名健兒都壯烈犧牲了……」

「什麼？」眾人原本還沉浸在魏博勝利的喜悅中，乍聽到噩耗，不由得臉色驚變，李存勖更是豁然站起，暴喝：「你說六哥和他四個兒子全戰死了？」

「是！」那探子泣不成聲：「前陣子契丹兵忽然到蔚州打草穀，六太保率人驅趕，雙方就打了起來，八太保剛好趕到，契丹眼看打不過，便派使者過來說要勒索錢財，兩位太保不願屈服，八太保就將契丹使者先關押起來，接著便趕回晉陽處理軍情。」他說的正是前不久李存璋趕回晉陽驚退王檀的那一場戰役，又道：「耶律阿保機得知使者被關，覺得很沒面子，又知道我大軍都待在魏博，便率三十萬兵馬南下，分兵攻打雲、新、武、媯、儒等州鎮，這些地方我們的駐軍稀少，一下子就被攻陷了！契丹狗賊俘虜了我們許多人，接著便圍攻蔚州，六太保父子雖拼死抵抗，卻實在敵不過他們人多，都壯烈犧牲了……」

河東才剛取下魏博，接下來將會與大梁陷入關鍵的膠著戰，想不到契丹毫無預警地率三十萬鐵騎南下，等於是一把大刀狠狠地從背後插入，眾人不由得一陣驚惶：「契丹竟來了三十萬大軍！咱們正與梁軍鏖戰，哪能分兵去對付契丹？」

李存勖回憶起六哥性情雖傲烈，卻十分忠勇，想不到突如其來的一場戰事，就讓他們全家戰歿，連一個子嗣都沒留下，也來不及見最後一面，一時心痛如絞，卻只能緊握雙拳強忍悲痛，問道：「蔚州失守了？」

探子搖搖頭道：「就在大家快支撐不下去時，八太保剛好回來，他冒著被圍困的危險進入城中，帶領我們殘餘的士兵一起防守，又安定民心，還斬殺契丹使者向賊兵炫耀。後來城中武器不夠，他還教大家把老舊的鐵車、鐵鍋、鐵器都交給鐵匠們熔鑄為兵器，再分發給士兵，並激勵男女老少合力保衛家園，同時派卑職飛馬趕回來，向大王稟報戰況，請求援兵！」

李存勖聞言，心中既感動又震撼：「三十萬大軍圍城，八哥竟還自投羅網地闖進去，他一心只想為我堅守陣地，無論如何，我都不能辜負他……」

留在晉陽的霸府官員多是文臣，就算是武將，最高也不過是宮城衛軍的統領，先前已被王檀嚇了一回，如今聽到契丹又來三十萬大軍，只個個面如死灰、心膽俱喪，紛紛出言勸阻：「大王，此事萬萬不可！契丹是有備而來，咱們就這麼幾千人，如果貿然撞衝上去，只會白白犧牲，有什麼作用？」

「契丹騎兵向來驍勇迅猛，可不是大梁那軟腳狗，咱們僅有的幾千士兵必須保護晉陽，不能枉自送死！」

「這契丹原本只是一群蠻族，各部之間還你爭我奪的，幾時能集結這麼多大軍？如何能在這麼短的時間崛起？這消息是否有誤，大王應多加查考，莫輕易決定！」

那探子拼死趕來求援，想不到這幫高官竟反對出兵，忍不住哭了起來，一邊以衣袖抹淚，一邊連連叩首求懇道：「大王，卑職是拼死突圍，歷經九死一生，好不容易才回到這裡，蔚州真的快守不住了，大家都等您救命，請大王不要拋棄蔚州軍民……」

眾臣心想李存勖極重情義，怕他動搖，又紛紛勸說：「大太保、九太保是對付契丹最好的人選，可惜他們遠在魏州，緩不濟急，而且他們一方面要鎮守剛收復的魏博，一方面要對抗劉鄩，形勢如此，也是天意，只能放棄蔚州了……」

「都給我住口！」李存勖暴喝一聲，眾人嚇得全都噤了聲，李存勖對探子道：「你先下去休息，本王自有定奪。」

那探子見大王暴怒，心中忐忑，也不敢再說，只能黯然退下。

李存勖心中焦急，實在想立刻出兵救人，見眾臣如驚弓之鳥，頗多質疑，他幾乎按捺不住怒火就要大發雷霆，張承業怕雙方起衝突，又想讓馮道有所表現，便出來打圓場，道：「那馮巡官來自幽燕，當年劉氏父子與契丹交手最久，大王不如找他來參酌一下。」

馮道乃是小巡官，於品級、職務，都不夠資格參與今日會議，經張承業這麼一提，李存勖欣喜道：「快傳馮巡官前來研議軍事！」

馮道得到通知，心中一嘆：「即使藏明已能參決契丹軍政，還是阻止不了耶律阿保機的野心！」便立刻趕過去。

他進到大殿之中，見眾臣目光灼灼地盯著自己，彷彿河東生死存亡全壓在他肩上，倘若他說了什麼不符合眾人心意的話，立刻就會得罪一班重臣，他心中雖感壓力，卻也泰然處之，對李存勖恭敬行禮道：「卑職參見大王，但不知大王召臣前來，有何吩咐？」

李存勖道：「本王聽說你對契丹十分瞭解，你先把情況跟大家說說。」

「是！」馮道向眾臣道：「當年劉仁恭父子殘暴不仁，幽燕百姓不堪虐待，紛紛逃往契丹，其中有許多文士便投到耶律阿保機麾下，為契丹制定漢律、扶持經濟，並出謀劃策，助他征服草原各族，建立威望。

今年初，耶律阿保機成功統一契丹八部後，便自立為『天皇帝』，立國號為『契丹』，建元『神冊』，定都上京『臨潢府』，他的妻子述律平也是個狠角色，曾在阿保機率軍穿過沙漠去攻打黨項時，獨自帶兵守衛帳幕，擊退黃頭、臭泊兩支來犯的室韋族，名震北方諸夷，因此被尊為『地皇后』，與阿保機皇帝平起平坐，就連她的母親、婆婆都要對她行禮參拜！

耶律阿保機因為仰慕漢文化，自比劉邦，希望身邊有輔相蕭何，就把述律平一族都改成『蕭』姓，就連皇太后也不放過，都成了『蕭』氏。

除此之外，他在漢臣的建議下，還將迭刺部分設南、北兩院，北院沿用契丹原制，讓他的親弟迭栗底擔任『迭烈府』夷離菫，統領契丹各部族；南院則以匣列為宰相，仿中原官制！」

李存勖憤慨道：「那宰相『匣列』便是韓延徽吧！我聽說耶律阿保機能這麼快興起，全憑他的治理，那日他來投奔，本王竟然錯過了，否則用他來知己知彼，今日便不會被契丹威脅！」此話一出，王緘不由得低下了頭。

張承業道：「韓延徽既選擇回去契丹，還改了契丹名『匣列』，就表示他心裡十分感激耶律阿保機的提攜之情，即使當日留下來，也未必能真心效力大王，走便走了，大王又何必掛念他？」

「特進說得甚是！」李存勖轉問馮道：「如今耶律阿保機仗著有漢臣扶持，便養大了軍隊，還野心勃勃地想要南侵，你有什麼看法？」

馮道說道：「大王，此事乃是一刀兩面刃！」

「哦？」李存勖聽馮道提出完全不同的見解，不像眾臣只會勸阻救援，立刻來了興致：「為何是雙面刃？」

馮道說道：「草原物資匱乏，部族之間向來是互相殺掠搶奪，才能確保自己族民的生計，但阿保機以武力強勢統一各部後，看似大權在握，其實滿足各部族生計的重擔就全落到他肩上了！」

「不錯！」李存勖精光一湛，心中豁然開朗，已有應對之策。

馮道繼續對大臣們解釋：「雖然漢臣運用一些種植方法，使投靠過去的漢民開墾荒田，振興農業，也確實提高了糧草的供應，但塞外土地天生貧瘠，這始終不是長久之計，耶律阿保機早就對中原虎視眈眈，認為南侵搶奪富庶之地，才是一勞永逸的好方法。再者，阿保機才剛剛建國，需要樹立威望，眼看咱們連下數城，梁軍竟然都抵擋不住，他害怕了，才會趁咱們與大梁相爭時，傾兵南下，想來個先下手為強！」

李存勖接口道：「你們都聽見了！這廝向來野心勃勃，倘若咱們不能將契丹趕回草原，將會陷入兩面強敵夾攻的苦戰！」

眾臣理解到這次已不單是蔚州的保衛戰，而是梁、契丹兩強夾攻的前哨戰，心中更加憂愁，一時沉默無言，不知該如何是好。

李存勖見眾臣態度鬆軟下來，趁勢道：「幾位大將軍都必須戍守重地，無法前去救援，那麼這次就由本王自己去吧！」

眾臣吃了一驚，連聲勸道：「千金之子坐不垂堂，更何況是親上戰場，大王切莫衝動！」

李存勖咬牙恨聲道：「耶律阿保機這狗賊，先背棄與父王的兄弟之義，現在還來背後插刀，殺我兄弟，此仇不共戴天，本王絕不會放過他！他不來便罷，既然來了，我便要趁這機會好好教訓他，將所有恥辱仇恨一次討回來！」又問張承業：「特進，你以為如何？」

張承業道：「咱家也贊成大王救援蔚州，只不過敵我兵力懸殊，須把作戰計劃考慮周詳。」

李存勖笑道：「此戰如何進行，本王已有主張！」想了想又道：「南吳向來不肯臣服大梁，派人通知他們，只要吳王出兵攻打梁境，拖住梁軍，讓我專心應付北方戰事，我有把握不出半個月，便能打得契丹狗滾回草原去！」

「向吳亭東千里秋，放歌曾作昔年游。青苔寺里無馬跡，綠水橋邊多酒樓。大抵南朝皆曠達，可憐東晉最風流。月明更想桓伊在，一笛聞吹《出塞》愁。」❶

淮南潤州齊國公府裡，徐溫站在窗臺邊，望著外邊落葉紛飛、秋色千里，回想著自己年輕時跟隨楊行密起義，何等豪情快意，而這幾年淮南朝堂的變化，又是何等驚濤駭浪，不禁輕輕一嘆：「已經過去這麼多年了……」

十一年前，楊行密忽然暴斃身亡，長子楊渥在徐溫的扶持下，順利即位，卻因為驕奢暴虐、不受控制，被徐溫和張顥聯手剷除，之後徐溫再以叛逆名義除掉勁敵張顥，扶持楊行密次子楊隆演即位。❷

楊隆演性情懦順，自知形勢不利，只隱忍偷生，即使常被一些悍將戲弄，也不敢反抗，讓徐溫十分放心。

之後，徐溫便一步步擴大勢力，不只兼任內水陸馬步諸軍都指揮使、兩浙都招討使，封齊國公，還統管昇、潤、常、宣、歙、池六州，不久前才在潤州建立霸府，遙領軍政大權，如今他的地位在南吳，相比楊師厚末期於大梁，已有過之而無不及，只不過楊師厚驕橫放肆，咨意妄為，而徐溫對付政敵雖詭詐深沉，對臣屬百姓卻寬厚仁德，始終保持謙和的君子形象，因此在南吳頗受愛戴。

「義父！」徐知誥經由通報後，走進前來，打斷了徐溫的懷想。

徐溫沒有回首，眼目依舊眺望著窗外風景，只淡淡道：「什麼事？」

徐知誥不敢與之並肩，只站到他的左後方，恭敬道：「河東傳來消息，他們已攻佔魏博，希望我們出兵相助，南北夾攻，一舉擊垮大梁。」

徐溫眼底精光微微一閃，顯得更深沉、更幽遠了，依舊眺望著北方，問道：「你以為如何？我們該不該出兵？」

在朱全忠時期，大梁十分壯盛，南吳與河東雖然沒有明著結盟，但雙方都高舉復唐旗幟，總是心照不宣地南北夾攻大梁，但如今形勢丕變，河東日漸強大，氣勢儼然已勝過大梁，對南吳來說，反倒成了潛在的威脅。

徐知誥道：「李存勖始終打著復唐滅梁、撥亂反正的旗號，倘若我們不出兵相助，只怕會落人口實，也會令李存勖心中懷恨；但若是出兵，又會助其強大，左右都是為難，是以，孩兒才想請教義父的高見。」

徐溫沒有直接回答，只仰望雲天，輕輕一嘆：「這世上果然沒有永遠的敵人，也沒有永久的朋友！」忽然話鋒一轉，問道：「那麼父子呢？你說，這世上有沒有永久的父子？」

徐知誥不明白他為何如此發問，一時不知該如何回答才不會出錯，只聽徐溫深深感慨：「劉守光弒兄囚父，導致幽燕快速敗亡；朱友珪也弒殺其父，才令大梁落入今日這般窘境，就連親生父子都如此相殘，更何況是義父子？」

徐知誥聽得打從心底冒出陣陣冷氣，連忙跪下，道：「孩兒不知做錯什麼，讓義父如此懷疑……」

徐溫終於回過頭來，伸出大掌輕輕撫摸著他的頂心，道：「做錯事的是朱友珪和劉守光……」徐知誥感到一陣毛骨竦然，生怕他的掌心會忽然吐力，震破自己的腦袋，但又不敢妄動，以免被徐溫誤會自己想要反抗，只能強忍心中恐懼，徐溫大掌順勢往下，落在他的肩上，嘆道：「又不是你！你這麼害怕做什麼？」

徐知誥剛鬆了口氣，想要站起，徐溫又冷聲道：「還是你有做錯什麼事，瞞著我呢？」嚇得徐知誥心中一震：「莫非他知道我勾結金匱盟的事了？還是他感應到我練了『落霞飛鶩』？我要不要發難……」他猜不透徐溫究竟知道什麼，且還需徐溫為他奠立基業，一時不敢鼓動內力，只握緊了拳，怯懦地顫聲道：「義父神機妙算，孩兒哪敢有一絲隱瞞？」

「起來吧！」徐溫大掌再往下，握住他的臂膀，微微使勁將他扶起，溫言道：「咱們是父子，不必這麼生分，老是跪著，怎麼談大事？」

「是！」徐知誥定了定心神，順著徐溫的力道站起身，又問：「河東求助之事，義父怎麼定奪？」

徐溫道：「這麼多年來，河東幾乎不曾正式向我們求助，想必李存勖是遭遇到極大的困難。」

徐知誥連忙道：「依據探子傳回的消息，是契丹三十萬大軍南下。」

「原來如此！」徐溫語氣中沒有一絲驚訝，就像他早已知曉此事，只是在試探徐知誥的忠誠與能力，微微頷首，道：「倘若河東被夾殺滅亡，又會回到偽梁獨大的情況，於南吳更加不利，所以，我們自然要出兵！」

徐知誥拱手道：「既然義父決定出兵，孩兒願作先鋒領軍，為義父奪下第一功！」

徐溫知道他極想建立軍功威望，並趁機在軍中收攬人心，沉聲道：「這一回，我自有佈局，就讓朱瑾帶領三郎前去，他二人是師徒，配合起來會更有默契。」

三郎即是徐溫的親兒徐知訓，徐溫一心想栽培他，因此自己鎮守在潤州，把京城廣陵交給徐知訓治理，不只派心腹謀士嚴可求輔佐政務，還請老將朱瑾教他軍務。

徐知誥前陣子雖然一直待在北方，但南吳依然有自己的眼線，不久前才得到消息，說廣陵宮中剛發生一起叛變，宿衞將領馬謙、李球合力劫持吳王為人質，威脅鎮守京城的徐知訓交出軍權，徐知訓居然不敢抵抗，嚇得只想棄城逃走，還是嚴可求拉住他，勸他絕不可拋棄兵將，徐知訓才勉為其難地留下來應對。最後仍是嚴可求這個文臣以泰山崩於前面不改色的鎮定把軍心安撫下來，堅持到朱瑾帶兵回來敉平叛變。

徐溫心知朝中有許多老將都不服徐知訓，這一趟派朱瑾帶他出去，就是想為兒子樹立軍威。徐知誥心中萬分失望：「這樣一個扶不起的阿斗，你偏偏費盡心思去扶持他！我為你出生入死，你卻只想把軍功送給親兒子……」待要再爭取，徐溫一抬手止住他，道：「你方才也說了，既不能讓河東滅亡，又不能助其強大，所以這次不光是出兵攻梁而已，義父還有個祕密任務讓你去執行！」

徐知誥心中一凜，連忙道：「請義父吩咐。」

徐溫道：「我要你去一趟契丹。」

「契丹？」徐知誥一愣，不解道：「我們與契丹從未來往……」

「從前沒什麼交往，有什麼關係？人與人之間，本來就互不認識，但只要志同道合、禮尚往來，很快便能建立起友誼！」徐溫露出一抹高深莫測的微笑，道：「老朋友的面子要給，新朋友也要多結交，朋友多了，辦起事來才方便！」

徐知誥聽出其中意思，問道：「那我要送什麼禮，才能交到新朋友？」

徐溫低聲吐出三個字，又微笑道：「交新朋友很簡單，卻十分重要！你若是能辦好這件事，梁晉之戰就會再拖延數年，我南吳便有更充裕的時間來壯盛兵馬！」

徐知誥由衷佩服，恭敬道：「義父真是高明，孩兒必不辱命！」

南吳在一番整備之下，立刻兵分兩路出發，由吳王楊隆演任命徐知訓擔任淮北行營都招討使，與朱瑾分別率兵開赴宋、亳兩州。他們越過淮河之後，遵從徐溫事先的指示，將討伐偽梁逆賊的檄文在各州縣到處張貼，以示南吳師出有名，是與河東聯手除逆，接著便合兵包圍穎州。

南方各藩見河東已接連攻下幽燕、魏博，大軍快要南進，果然心意動搖，其中楚王馬殷首先派遣使者前往河東，向李存勖表示誠意，雙方因此有了往來，其他藩鎮也暗中觀望，打算悄悄跟進。

大梁方面，朱友貞見南吳居然在背後放火，氣惱不已，遂聽從袁象先的建議，趁機將劉鄩調離黎陽，前往救援，劉鄩一到穎州，雙方立刻展開激戰。

而晉軍得到南吳的支援，對抗梁軍的壓力減輕，李存勖立即率兵出發，沿路上一邊火速搶回被契丹佔領的失地，一邊趕赴蔚州城。

「阿魯敦于越！大事不好了！」

蔚州城外，白馬青牛的旗幟獵獵飄揚，壘壘營帳漫延至天際，幾乎看不到盡頭，這壯盛的軍容任誰見了都要害怕，可一名契丹小將卻神色驚慌，匆匆奔進主帥耶律曷魯的營帳。

耶律曷魯乃是耶律阿保機的族弟，最重要的心腹大臣，在耶律阿保機征服各部族，統一草原的過程，他總是衝作先鋒，之後更排除異議，大力扶持耶律阿保機登上帝位，成了開國功臣之首，因此耶律阿保機在登基之後，也未辜負這個生死相扶的好兄弟，立刻封賞他為「阿魯敦于越」，意思是他比大于越更尊榮。

耶律曷魯率大軍一路攻破雲、新、武、嬀、儒，到今日圍攻蔚州，已過了數月。草原天生匱乏，因此他們帶的糧草不多，三十萬大軍的糧耗更是可怕，原本每攻破一座城池，就能收穫城中財糧，餵飽大軍，豈料這幾個地方竟然窮餓似鬼城，比他們的故鄉還荒涼，這使得耶律曷魯陷入一個進退兩難的困境。

蔚州是一個中型城池，地處幽、易交界，時常供應雲、新一帶糧食，因此只要能攻下蔚州，便能暫解大軍之饑，再憑此據點奪下幽、易這兩座較豐庶的大城，便可徹底解決軍糧問題，還能全然掌控河北，因此耶律曷魯滿心想要盡快攻破蔚州，偏偏遇上河東八太保李存璋性情沉著堅韌，不懼大軍威脅，硬是不肯讓契丹越雷池一步。

契丹鐵騎擅長平原作戰，不擅攻城，如今久攻不下，已是士氣低落，倘若再無進展，將會被糧草問題給拖垮。

正當耶律曷魯苦思如何破城時，守糧草的副將卻匆忙奔來，稟報驚天惡耗：「阿魯敦于越！大事不好！糧草被燒毀了！」

「什麼？」耶律曷魯心中一震，豁地起身，大步走向帳外，只見外邊火光沖天，竄成一片又一片濃濃黑煙，契丹兵正在拼命將未燒著的糧草搶救出來。

耶律曷魯急喝問：「究竟怎麼回事？」

那副將顫聲道：「晉王率大軍來了！」

耶律曷魯大吃一驚：「河東大軍不是待在魏博嚒？晉王怎會趕到這裡？」

那副將又道：「剛剛傳來的消息，晉王大軍已抵達代州，他派先鋒軍趁夜潛入咱們的軍營，偷偷放火燒糧……」

僅餘的糧草被毀大半，河東戰神又率大軍前來，己軍士氣低落，耶律曷魯當機立斷：

「傳令撤兵！」他卻不知李存勖其實只帶來五千士兵！

那日商討戰略時，李存勖聽馮道提醒契丹各族有搶奪糧草的問題，便知道三十萬大軍的糧耗比自己魏博七萬大軍的情況嚴重許多倍，他都如此頭疼了，更何況是荒瘠的契丹？於是他一方面派元行欽率一隊精騎快馬先行，潛入契丹軍營燒糧，一方面營造晉王已率領數萬大軍前來的假象，果然嚇退了一向沉穩的耶律曷魯。

「契丹狗退了！契丹狗退了！」蔚州城上傷兵累累，見到城下大軍終於退去，個個又哭又笑，大聲歡呼。

「我們真的守住了！」李存璋也不禁熱淚盈眶，但他向來謹慎，心中有些擔憂：「耶律曷魯為什麼忽然退兵了？」遂勉強支撐著受傷沉重的身子倚在城頭，放眼眺望，想確認契丹軍是不是真的全數撤退，卻見到遠方塵沙飛揚，一片鐵蹄聲再度逼迫而來，他心中一緊，正要下令全城戒備，卻在漫天黃沙中，見到一支粗大的黑色旗纛緩緩上升，露出一個雄壯威武的「晉」字，他心中一陣激動，大喊：「王師來了！王師來了！傳令下去，快準備迎接！」

「大王親自來救？」蔚州兵驚愕之餘，歡喜得又叫又跳，對李存勖沒有拋棄他們，還前來同生共死，心中感動萬分，都暗暗立誓此生只願追隨戰神大王！

待城門開啟，李存勖直接馳馬進城，見到李存璋全身傷血，率領一班殘軍傷兵迎接，他連忙跳下馬來，扶起李存璋溫言道：「八哥辛苦了！」

李存璋心頭大石放下，全身傷重，一個支撐不住，幾乎軟倒，李存勖連忙扶抱住他，李存璋勉強支撐，以至全身都微微顫抖，道：「臣沒有辜負大王！」

李存勖心中感動，忍不住紅了眼眶，道：「幸好我堅持率兵前來，趕得及時，否則我又要失去一位好大哥了！」此話一出，兩兄弟同時想到六太保父子全數陣亡，不禁激動得相擁，眼中盡浮了淚水。李存勖咬牙道：「八哥放心！我定會向耶律阿保機討回所有血仇！」又轉身對眾兵將喊話：「大家守城有功，都有重賞！」

眾兵將群情激昂，一陣陣歡呼：「謝大王恩賞！」

李存勖扶著李存璋進城，又召自己的軍醫前來為他診治，幾名軍醫經過一番救治，感慨道：「八太保受傷太重，內力幾乎耗盡，雖可保住性命，但臟腑已落下難以彌補的創傷，致使壽元減損，最多只有五年可活，將來勉強可為大王守城，但要再這麼拼死力戰，是不可能了！」

李存璋性情溫文和善，行事忠誠謹慎，如李存審般能明白李存勖許多靈巧心思，卻不似李存審那麼嘮叨愛管束；像李嗣源般能為之拼命，又不似李嗣源木訥，因此李存勖甚是喜愛他，聽軍醫這麼說，連忙道：「只要能為八太保補回內元，需要什麼藥材，本王都派人去取！」

軍醫遺憾地搖搖頭，道：「八太保這情況，藥石罔效，只有靜心休養，才能多活幾年。」

李存璋見李存勖難過，安慰道：「當年義父驟逝，臨終前將大王托付給臣，我便有心裡準備，隨時以死報效大王，如今我已多活好幾年，沒什麼遺憾了！」

李存勖坐到他病床旁邊，哽咽道：「父王驟逝，我臨危受命，眾人不服，在強敵環伺之下，還要整頓軍紀，是你有如晁錯般，為我擋住叛軍的鋒刃；前些時候，晉陽城危，也是你冒死帶兵回援，擋住王檀大軍；今日又是你拼死擋住耶律阿保機的野心，否則我幽、易兩州，乃至河北都要受到威脅。八哥永遠都是這麼愛護亞子，拼命守護我……」說到後來，心中十分難過，忍不住哭了起來。

李存璋感受到他的赤子之誠、兄弟真情，心中甚是溫暖，溫言道：「身為兄長，理當愛護弟弟，這也是臣份所當為！唯一遺憾的是，不能再為大王披甲征戰，不能親眼看著大王一統天下……」

李存勖握了他的手，道：「八哥放心，我定會在五年之內統一天下給你看！」

此時軍醫剛好端來湯藥，李存勖便伸手接過，親自餵食李存璋，一邊道：「契丹賊子野心不熄，絕不會就此罷手，如今六哥不在了，我會挑幾名年輕猛將留在蔚州相助，你先好好休養，以後也只要坐陣指揮，指點指點他們即可！」

李存璋感傷道：「多謝大王為我考慮周到，我已把六哥一家的屍骨收斂好，大王如要見他……」

李存勖哽咽道：「我不只要見他，我還要把六哥一家都帶回晉陽，讓幾位大哥見他最後一面，讓兄弟們團圓。」

李存璋感激道：「大王有心了！我會差人協助此事，六哥性子剛烈，對敵賊寧死不屈，對大王忠義熱心，相信他在天上定會感念大王所為，也會保祐我河東一路勝戰。」他身子受創不輕，忽見到李存勖親自率軍前來，激動之下，才有力氣說話，但說了這一會兒，氣息已漸漸虛弱。

李存勖見他疲累，放下空藥碗，為他整理好枕被，道：「八哥，你好好休息吧，餘下的事，我來處理！」又轉頭對隨行前來的元行欽道：「傳令下去，本王要擢升八太保為大同軍節度使，應、蔚、朔三州觀察使，知兵馬使，加檢校太傅！」

李存璋對他的心意感動無已，道：「謝大王恩賞。」終於安心睡下。

蔚州一戰，耶律曷魯在糧草無以為繼，又面臨戰神逼近的情況下，主動撤軍，一場驚天大戰看似輕易消弭於無形，實則已悄悄拉開梁、晉、契丹三方混戰的序幕，再加上南吳暗潛其中，一波波驚濤駭浪正不斷向河東洶湧過來，考驗著戰神的智慧與能力……

李存勖穩定蔚州後，也不能久待，便帶著六太保李嗣本的骨灰返回晉陽安葬，又將軍國大政依舊交托給張承業，待一切安頓好，便返回魏博。馮道、元行欽、閻寶都隨行在軍伍裡。

李存勖途中得到兩個消息：大梁悍將貝州刺史張德源力抗李存審的圍城已一年有餘，終於支撐不住，想要投降，卻被不肯投降的部將殺死，到最後城中糧盡，人馬相食，那些頑強的梁將表示只要晉王肯授予軍階，他們便出城投降，李存勖假意受降，待他們出城後，卻命人將三千降將全數殺死。

另一方面，大梁派出百計將軍劉鄩出兵救援潁州，劉鄩在莘縣一戰，雖不敵河東戰神，但對付朱瑾、徐知訓師徒，卻綽綽有餘，輕易殲滅來犯的吳軍，徐知訓眼看苗頭不對，便趕緊慫恿朱瑾班師回去，劉鄩也再度返回黎陽鎮守。

此時黃河以北的州鎮，幾乎已全數掌握在李存勖手中，只餘劉鄩一人在黎陽使出各種計策，苦苦死守黃河，不讓晉軍渡河南侵！

李存勖獨排眾議，親領數千士兵救援蔚州，未曾交戰，僅憑自身威望和一把燒糧火，就驚退三十萬契丹大軍，消息傳開，其聲勢再上巔峰，群雄之中，無人能出其右；寰宇之內，無人不驚嘆佩服。

李存勖自是得意非凡，乘著這股威風，一抵達魏州，便召集眾將領，下定決心要一舉攻下大梁：「如今我們已站穩魏博，契丹也滾回草原了，我想趁梁狗氣勢衰微，親領大軍南下，你們以為如何？」

眾將領對戰神大王都欽佩到了極點，紛紛附和，唯獨李存審提醒道：「大王欲舉兵南下，固然是好，但如今契丹兵強馬壯，須防他背後突襲。」

李存勖暗啐：「九哥就是這麼囉嗦！」又自信滿滿地道：「耶律曷魯一聽到本王的威名，就嚇得落荒而逃，哪裡敢再回來？更何況，幽燕有周總管鎮守，雲蔚有八太保，契丹若派一些小兵小將來打草穀，只會被我河東猛將轟殺回去！」

其他將領知道大王志在必得，都道：「我們願跟隨大王直搗關中，剿滅梁賊！」

李存勖得到眾將支持，十分興奮，卻不知當他目光灼灼地瞄準關中富庶之地，準備大展拳腳時，北方那頭豺狼早已露出猙獰獠牙，撕咬著幽燕苦難的大地！

「報——」

幽州探子快馬趕到，拿著焦黑的羽檄急奔進殿，向李存勖叩拜：「啟稟大王，契丹大軍攻打幽州，卑職奉總管之命，請大王發兵救援！」

眾人聽到這消息，實在震驚，因為幽州是周德威的地盤，以他的能耐，按理是絕不可能出事，更何況契丹大軍才剛被李存勖嚇得撤退，為何這麼快又捲土重來？

事情完全出乎意料，令李存勖方才的雄心壯志一下子被狠狠戳傷，差點下不了台，不由得臉色鐵青，問道：「究竟發生什麼事？幽州如何了？你快快仔細道來！」

幽州探子道：「前些時候，魏博爭戰激烈，大王曾命新州防禦使在北山招兵買馬，送往前線，士兵們都有些不滿……」他說到這裡忽然吞吐不語，因為那新州防禦使正是李存勖的親弟李存矩，他仗著權勢，不僅強壓百姓供應馬匹，使得新、武一帶個個家破人亡，還苛待召募來的士兵，引致民怨沸騰、軍心不滿。

李存勖心知這個弟弟向來素行不良，當時交付他招兵買馬一事，還特別指派壽州刺史盧文進從旁輔佐，問道：「盧史君沒有協助防禦使嚒？」這盧文進原是劉守光的騎將，因幽燕戰敗投降，得到壽州刺史的位子。

幽州探子道：「正是盧文進出事了！」

李存勖聽到是幽州降將出事，臉色越發難看，沉聲道：「他怎麼了？」

幽州探子道：「防禦使好不容易徵得千名士兵、五百匹戰馬，命盧文進押送兵馬前往魏博，軍隊行至『祁溝關』，防禦使忽然強納盧文進的女兒為妾，盧文進便暗暗懷恨在心，但他還不敢造反，是那些新徵召的士兵受不了防禦使的管束……」

李存勖聽到這裡，已然明白是自己的弟弟胡作非為，凌虐士兵，氣得臉色發白，雙拳緊握，卻無法發作，只聽幽州探子又道：「其中一名小校宮彥璋鼓動士兵造反，眾人就合力殺了防禦使，擁盧文進自立……」

李存勖聽到叛軍居然殺了弟弟，簡直怒不可遏，痛斥道：「那盧文進竟敢叛變，我要將他碎屍萬段！」

幽州探子道：「盧文進並沒有參與這事，隔日得知消息，還撫著防禦使的屍身痛哭，說沒臉面見大王，可是事已至此，他只好率領那幫兵將投靠新州，新州刺史安金全不敢收容，將他們拒於城外，他們乾脆轉去攻打武州，結果又被雁門防禦兵馬使李嗣肱打敗，周總管聽到這消息，氣得派兵出去討伐盧文進，那盧文進見無路可走，索性率眾人投奔契丹！」

李存勖想將殺弟仇人千刀萬剮，想不到他們卻投入契丹，一股怒火無處發洩，氣吼道：「投奔契丹又如何？本王日後踏平北漠，照樣將這幫背信棄義的賊子揪出來！」

眾將領見李存勖快氣炸了，都不敢吭聲，只聽幽州探子顫聲道：「可……盧文進已經被耶律阿保機擢升為幽州兵馬留後……」

「幽州兵馬留後？」李存勖一愣，剎那間，所有與耶律阿保機的新仇舊恨一起衝湧上心頭，在胸中結成一團烈火，但氣到極處，他反而不再怒吼，只冷笑道：「這幽州還是本王的地盤，耶律狗賊卻當自家領地，忝不知恥地封賞起將領了！這盧文進不過一個敗戰小將，就算投奔到契丹，能起什麼作用？耶律狗賊竟然把他當成寶貝，簡直可笑極了！」

「因為盧文進說……」幽州探子微微吞吐，才道：「他從前是幽州騎將，幽州城有什麼佈防，要如何進攻，他最清楚，還有……周總管以前圍攻幽州城的伎倆，現在都可以一一還報給他！耶律阿保機聽了很高興，立刻擢升他為幽州兵馬留後，統轄一股漢軍，專門征討幽燕一帶！」

李存勖心中一震，終於明白事情的嚴重性，臉色一時沉了下來，道：「他這是故意報復我們來了……」

幽州探子續道：「盧文進到了契丹後，不只整頓漢軍，還在新、武、幽、燕一帶大肆宣揚說大王待幽燕百姓不好，鼓動漢人來歸，為契丹耕種、紡織，因此契丹很快就恢復元氣，興盛起來。

他仗著契丹大軍的支援，強攻新州，新州刺史安金全不敵，只能棄城退走，率殘兵投奔周總管。盧文進就命他的部將劉殷擔任新州刺史，後來周總管率領三萬兵馬想奪回新州，經過十多天，仍未攻破。」

眾人聽到這裡，已感到大事不妙：「周德威怎麼會攻不下盧文進的部將？」

幽州探子又道：「耶律阿保機見盧文進有了初步戰果，便親率三十萬大軍前來支援，那契丹兵之多，滿山滿谷，號稱有百萬之眾，我們只有三萬兵馬，周總管不得已只好退回幽州城，據城以守。可耶律阿保機還不肯罷手，他派大軍將幽州城團團圍住，從幽州城北綿延整片山谷，都望不到盡頭。

盧文進真的把漢人攻城的方法都教給契丹，他們現在不只會造雲梯、衝車等器械，也用劉仁恭最擅長的挖地道伎倆，還在幽州城四面築起夾寨，打算長期圍攻！」

眾將領聞言，都大吃一驚，紛紛道：「契丹原本只會騎馬掠奪，如今竟也學會飛天遁地了！」

「契丹騎兵原本就悍猛，再加上這些攻城器械，簡直是如虎添翼！」

「倘若契丹也學會漢人攻城的手段，就會比偽梁的三十萬大軍還可怕，難怪周總管也無法對付了！」

「但最可怕的是……」幽州探子怯怯地望了李存勖一眼，顫聲道：「他們也有火油了！不是一般的火油，是燒都燒不盡、滅也滅不掉的猛火油！」❸

「猛火油？」河東眾將領齊聲驚呼，又紛紛道：「契丹怎麼會有那種東西？」「他們又是怎麼知道猛火油要如何運用在戰場上？」

幽州探子搖搖頭，道：「卑職不知，總管也不知道，我們一直在應付打仗，還沒來得及查究他們的猛火油從哪裡來？」

眾人心中驚顫，都想這契丹兵原本就有我河東軍的騎術和勇猛，如今更有梁軍的數量和器械，再加上最厲害的猛火油，這如何能敵？原本要南下攻梁的興奮之情，被這件事給衝擊得蕩然無存，只餘下滿懷憂憤。

李存勖萬萬想不到李存矩的驕橫不只為他自己埋下殺身之禍，更為河東帶來一個巨大的強敵！此刻他心中當真有千斤沉重，再也笑不出來了，只沉聲問道：「周總管如何應付？」

幽州探子道：「總管命我們在地道中燃燒柴草阻止敵賊潛入，也用燒熔的銅液、火油潑灑向攻城的敵賊，即使對方死傷慘重，耶律阿保機卻完全沒有停手的意思，賊兵好像怎麼殺都殺不完，總是源源不絕地攻來，如今已圍攻幽州城近三個月了，總管還在日夜督戰，勉強苦守，眼看情況越來越危急，這才命卑職冒死突破千萬敵軍，趕來報訊，還請大王務必發兵相救。」

李存勖恍然明白自己太輕視對方了！耶律曷魯忽然退走，不是因為懼怕他的威勢，而是盧文進向耶律阿保機進獻了另一套作戰計畫——捨棄蔚州，轉而直接攻打河北的中心幽州城！

他剛剛才在眾軍士面前誇下海口說契丹怕了自己，這情況卻將他狠狠打醒，羞惱、仇恨、鬥志千百情緒交加，令他全身熱血沸騰，心中咬牙立誓：「耶律狗賊，你氣死我父王、殺我兄弟、如今還搶我地盤，令我丟盡臉面，這些新仇舊恨，本王若不一次討回，誓不為人！」

他原本一股怒氣無處發作，卻見眾人望向自己的眼神也充滿憂憤，顯然是埋怨李存矩的任意妄為才導致河東災禍，倘若他不作處理，恐會破壞綱紀，但親弟已付出身死的代價，他只能斬殺一千從犯來平息眾怒，便沉聲道：「此事乃是防禦使身邊一千侍從、奴婢、左右近臣諂言惑主，煽動防禦使所致，把這批佞臣賊子全數給我斬了，以儆效尤！」

眾人見李存勖做了處置，也不好再發作，但想到河東的未來萬分艱難，就像一下子從高山墜落至谷底般，一時心中惶惶，不知所措，都望向李存勖，等他發聲指示。

李存勖心中煩躁，揮揮手道：「本王還需好好思索，你們先退下吧！」眾臣領命，正要退下時，李存勖忽然轉對掌書記王緘道：「那馮道還沒整理好霸府文書嚒？讓他把整理好的部份先拿到本王書房！」

王緘自從鬧了露布笑話、趕走韓延徽，遭到李存勖責罵後，始終擔心自己的地位不保，當然不願意馮道太接近李存勖，便以上司自居，往往主動跟馮道拿文件，再自己呈交上去，此時聽李存勖責怪馮道辦事不力，連忙道：「臣這就去跟他拿文書……」一句話未說完，李存勖已不耐煩道：「讓他自己過來！」說罷便甩袖而去。

王緘雖覺得馮道給自己添麻煩，又不免暗自竊喜：「大王要斥責他，我可不能進去淌渾水，免得殃及池魚。」便趕緊奔去警告馮道：「可道，你做事慢慢吞吞，惹大王生氣了！他要你把整理好的文書盡快送去書房！你日後要警醒些，在大王身邊做事，可是要拎著腦袋的，不能隨隨便便、馬馬虎虎，你這樣做事，少不得要一頓斥責，還丟了咱們幽燕才子的臉，就算我想在大王面前為你分辯兩句，也沒有辦法！你趕緊自己過去領罵吧！」

馮道辦事仔細幹練，往常都會提早一點時間把文書整理好，交給王緘，但這次他才剛拿到文書就接到通知，心中不由得一笑：「小李子明明想問我軍機，才隨便找了個由頭……」

王緘仍叨叨不休地責怪：「你要知道，在河東可不比幽燕那個小地方，能任你胡來！大唐舊臣、大梁降臣、河東老臣、世家大族各個山頭林立，咱們幽燕勢力算是最小的，再上受劉仁恭連累，咱們向來是最惹人厭的，如果你做事再不機靈些，小心掉了腦袋，我已經在大王面前為你說很多好話了，你若是再不……」

馮道連忙道：「多謝王兄為我擔待，我這就快去，免得大王更生氣了！」說罷趕緊抽腿溜走，免得聽王緘繼續嘮叨。

馮道抱著一疊整理好的霸府文書進入帥府書房，原以為李存勖會因為軍情緊張、胞弟慘死而心煩氣躁，想不到他自個在書房內玩投壺，見馮道進來，只微微抬眼望了望他，便又繼續投壺，且百發百中：「這事你怎麼看？」這沒頭沒腦的一句問話，考驗的是馮道與自己的默契。

馮道見他身處劇變還能自得其樂，心中實在佩服，一邊將文書整齊地放在桌案上，一邊不疾不徐地道：「耶律阿保機看中幽州，可謂目光非常精準！」

李存勖冷哼道：「像本王投壺那麼準嚒？」

馮道心想：「小李子向來奮勇猛進，從不畏懼，這一回卻有些猶豫，看來是真的陷入困難了！」又想：「幽燕好不容易從劉氏父子的暴政解脫，又引來戰火肆虐，倘若小李子真的撒手不管，我幽燕鄉親豈不糟了？不行！我得好好勸說，讓他明白事情的嚴重性。」

李存勖的書房長期懸掛著一張地形圖，馮道便走了過去，指著地圖上的幽州，道：「大王請看，以幽州為中心，向四周擴散出去，東至薊州、西至朔州、南抵瀛州、北達武州，總共有十六個州鎮連成一片，這燕雲十六州北控陰山，南扼太原，東連河北，西鄰黃河，乃是抵禦北方夷族的天然屏障，其中不只有幽燕的領地，也包含河東數州，一旦失去，整個中原都會無險可守，契丹鐵騎南下，將是一馬平川！

以往的北方蠻族入侵中原，都只是想打草穀，擄掠一些奴僕、牛羊，耶律阿保機則不然，他垂涎中原已久，想要學劉邦揮軍直入洛陽，成為中原的帝王，而幽州正是他立足中原的第一個根據地！」

李存勖冷笑道：「他想入侵中原，還得問本王答不答應！」說話間狠狠擲了一支箭矢進入壺中，「噹！」發出一聲巨響，那箭簇幾乎射破銅壺，馮道暗暗吃了一驚：「他內力幾時變得如此強勁？」卻不知是李嗣源轉贈十年功力之故。

「這玩意還真沒什麼意思！直接拿弓箭射破敵人的腦袋才有勁！」李存勖笑了笑，終於罷手不再玩投壺，大剌剌地回到座位上，隨手拿起幾本馮道送來的文書，一邊翻看，一邊似漫不經心地問道：「從前劉氏父子治軍不彰，幽州百姓如此貧苦，卻能有效遏止契丹南侵；周總管擁兵數萬，都是百戰精兵，卻抵不住契丹軍，你說說，為什麼？」

馮道指著平州上方的「榆關」，道：「契丹兵想要南下，首先會選擇從這個關口進入，這地方有一條渝水，寬不過數尺，水勢湍急，兩岸亂山相夾，險不可攀，只要派幾百名士兵守住這個關口，就可以攔截數萬契丹兵。」瞄了李存勖一眼，又道：「從前幽燕武力不強，只能倚靠地形設法將敵人事先阻擋在外，但周總管不一樣，他本領高強，喜歡憑藉武力打退敵人，可是一旦被敵軍闖入，再想驅趕，至少需數千兵馬！」

李存勖聽他表面稱讚周德威，實則意有所指，心中不以為然，冷哼道：「倘若契丹軍不從榆關進來，而是強行翻山越嶺，越過廣大的草原過來，你們這憑藉險關防守的方法就沒什麼用處了，還是只能依靠強大的武力去驅趕！」

馮道知道他這是好勝賭氣之語，只不疾不徐地道：「倘若真是如此，我們就會把草原燒了，關起營壘，不出去作戰，讓他們無可掠奪，等他們退走時，再去埋伏狙殺。」

李存勖道：「堅壁清野，啣尾追擊，這也是我們常用的戰略，沒什麼不同！」語氣中隱然有「這沒什麼了不起」的意味。

馮道恭敬道：「大王說得是！只不過我們還有一個法子……」

李存勖好奇問道：「是什麼？」

馮道答道：「契丹每年夏天都會到北方放牧，秋冬又會回到比較溫暖的邊關，於是我們在秋冬時分，趁著契丹部落都待在邊關，會悄悄派人到北方放火，將草原燒光，使地面長不出新芽。等夏天到了，契丹大隊人馬回去北方，發現沒有牧草時，已來不及，牛羊都餓死了！」

李存勖心中一愣：「原來如此！」口裡卻仍不服氣道：「但如今耶律阿保機已召漢人來為他們屯田耕種，你說的這些法子已經不管用了！本王迫切需要的是如何解決幽州之危！」

馮道說道：「倘若大王想保住燕雲十六州，除了派軍隊前去救援，沒有其他法子！」

李存勖道：「我們正與梁軍激戰，堪用的大將都在防守重地，實在沒有多餘的兵力去面對三十萬大軍！」

馮道說道：「幽燕將領雖不如十三太保，畢竟與契丹交手多年，總是知己知彼，無論是如何守備榆關，還是燒北方哪一片草原，都知根知底，能發揮一定作用，大王若信得過他們，此刻便能派他們前去，但……」微微瞄了李存勖一眼，便止了話。

李存勖知道他說了這麼一番話，都是意有所指，不悅道：「你什麼時候變得這麼吞吞吐吐？有什麼話就直說！」

馮道仍是小心翼翼地道：「周總管心中不喜幽燕將領，懷疑他們有貳志，自從統領幽燕以來，殺了不少將領，雖是為保大王江山，卻使得幽燕戰力大大減弱，在防備契丹上，便不是那麼得心應手。」深深行了一禮，道：「這件事還請大王明察，倘若幽燕軍兵是真心投靠，便須好好安撫，善用其才，方是良策。」

李存勖已然明白馮道的意思，心想：「周叔叔內心放不下對幽燕的仇恨，又嫉妒幽燕名將的才能，看來私下處決不少人……」但他不想追究此事，免得寒了河東將領的心，便為周德威分辯道：「盧龍軍在劉氏父子的統管下，早已養得十分無賴，我命總管出任盧龍節度使，便是讓他好好整頓軍紀，如此才能真正鞏固北境邊防。他若發現有異心者，自要下手懲處，以確保對幽燕的控制！你瞧，那盧文進不就反了嚒？你是幽燕舊臣，才替幽燕將領說話！」

「卑職萬萬不敢循私。」馮道心知李存勖已聽進諫言，只是不想當面承認，便道：「幽燕上下，包括卑職在內，長年在暴主統治之下，無不期盼大王前來解救，又怎會生出貳心？道的職責只是為大王整理文書，本不該多言，是大王寬宏，容納臣屬表述意見，卑職以為周總管對河東貢獻良多，不只應該派軍隊前去解救，將來也需有熟悉幽燕形勢的將領為他分憂解勞，才斗膽說出諫言。」

李存勖英眉一挑，冷哼道：「契丹不只有三十萬大軍，還有攻城器械和猛火油，這一仗可不像對付梁軍那般容易，一旦我河東出兵，將要損失慘烈，你卻極力主戰，你敢說沒存半點私心？」

馮道恭敬道：「幽燕是卑職的故鄉，我當然不忍見鄉親被戰火蹂躪，深盼大王解民倒懸，此乃人之常情。但身為河東臣屬，我也知道不能以私害公，倘若幽州不是如此重要，絕不敢妄提建言。」頓了一頓，又道：「劉氏父子不過佔領幽燕數州，便稱雄許多年，足以與梁晉爭一席之地，由此可見只要好好經營幽燕，必能成為大王極大的助力。反之，一旦失去幽州，緊接著便會失去燕雲十六州，不只是幽燕百姓會慘遭屠戮，中原也無險可守！梁兵如今懦弱不堪，是絕對抵擋不住契丹鐵騎，保護中原百姓的重責大任，只能依靠大王了！」說罷又深深行了一禮。

李存勖被馮道一番話激起了英雄情懷，但覺天下興亡盡在肩上，中原百姓安危全仰賴自己，道：「倘若本王派兵前去，真能贏嚒？本王可不想打敗仗，既害慘兄弟，還丟了面子！」

馮道說道：「方才卑職說了，契丹每至夏天就會到北方放牧，秋冬才會回到比較溫暖的邊關，所以耶律阿保機在初春時發兵進攻燕雲一帶，氣候十分合宜。他以為三十萬大軍再加上盧文進的攻城計，很快就能佔領幽州，萬萬想不到周總管兵法厲害，始終攻不下。如今已過去數月，到了夏季，對契丹兵來說，肯定會覺得襖熱難耐，昏昏欲睡，戰力就會大大減弱。」

李存勖聽到這裡，精光一湛，歡喜道：「說得有理！」

馮道又道：「耶律阿保機既已稱帝，必會覺得自己身分尊貴，就如同朱賊當年一樣，眼看三十萬大軍快要攻下城池，很可能會放鬆警戒，返回北方去避暑，把戰事交給耶律曷魯和盧文進主持，我河東戰將的武力、軍略絕不在這兩人之下，此番前去，其實大有勝算，一旦擊退契丹大軍，大王必可揚威北域！」

李存勖哈哈一笑，道：「說得好！任誰當了皇帝，享樂都來不及，哪裡還會像本王一樣，身先士卒地到處征戰呢？」又拍案站起，道：「只要不遇上耶律阿保機他們夫妻，十三太保誰領軍前去，都有本事把契丹將領生擒活捉！一旦將領沒了，蠻子兵再多，也不過是一盤散沙！」

馮道微微一笑，道：「十三太保橫掃沙場，自是不畏小小的契丹將領。」

李存勖想了想，又道：「耶律曷魯有勇有謀，也不易與，那盧文進又是個怎樣的人，你可熟悉？」

馮道說道：「此人從前只是個騎將，沒有特殊功勳，也不受重用，但頗得人心，由這件事看來，當年他在劉守光底下，應是刻意隱忍，以避禍患，其實頗有本事。」

李存勖冷哼一聲，道：「頗得人心？我瞧他就是個虛偽奸詐的小人！當年本王攻打幽燕時，他可是搶第一個投降，本王為表鼓勵，還封他為壽州刺史，想不到他竟然忘恩負義！」又問：「既然他沒立過什麼顯赫戰功，那他倒底有什麼本事？」

馮道想了想，道：「卑職記得他使了一手好雙鈎，那兵器還有個滄桑的名字，叫『兩難』！這其中還有一段典故。」

「兩難鈎？」李存勖好奇道：「什麼典故？」

馮道又道：「曾有人問盧文進說這銀刃雙鈎使起來如此好看，有如潑雪飛霜、滄浪潮湧，為什麼不取個風雅的名字？例如『銀雪滄瀾』之類的，卻要叫『兩難鈎』？

盧文進卻吥了一聲說：『那種名字是太平盛世裡，文人吃飽喝足，閒來無事，附庸風雅用的，咱們這些武將，生死都在亂世爭戰裡，哪有這等閒情逸致？只有處處為難！』

那人又問：『這兩難究竟是如何為難？』

盧文進回答說：『忠也難、奸也難，亂世臣子立身難；敵也難、降也難，亂世將領守貞難；生也難、死也難，誰憐亂世芻狗最艱難？進也難、退也難，世情反覆如波瀾；殺也難、救也難，一鈎揮盡千萬難；忍也難、叛也難，何必苦心擇兩難？不如痛快幹一場！』」

李存勖也吥了一聲，道：「什麼忠奸兩難？敵降兩難？本王說他有這種心思，就是個背骨小人！趨炎附勢的牆頭草！難怪能與耶律阿保機成為一丘之貉！下次再抓到這種人，絕不能留了！定要斬草除根！」

馮道心想：「盧文進明明是被李存矩的殘暴給逼反的，但經此一事後，大王心中存疑，將來再投降的敵將只怕日子都不好過了……」

李存勖又問：「那猛火油要如何對付，你可有妙法？」

馮道說道：「卑職記憶所及，四年前偽梁有一名將領在『楊劉』叛亂，教士兵用布巾沾了猛火油綁在長竿上，到處縱火焚燒，之後便不曾聽見這東西。」

李存勖拍案怒道：「果然就是梁賊提供猛火油給契丹了！」

馮道沉吟道：「倘若偽梁真有那麼多猛火油可贈給契丹，為什麼不用來對付咱們？」

「你說得也有道理！」李存勖想了想，又道：「倘若猛火油不是偽梁贈的，那又是誰贈的呢？這事將來有機會也須徹查一番，但眼下咱們先想法子對付契丹。」

馮道說道：「卑職以為契丹的猛火油既是他人轉贈，存量應不會太多，而且，猛火油易延燒，運輸、保存皆不易，稍有不慎，反而會燒毀自己的軍營。契丹遠道而來，路程顛簸，未必敢攜帶大量的猛火油。」

「那也不必太擔心了！」李存勖笑了笑，道：「倒是以後，咱們也設法弄點猛火油來嚇唬嚇唬梁賊！」見馮道還要勸說，揮揮手道：「救或不救，本王自有定見，你下去吧！」

馮道雖擔心幽州情況，但也知道勸說該適可而止，便恭敬退下。

李存勖聽了馮道一番勸說之後，對解救幽州一事，心中雖有想法，卻仍做不下決定，思索了一會兒，便再度召集眾將領前來商議：「如今我們正與梁軍對峙，若分兵去救，則兵力太少，實在無法對抗契丹三十萬大軍；若是不救，又怕失去幽燕，救或不救，你們以為如何？」眾將領依舊是一片反對聲浪。

李存勖既不願失去幽州，更不願失去周德威，最重要的是他絕對不想向耶律阿保機示弱，但見眾人不肯支持，現實情況又的確太嚴酷，一時心煩氣躁，冷聲道：「難道你們就沒有什麼好策略，可以兩全其美？」見眾人臉色憂愁，卻提不出有用的見解，轉問李存審道：

「九太保，你號稱『百勝將軍』，最有智謀，你以為呢？」

李存審看出李存勖極想出兵，沉聲道：「可以打！」李存勖精光一亮，卻聽李存審續道：「但不能急著打！」

李存勖目光一沉，冷聲道：「這是何意？」

李存審道：「契丹三十萬大軍，糧草的供應依然是個嚴重問題。」

李存勖蹙眉道：「上回我放火燒了耶律曷魯的糧草，是出其不意，要想重施故技，可沒那麼容易！」

「臣不是指燒糧草，」李存審向來沉得住氣，緩緩道：「而是契丹善征戰，不擅圍城，向來不會攜帶太多軍資，缺糧時，就在當地打草穀，但幽州長年戰亂，直到歸入大王手中，才有一點喘息的時間，實際上仍未完全恢復生機，就遇上契丹大軍來襲。

幽州城內雖有足夠的糧草，城外卻還蕭條，契丹三十萬軍兵駐守在城外，糧耗極大，肯定無法長久支撐下去，一旦在野外掠奪不到食物，就必須撤回草原去，當他們撤退時，軍心最是鬆懈疲憊，咱們可以趁其不備，忽然竄出，從後方追上，攻一個措手不及，他們在毫無防備之下，必會傷亡慘重！」

閻寶從梁營投靠過來，急想要有表現，由衷佩服李存審的計策，便大聲附和：「九太保說得不錯！這招確實高妙！等契丹兵急著想回家時，咱們忽然來一場大突襲，如此必能重創敵賊！」

李存勖既號稱戰神，對各種戰略自是一觸即通，一下子就明白李存審的戰略奧義，是在契丹最鬆懈時，予以致命一擊，此計確實能收到最大效果，只不過要拖延到契丹自行撤退，才出兵襲擊，幽州城必須付出極大的傷亡代價，甚至連周德威都可能有生命危險！

身為河東之主，他必須確保河東最大的利益，在兩利相權取其重；身為爭霸王者，他不能有半點婦人之仁，為求一戰功成，即使犧牲下屬也在所不惜；但周德威在李克用去世時，不曾以軍權威逼，反而一路生死相扶，屢救河東於危難之中，立下無數汗馬功勞，他又如何忍心犧牲這位忠義老將？

馮道原以為自己一番大義兼利益勸說，李存勖會快快出兵，想不到李存審會提出這個精妙計劃，要拖延至契丹還軍再奇襲，他心中著急：「這樣幽州百姓豈不是要痛苦更久了……」正想開口勸說，身旁卻發出一道驚雷般的沉喝之聲：「絕對不可！」似要將場中所有將領的勇氣都給震醒。

李嗣源站了出來，沉聲道：「周總管乃是我河東重臣，為我河東出生入死，不知凡幾？如今幽州朝夕不保，隨時都可能發生變故，哪有時間等待契丹衰弱，自行撤退？臣願自請為先鋒，率領勇士趕赴前線，救我幽州軍民於危難，保我社稷重臣！」

李存勖聽到這一番話，宛如當頭棒喝，也吃下一顆定心丸，心知他說得不錯，如果今日能犧牲周德威，那麼日後誰願拼死衝戰，顧守邊境？在眾軍最懼怕時，這個大哥永遠會衝鋒在前，也永遠能大破敵陣，為河東軍鼓舞士氣，見他此刻願意站出來，心中既歡喜又感動，大聲道：「大太保說得很對！本王曾說過，河東任何軍兵都是兄弟，一個也不能落下，都要盡力去救！」又對李嗣源道：「但我們手中只剩一萬匹馬兒，糧草也不多，本王可以撥一半兵馬、糧草給你，但你必須在十天內闖過契丹三十萬大軍的營房，進入幽州城下，才可能與周總管裡應外合，破解契丹圍城，你可有把握做到？」

五千騎兵再加上兩萬五千步兵，總共三萬兵馬，要對抗契丹三十萬大軍，簡直是不可能的任務，李嗣源卻依然道：「臣萬死不辭，必會達成任務！」又道：「時間緊迫，一刻都耽擱不得，臣即刻整備兵馬出發。」便轉身出去。

李存勖見諸多將領中，只有閻寶敢於支持突襲契丹，便鼓勵他道：「你很有勇氣，本王命你統領鎮、定兩軍，隨大太保前去，聽他號令！」

閻寶知道李存勖給自己立功的機會，此戰雖萬般困難，仍歡喜領命：「是！末將必緊隨大太保，將契丹狗盡數打回去！」

李存勖歡喜道：「很好！」

李存審見李存勖決定立即出兵，自己用心良苦的計策，此刻看來竟變得有些怯懦，道：「大王，臣也請命跟隨大太保一起前往幽州。」

李存勖微笑道：「不必著急，自有你發揮之處！待本王再調來一些兵馬，你再率領他們趕去易州與大太保會合。」

李存審方知李存勖早有抽調兵馬的打算，並不是魯莽而行，心中稍安，道：「是！臣靜候王命！」

李存勖哈哈一笑，道：「大太保勇猛，九太保有謀略，你二人聯手乃是智勇雙全，還什麼敵賊不能破？從前唐太宗得到一個李靖，就能抓獲蠻子頭頡利，今日本王麾下有三大猛將，還有什麼好擔心的？」

（註❶：「向吳亭東千里秋……一笛聞吹《出塞》愁。」出自杜牧《潤州二首》。）

（註❷：楊隆演即楊渭。）

（註❸：猛火油即是石油，漢朝已發現，又稱沃油、石漆、石脂水，原本只用於民生照明，最早運用於戰爭是北周時期，有較多戰爭運用始於五代，宋初又發明了「猛火櫃」成為真正的戰爭武器。）

九一七・三

兵威沖絕幕・殺氣凌穹蒼

晉王以李嗣源、閻寶兵少，未足以敵契丹，辛未，更命李存審將兵益之。契丹圍幽州且二百日，城中危困。李嗣源、閻寶、李存審步騎七萬會於易州，存審曰：「虜眾吾寡，虜多騎，吾多步，若平原相遇，虜以萬騎蹂吾陳，吾無遺類矣。」嗣源曰：「虜無輜重，吾行必載糧食自隨，若平原相遇，虜抄吾糧，吾不戰自潰矣。不若自山中潛行趣幽州，與城中合勢，若中道遇虜，則據險拒之。」甲午，自易州北行，庚子，逾大房嶺，循澗而東。嗣源與養子從珂將三千騎為前鋒，距幽州六十里，與契丹遇。契丹驚卻，晉兵翼而隨之。契丹行山上，晉兵行澗下，每至谷口，契丹輒邀之，嗣源父子力戰，乃得進。至山口，契丹以萬餘騎遮其前，將士失色。嗣源以百餘騎先進，免冑揚鞭，胡語謂契丹曰：「汝無故犯我疆場，晉王命我將百萬眾直抵西樓，滅汝種族！」因躍馬奮檛，三入其陳，斬契丹酋長一人。後軍齊進，契丹兵卻，晉兵始得出。李存審命步兵伐木為鹿角，人持一枝，止則成寨。契丹騎環寨而過，寨中發萬弩射之，流矢蔽日，契丹人馬死傷塞路。將至幽州，契丹列陳待之。存審命步兵陳於其後，戒勿動，先令羸兵曳柴然草而進，煙塵蔽天，契丹莫測其多少。因鼓譟合戰，存審乃趣後陳起乘之，契丹大敗，席捲其眾自北山去，委棄車帳鎧仗羊馬滿野，晉兵追之，俘斬萬計。辛丑，嗣源等入幽州，周德威見之，握手流涕。《資治通鑑．列卷二七〇》

李嗣源帶橫沖軍先行出發，閻寶隨後也帶領鎮、定兩軍跟上，最後李存審率步兵趕赴易州會師，如此總共湊足了七萬兵馬，此時的幽州已被圍困數月之久，情況已危如累卵。

沿路上三人討論戰略，李存審道：「契丹和我們一樣，都擅長騎兵作戰，但這一次我們騎兵少、步兵多，如果選擇直接進攻，很快會被發現，到那時候，他們千軍萬馬奔踏過來，我們踩也被踩死！」

李嗣源大表贊同，又道：「不只如此，契丹作戰時，人人都隨身攜帶自己的糧草，另有一隊後勤兵專門在戰地四周掠奪百姓，再送到軍陣中供應給作戰的士兵，而我們卻必須拉著糧草，一旦在平原上相遇，他們一定會大力搶奪我們的糧草，而我們兵力原本就不足，再被搶了糧草，這仗還未開打就已經輸了！」

閻寶問道：「既不能走平原大道，兩位太保有何指示？」

兩位太保都是百戰老將，對此形勢，該如何作戰，當真是心意相通，互望一眼，李嗣源便指著地圖上的高山峻嶺，道：「自當避開平原，走山路潛行而去，等抵達幽州，便派人潛入城中，通知周總管裡應外合！如果途中遇到敵軍來襲，我們也可佔據山勢險要來抵擋！」

閻寶又問：「前方山路甚多，咱們該走哪一條？」

李嗣源指著地圖上一條山谷小路，道：「咱們可翻越『大房嶺』，沿著這條山澗向東潛行，這山谷出口距離幽州只有六十里，是最接近的。」

李存審笑讚道：「大哥這『潛行溪澗，襲其不備』的戰術確實精妙！這條山澗亂石叢生，狹長難行，就算契丹真發現我們的行蹤，也無法大肆進攻，我們卻可躲在山石後方還擊。只不過這山道狹長，我們的隊伍也只能魚貫而出，萬一有敵人阻擋在前方，領隊會首當其衝，因此這人選十分重要。」

李嗣源毅然道：「就由我率領橫沖百騎在前方開路，你統領步兵跟隨其後！」

李存審原本想挑一名年輕猛將開路，見李嗣源要把所有危險都攬在身上，連忙道：「大哥，你今日功力已大不如前……」

李嗣源伸出大掌止住他的話，道：「我身為兄長，援救又是我一意孤行，自當由我充做先鋒，領路在前，如此既能鼓舞士氣，又能震懾敵軍！更何況我向來是河東先鋒，怎麼衝鋒陷陣才最有效，沒人比我更清楚，今日我們首要目標是衝入龐大的敵軍中，設法拯救幽州，想要完成任務，就必須讓最合適的先鋒開路！」李存審知他心意已決，只好聽從命令。

河東軍很快排出了陣形：李嗣源策馬在前，繼子李從珂、女婿石敬瑭並肩緊跟其後，接著是副將安重誨，然後是長子李從審和另一位年輕猛將高行周，率領百多名橫沖精騎在前方開路，之後是閻寶帶著五千騎兵，最後是李存審帶領六萬五千步兵，亦步亦趨地跟隨在後。

眾人沿著彎曲河道往前行，進入綠蔭盎然的蒼莽森林裡，一路以巨樹山石掩護，如此走了幾日，李嗣源舉臂遙指前方，道：「穿過這一段狹谷之後，會有六十里的丘坡平原，那裡一眼可望盡，很容易被契丹兵發現，大夥兒要特別小心。」

「是！」橫沖騎兵齊聲答應，個個緊握兵刃，小心翼翼地跟隨李嗣源策馬進入狹谷。

眾人先經過一段亂石危嶺，接著便是一段長長的岩壁夾道，厲風不斷貫入其中，發出呼呼嘯聲，隱隱有幾分可怖殺氣，李嗣源功聚耳目地策馬在前，始終保持著眼觀八方、耳聽四方的警戒，其他人也提刃戒備，不敢大意。

忽然間，李嗣源警覺到情況不對，駭然喝道：「小心！快往後退！」眾騎還來不及反應，「轟！」一聲，一顆有如炮彈般的巨大石塊從崖頂上飛撞過來，李嗣源首當其衝，倘若他閃身避開，後方的李從珂、石敬瑭，乃至一連串騎兵都會被這巨石衝撞得死傷慘重，他別無選擇，只能飽提功力飛撲出去，以長槍對準前方巨石正面突破！

他槍尖剛觸到巨石，槍氣往前衝，正要強行破碎，豈料又一巨石飛撞過來！這石石相撞、重上加重的力道，實有震天破地之威，李嗣源心知自己無法承受，但為了保住後方的子弟兵，也只能咬緊牙關，奮起平生之力聚於槍尖，硬是往前衝。

「碰！」兩道石破天驚的力量相撞，巨石果然被烏影寒鴉槍的勁力衝撞得爆破開來，李嗣源也被這巨力推得倒飛向後，吐出一大口血來。

兩塊巨石爆破飛散，發出轟隆隆巨響，震得眾人七葷八素，碎開的土石漫天散射，每一塊的勁力都足以致人死傷，這谷道狹窄，一時間橫沖騎兵進退不得、左右難遁，不由得驚呼連連，戰馬也嚇得亂嘶亂踏，不受控制。

後方的李從珂眼明手快，沖身而起，一手揮轉起長槍，將四周的碎石再次震散開來，一手接抱住往後拋飛的李嗣源，驚呼：「阿爺！」兩人被巨石的力道震得雙雙跌落在地，李嗣源再度吐了一口鮮血，心想：「我少了十年功力，果然有些妨害……」

李從珂見李嗣源萎頓在地，起不了身，一邊揮舞長槍擊開落石保護他，一邊關心道：「阿爺你如何了？」

李嗣源以手臂擦去唇邊的血，道：「我沒事，休息一下便好。」

眾人還未喘一口氣，又是一陣隆隆巨響，大大小小的石塊如雨點般砸下，粗大擂木也挾著雷霆之威轟轟落下。

原來契丹巡邏兵早在森林裡就發現他們的蹤影，連忙趕回去報告，盧文進也不急著攔截，先命人備好許多滾石擂木，耐心藏在崖頂上，等河東援軍進入狹谷地帶，再奮力推動砸下，企圖將河東軍淹沒。

石敬瑭立刻施展輕功，冒險穿梭在滾滾大石、擂木之間，以燕雲飛槊東掃西蕩，將這些巨物震碎、掃開，免得殃及後面的軍隊。

閻寶心知自己身後的騎兵乃是主力部隊，不能有所損傷，連忙掣出兩隻巨大的「玄武戰斧」，一邊唰唰唰地揮破那些飛來的巨石，一邊呼喝後方騎兵：「快退！快退！」這數千騎兵因此損傷較小。但前方百多精騎不敵落石重力，再加上夾道狹窄，閃躲不易，即使能避開大石、擂木，也無法躲開較小的石塊，馬兒更嚇得胡亂奔踏，許多人和馬都受了傷，甚至被砸得血肉模糊。

「狗賊！」安重誨怒從心起，呼喝道：「你二人隨我殺賊！」說罷躍離馬鞍，雙足點踏旁邊的石壁，飛身而上，同時手中張弓挽箭，「唰唰唰！」地往上射殺崖頂的伏兵。

李從審、高行周也學他，雙足飛踏崖壁的突石處，一邊避開落下的土石擂木，一邊施展輕功快速跟上，到了崖頂，雙方立刻廝殺起來。

安重誨、李從審、高行周三人武功雖高強，但崖頂伏兵眾多，一時陷入苦戰。

即使橫沖都幾大高手聯合出擊，李從珂、石敬瑭拼命將落石擊碎；安從誨、李從審、高行周攀上崖頂試圖殲滅伏兵，但契丹早有準備，仍是將巨石一波又一波鋪天蓋地的砸下。不過一會兒，碎石和木塊就堆得有如小丘，把夾道分成兩段，李嗣源等先鋒連同百騎精兵在前，閻寶的五千騎兵被土石堆阻擋在後，倘若他們要出狹谷，就必須設法跨越這些障礙。

李嗣源內傷不輕，但見情況危急，若不設法突圍，眾人都要死在狹道裡，稍喘一口氣後，便起身要再突衝，李從珂急道：「阿爺，我去！」

「你照顧好兄弟！」李嗣源說話間，已施展輕功穿越漫天碎石，飛撲向自己的馬兒，一邊揮舞長槍將落石擊碎。

那戰馬跟著他出生入死許久，方才李嗣源不忍它承受重力，遂縱離馬背去抵擋巨石，接著崖頂一陣巨石落下，那馬兒嚇得奔躲到一旁，此刻見主人飛身而來，歡嘶一聲，又奔了過去，一個扭身，便穩穩接住主人。

李嗣源心知前方必有更多危險，但此刻已不能退縮，只能沉心靜氣，雙腿一夾馬腹，持槍往前衝，誓要為眾人破開一條生路！

只差數丈他就要衝出谷口，前方卻有一塊丈許長的大扁石夾著剛猛勁力颯颯逼至，任誰被撞上，都要粉身碎骨，竟是盧文進飛身在巨石後，雙拳連出，加力推助。

四周滿天飛石、後方人馬紛亂，土石堆又阻擋了退路，李嗣源為保身後的百騎精兵，只能再運起全力貫入長槍，想衝破前方的巨石，誰知上方又是一陣箭雨唰唰落下！

幸好河東軍早有準備，立刻戴上鐵盾帽，擋住上空飛箭，又一邊揮舞兵器，掃開箭矢和碎石。唯獨李嗣源正擎起長槍對付迎面而來的巨扁石，無法空出手來，石敬瑭見狀，連忙飛身過來，以飛槊掃開李嗣源左上方的厲箭，李從珂也長槍猛揮，撥去右上方的飛箭，兩人為了讓李嗣源可以專心突破前方巨石，都全力護持，顧不上自己的安危，石敬瑭因此挨了幾顆碎石撞擊，受了內傷，李從珂手臂也中了一支利箭。

李嗣源心想敵人既有準備，就算突衝出去，谷口肯定還有伏兵，逼命瞬間，求生的本能令他靈思乍現，長槍不再正面突衝，而是刺向扁石旁側，借力使力地帶著那巨石一個旋轉，倒飛出去，一路撞飛前方的擋路碎石，連帶將盧文進也帶出山谷。

李嗣源抓住機會，身子伏低，策馬衝了出去，李從珂、石敬瑭、百名橫沖精騎都趕緊拍馬跟上。

這巨大扁石一出谷口，盧文進連忙放開雙手，滾了幾個滾地葫蘆，狼狽地跌在一旁，巨石仍往前衝飛數丈，撞倒數排契丹弓箭手，才轟然一聲碎裂四散。

李嗣源忽覺天光一亮，又聽見敵兵被巨石撞擊的慘呼聲，知道已衝出狹谷，才睜開眼睛，卻驚見前方黑壓壓的一片，契丹竟有萬人之眾，正恭候他們的大駕！

李嗣源一顆心登時沉了下去，心想經過方才一場衝撞，己方人馬都受了傷，且只有百多人突圍出來，其他的騎兵連同步兵都還被堵在山道裡，只能慢慢跨越過障礙魚貫而出，這麼一丁點人要如何對抗契丹萬人軍？

即使這幫橫沖精騎都是百戰老兵，見到敵人這等陣仗，也不禁嚇得臉色發白。

李嗣源只能告訴自己一定要沉下心氣，仔細觀察，在最短的時間內找出一線生機！

只見對方領軍者並不是耶律曷魯，而是兩名少年，彼此五官有些相似，氣質卻全然不同，年長的約莫十九歲，身穿華麗漢服長袍，舉止文雅瀟灑，形貌聰明靈巧，竟有幾分漢人文士的味道；另一個年僅十六，一身毛皮勁裝，揹著一把堅厚的戰刀，英眉飛揚，精光炯炯，十足草原英雄的氣概。

兩人無論斯文或狂野，身上都有一種與生俱來的貴氣，各自跨坐在烏珠穆沁寶馬上，氣定神閒地觀看著李嗣源和一眾傷兵，那神情彷彿在說：「名滿天下的橫沖軍也不過如此！」

叛將盧文進回到了斯文少年的身邊，他年約五旬，面色稍白，五官線條不如胡蠻深刻，七尺高瘦的身形、修長的雙臂，都讓人聯想到他應該在朝堂上長袖善舞，而不是征戰沙場，但在一群粗獷的契丹軍兵中，卻絲毫不顯文弱，因為他昂首跨坐在高頭大馬上，渾身散發著一股冷硬的氣質，面對昔日背叛的河東軍，他眼中沒有絲毫愧色或懼意，只有一股絕地反撲的無情堅毅！

契丹軍陣前，那斯文少年策馬微微往前一步，得意道：「李嗣源，你們想救援幽州，卻想不到反而落入本太子的圈套吧？」

「太子？」李嗣源一愣，隨即明白：「原來他是耶律阿保機的嫡子耶律倍，那麼他旁邊那位少年應該就是次子耶律德光了！」

耶律阿保機有意學習漢制，讓長子繼承帝位，因此耶律倍從小便兼學契丹騎射武功與漢人禮制，熟悉胡漢分治，長久下來，他深受漢文化薰陶，不只行止斯文，能吟詩誦詞，還畫得一手好丹青。耶律阿保機見長子聰敏有禮、勤奮好學，隨自己征戰，也屢立戰功，實是文武雙全的佳才，更加喜愛他，去年耶律倍剛滿十八，就被正式冊立為皇太子，成為契丹國皇位的繼承人。

這一次圍攻幽燕，原本由耶律阿保機親自領軍，豈料數月不下，天氣漸漸變得炎熱，便如馮道所料，他眼看周德威快支撐不住，李存勖又被大梁困住，遲遲派不出兵馬救援，便生出鬆懈之心，決定返回北方避暑去了，留下耶律倍繼續領軍，並且讓耶律曷魯從旁輔佐，也算是讓皇太子歷練統率大軍的能力。此時耶律曷魯還坐鎮在幽州城下與周德威交鋒，攔截河東援軍的任務便由皇太子主持，盧文進從旁輔戰。

另一位少年確實是二皇子耶律德光，他雖也仰慕漢文化，卻不像大哥那樣風雅文趣，反而性情更加沉毅，且醉心於武功，懷有征服漢土的雄心壯志，因此贏得了述律平的喜愛，這幽州一戰至關重要，述律平便鼓勵耶律德光隨兄長出來歷練。

耶律倍得意道：「不只這裡，本太子還另外派了數萬兵馬繞到山谷後方，去截殺你們的步兵！」

河東步兵有六萬多，要全數走出山谷狹道，需耗費一日以上的時間，因此李存審在最後方壓陣，帶著還未走入狹道的步兵就地紮起簡單的營帳，暫事休息。

當初李嗣源、李存審決定讓大軍走山谷狹地，就是為了掩飾行蹤，想不到契丹一早就發現了，還故意放任他們走進山谷，好佈下這「甕中捉鱉」、「頭尾截殺」之計，横沖兵心中都暗呼糟糕：「倘若九太保沒有防備，被契丹大軍攻個措手不及，那我們的後援也完了！」

李嗣源心中也自駭然：「如此攻於心計，不像契丹作風，應是出於盧文進。」抬眼望向盧文進，只見對方既無懼色，也無得意之情，李嗣源又想此人在幽燕不受重用，在河東受李存矩壓迫都極盡忍耐，不曾反抗，直到部屬殺了李存矩才被迫叛逃：「想不到這樣的人竟是個狠角色，我們真是看走眼了！今日我若不能拼出一條生路，只怕大家都要死在這兒……」

耶律倍冷笑道：「倘若這七萬兵馬全葬送於此，晉王手中還剩多少兵馬？我猜猜，大概只剩三萬吧！能與我契丹三十萬大軍對抗嚒？更何況，還有大梁虎視眈眈！」

李嗣源心知他說得不錯，這七萬兵馬是李存勖東挪西調，費盡九牛二虎之力好不容易才湊出來的兵馬，一旦被殲滅，那河東也完了！

耶律倍微微一笑，又大聲道：「李嗣源，父皇很欣賞你，只要你肯帶著他們投降，父皇不只會饒你們性命，還會大肆封賞！」

李嗣源朗聲道：「耶律倍，本帥年長你許多，今日若率軍攻打你，是欺負一個小兒，倘若你即刻率軍返回北漠，將來你要是落入我手裡，我可饒你一次不死，且不傷你分毫！」

耶律倍見他落入陷阱，還敢說大話，分明是輕視自己年少，遂提高了聲音道：「李嗣源，你莫要敬酒不吃吃罰酒！數日之間，我契丹鐵騎就會拿下幽州，接著是燕雲十六州，乃至整個河北，然後進軍中原大陸，無論是大梁或河東都無可抵擋，父皇是看重你，才想留你一命，你莫再做無謂的抵抗了！」

李嗣源心中已打定主意，便低聲吩咐侄子李從璋：「你帶人負責守住谷口，務必要讓全部的士兵都出來！」

「是！」李從璋一咬牙，道：「從璋必不辱命！」其他橫沖騎兵見情況如此險惡，除了拼命，已沒有第二條路，都握緊兵器，蓄勢待發。

李嗣源不識漢字，卻會契丹語，提起全身功力大聲斥吼：「耶律阿保機原本與我先王義結兄弟，今日卻背信棄義，無故犯我疆土，晉王命我率百萬大軍直搗西樓，滅你契丹族！」

他這一喊，傳蕩整個平原，所有契丹士兵只覺得耳畔嗡嗡作響，幾乎被震撼得魂飛魄散，心中不禁駭怕至極：「這大太保果然勇冠天下……」「聽說他一人殺入數十萬梁軍之中，就像惡虎撲入羊群一樣，人再多，他也不怕，只是更餵飽他的長槍而已……」

盧文進也感到驚駭：「隧道中的土木陣應會重創他們，為何大太保還有如此功力？難道他真是神功無敵，沒受半點傷？」

契丹眾將領還思索不過來，李嗣源已果斷給了答案！面對上萬契丹兵，還有耶律兄弟、盧文進這樣的高手，他竟然摘掉盔胄，揚起長槍，縱馬全力衝殺過去！

崖頂上安重誨、高行周、李從審還在激戰，安重誨遠遠望見山下兩軍對峙的情景，對方大軍嚴陣，而李嗣源居然拋棄盔甲，宛如自殺般衝入敵陣，急得大聲呼喝：「去不得！」

李嗣源身在遙遠的下方，又如何聽得見？就算聽見了，他也不會回頭！

李從珂、石敬瑭忍不住熱淚盈眶，激動喊道：「阿爺！」再顧不得生死，只熱血沸騰地掄起武器，跟著衝入敵陣之中，奮力衝殺！

「將軍！」其他橫沖騎兵被激起意氣，也忘卻生死，如一道道利箭般衝入契丹軍陣中，橫掃四方。

契丹兵見到李嗣源奮不顧身的磅礴氣勢，都嚇呆了，又見到河東勇士個個悍不畏死地跟隨，心中只餘一個念頭：「逃！」竟嚇得不自覺地轉身就逃。

李嗣源心知耶律倍說得不錯，今日若敗，河東將不存矣，偏偏部屬已被對方大軍給嚇著了，他只能拼上一條命，為河東激發士氣，殺出一條血路。

他身經百戰，屢屢衝鋒陷陣，總能全身而退，絕不是只憑高強武藝或是死忠的親衛相護，他有勇有謀，總能掌握戰場形勢，心知百多騎兵要對付上萬契丹兵，即使憑著他一時氣魄，嚇得對方驚慌四逃，也只是短暫勝利，只有擒捉對方主帥，讓敵軍投鼠忌器，且變成群龍無首的散沙，才可能真正逼退三十萬大軍。

倘若今日主帥是盧文進，甚至是耶律曷魯，這一招還未必管用，但當他看見兩位契丹皇子在此，心中便有了決定，即使身死，也冒險衝入敵陣抓住其中一人！

因此他這拋盔棄冑、衝入敵陣的動作，雖是震駭敵人，激勵自己人，卻不是莽撞而行，趁著契丹兵往後奔逃、契丹將領驚駭得來不及回應，他早已覷準目標，一路揮舞長槍，殺開血路，直衝向耶律倍！

耶律倍雖然年輕，卻並非朱友貞那樣的朝堂儒子，而是真真實實地跟著耶律阿保機出生入死地打過仗，貢獻過戰略，立下不少戰功，因此一見李嗣源朝自己衝奔過來，便知道對方想擒捉自己來逼退大軍，但他年輕氣盛，不肯示弱，反而運起全身功力，雙臂大展，準備施出父親傳授的「納影魔功」，迎難而上。

李嗣源原本還擔心他逃了，見他如此好強，心中甚喜，更加快速度，宛如一道電光衝刺過去，所過之處，兩旁的契丹兵都被他強大的氣場震得連連拋飛。

兩人快速拉近距離，幾乎在丈許之內，李嗣源飛身而起，槍尖對準耶律倍直衝而去，耶律倍感到一股泰山般雄壯的氣場衝撞而來，壓迫得五內如要爆裂，這才驚覺自己太過托大了，此刻他雖有些後悔，卻沒想過要閃躲，也來不及撤退，只奮起平生之力貫入雙臂，準備與強敵對戰。

「碰！」千鈞一髮間，耶律倍被一股巨力往後一扯，驚得他胯下的馬兒連連奔退，四蹄踉蹌，幾乎摔倒。前方卻閃過一道身影，為他擋住了李嗣源的槍勁，正是盧文進也躍離自己的馬兒，縱身飛出，以「兩難鈎」施出一招「左右兩難」，交劃出兩道銀潮雪浪，如「十」字般硬擋在前方，強行接下李嗣源的烏影寒鴉槍氣，同時一聲呼嘯：「東陣過來保護皇太子！」試圖把逃散的軍兵召集回來保護耶律倍。

「噹！」李嗣源槍尖刺中他雙鈎「十」字交叉的中心，發出一道巨大聲響，兩人同時被對方的力道給震得向後一個飛退，李嗣源順勢落坐到馬背上，他不願與盧文進糾纏，一個策馬彎轉，再度衝向耶律倍。

盧文進趕緊策馬追上，一邊呼喝：「西陣去堵住谷口，別讓他們出來！」

契丹兵得到盧文進號令，一邊趕去保護耶律倍，另一邊去堵截谷口，李從璋為保河東軍能順利出來，也陷入一對多的苦戰。

李嗣源心知首要目標是抓住耶律倍，見盧文進從側邊突衝過來，他長槍宛如墨龍迴遊般，一個大圈橫掃，欲將盧文進掃落下馬，免得他一直來阻擾。

盧文進縱身躍起，避開對方長槍的掃蕩，同時再度撲身過去，他武功原本不如李嗣源，但橫沖軍經過一路血戰突圍才來到這裡，已耗損不少精力，李嗣源在狹道中一再憑一己之力強行破碎巨石，不只受了內傷，就連左臂也受了撞傷和箭傷，使起長槍已不再靈動，盧文進看準這一點，企圖將這位名震天下的大太保斃於刃下，撲衝的瞬間，雙鈎一劃，再使出一招「進退兩難」，左手鈎住寒鴉槍尖，不讓李嗣源退離，右手已鈎向他的腦袋。

李嗣源萬萬想不到這個從未立過顯赫戰功，只因投降才得到刺史之位，在李存矩身邊唯唯諾諾，後來又被部屬逼迫叛變的小將領竟有如此修為，不只內力深厚，「兩難鈎」一前一後，招式詭異凌厲，卻又搭配得嚴絲合縫，一般人遇見這招「進退兩難」，若不肯放棄手中兵刃，就要身首異處，確實會陷入進退兩難。

但李嗣源身經百戰，此刻雖因身子受創，內力折損許多，但武鬥技巧仍精湛過人，手中長槍一個急旋，使盧文進的銀鈎被快速旋轉的力道震得脫離槍尖，同時身子仰倒貼近馬背，閃過割首之禍，下一剎那，長腿已順勢彈起，狠狠踢向盧文進的腦袋，要回敬對方一局！

兩人在奔馳的馬兒上爭鬥，可落腳的地方不多，盧文進凌空飛撲，一擊不中，已失去主場，為避開踢腦之禍，身子疾向旁側一個翻滾，墜落下地，但他反應極快，見李嗣源的馬兒要往前衝，人還未整個著地，右手鈎尖點地微微一撐，低飛過去，他知道李嗣源受創甚多，日後再不會有這麼好殺他的機會了，只要能逼他下馬，就能一舉除去這河東最強先鋒！

盧文進瞬間再使出一招「生死兩難」，左手鈎向馬尾，右手銀鈎宛如一道銀浪潮湧過來，對準馬腹、馬後腿掃劃而去，要毀去李嗣源的坐騎。

「噹噹噹！」李嗣源十分警覺，雖然還策馬往前衝，但已知盧文進不會輕易放棄，見他從後側方再度殺來，且是對準自己心愛的戰馬，他長槍一甩，向後掃劃而去，看似簡簡單單地蕩出一道黑墨，卻蘊含許多細巧招式，槍尖、槍桿的每一點都巧妙地擋住銀鈎的刺、戳、扎、劃、撕各式變化，兩人在黑白交織的氣勁間，已博殺十數招。

盧文進藉著這點點交擊的勁力，翻身而上，落下時，足尖對準李嗣源的戰馬頭頂，要重重踩碎馬兒的頭顱，好讓李嗣源無戰馬可依恃。

李嗣源最愛惜戰馬，見他屢屢欺侮自己生死相依的夥伴，怒從心起，長槍向前一個轟然刺出，要將盧文進轟殺出去，豈料盧文進仍是誘敵之招，他正是要逼李嗣源刺出長槍，再使出一招「去留兩難」，利用銀鈎纏絞滑溜的特性，右鈎死死纏住對方的長槍，讓兩人近身博鬥，左鈎再攻殺十多道銀浪，讓對方避無可避。

兩人於奔馳的馬背上凌空交戰，看似過了數十殺招，其實只是眨眼瞬間，趁這片刻，耶律倍已在眾親衛擁護下，迅速退離危地。

李嗣源眼看他就要逃入大軍之中，再想抓人就難上加難，見盧文進又想來勾纏自己的長槍，他變招極快，瞬間收回往前衝的力道，只槍尖輕輕點在對方的鈎尖上，藉槍桿的彈力一個凌空翻身，越過盧文進頭頂上空，將自己拋落向前方，同時口中一聲呼嘯，他的戰馬聽到哨聲，立刻飛奔過來，李嗣源落下時，剛好落在了馬背上，又策馬往前急追耶律倍。

盧文進知道沙陀擅騎射，但幽燕、契丹將領也都是馬上好手，初時他還存著較量之心，方才那幾招已是出盡全力，滿心以為可與李嗣源一較高下，直到剛剛親眼目睹李嗣源躍起、落下、輕易越過自己，都與馬兒奔跑的速度配合得毫釐不差，方知何謂神騎之術。

眼看李嗣源左穿右鑽，已穿過重重契丹兵陣，再度銜尾追上耶律倍，盧文進無暇氣餒，只能趕緊躍上自己的馬兒奮起直追，並一連串疾聲呼喝：「保護皇太子，擋住他！」同時間挽弓搭箭，對準前方李嗣源的後背，打算一箭穿透！

李嗣源騎術再怎麼厲害，面對數千兵馬的不斷攔截，速度仍是慢了下來，「咻咻咻！」一道道厲箭從後方破空射來，李嗣源眼看耶律倍就在前方不遠處，怎麼也捨不得放棄，一個溜身轉到馬兒前胸處，雙腿勾在馬背上，取弓搭箭，面對盧文進「咻咻咻！」連發數矢，道道精準破開對方的厲箭！

即使他身子掛在馬前胸口，又有厲箭射來，但那戰馬與他配合日久，未得主人號令，不敢隨意亂跑或慢下速度，仍一個勁地急追耶律倍，李嗣源連發數箭逼退盧文進，再一個翻身，又回到馬背上，與耶律倍拉近幾許距離！

耶律倍經過方才的交鋒，心知李嗣源功力遠勝於己，若不是盧文進及時為他擋住強敵，此刻他命不存矣，眼見李嗣源又追過來，他不敢再逞強，立刻高聲呼嘯，身邊的親衛也有了準備，快速聚攏過來，撐起一片盾牌鐵牆擋在前方，另有一批契丹弓箭手密密麻麻地排在盾牆後，準備招呼衝奔過來的強敵。

李嗣源一路衝殺過來，長槍橫掃處，周圍的契丹兵都拋飛出去，他直衝到鐵盾牆前丈許處，瞬間，將發散在外的氣力全部一收，四面八方的烏影寒氣急速匯聚，形成一條巨大墨龍衝向鐵盾牆，這一擊乃是畢數十年功力於一役，勢要一舉突破這鐵盾陣！

契丹鐵盾兵也全神貫注，嚴陣以待！

「碰！」首當其衝的幾名契丹兵被這狂猛的氣勁震得向後飛退，當場暴斃，撞出一道空隙來，李嗣源見機不可失，大喝一聲：「犯我賊寇，納命來！」勁透長槍，對準那道空隙轟殺而去。

「碰碰碰！」那槍勁如浪潮般擴大散開，兩旁的契丹兵被震得東倒西歪、站立不住，果然在鐵盾牆中直接破開一道出口！

李嗣源縱身一躍，足下連踏數面鐵盾，衝鋒破陣地奔向耶律倍。耶律倍見李嗣源以一人之力強行衝開鐵盾陣，槍勁宛如水瀑沖來，驚駭得策馬急退，連聲大喝：「殺了他！快殺了他！」

李嗣源眼看耶律倍要逃，再提氣一個飛身連踢，又是十幾個鐵盾兵倒落一片，四周卻有更多契丹兵湧了過來，試圖重組鐵盾牆，弓箭手紛紛射出利箭，長矛手、戰刀手等長武器盡數砍出，盧文進也已經策馬奔近。

李嗣源方才破開鐵盾陣已施出全力，此刻再面臨千百士兵圍殺，他再怎麼神勇，也無法一口氣殺盡所有敵人，只能眼睜睜看著耶律倍再次退走，而自己再一次陷入血戰不得脫離的漩渦中。

耶律倍一邊策馬退離危地，一邊回望李嗣源的戰況，暗自慶幸帶了足夠的兵馬，方能將這個強敵阻擋在外，下一剎那，卻驚覺有一股殺氣急衝而至，連忙回首望向另一邊，那人竟已近在數丈之內，全身染血，宛如惡鬼般撲向自己！

李從珂跟隨李嗣源最久，一見他拋盔卸甲如自殺般衝入敵陣，便明白他的用意，因此也是一路衝殺，緊跟其後，見李嗣源被鐵盾兵阻擋，立刻策馬一個彎繞，從後方繞向耶律倍，當所有契丹兵都奮力對付前方欲強勢闖關的李嗣源時，並未注意到後側方還有一名伺機突襲的敵人。

李從珂緊握手中長槍，對準耶律倍撲衝過去，耶律倍吃了一驚，連忙縱身而起，躍離馬背，落下時，足尖點在李從珂的槍桿上，想以內力強壓對方。

但李嗣源對待這個繼子從不藏私，將自己畢生所學傾囊相授，李從珂雖無李嗣源的武學天分，起步又晚，但他處處以李嗣源為榜樣，便也學繼父那樣勤學苦練，以補不足，十多年下來，倒也紮下厚實的基礎，此時已過而立之年，比耶律倍多了十幾年的功力和戰陣經驗，眼看這斯文小毛頭居然敢強踏自己的槍尖，手中槍桿一個旋風迴轉，就逼得耶律倍足下劇痛，不得不飛身而起，倒掠落回自己的馬背上。

李從珂卻沒打算放過他，槍尖往下一點，借力拋起，也落回自己的馬背上，再度奔追過去，兩騎併肩奔跑，「嗤嗤嗤嗤！」一眨眼之間，李從珂揚起長槍連刺十數下，耶律倍也奮起全力一邊趕馬，一邊雙掌連拍、指尖連點，移身錯位、甩身仰倒，好不容易避開十多槍。

李從珂一輪搶攻，已知道對方武功根本不如自己，更是槍勢翻飛、越戰越勇、越刺越快，一時間槍風呼嘯、漫天烏影，耶律倍在千百道槍芒中拼命閃躲，招招都在生死瞬間，殺機屢屢擦身而過，逼得他策馬急奔，想要逃離，李從珂卻像不要命般不斷衝擠過來，兩人策馬在千萬軍兵中穿梭，兩匹馬兒緊緊相鄰，幾度相撞，又彈開來，若不是兩人都騎術精湛，騎的又都是寶馬，早已橫摔在地，被馬蹄踐踏，命不存矣。

耶律倍幾度險些從馬背上摔下，當真嚇得心膽俱裂：「這人是不要命嘘？」眼看李從珂在萬軍之中為了衝向自己，已殺得全身血汗，卻毫不退縮，他不禁打從心裡冒出冷氣：「我有千萬兵馬，卻無人能救我？這對父子究竟是什麼鬼怪？我能支撐到幾時？」危機的壓迫令他以為已經過了百年之久，但實際上兩人的爭戰只是片刻之間。

待契丹兵回過神來，發現皇太子又落入險境，已經太遲了！因為兩名高手在狂奔的馬背上激烈對戰，士兵們功力相差太遠，實在無法介入，就算要射箭，也怕傷及皇太子，所以只能遙遙觀望，不知如何解救。

李從珂千萬槍光使得密密如織，鎖住耶律倍閃動的身影，每一招都是拿自己的性命去拼搏，即使小腿、後肩都被飛箭射中，也不在乎。

當年雲州之盟，耶律阿保機曾憑著「納影魔功」大敗周德威，力壓李克用，然而今日耶律倍遇見李嗣源，甚至是李從珂，卻還不出一招半式，只能逃之夭夭，除了他年紀尚輕，內力淺薄之外，更重要的是「納影魔功」固然強大，但只有與「氣根大法」配合，才能發揮最大作用，制敵於一瞬間。

「氣根大法」乃是述律平母族回鶻的不世密功，傳女不傳男，偏偏述律平只生下一個女兒質古，嫁給了親舅舅也就是述律平的親弟蕭室魯，這「甥舅聯姻」乃是契丹部落的傳統習俗，象徵最緊密、最光榮的結合，述律平將女兒嫁給弟弟，自是萬般隆重。

四年前，耶律阿保機的親弟剌葛因為不滿兄長想獨占可汗大位、稱帝世襲，遂聯合各部族發動叛變，蕭室魯站到了剌葛那一邊，卻舉事失敗，蕭室魯、質古因此身亡，兩人只留下一個溫柔美貌的小公主蕭溫。

蕭溫的父母雖然都是叛黨，卻絲毫不影響她在契丹皇族裡的地位，可謂萬千寵愛在一身，不只耶律阿保機、述律平很疼愛這個小孫女，親自把她扶養在皇宮裡，就連耶律倍、耶律德光、耶律李胡等舅舅也爭相寵愛。

耶律倍乃是耶律阿保機欽定的皇位繼承人，心中萬分喜愛這個小外甥女，認定母親會將「氣根大法」傳授給蕭溫，兩人還會循「甥舅聯姻」的方式成親，屆時他夫妻二人便能像耶律阿保機、述律平一樣雙修合璧，成為縱橫四海的絕頂高手，只不過蕭溫年紀尚幼，還不宜修練「氣根大法」，他只能耐心等待。

未料述律平看出耶律德光也喜歡蕭溫，想成全愛子，便從自己母族中挑選了精明幹練、身分尊貴的蕭三蒨作為太子妃，為耶律倍指婚。

耶律倍無法違背母親，心中美夢破碎，遷怒於蕭三蒨，便少與她親近。述律平為安撫耶律倍心中不滿，又從母族中挑選一溫柔美貌的女子蕭柔作為他的妾室，耶律倍才稍稍釋懷，今年初蕭柔終於生下一白胖小子耶律阮。

但這麼一來，耶律倍的「納影魔功」無人相助，難竟全功，若是遇上一般高手，自然無妨，今日遇上的卻是天下數一、數二的李嗣源和得其真傳的李從珂，便迭遇險境。

眼看李從珂使出玉石俱焚的狠招，耶律倍不禁有些怕了，他並非懦夫，但畢竟年輕，想著自己剛當上皇太子，還有個胖小娃在等著自己回去，哪能以命相拼？咬牙想道：「今日暫且放過你這莽夫，待本太子練就絕世神功，再討回今日追殺之辱！」他一再催馬急奔，李從珂卻緊咬不放，越追越近，他心中忐忑，正猶豫該不該奮起抵擋，後邊已傳來一聲呼喝：

來。

「大哥，我來助你！」卻是耶律德光見兄長危險，挺身而出，穿過橫沖鐵騎的攔截，飛馳而來。

此時石敬瑭也已經趕到，長槊對準耶律德光猛力掃蕩過去，不讓他救護耶律倍。

耶律德光被逼得縮身稍退，但他並未真正後退，而是足尖一點石敬瑭的槊桿，凌空一個斛斗，從空中往下撲擊，手中鐵鷂戰刀「唰唰唰！」地發動一輪猛攻，他刀法精奇剛烈、突變橫生，劈、剁、砍、劃，式式分明，卻又快至讓人看不清招式；他戰意旺盛如烈火，每一刀砍下都有千鈞之重，壓迫得對手幾乎喘不過氣。

石敬瑭出身將門，又年長好幾歲，見耶律倍武功不濟，這二皇子又是個乳臭未乾的小子，也沒傳承納影魔功，手中只拿了一柄普通的契丹戰刀逞勇，便有些輕敵，心想倘若抓不到耶律倍，這個二皇子自己送上門，抓他回去也好，卻萬萬想不到耶律德光深具武學天份，年紀雖輕，武功造詣卻遠高過兄長耶律倍，石敬瑭一時大意，竟被殺得連連敗退。

耶律德光身為次子，沒有傳承到父親的「納影魔功」，也無法修習女子才能傳承的「氣根大法」，兩邊得不著的他，並沒有因此氣餒，反而激起對武學挑戰的熱情，他天生有充沛的戰鬥力，能洞悉世情，從小就明白自己的處境，便拿著一把比自己還高的戰刀到處去挑戰契丹將領。

原本這些大人只是陪他玩玩，但他總是很快吸收對手的優點，挑戰個三、四回，就能在招式上把普通將領打敗，只不過囿於個頭小，力氣不足，才無法真正壓制對方，之後他覺得無趣，又去挑戰高級將領，就這麼一路打上去，待他個子長足了，軍中竟無人能敵。

契丹將領打仗時最常用戰刀，耶律德光就把各將領的拿手絕活學了個遍，最後融會貫通成自己的一套刀法。眾將領發現這個小子有極高的武學天分，居然能自創刀法，都十分驚奇，便稱呼他「小鶻子」，耶律德光索性將自己創作的這套刀法稱作「鐵鶻戰刀」。

如果說耶律倍有著耶律阿保機親傳的神功，文武兼備，又具皇位繼承人的尊貴身分，乃是北漠最耀眼的蒼鷹，那麼身為次子的耶律德光叫「小鶻子」這個綽號，便十分合宜，因為鶻子不像蒼鷹那般雄壯威武，在鷹界看似默默無聞，但北方遊民都知道，鶻子才是捕殺獵物的第一把好手，因為它個頭小，速度反而是最快的，它極具耐性，總能抓準時機，飛射如光電，攻其不意，讓對方一擊致命，即使面對比自己還巨大的獵物也毫無畏懼，它總能以電光之速來往反覆不停攻擊，直到這龐大對手終於倒下，仍還不出一招。

耶律阿保機見他聰明好鬥，認定他是統帥之才，剛好可以輔佐兄長，保衛家國，如此一來，耶律倍便能專心治理國家，因此雖未傳授耶律德光「納影魔功」，仍在武道上多加指點，使他更上層樓。而述律平則認為耶律德光才是真正具有草原雄鷹的特質，對這個次子喜愛有加，對加強他的武功、體質，更是不遺餘力地相助。

如今耶律德光雖只十六歲，個子已長得比耶律倍還高壯，再也不是「小鶻子」了，一手戰刀更是快、狠、猛、準，草原上難有匹敵。這一回他隨軍征戰，早就想會一會沙陀高手，因此一遇上李從珂追殺兄長，立刻趕了過來，想大顯身手，卻想不到被石敬瑭半路攔截，面對這個年長自己近十歲的粟特族高手，他絲毫無懼，一心只想快速斃敵，好回去救護兄長，既然搶佔了先機，自是趁勝追擊，越砍越猛、越打越快，絕不讓對方有還手的餘地。

石敬瑭初時失利，但畢竟身經百戰，很快就知道彼此優劣所在，對方的戰刀狂猛，兵刃卻短，而他的「燕雲飛槊」堅韌而長，心知只有盡量拉開距離，才能發揮長槊的優勢。他見對方狂刀劈來，連忙飛退，耶律德光年輕氣盛，快速追近，想趁勢一舉擊斃這位敵方大將，卻不意石敬瑭疾使一招「燕雲長空」，手中飛槊一個大力掃去，在空中劃出一道大大的圓弧，就像飛燕劃過碧藍長空般，耶律德光正全力撲飛過去，乍見到空中出現一道美麗弧光，已來不及收勢，也無法退避閃躲，就被那長槊的彈蕩之力狠狠掃飛出去，跌落在遠方的草叢裡。

耶律德光吐出一大口鮮血，伸臂擦拭去唇邊的血漬，咬牙暗罵：「那傢伙不過就是佔了兵器之長，下回我一定要把那東西弄清楚了，找他再戰！」

北漠物資貧瘠，文明發展不如中原，因此耶律德光從未見過「槊」這等貴族兵器，以為就像長槍一樣，是刺、掃、打等攻擊方式，卻不知槊比槍頎長柔韌，彈蕩力道更大了許多，而石敬瑭的家族絕學「燕雲飛槊」更是將槊的彈蕩優勢發揮到了極致，這一掃，就直接把他掃出天外。

他掙扎著想要爬起，卻實在受了重傷，只能暫時坐下來休息，遠遠瞧見狹谷那邊，安重誨、李從審、高行周三人已經解決了崖頂上的伏兵，趕下來相助李從璋，出谷的橫沖騎軍漸漸多了起來，契丹兵幾乎無法攔阻。

耶律德光年紀雖輕，目光卻精銳，心知形勢越來越不利，稍喘口氣，便以戰刀支撐著站起，想重回戰場，隨後有一些契丹兵發現他受了重傷，便簇擁過來保護他。

卻說另一端，李從珂仍與耶律倍陷入激戰，李從珂若只是想殺耶律倍，並不困難，但他必須活捉這位珍貴的皇太子，好逼契丹退兵，因此出槍時總留有餘地。

許多契丹兵聽見盧文進的呼喝，已趕了過來，見皇太子危險，又見李從珂似乎沒有李嗣源那麼可怕，便紛紛圍過來，奮勇搶救耶律倍。不到一會兒，李從珂也陷入險境，一邊策馬東突西馳地追殺耶律倍，一邊長槍揮掃，對付周圍的如蟻群兵。

李嗣源眼看李從珂陷入群兵包圍，自己又被盧文進纏住，再這麼下去，獵物就要逃了，一咬牙，拼著讓盧文進的兩雞鈎劃中後背的風險，忽然一個策馬回轉，再度衝向耶律倍，要與李從珂形成前後包抄。

盧文進這一鈎劃得又快又狠，果然在李嗣源背上留下一道長長的口子，李嗣源卻全然不顧鮮血噴飛，仍奮力舞動長槍，遠挑近打、左揮右掃，將契丹兵不斷掃飛出去，拼命衝向耶律倍，盧文進看了，也不禁感到駭然，卻只能繼續拍馬追上。

李嗣源大聲呼喝：「全力捉拿敵首！」長槍所到之處，遇者非死即傷，契丹兵紛紛避退，任由他左沖右突，一路上，橫沖騎兵聽到號令，都極力聚攏過來，李嗣源便率領這百多騎兵衝進衝出，有如一道黑色旋風般，眨眼間便往返三次，終於衝至耶律倍身前。

李嗣源三度靠近耶律倍，盧文進也剛好趕到，縱馬沖上，雙鈎齊至，向李嗣源左側劃來。李嗣源縱身躍起，足尖分踩他雙鈎，盧文進健腕一轉，雙鈎改成鈎削李嗣源的小腿、腳踝。李嗣源卻只足尖一點，便藉勢飛起，凌空轉撲向耶律倍，大掌按向他的肩頭。盧文進再度飛身追近，使一招「取捨兩難」，雙鈎「唰唰唰」劃向李嗣源背心，倘若他不肯捨棄耶律倍，後背再受重創，勢必要丟了性命！

李嗣源卻沒有取捨兩難，他是鐵了心、拼了命也要抓住耶律倍，只長槍向後一甩，擋去其中一隻銀鈎，另一隻手仍緊緊抓住耶律倍的肩膀，就如大鷹抓小雞般要將他整個人提起。

耶律倍大吃一驚，連忙聚起全身內力，貫入手掌，發出排山倒海之力，朝李嗣源胸口狠拍去！

這一瞬間，李嗣源前有耶律倍的「納影魔功」重掌，後有盧文進的銀鈎割劃，從原本的擒抓敵首一下子陷入死關裡，任他再勇猛無敵，也無法於內傷沉重下，還擋得住前後夾擊，但他死也不肯放手，拼著前胸中了一掌，五指仍像大鉗子般緊緊抓住耶律倍，內力貫入，震得對方無力反抗。

同時間，盧文進的銀鈎也已經刺入李嗣源的後背，只要再深入幾分，就會刺穿他的脊骨！

李嗣源就算不死，脊骨一旦受傷，整個人就廢了，倘若盧文進的銀鈎再猛力往横向拉扯，李嗣源不只會被扯下大塊皮肉，甚至連筋骨、臟腑都會被勾扯出來，但他已顧不得了，只拼盡最後力氣將耶律倍高高舉起，對準石敬瑭的方向遠遠拋了出去！

契丹皇太子這麼一個大活人在空中飛了出去，無論是契丹兵或横沖兵都吃了一驚，眾人不由得抬起頭望去，目光追隨著耶律倍的身影，渾然忘了自己還在廝殺。

石敬瑭卻在這一瞬之前，剛好挽弓搭箭，疾射向盧文進的右腕，要逼他放開殺害李嗣源的銀鈎，同時間，李從珂拼命趕到李嗣源身邊，揮槍刺向盧文進的心口，也是要逼他放脫銀鈎後退！

盧文進丟失皇太子，擔心回去後要受罰，心想殺了李嗣源，至少能將功贖罪，未料這一鈎若是劃下去，便要遭遇石敬瑭的厲箭和李從珂的槍尖，剎那間，他從逼迫李嗣源取捨，變成自己取捨兩難！但他絕對沒有李嗣源的氣魄，否則當初他便不會在河東攻燕時率先投降，又在李存矩的壓迫下萬般隱忍，一旦走投無路，又立刻轉投契丹。

這一剎那，保命要緊，他毫無眷戀地放脫銀鈎，飛身急退，以避開槍尖和厲箭！

李從珂雖救了李嗣源一命，自己後背卻因此中了三支飛箭，李嗣源一脫離危險，再支撐不住，隨即伏倒在馬背上，噴吐出一大口血來！

石敬瑭則及時躍起，接抱住耶律倍，急點他的穴道，讓他不能動彈，拼命策馬往回衝，衝入己方軍陣的保護中，高舉耶律倍大喝道：「全都住手，否則我殺了他！」同時間，分散在外的橫沖軍也迅速策馬回頭，聚攏過來，圍護在石敬瑭四周。

上萬契丹兵眼睜睜看著皇太子落入敵手，個個驚得目瞪口呆，接著便衝湧過來，團團圍住石敬瑭和橫沖軍，大聲呼嘯，虛張聲勢，卻不知該如何行動才好。

李嗣源和李從珂策馬回來，見盧文進、耶律德光也剛好趕到，兩人目光閃爍、手握兵器，顯然想搶回皇太子，李嗣源又提氣大喝：「全都別動！」石敬瑭連忙抽出配刀架在耶律倍的頸間，嚇阻敵人進犯。

盧文進、耶律德光投鼠忌器，不得不停下馬兒。李嗣源對盧文進道：「回去告訴耶律曷魯，本帥限他立刻退兵，否則就等著收皇太子的腦袋！」

契丹兵不只怕敵人傷害耶律倍，更對李嗣源和橫沖都軍駭怕到了極點，因此既不敢上前，也不敢放箭。

耶律倍但覺丟臉至極，也因害怕李嗣源，臉上蒼白得毫無血色，心中甚是忐忑：「這大太保如此凶狠，父皇又曾背叛他義父，如我落入他手裡，他真會放我平安回去麼？」

雙方正僵持間，又有一契丹探子跑來，低聲向耶律德光和盧文進稟報道：「二皇子、將軍，我們奉命前去包圍李存審的步兵，見他們躲在營寨內休息，雖然營寨四周有許多木頭鹿角叉做為防禦，我們仍奮勇往前衝，想強攻他們的營寨，誰知下一刻，樹林裡竟傳出陣陣濃煙，嗆得我們涕泗齊流！原來他們根本沒有在睡覺，而是早有準備，那九太保命一些瘦弱士兵躲在樹林裡燒柴草，弄得滿天煙霧，讓我們什麼都瞧不見，就連馬兒也被濃烟嗆到連連後退……」

盧文進和耶律德光聽到這裡，臉色已十分難看，那探子卻又道：「還不只如此，緊接著敵寨中萬箭齊發，那箭支多到把天空都遮蔽了！兄弟們死傷慘重，還是奮勇上前，誰知那九太保實在太狡詐了！他還命人做了許多尖叉倒插入地，卻露出點點尖頭在地面上！樹林陰森、煙霧瀰漫，大夥兒騎馬往前衝，還要抵擋滿天飛箭，自然不會注意到地面有陷阱……一個個都摔下馬來，這時候，他們的步兵卻從後方的樹林裡衝出……原來那營寨中除了弓箭手外，大部分的河東步兵早已悄悄繞到到我們後方，趁著我們摔馬中箭時衝出來，大肆砍殺！兄弟們死傷無數，馬兒更是損失慘重……」

他抹了抹臉上的血淚繼續說道：「晉軍大肆擊鼓喧鬧，好像滿山遍野都是他們的人，我們實在不知到底有多少，兄弟們害怕了，丟了馬兒就跑，那奸詐的九太保還不罷休，竟然命晉軍急起直追，大夥兒只能一路從幽州北山拼命逃出去，那戰馬、帳篷、鎧甲丟得滿山遍野，都來不及收拾……屍體更是幾乎把整個森林路徑都堵塞了……死了近萬人……」

盧文進此時方知李嗣源和李存審分別行動，一個負責牽制自己這邊的部隊，並設法擒捉統帥，另一個則以戰陣設局，只要任何一方成功，都能大大削減契丹軍的戰力。眼看晉軍從狹谷出來越多，己方情勢實在不利，他不敢就這麼丟下皇太子自個兒退走，便望向耶律德光尋求他的意思。

事關皇太子安危，耶律德光也不敢冒險決定，一咬牙，道：「先回去，找叔叔商量！」

「回城！」盧文進大喝一聲，便統率人馬循序撤退。

正當契丹兵逐漸退去，此時大批河東騎兵、步兵剛好從狹谷湧現出來，李嗣源抓準時機，大喝一聲：「殺！」竟然不顧傷勢，反而主動追擊！

橫沖軍都是百戰老兵，精英中的精英，個個箭術了得，悍勇至極，方才在谷中彆了一肚子窩囊氣，一旦脫困，就像一頭頭凶暴的猛虎脫出牢籠，恨不能將對方撕咬得四分五裂。

契丹兵已失去鬥志，忽聽見後方傳來追殺聲，回頭望去，不由得大吃一驚，想到方才他們不過百多騎，就能在萬軍之中抓走皇太子，此刻已有千萬兵馬，自己如何是對手？這麼一想，不禁嚇得拔腿就逃。

盧文進和耶律德光原本只想先回幽州與耶律曷魯商量對策，萬萬想不到己方士兵竟被對方嚇破了膽，無論怎麼吶喊約束，都止不住逃兵。

李嗣源其實受傷沉重，最後發起的這一場追擊，乃是拼盡全力，見契丹大舉潰逃，心中鬆了口氣，終於支撐不住地暈了過去。

幸好李存審及時趕到，連忙指揮步、騎兩軍合一，又派兒子符彥卿潛入幽州城中，向周德威通報消息，再乘勝夾攻幽州城外的契丹軍營。❶

此時耶律曷魯已得到連番壞消息，眼看兵馬損傷慘重，天氣又炎熱難耐，只得答應撤軍北返，好換回皇太子。

當李嗣源率隊進入幽州城時，是被人抬著進去的，周德威見他滿身是傷，幾乎去了半條命，心知這等惡劣的情況下，倘若不是他堅持來救，幽州連同自己都要戰歿了，心中感動難已，忍不住大力擁抱了他，激動得痛哭流涕。

李嗣源這一戰受傷甚重，休息好一陣子都下不了床，期間他信守承諾，對耶律倍以禮相待，毫髮無傷，直到確認契丹大軍真正退去，便命人送還耶律倍，見幽州已穩定下來，也不管全身創傷還未恢復，就命眾人抬著自己，大軍開拔返回晉陽。

李存勖得知李嗣源拼死保住北疆，歡喜感動之餘，立刻封賞他為檢校太保，在暫時解決北方隱患後，又開始籌謀南下大梁之事，陸續調集兵馬前往黃河沿岸駐紮，與梁軍夾河對峙，準備隨時爭奪重要渡口！

（註❶：李存審本姓符，為符存審，因成為李克用的義子才改姓李，但兒子仍姓符。）

九一七・四

開軒聊直望・曉雪河冰壯

河陽節度使、北面行營排陳使謝彥章將兵數萬攻楊劉城。甲子，晉王自魏州輕騎詣河上；彥章築壘自固，決河水，瀰浸數里，以限晉兵，晉兵不得進。彥章，許州人也。安彥之散卒多聚於兗、鄆山谷為羣盜，以觀二國成敗，晉王招募之，多降於晉。《資治通鑑・卷二七〇》

大梁貞明三年、天祐十四年冬，北方風寒、烟雪霏霏，蒼天彷彿在一瞬間就凍熄了所有硝烟戰火，潔淨了大地上一切的殺戮鮮血，唯獨那九天落下的黃河兀自驚濤拍岸，翻滾潮浪，就好像亂世群雄仍爭鬥不休，幾多興替。

契丹圍困幽州長達數月之久，仍是支撐不住，愴惶退兵，消息震撼了大梁朝廷，朱友貞憂懼之餘，心想李存勖必會伺機南下，應加強黃河沿岸的佈防，遂派了捉生都指揮使李霸率領一千多名士兵前往「楊劉」城駐守。

這楊劉城位於魏博以東，乃是黃河東邊最重要的四個渡口之一，朱友貞的計劃原本不錯，可他萬萬沒想到那李霸出城之後，竟然繞了一圈又率部隊回來，還發起叛變，在自家宮城放火！

朱友貞甚至被逼得親上城樓指揮禁軍抵抗，直到杜晏球率龍驤騎兵來救，才敉平這一場叛亂。事情過後，朱友貞心情煩躁之餘，也只能重新指派將領安彥之率軍前往楊劉駐守，隨即又召來趙岩、袁象先、張漢傑兄弟等一班親信商量對策：「晉軍就要南下，你們說，朕該怎麼辦？」

趙岩、袁象先等人才能平庸，哪裡想得出退敵計？不由得面面相覷，說不出一句話，眼看朱友貞就要發怒，趙岩靈機一動，倒有了發財計，連忙道：「陛下登基以來，一直待在開封，未曾回洛陽祭天，以至於大梁朝臣、天下百姓，都認為陛下的帝位並未得到上天正式應允，充其量只能算是一方諸侯，四方藩鎮才不願臣服，屢屢來犯，就連李霸那樣的小將領也敢心存輕視，發動叛變。」

朱友貞沉吟道：「朕若要祭天，就必須大肆準備，如今軍情緊迫，這麼做，只怕會使朝廷更加忙亂，更勞民傷財……」

皇帝祭天，通常會大肆封賞，趙岩等親信必能得到豐厚的賞賜，眾人見朱友貞遲疑，連忙勸進，袁象先道：「陛下祭天的時候，也會謁拜太祖宣陵，如此既得蒼天護祐，相信太祖、太后在天之靈，也會保祐陛下的。」其他人連聲附和。

朱友貞想起了父母，一股激動從心底湧上來，道：「你們說得對！父皇母后一輩子都在對抗沙陀蠻賊，一定會保祐我的！」

趙岩見朱友貞答應，搶先道：「臣雖不才，仍願自薦為陛下主持祭天大典，若得恩允，臣必竭心盡力辦得盛大隆重，以彰顯陛下君威，教四海諸夷皆望風臣服。」

這慶典操辦的過程中，自有許多肥油可撈，其他人見趙岩拔得頭籌，心中甚是遺憾，卻也知機地跟進，希望在這場盛事中分一杯羹，紛紛道：「臣願意輔佐趙尚書！」

朱友貞見眾臣齊心合力地要為自己操辦大典，又想到祭天之禮完成後，必能得上蒼保祐，令萬民臣服，也漸漸放開心懷，不再愁煩，舉杯笑道：「朕有你們這一班公忠體國、勤懇任事的良臣，甚是欣慰，這祭天大事，便交由你們了！」

眾人連忙舉酒謝恩：「臣等不敢有負，必鞠躬盡瘁，完成陛下所托。」

正當滿朝文武都積極地籌備祭天典禮時，一直賦閒在家的敬翔得到消息，再也忍不住了，便匆匆趕往皇宮，請求覲見。

朱友貞心情愉悅，聽見這位德高望重的老臣來了，便召敬翔到內殿相見。

敬翔關心道：「陛下，臣聽說您要去祭天？」

「不錯！」朱友貞以為他來共襄盛舉，微笑道：「敬卿，你最有經驗，你瞧這事該怎麼操辦，才能顯出朕的威風來？不如你也來協助趙尚書他們，提供一些祭祀清單或者該注意的事項。」

「陛下，」敬翔小心翼翼地道：「老臣有句話想要進諫，晉軍已近在河岸，御駕怎能輕易出行？陛下應坐鎮京城，指揮各方、安定民心，若想去祭祀，等北方安定之後，再去也不遲。」

朱友貞被澆了一大桶冷水，滿腹歡欣之情頓時消失，臉色一時沉了下來：「只要有黃河這一道天險，晉軍就不可能越界，有什麼好擔心的？」

敬翔對這個年輕小皇帝，既疼惜又惋惜，空有滿腹良謀想要輔佐，對方卻始終不領情，只能苦口婆心地勸道：「自從劉鄩失利以來，於公於私，朝廷府庫已十分困竭，人心更是惴惴不安。祭天大典需要耗費無數人力財力，卻只是圖個虛名，讓國家受到傷害，還不如將這些錢財用來安定民生、供養軍隊，才更有益處……」

朱友貞冷哼道：「國家艱危，朕難道不知嚒？朕去祭祀，就是為國家祈求平安！」

敬翔忍不住又勸道：「陛下去祭天，只是虛耗人力、物力而已，有什麼用呢？應當廣泛徵詢老臣的意見，任用老將，他們曾與河東交手多年，有豐富的經驗，這樣才可能止住憂患……」

朱友貞冷嘲道：「從前那些老臣都無法幫助父皇拿下河東，又有什麼用？代代都有人才出！朕自當採用年輕臣子的主張，或許還有意想不到的結果呢！」

敬翔知道他是在譏諷自己，還想勸說，朱友貞已不耐煩地揮揮手，道：「敬公，國家大事，朕自有主張，你既不贊成祭天，那也別去了，就留守開封吧！朕乏了，要歇息了，你先退下吧！」說罷也不理會敬翔，逕自轉回寢宮裡。

「陛下……」敬翔望著朱友貞離去的背影，胸口堵著一口氣，卻無法傾吐，只能悵然地退了出去。

卻說李存勖一解除契丹這後顧之憂，立刻調集大軍往南推移，魏博的黃河沿岸已滿佈旌旗、營寨壘壘，河東軍更是日日秣馬厲兵，夜夜枕戈待旦，只待大王一聲令下，就要渡河南攻。

魏州興唐府裡，李存勖興致高昂地召集眾將領前來，共商南下大事：「經蔚州、幽州之戰，契丹已耗損了大量糧草，此刻正值寒冬，北漠寸草不生，無論如何是不可能再湊齊糧草來發動戰爭，所以本王想趁這段時間大舉南征，一口氣拿下大梁！一旦契丹整備好糧草，必會再次入侵，那時我們才有能力全面應付契丹大軍，不會腹背受敵！」

眾將領聽他分析得有理，紛紛道：「我等願追隨大王，一舉攻克梁狗！」

李存勗又道：「但黃河波濤洶湧，天險難渡，倘若要用船隻運送數萬兵馬過河，不只船隻必須巨大，還要建造數百艘，曠日費時，所費不貲，更糟糕的是，待建造好時，只怕已到了明年底，契丹又準備好糧草了！倘若要減運馬匹，我們上到對岸後無騎兵可作戰，就是自斷手腳，更何況，我軍不擅水戰，很可能在航行途中就被梁軍攔截，就算真能渡過黃河，也已經疲累不堪，卻要面對數十萬好整以暇的梁軍，與他們長線作戰，士兵們肯定會熬不住，此乃最困難的一點，也是先王始終無法渡河南下，只能眼睜睜看著梁賊囂張，含恨以終！」

眾太保聽到先王含恨以終，心中激動，七嘴八舌地提出計策，但說來說去，不外乎是他們不懼生死，願跟隨大王悍勇猛攻，強渡灘頭。

經過幽、蔚這幾次戰役，李存勗心知就算河東軍再勇猛，也不能像從前那樣隨意犧牲了，他必須盡可能保留軍力，來應付將來大梁和契丹的南北夾攻，面對眾將領的忠勇義氣，他心中感動，卻實在不耐煩，只能教大家先退下，自己回到書房，拿起箭矢投壺生悶氣：「黃河為何要波濤洶湧，讓我們無計可施？為什麼我們永遠只能困守河北，卻不能渡河南下？老天爺偏偏要與我們父子作對！」投了一會兒，但覺無趣，心想被困黃河邊不知要到幾時，實在氣悶，不如召集眾將領去雪林打獵，遊玩一番，順便練身手。

他剛從箭袋裡拿起幾支利箭檢查一番，馮道已拿了一沓文書進來，他只得收起玩樂的心思，將手中箭矢百無聊賴地繼續投向金壺裡，似笑非笑地道：「你怎麼騙得王緘讓你送文書進來？」

馮道想不到王緘刁難自己的事，李存勖居然心知肚明，將手中文書整整齊齊地放到書桌上，微笑道：「大王戎馬倥傯，仍明察秋毫，連卑職這點小事都留意到了。」

李存勖笑道：「這有何難？你拿來的文書那麼少，就表示你是有要事求見，才會特意跑這一趟，你若不欺哄王緘，他肯讓你來？」

馮道微笑道：「大王言重了，卑職只是告訴王書記，說上回送來的文書裡有些疏漏，我想親自向大王說明，並自請處分，他便趕緊讓卑職過來領罰。」

李存勖笑道：「人人都恨不得爭功諉過，竟有你抹黑自己？」

馮道微笑道：「這也沒什麼，倒是卑職聽說大王為渡河之事苦惱……」話未說完，李存勖已經雙目放光，喜道：「你有法子？」

馮道說道：「士兵們個個肯為大王的事業奮勇爭先，固然是喜事，但若是強渡黃河，恐怕不妥……」一句話未說完，李存勖已感到不耐煩了：「你說的困難，本王都知道！難道連你也沒新鮮主意，就只會來說喪氣話？」舉起箭矢狠狠投射過去，「嗤！」一聲精準地插入地圖上「黎陽」城所在的位置，憤然道：「這裡就位於開封的正上方，我本來想搶下來做為渡河的據點，如此大軍一旦過河，便能直接殺入朱小兒的老巢，不必長線作戰，徒耗士兵們的體力。偏偏劉百計那老賊死守住黎陽，本王與他已經打了大大小小數十仗，他硬是寸步不離，連朱友貞下旨也召不回他！黃河天險阻隔，黎陽又久攻不下，你說說，還能怎麼渡河？」

馮道見他手勁強悍，顯然內心十分生氣，只不疾不徐地說道：「黎陽雖然距離開封最近，卻也是梁軍佈防最重的地區，最難突破。大王既已全然掌控魏博，何不繞個遠路——」他走近地圖的另一端，指向魏博東邊較遠處，道：「採取兵分兩路方式：一路從『博州』出兵，渡河攻破『楊劉』；另一路從『澶州』出發，先佔據『德勝』北城，再往南攻，這兩處都是黃河沿岸的重要渡口，雖然離開封城較遠，但佈防不像黎陽那麼厲害，倘若先以輕兵攻佔這兩座城池做為據點，再接應大軍過來，之後兩路會師，一起攻下濮陽，便可直驅開封！」

「這麼遠……」李存勖沉吟道：「如此繞了彎路，便要多耗糧草，德勝北城也就罷了，可以直進南城，登入梁境，但那楊劉城卻需要渡河才能攻下，豈不與攻打黎陽一樣？要把軍馬運過滔滔黃河，必須大費周章！」

「不一樣！」馮道解釋道：「卑職隨大王到魏州以來，特意花了一點時間觀察黃河的天候、地形和流向，發現黃河在冬末初春時，原本應該要結冰，但因為它的上游乃是由高山落下，水位高低落差大，水速極快，再加上支流眾多，還與湖泊、溶洞、溫泉交錯迴流，彼此互相取暖，造成上游甚至是咱們所在的中游又或是開封附近的河段，即使入冬都未必能結冰，就算結了冰，也是薄碎浮冰，兵馬很難在上面行走。但楊劉不同，它位於下游，並無溫泉影響，且地處平原，水勢平緩，只要天氣夠冷，常有機會結冰。」

楊劉乃是魏博東邊的小城，李存勖從前遠在晉陽，並未注意到這個小地方，聽馮道這麼一分析，但覺有理，再次確認：「大軍要移防，耗費巨大，你以為楊劉的河段真有機會結冰？」

馮道說道：「卑職以為今年天候比往年寒冷，大有機會，就算未能結冰，它河道狹窄，用竹筏、小舟也可渡行，毋須花太多時間便可通過，運氣好的話，遇到枯水期，甚至可直接涉水而過。」

李存勖雙目放光，欣喜道：「此話當真？」

馮道微笑道：「千真萬確！」

李存勖想了想，又問：「那楊劉的守將是誰？」

「安彥之！」馮道又是微微一笑：「此人武力不強，輕易可取。」

李存勖一愕：「安彥之？沒聽過！朱小兒怎會派個無名小卒去守這麼重要的渡口？」

馮道微笑道：「這安彥之是臨時派去的，才成了我們可突破的缺口！」

李存勖問道：「此話怎說？」

馮道說道：「朱友貞大約也感到大王就要揮軍南下，因此最近連連調動兵馬，前往黃河各處渡口。他原本想派李霸前往楊劉，想不到李霸居然帶著兵馬回開封放火，朱友貞平定叛亂後，不得已才又指派安彥之前往楊劉。」

「你這消息來得太好了！」李存勖在這起叛變中聽到多個令人興奮的訊息，不由得精光湛射，哈哈大笑：「楊師厚在世時，好不容易安定的軍心又開始浮躁了！朱小兒已失去威望，陷入內憂外患的危機裡，梁將可用之才，越來越少！真是天助我也，本王定要一舉殺入關中！」

馮道知道前些時候，李存勖曾舉劍要殺張承業，雖然事後在曹太妃的調停下，兩人表面上已重歸於好，但內心難免落下疙瘩，便刻意提到：「楊劉換守將的消息是特進傳來的，剛剛送到王書記手裡，我便順道帶過來了，就寫在第一份文書裡。」

李存勖點點頭道：「七哥總是如此細心！」心知馮道一得到張承業傳來的消息，立刻就想出兵分兩路，分取「楊劉」和「德勝北城」的法子，這才特意來找自己，微微一笑，又道：「你也不錯！就加賞一個月的俸祿吧。」

馮道從前跟著劉守光時，說話既要恭敬，又要淺顯易懂，不能隱諭太多，可面對李存勖，往往只說了上半句，他就能自行推出許多道理，馮道覺得這個新主子聰明過人，一點就透，自己往後真是輕鬆許多，心情也愉快起來，歡喜道：「謝大王恩賞。」

「好！」李存勖歡喜道：「本王就將大軍、物資全移往博州和澶州備戰！」

天氣越冷，蒼雪越大，河東軍在積雪盈尺的艱難中忙著移防，兵分兩路地把物資分別搬到博州和澶州，搭營紮寨、建立儲備，以應付將來攻佔楊劉、德勝北城之需。

李存勖精力旺盛，一刻也閒不下來，有時巡防，有時打獵，有時與兵將們賭博飲酒，他甚至把景進那幫伶人團搬入興唐府裡，與劉玉娘一起欣賞，有時興致來時，還會親自下場參演，即使梁晉雙方已到了生死一決的緊要關頭，他依然對任何事都興致勃勃，絲毫不緊張，總之是正事、玩樂兩不誤。

這一日，他帶著元行欽等親衛一起到莘縣巡防，事畢之後，行至西南方的「朝城」郊野，見千里銀裝素裹，遍地雪樹銀花，景致甚是優美，他忽起玩興，便拿出弓箭，吩咐眾親衛一起進入樹林裡打獵遊玩。

不過一會兒，大雪就如鵝毛般翩翩落下，眾人仍騎著馬兒在雪地中馳騁，李存勖好不容易尋到一隻探頭出來覓食的野兔，連忙瞇起眼睛，挽弓拉箭，卻見閻寶從遠方策馬奔馳過來，擋住他的視線，還一邊興奮地高聲呼喊：「大王！好消息！黃河結冰了！楊劉城的河水果然結冰了！」

「咻！」李存勖聽見消息，手不抖、身不顫，仍是一箭射出，嚇得閻寶以為大王要殺死自己，卻見那厲箭順著風勢微微一彎，正中獵物！

射畢，李存勖收了弓箭，哈哈大笑道：「行欽，那野兔就賞你了！」又策馬奔向閻寶，一起暢快地飛馳趕回魏州軍府，元行欽和眾親衛知道河東大業將成，都十分興奮，也趕緊跟隨。

李存勖一回到興唐府，便立刻召集眾將領，大聲宣佈：「我們征戰多年，始終無法越過天險，如今第十年了，黃河居然自己結冰，這是蒼天在助祐我們！戰略講究時機，時不我待，趁契丹休養之際，我們奮勇南下，一舉剿滅梁狗，絕不可錯過老天賜予的恩惠！」

眾將領也很興奮，大聲道：「是！我等必追隨大王剿滅梁狗！」

李存勖為了這十年來第一次南下的戰役，親自乘著小舟前去查探河道，確認河面結冰可以支撐士兵行走，並且估算走過冰河所需耗費的時間，又陸續調動大軍前往博州河岸等候。

待一切就緒，李存勖便準備搶佔楊劉，但河東軍從未走過冰河，都有些害怕，李存勖於是點了李周等千名自願軍隨行，他親自背起武器裝備走在最前方，眾軍兵見大王如此英勇，也鼓起勇氣亦步亦趨地跟隨。

他們頂著寒風大雪，腳下踩著滑冰，步步驚心地往前，走了大半天，終於成功渡過河面，抵達岸邊時，與李存勖估算的時間相差無幾，正好夕陽落下，天色漆黑，可以掩飾他們的行蹤，李存勖讓眾人稍喘口氣，就下令發兵突襲。

楊劉城池雖小，卻是黃河的重要渡口之一，守將安彥之領了三千梁軍駐紮於此，他知道這是防備晉軍的第一道防線，絲毫不敢輕忽，一抵達楊劉，便命令士兵沿著河畔搭起營寨柵壘，綿延數十里。但此時梁軍正好在吃晚飯，警戒最鬆懈，萬萬想不到河東軍敢摸黑渡過冰河，忽然聽到殺聲震天，都嚇得驚慌逃竄，岸邊的營寨柵壘一下子就被攻破了。

李存勖半刻也不停歇，立刻帶著千名敢死隊乘勝追擊，從四面包圍住楊劉城，戰神一出手，果然不同凡響，不過一日就攻入城中，守將安彥之率了殘眾趁亂逃走，李存勖輕易佔領楊劉，他派李周領軍駐守城池，好接應大軍過來，自己又率幾百士兵一路殺至鄆州、濮州一帶，但因此行只有千名步兵相隨，還要固守楊劉，戰力實在有限，他不得不放棄攻陷之地，返回魏州，之後又調派一些士兵陸續渡過冰河前往楊劉。

「嗡——」

大梁貞明四年初春，粉雪細細，曙光未露，天色仍一片墨藍，洛陽城所設置的齋宮裡，響起一聲聲象徵太平寧和的太和鐘聲。

朱友貞身穿大裘袞服，頭戴十二旒冕，攜著張德妃，乘坐上六駒金玉龍輦，率領文武百官大隊人馬，浩浩蕩蕩地前往洛陽南郊，準備舉行祭天大典。

在禮官的引領下，朱友貞下了車駕，帶着獻給上蒼的牛犢，一步步緩緩登高上行，直到圜丘壇上，將做為祭牲的牛犢連同玉璧、玉圭、繒帛等祭品一起堆放到了柴薪架上，接著拿取禮官遞來的火把，高高舉起，下一刻就要點燃祭火，好讓燃燒的煙氣沖升至天界，感動上蒼賜下平安。

文武百官的目光都盯著朱友貞手中的火把，滿心期待他就此點燃大梁所有光明希望時，卻被壇下遠方一聲大喊：「陛下，不好了！」硬生生打破了所有期望！

這祭天大典乃是十分莊嚴、萬分隆重，參加的朝臣非但要隨皇帝齋戒數日之久，期間所有舉止都必須端正嚴謹，就連說話也得輕聲細語，不敢稍有談笑放縱，豈料竟有人如此大膽，敢在祭典上大聲吆喝，破壞這神聖典禮，眾人都嚇了一大跳，朱友貞全神貫注在祭天儀式上，冷不防被這麼驚聲打擾，拿火把的手猛力抖了一下，火把上的焰苗竟掉到地上，熄滅了！

朱友貞連同眾臣的臉色都變了，心中咯噔一聲：「這……是不祥之兆？難道就連上天也不允我大梁平安壯盛？」

朱友貞回首望去，憤怒至極，正想下令斬首此人，卻想不到這報訊的小將領接下來更是語出驚人：「晉軍已經過河，攻下楊劉了！現在大軍正殺過來了！」

「什麼？」眾人驚駭得臉色一片蒼白，只見那小將領一邊疾奔過來一邊大喊道：「敵人大軍攻來了！京城都在傳說晉軍已經控制住汜水，百姓競相爭逃，已經一片混亂了……」

眾臣聞言，驚慌得六神無主，忍不住騷動起來：「這祭天之禮，上蒼都不允，難道天真要滅我大梁，不給咱們一條活路？」

「咱們家人都在京城，還是快回去瞧瞧吧！」不知是誰說了第一句，眾臣頓時想起留在開封城中的家眷，都十分憂心，紛紛勸進：「是啊！陛下，這祭火滅了，就表示上蒼不允，還是先回去吧！下次再來！」「國不可一日無主，這京城還需您坐鎮指揮，還是先回去吧！」

朱友貞見到祭火熄滅，原本已心慌意亂，再聽到晉軍已至京城外圍，更是面色如土，見朝臣都已無心祭祀，也只能順應眾人之意，憾然下令回京。

朱友貞回程途中，已再度得到消息，信中表示京城無事，晉軍只是一小隊士兵取下楊劉，之後雖攻打至鄆、濮一帶，但因兵力不繼，已經退出。

眾人發現是虛驚一場，心中稍安。朱友貞心想下次要再這麼大肆籌備祭典，已不可能了，心中煩惡至極，好不容易回到開封城，才下了車駕，大老遠就瞧見敬翔站在殿門口翹首盼望，他祭天沒祭成，一路狼狽回來，最不想見到的人就是敬翔，對方卻是三步併兩步地趕上來，關心道：「陛下可安然回來了！幸好一路平安……」

朱友貞見他滿臉憂急滄桑，既感動他的關愛忠誠，又厭惡他的精準預言，一時間心中五味雜陳，竟不知如何相對，只冷了臉，忿忿走進大殿，將這名忠心老臣狠狠甩在後頭。

敬翔仍不肯放棄，耐著性子跟了進去，一邊說道：「陛下，此刻戰事危急……」

朱友貞不耐煩道：「晉軍不是沒來嚒？」

敬翔又道：「雖是虛驚一場，但情況也不容樂觀，此次乃是晉王親自出馬，絕不能輕忽，陛下應立即召集老臣前來商議國事……」

「好！朕就依你所言！」朱友貞確實著急了，心知敬翔說得不錯，便讓人傳喚群臣至大殿商議對策。

待眾臣齊集大殿，朱友貞便問：「晉軍已攻下楊劉，轉眼就要渡過黃河了，你們說該當如何？」

敬翔見來者又是那幫年輕臣子、朱友貞的心腹，連忙站了出來，搶先道：「如今戰事連年失利，疆土日益縮小，為人臣子者，實愧負皇恩！臣雖然不才，但一直以來都蒙國家恩賞，倘若陛下缺乏作戰人才，臣請求到邊疆去主持戰事，為國效力。」

眾臣都是一愣，朱友貞想不到他願意親赴前線，心中既感動，也感到受其壓迫，一時不知如何回應，趙岩心想倘若讓敬翔這德高望重的老傢伙到前線去，自己還能苛扣什麼軍餉油水？連忙站了出來，道：「敬公年紀大了，又沒有真正打仗的經驗，我大梁人才濟濟，難道還缺大將嚒？為何非要派一位文弱老臣到前線去，徒讓李小兒笑話我朝中無人？」

敬翔個性再內斂溫和，被趙岩這麼一譏，也不免動了氣，臉上一陣紅一陣白，正想開口駁斥，朱友貞卻道：「朕以為趙尚書說得有理，敬公一心為國，眾所周知，但你實在年紀大了，只怕腿腳都不靈便，腦子也有些糊塗了，又如何上前線？朕也不忍心讓你如此操勞，你還是在家休養吧！」不讓敬翔開口說話，又問趙岩：「我朝人才輩出，趙尚書以為該派誰前去？」

「臣建議讓賀瓌賀老將軍去對付李小兒！」趙岩心知今日之事，若再派年輕小將前去，敬翔絕不會善罷干休，因此一開口便提出老將人選：「昔日賀老將軍跟在楊令公身邊屢立戰功，在軍中德高望重，對陛下又忠心耿耿，絕對是抵擋李小兒的最佳人選。」

朱友貞聽到楊師厚的名字，心中甚是感慨：「當年我恨不得他早早死去，現在卻又恨不得他能活轉回來……」

眾臣聽到賀瓌的名字，都深深點頭，覺得趙岩確實提出了好人選，朱友貞見眾人同意，心想賀瓌確實忠誠勇毅，戰陣經驗也豐富，相信敬翔也無從反對，便贊同道：「就依卿所奏吧！」

敬翔眼看此戰攸關大梁存亡，可這些年輕臣子只是草草提個人選，也沒有完整的作戰計劃，就讓皇帝輕易下結論，但覺他們簡直是把生死戰當做兒戲，心中不由得長長一嘆，忍不住又道：「先帝在世的時候，除了關中，還擁有河北、魏博全部的疆域，他統領無數豪傑御駕親征，尚且不能真正消滅沙陀勢力，完成統一大業，如今陛下只派一個賀瓌前去，又有什麼用呢？」

趙岩道：「敬公說這話，未免瞧不起賀將軍了！眾所周知，賀將軍的步兵排陣，乃是我大梁王朝第一把交椅，他若稱第二，絕沒有人敢居第一！許多敵軍名將遇到他的步兵重陣，都被衝撞得兵敗如山倒，昨日他才傳回捷報，說已經消滅鳳翔三萬大軍，平定了慶州，正班師歸來，待他回朝領命之後，便能再轉戰楊劉！」

敬翔卻不理會他，只對朱友貞道：「我軍面對晉軍為何屢屢戰敗？就是因為士氣不振！臣聽說李存勖繼位以來，所有攻城作戰無不親自指揮，沙場衝鋒也不落人後，他警醒自勵，十年來從不間斷，最近攻打楊劉城，更是親自背著裝備走在軍士最前面，以激勵士氣。可陛下安居深宮，與一群只會安逸享樂的近臣商議軍事，卻不深入瞭解戰況，又怎能探知敵人真正的實力？」

朱友貞祭天不成，心情已十分煩惡，也退了一步，答應任用老將，想不到敬翔還不罷休，居然當堂指責自己，他再也忍受不住，怒道：「你是什麼意思？朕不派兵將出去，難道還要自己去衝鋒陷陣，丟失性命嚒？朕尊重你為家國貢獻良多，才一直容忍你，你倒倚老賣老，沒完沒了了！」

敬翔憂急道：「臣豈敢倚老賣老？只是臣聽說那人已經投靠河東了！晉王再加上那個人，就是雙劍合璧，天下無敵，單憑賀將軍一人，又如何能應付？賀瓌性子急躁，只怕一不小心就會落入對方的陷阱，還是讓老臣前去相輔吧！」

「哪個人？」堂中臣子多為年輕一輩，不知敬翔說的是誰，只面面相覷。

敬翔見他們茫然無知，急得跺腳道：「就是先帝最忌憚的那個人！」

朱友貞臉色更加難看，冷斥道：「先帝威震天下，忌憚過誰了？你真是越老越糊塗了！你還是快快退下吧！莫在朝堂上繼續胡說八道，擾亂眾心，否則朕便要治你重罪了！」

敬翔心知就算自己冒死勸諫，朱友貞也聽不進去，心中掙扎許久，終於恭敬施禮，悵然退下，他緩緩走出殿外，仰望天上烏沉沉的雲空不斷灑下鵝毛大雪，瞬間將大梁京城染得一片蒼白，不禁回憶起當年朱全忠臥床時，握著自己的手殷殷交託家國，頓時紅了眼眶，潸然淚下：「陛下，臣辜負了你，未能匡扶新帝，保全家國，臣有愧啊……」

朝堂之上，趙岩見朱友貞臉色沉重，怒氣未休，連忙勸道：「陛下莫與一個迂腐老頭計較了！我大梁安危全繫於陛下肩上，請務必保重龍體。」

朱友貞不只是生氣，更因為敬翔的一番話在他心裡激起千層浪，令他更加煩憂。

當年張惠中了馮道的計謀，被困山谷，以至最後傷重而亡，朱友貞是知道的，但彼時他年紀幼小，對細節所知不多。此事乃是朱全忠心中最痛，終其一生，他都不曾提起「馮道」兩字，就算與敬翔、李振、楊師厚、羅紹威等心腹商量軍情時，也只會用「臭小子」這個詞代替，眾臣更不敢隨意提起這個名字。

在攻打幽燕、河東的過程，雙方似隱隱有幾次交手，卻從未正面對決，再加上馮道在劉守光底下多年，始終是個小參軍，名聲並不顯赫，朱友貞也就漸漸淡忘了，直到今日，敬翔忽然提起，他內心不禁起了一股顫慄，思索好一會兒，往堂下望去，見都是親信，忍不住開口問道：「那馮道究竟是個什麼樣的人物？真有這麼厲害？」

趙岩道：「臣聽說他只是一個鄉下小子，原本待在幽燕輔佐劉守光，幽燕卻滅亡了，後來不知怎麼找到門路投入河東，但也只是撈個小巡官，可見李小兒根本不重視他，這樣的人，能有什麼作為呢？」又哼道：「敬公不得陛下重用，心懷怨恨，因此嫉妒賀將軍這樣的賢良，就危言聳聽，恐赫大家！」

朱友貞雖不喜敬翔的囉嗦，卻實在知道這位老臣是大梁第一謀士，倘若連他都如此忌憚馮道，那麼這人就絕不簡單，想了想，又道：「李小兒不只善衝戰，還十分狡詐，就連百計劉鄩也屢屢栽在他手上，我擔心賀將軍性情過於耿直衝動，會中了李小兒的奸計，不如再找一人從旁輔佐，為他周全細節，這才穩妥些。」

趙岩想了想，喜道：「有人！臣以為兩京太傅是個好人選！」

朱友貞一愣，沉吟道：「你說謝彥章？」

趙岩道：「謝太傅乃是我大梁名將葛從周的養子，『山東一條葛，無事莫撩撥』，葛老從前跟著太祖橫掃天下，相比河東十三太保，絲毫不遜色，謝太傅從小就跟在葛老身邊學習，葛老乃是手把手地用棋子兒排兵佈陣，一輪又一輪耐心地教導他。如今謝太傅盡得葛老兵法真傳，不只個性儒雅沉靜，還善長謀劃奇計，最重要的是他精擅騎兵，剛好與賀老的步兵相輔相成！」葛從周乃是朱全忠早年的名將，後來年紀大了，便告老還鄉，前兩年已經去世。

眾人聽到謝彥章的名字，都眼睛一亮，不得不佩服趙岩這招「步騎相輔」確實是一步好棋。

趙岩哼道：「敬公說李小兒與鄉巴佬聯手，叫雙劍合璧，簡直是天大笑話了！咱們賀、謝兩位將軍素有『梁軍雙絕』之稱，一個擅長步兵排陣，一個精擅騎兵衝刺，此番步騎聯手，才能稱得上是雙劍合璧、天下無敵！更何況，只要他們能支撐到契丹再次南攻，到時就可夾殺李小兒了！」

朱友貞原本極排斥老將，但形勢至此，已不容他堅持，又聽趙岩分析得極有道理，終於稍稍放下心，道：「如此安排甚好，待賀環回來後，便傳他二人過來吧！這段時間，你們也好好徵召兵員、籌備軍餉！」

賀瓌剛打完一場勝仗，領著大隊人馬才抵達京城郊外，就接到召令，他連戰甲都來不及卸下，即匆匆趕進宮去覲見皇上；另一位儒將謝彥章自負謀略無雙，滿懷雄心壯志想要殲滅敵寇，卻因為上次跟隨王檀攻打晉陽失敗，被閒置許久，他心知這個年輕皇帝不喜歡老將，當接到召令時，既驚且喜，自也是立刻趕進宮去。

朱友貞生性儒雅，年輕時最喜歡與儒士一起風花雪月，但登基之後，卻更在意忠誠，見謝彥章儒雅肅穆，精光伶俐，暗想此人心思奇巧，對付李存勖固然是好，但這樣的人也容易走入歧途，萬一他擁兵自重，就是一大麻煩。再看賀瓌，精光炯炯，目不斜視，氣度樸厚，統領的又是主力步軍，心想有賀瓌這樣的忠誠老將壓制著，謝彥章就不至於亂來，便做下決定由賀瓌擔任主帥，這一老一少、一步一騎、一勇猛一沉靜的組合，確實互補長短、耳目一新，應可與晉軍一決高下。

朱友貞對兩位將軍嘉勉一番，又道：「賀卿，朕授你為此戰主帥，擔任北面行營招討使，率領十萬步兵赴黃河岸邊抵禦晉軍，並由謝卿擔任副帥，任北面行營排陣使，領三萬騎兵輔助你。」

兩人叩首領旨謝恩後，朱友貞道：「軍情緊急，不容延宕，騎兵人數少、速度快，謝卿就先行出發，志在取回楊劉。賀卿待整頓好步兵大軍，再前往會合，到時你二人聯手進擊，一舉殺入太原！」

騎兵乃是常備兵馬，謝彥章可立刻整軍出發。步兵雖也有常備，但要湊到十萬之眾，須從各地徵調過來，有時也從百姓之中臨時湊數而成，尤其梁軍幾番損兵折將，自是必須廣召兵卒，才能備足，再加上步兵行軍速度慢，因此準備時間往往較久，這一來，就變成副將謝彥章先行，主帥賀環反而落在後頭了。

這賀環年逾六旬，鬚髮皆白，卻仍面色紅潤，體態魁梧，聲若洪鐘，拱手朗聲道：「陛下放心，臣曾跟隨先帝、楊令公多年，已學會他們的戰略，也與河東交手多次，一個李小兒而已，只待我親自前去，擒他回來獻給陛下。」

謝彥章雖較年輕，其實也近中年，師承葛從周的兵法，立過無數戰功，尤其手下的騎兵部隊裝備精良、兵馬快速，常常覺得步兵就是烏合之眾，才會一戰敗就潰逃，聽賀環這麼說，似乎在暗示即使他領騎兵先行，也無法單獨對付李存勖，便對朱友貞行禮道：「陛下既派臣先行，臣自當竭心盡力攻克楊劉，擊退李小兒！」

騎兵瞧不起步兵，步兵對騎兵自然也不會有好臉色，賀環身為步兵之首，對謝彥章早有心結，聽他誇口說要搶先打敗李存勖，沉聲道：「李小兒生性狡詐，那騎兵之術更不下於你，本帥未到之前，謝副將還是莫要輕舉妄動才好，免得胡亂衝撞，白白折損了人手。」

朱友貞微笑問道：「那麼賀卿對此戰有何計劃？」

賀瓌恭敬道：「戰場之上，瞬息萬變，排兵布陣必須伺機而動，不能固守舊方，臣此刻實在無法回答，但到時候，必會盡力而為。」

這番話雖然說得不錯，但聽在朱友貞耳裡，卻徒增不安。謝彥章見皇帝臉色沉了下來，立刻抓住機會奏稟道：「陛下莫擔心！臣有一計可退敵！」

「此話當真？」朱友貞驚喜道：「謝卿有什麼良計，快快說來！」眾臣也都好奇他有什麼絕妙計策，能解此危局。

謝彥章道：「陛下須先答允臣兩件事！第一件，乃是臣可以不計代價去打勝仗！」

賀瓌見他賣許久的關子，卻說出這樣一句話，冷笑道：「誰打仗不是不計生死，拼命完成陛下交付的任務呢？」

謝彥章也不生氣，只微微一笑，道：「臣的意思並非像賀老將軍想的那樣，只是奮勇殺敵而已。」

賀瓌自認輩分較高，又是主帥，謝彥章應該敬老尊賢，想不到他居然嘲諷自己只會逞匹夫之勇，如何忍得住？正想反擊，朱友貞已聽出其中玄機，目光一沉，問道：「你說的『不計代價』是什麼意思？」

謝彥章緩緩道：「如今晉軍只來了一千步兵佔據楊劉，倘若他要全面進攻，這點步兵是遠遠不夠的，所以他們只是把楊劉當做一個接引大軍南下的根據地……」

賀瓌冷哼道：「這誰不知道？」

「這件事大家確實都知道，但賀老將軍不知道的是——」謝彥章劍眉一揚，道：「只要黃河不再結冰，他兵馬難行，就無法將後續的大軍運送過來！」

眾人都不解他是何意，賀環衝口道：「你說的就是廢話！黃河明明已經結了冰，難不成你還能使喚老天爺回春？教祂不再下雪？」

謝彥章絲毫不以為忤，反而冷冷一笑，語帶神祕地道：「這計策若是洩露出去，只怕會橫生變數，所以臣只能說給陛下一人聽。」

賀環聞言，心裡更加不快，忍不住大聲道：「賀某才是主帥，卻不能聽聞軍事機密，這算什麼東西？」

謝彥章不疾不徐地道：「倘若陛下願意讓其他人知曉，謝某自不敢對賀帥隱瞞。」

朱友貞聽到能打勝仗，如何會管賀環心裡的疙瘩？連忙對謝彥章道：「你快過來吧！」

謝彥章走近朱友貞，低聲說了兩個字，朱友貞心中一震，臉色微微沉了下來，賀環心中暗罵：「這廝究竟要使什麼詭計，竟惹怒陛下……」

謝彥章精光微微一湛，勸道：「臣所謀所思，都是為我大梁王業著想，陛下若是應允，說不定還未等賀將軍率步兵過來，敵軍便已退了。」

賀環為大梁血戰數十年，好不容易熬成皇帝心中的第一將帥，取代了劉鄩的位置，想不到居然冒出一個副將還未開戰，就想獨攬軍功，搶奪他的主帥之位，當真是可忍、孰不可忍，正想破口大罵，卻見朱友貞一握拳，沉沉地點了頭，道：「你放手去做吧！」又問：「第二件事呢？」

謝彥章道：「此計只能退敵，若想殺李小兒，臣還需要一個人！」

朱友貞問道：「誰？」

謝彥章道：「汝州防禦使王彥章！」

朱友貞聽到這名字，陡然想起他正是李存勖的剋星，暗呼：「我怎麼把他給忘了！」當初為了制衡劉鄩，才把王彥章調去汝州，此刻確實該讓他回來了，喜道：「好！好！朕立刻調他回來，讓他全力助你成事！」又轉對賀瓌道：「賀卿，你整頓好大軍後，便前往楊劉，配合謝卿的計劃，此仗關係我大梁生死存亡，兩位務必同心合力，共解國難，我大梁臣民、國境安危，全仰賴兩位愛卿了！」

謝彥章見皇帝採納了自己的計劃，神情雖恭敬嚴謹，但眼角眉梢卻掩不住欣喜得意之情，看在賀瓌眼裡，更不是滋味，心想自己明明才是主帥，這軍陣大事卻全由謝彥章一個人說了算，但覺胸口有一股暴火就要沖出，但礙著皇帝的面子又不能發作，只能將滿腔怒氣硬生生壓入腹底，恭敬領命：「是！」

過了幾日，謝彥章已整頓好三萬騎兵，浩浩蕩蕩地奔馳向楊劉，準備與李存勖展開一場決戰！

賀瓌雖覺得有些失意，對大梁卻十分忠誠，仍賣力徵召步兵，朱友貞看在眼底，甚是欣慰，這一日，見步兵已集結完畢，大軍即將出發，便召他進入內殿。

賀瓌以為皇帝不看重自己，一直耿耿於懷，忽得皇帝特意召見，心中甚是歡喜，連忙奉命入宮，到了內殿，才發現只有自己一人。

朱友貞神情有些疲憊，也有些嚴肅，淡淡道：「賀將軍，朕對此戰寄望甚大。」

賀環連忙道：「臣知道，臣必竭盡全力，以性命報效皇恩，維護我大梁安全。」

朱友貞道：「朕讓謝將軍先行，除了騎兵快速之外，也是為了確保他的計劃可以成功，但那計劃越少人知道越好，因此才不對你說。」

賀環聽皇帝特意向自己解釋，趕緊道：「臣心中是有疑惑，卻絕對不敢有怨言，倘若臣不知道謝副帥的計劃，又如何配合？」

朱友貞點點頭，道：「朕明白，不過你不必著急，等抵達戰地，你就會知道他的計劃了！朕今日召你前來，是另有要事，此事十分機密，只有你一人可知曉。」

賀環心中一愣，肅容道：「聖上密令，臣必會守口如瓶，絕不敢洩露。」

朱友貞拿出一封密函，道：「此乃朕的親筆手諭，你二人在外，倘若發現謝彥章有任何不軌之心，你便立刻殺了他！」

賀環大吃一驚，暗想：「原來陛下並沒有那麼信任謝彥章……」又想：「但不知陛下是否也下了同樣的密令給他……」他連忙跪下接旨，心中還來不及反應，朱友貞卻說出令賀環更加吃驚之事：「倘若你二人合作得好，能一舉攻入太原便罷，萬一中途兵敗，必須回來，無論他是否有貳心，你都務必在回程途中殺了他！」

賀環原本嫉妒謝彥章比自己更得君心，聞言不由得心頭一震，黑黝黝的臉瞬間變得微微青白，他雖然粗獷急躁，卻不是無知之輩，身處朝堂多年，也知道伴君如伴虎，有些事絕不能多問，暗想：「陛下個性溫文，並非嗜殺之人，敬公那麼頂撞，他都沒有動殺心，謝彥章到底做了什麼，竟惹怒陛下？」思緒微然一轉，已然猜到：「此事必與謝彥章的計謀有關，可那究竟是什麼計策？陛下竟然同意了，卻又容不下他？」想到謝彥章為主解憂，卻招來殺身之禍，心中一時五味雜陳，那嫉妒之火瞬間滅了，只餘下滿腔疑惑與感慨。

他抬首望向這個貌似溫文儒雅的皇帝，一邊雙手高舉接過密令，一邊暗暗告戒自己：「陛下當年就是扮豬吃虎，把兩位兄長幹掉，才得到這個皇位，現在又一邊微笑嘉勉謝彥章的計策，一邊暗下殺旨……這一仗，我可得萬分小心，必須盡快取得勝利回來，千萬不能像劉鄩和謝彥章那樣，落到令主上懷疑的境地！」

這一日，李存勖又帶著元行欽等親衛一起到「朝城」的山林裡打獵，他愛極了這片白茫茫的大雪山林，一點都不覺得在酷寒厚雪中騎馬打獵是件苦事，因為雪下得越大，黃河的冰層結得越厚，就越能承載更多兵馬通過！

「咻咻咻！」他挽弓搭箭，對準一隻白毛狐狸疾射三箭，那小狐狸十分警覺，一感應到危險，立刻撒腿飛奔，幾個輕盈轉彎，藉著雪堆樹幹的掩護便消失了蹤影。

李存勖好勝心極強，見三箭都落了空，心中冷哼：「小畜牲！本王相中的獵物，居然還敢逃？」大喊一聲：「圍起來！」手上一提韁繩，正想策馬追去，卻見到一名士兵從遠方馳馬過來，高聲叫道：「大王！不好了！梁將謝彥章率數萬騎兵包圍住楊劉城了！」

楊劉只有李周率三千名士兵固守，面對數萬騎兵的包圍，再加上謝彥章善用兵法，李周很快就陷入苦戰，他連忙派人飛馳至魏州通報李存勖，請求支援。

此刻李存勖玩興正起，覺得自己怎麼可能鬥不過一隻小狐狸？見四周都沒有狐狸影，笑罵：「這小畜牲，跟本王玩起捉迷藏了？」對探子急報的消息一點也不在意，仍繼續策馬追捕獵物，只遠遠丟下一句：「有李周在，本王有什麼好擔心的？教他撐著點！」

眾人都是一愣，李存勖已策馬奔去，笑喊道：「這小畜牲跟本王鬥上了，我非逮到它不可，你們還不快來！」眾親衛連忙拍馬跟上。

那報訊的士兵只好將大王的指示帶回興唐府，眾將領都是一陣錯愕，在府中等得萬分焦急，直到兩日後，李存勖才提著獵物歡喜回來，見眾人臉色惶急，笑道：「你們擔心什麼？李周最善守城，有他在，不會有問題的！更何況咱們的士兵不是陸續過去嚒？只不過冰河難渡，不能一下子踏上太多人，這才讓梁狗暫時威風一下，待本王一出手，便要教他們落荒而逃！」

黃河之水天上來，奔流到海不復回，如今這滔滔黃浪被天雪凝凍成一片長長潔白的玉鏡，又似仙女將飄飄銀帶飛灑在人間大地，如此絢麗夢幻的景象，卻即將成為最激烈的殺戮戰場。❶

李存勖率領數千輕騎從魏州出發，來到黃河岸邊，踏過冰河，直抵楊劉，之後便親自領兵作戰。

他玩樂時，全心投入，樂而忘返；打仗時，也是奮不顧身、忘卻生死，甚至幾度落入謝彥章的陷阱裡，幸得元行欽拼死相救，才死裡逃生，但他依然樂此不疲，一逮到機會便親自衝鋒陷陣，只不過他對元行欽的感情已然不同，但覺兩人年齡相仿、志趣相投，可以一起玩樂，也能生死相扶，實在比年長一大截的十三太保更像兄弟。有一回他落入梁軍圍殺中，幾乎九死一生，被元行欽拼死救出後，他激動到極處，甚至抱著元行欽哭喊說要與之共富貴！接著賞賜元行欽檢校太傅，遙領忻州刺史，不必前往赴任，只需伴隨在自己身邊。

眾將領得知此事，心中都覺得不安，於是連袂勸諫不許大王再以身犯險，尤其李存審勸諫最多，甚至直接拉住李存勖的馬兒不讓他出行，李存勖實在拗不過，只好答應，卻仍親自背著柴草堵塞壕溝，與士兵們同甘共苦。

謝彥章見幾次設局，都不能殺死李存勖，渡過冰河的晉軍卻越來越多，形勢越來越不利，李存勖也不再親自衝陣，他終於下定決心，要使出那一場「不計代價」的計劃！

謝彥章已經有一陣子沒有進攻了，李存勖幾度派探子冒險前去查看，都說梁軍在修築深溝高壘，以堅守陣地，防止晉軍來犯。

李存勖與謝彥章交手以來，覺得對方個性沉穩內斂，並不是輕易放棄之人，但又查不出實情如何，正當他滿腹疑惑卻無解時，馮道自動請纓去敵營查看，李存勖自是欣然應允。

馮道不像一般的探子，他先喬裝成梁兵，盡可能潛近梁營，但謝彥章命人在四周圍起一大片密不透風的高牆，他依然看不見裡面的文章，只能暗暗思索：「這外表看起來確實像在修築防禦工事，但為什麼要用圍牆遮掩？」忽聽見牆內傳來「篤篤篤、叩叩叩……」等敲擊、挖掘東西的聲音。

馮道更感納悶：「築壘、疊牆應該不會發出這樣的聲音……」他豎耳仔細聽了一陣，忽然發現在敲擊聲中傳出一絲絲窸窸窣窣的聲音，不由得驚呼：「糟了！」

「大王，梁軍假裝在修築高壘，」馮道急奔回軍營，向李存勖稟報：「其實暗地裡是派大軍在鑿開冰河！」

「鑿開冰河？」李存勖一陣驚愕，萬萬想不到謝彥章為了打勝仗，不惜破開冰河，又為了保密，竟不疏散兩岸居民，要犧牲數萬無辜百姓！

李存勖一咬牙，道：「看來我們必須搶在他鑿開冰河之前，盡快將大軍運過來，可萬一走到半途，冰河崩開，我們的士兵豈不是都要淹入凍水裡了？」他擔心冰河承載有限，每天只讓兩、三千士兵通過，要集結成數萬大軍，還要花費一段時間。

馮道急道：「一旦掘開冰層，黃河水勢洶湧，會瀰漫數十里，不只我軍難以前進，兩岸百姓更會死傷慘重！」

李存勖怒道：「本王是在說我們的兵馬要如何運過來？你卻在說什麼民生！你難道不知道大軍不能過來，我們全要死在這裡，本王都自顧不暇了，哪裡還顧得到他大梁百姓？」

馮道好言道：「大王可以及時退兵，回去魏州，哪裡會死在這裡？」

李存勖見他居然頂撞自己，正要發作，卻聽馮道續道：「大王真正的想法是——想奇兵突襲！所以也不想疏散百姓，免得洩漏消息！」

李存勖被說中了，登時惱羞成怒，道：「他朱小兒都不管自己百姓的死活了，難道本王還要犧牲河東兄弟的性命，替他照顧大梁百姓？」

馮道恭敬道：「卑職愚鈍，想請教大王一事，為何要成立霸府？」

李存勖心知他的意思是「既成立霸府，便是為將來稱帝做準備；既要稱帝，便須收攬人心，不可寒了大梁百姓的心」，一時沉默無語。

馮道又道：「大梁明明兵馬壯盛，為何一敗，就是軍士大量潰逃？是因為朱全忠到後來已失去人心，而朱友貞即位後，非但不深刻檢討，為求勝戰，居然還想施這狠毒之計，此舉必會加速自己的敗亡，也正是大王收攬民心的大好機會，如何能錯失？」頓了一頓又道：「大王切莫為了一場偷襲小勝，失去大局！」

李存勖用力握拳，勉強壓下心中怒氣，道：「謝彥章無論如何一定會鑿開冰河，憑楊劉這幾千兵馬，根本阻擋不了他的掘冰行動，到時候一樣會生靈塗炭，本王如果不偷襲他們，只能鎩羽而歸！既然都保護不了河岸百姓，我為何不趁機偷襲？」

「不一樣！」馮道說道：「大王通知河邊百姓疏散，既挽救蒼生，又贏得民心……」一句話未說完，李存勖已不耐煩道：「我父子等了十年，好不容易等到黃河結冰，難道就是來通知大梁百姓快逃？然後摸摸鼻子再帶著兵馬回去？你不要以為本王信任你，就可以恃寵而驕，你若再為敵軍著想，就莫怪本王嚴懲你！」見馮道沒有半點膽怯，反而一臉笑咪咪，似十分歡喜，不禁一愣，問道：「你高興什麼？」

馮道微笑道：「卑職只是個霸府小從事，平日就是幫忙送送文書、跑跑腿，這『寵驕』二字是萬萬不敢想的，今日方知在大王心中，原來卑職還有一點小小的份量，還能使點小性子，怎能不歡喜？」

李存勖被他弄得又好氣又好笑，一時間狠話也放不出了，只好道：「時不我待，本王就給你一天時間，你若不能想出法子，我便要整軍出發了！」

馮道用食指和姆指比了一個小小的距離，微笑道：「看在大王有那麼一點點寵信卑職的份上，也不用一天時間……」逕自走到地圖前，指著楊劉附近的山林，道：「前些時候，大王發威，不過兩日就把安彥之打得落荒而逃……」

李存勖哼道：「安彥之那種小屁將，本王隨便一抓就是一大把，沒什麼好說嘴的！有什麼計劃直接道來便是。」口裡雖說不必拍馬屁，眉眼之間卻藏不住笑意，怒氣又消了幾分。

馮道微微一笑，又道：「卑職的意思是既然大軍暫時過不來，那安彥之被大王打敗後，不想回梁京覆命，就率殘部流落在兗、鄆一帶落草為寇，想靜觀梁晉之爭，誰成誰敗，再擇主依靠。一旦黃河漫延，必會影響到他們的生計，大王何不趁此機會大發檄文，公告大梁殘民以逞，不只收攏天下民心，也可順勢收服安彥之等草寇。」從懷中拿出一封寫好的文書，恭敬道：「請大王過目，看卑職這文筆是否還行？」

李存勖想不到他連文書都幫自己擬好了，只見信中寫著「謝彥章之舉乃是撩撥老虎頭，伸螳臂擋車，虐使生民，偷生取笑於庸夫，行事好似兒戲，如何能成大器？教他們要好好歸順晉王，才是正途。」❷

李存勖不禁笑嘆道：「你什麼都做好了，本王還要說什麼？」仍是提起筆來，刻意修改幾句話，以彰顯自己的文采和本事，又道：「這檄文拿給王緘處理，免得他囉嗦你！」

「大王真是體恤卑職！」馮道雙手恭敬接過檄文，又道：「大王肯聽諫言，是臣子之幸、蒼生之福，待發布公告，疏散百姓，收了安彥之的部隊後，大王便可發兵攻打梁軍。謝彥章引發民怨，必會陷入兩難，他很可能加速開挖，也可能停止，但無論如何，」微微一笑，恭敬施禮道：「上天有好生之德，大王若以仁德待民，符合天意，蒼天必會相助！」說罷忽然想起從前李小喜總是用「真命天子、天命所歸」哄騙劉守光，不禁暗自好笑：「我幾時也變成馮小喜了？」

「就依你所言吧！」李存勖想了想又道：「但還有一件事，誰去疏散百姓？我們軍力十分緊迫，是沒法去做這事的，這好事行一半，也是枉然，百姓一旦逃不了，又如何感激我們？」

馮道說道：「這事自然不能浪費軍力，卑職倒有一個想法，何不借用金匱盟的力量？他幫眾廣佈，很多都是大梁的販夫走卒，他們感同身受，做起事情來必會盡心竭力，這事讓金匱盟去做，再適合不過！」

李存勖冷哼道：「但這樣一來，仁德美名卻落到姓金的傢伙頭上了！」

馮道說道：「大王不必擔心，咱們先發檄文說是晉王請金匱盟相助，這疏散百姓的苦力就讓他們去做，如此一來，不是金盟主搶了大王的美名，相反的，是咱們運用金匱盟的力量幫大王成事！」

李存勖歡喜道：「你倒是會佔人便宜！」

馮道微笑道：「不是卑職佔他便宜，而是大王佔金盟主的便宜！」頓了頓又道：「真要說起來，也不是大王佔金盟主的便宜，而是金盟主先勒索魏國夫人珠寶，大王替夫人還以顏色罷了！」

李存勖笑讚道：「不錯！本王早就想還他顏色了！」想了想，又道：「對了！還有一件事，我得到消息，朱小兒會再派賀瓌率十萬步兵過來相助，本王雖不怕那老頭，總是麻煩……」

馮道心知他想請南吳相助，便接口道：「上回南吳出兵攻打大梁，雖被劉鄩打敗，至少也拖住梁軍一段時間，好讓咱們能全力對付契丹，不如卑職去一趟南吳？」

李存勖但覺跟聰明臣子說話就是輕鬆，話只說一半就能成事，笑道：「如今戰事緊張，我可沒有多餘的猛將可保護你前去，你需要多少兵衛？」

馮道微笑道：「我不過是去跟老朋友見見面，哪裡需要護衛？卑職一人便夠了。」

李存勖不可思議地望著他，道：「一人？你可真有自信！」

馮道微笑道：「徐溫一聽到大王的威名，什麼事都會答應，卑職只是傳個話，自然一人就夠了！」

（註❶：「黃河之水天上來，奔流到海不復回。」出自李白《將進酒》。）

（註❷：收服安彥之殘軍的《諭兗鄆群盜書》乃後唐莊宗李存勖所書，原文其中一段為：「謝彥璋營葺梟巢，嘯聚河上，擒虎頭而難逃碎首，伸螳臂而何暇爭鋒。今則虐使生民，決開天塹，築隄壅水，自固軍營，偷生取笑於庸夫，作事頗同於兒戲。」）

九一八・一

豪士無所用・彈弦醉金罍

吳內外馬步都軍使、昌化節度使、同平章事徐知訓，驕倨淫暴。威武節度使、知撫州李德誠有家妓數十，知訓求之，德誠遣使謝曰：「家之所有皆長年，或有子，不足以侍貴人，當更為公求少而美者。」知訓怒，謂使者曰：「會當殺德誠，並其妻取之！」

知訓狎侮吳王，無復君臣之禮。嘗與王為優，自為參軍，使王為蒼鶻，總角弊衣執帽以從。

知訓及弟知詢皆不禮於徐知誥，獨季弟知諫以兄禮事之，知訓嘗召兄弟飲，知誥不至，知訓怒曰：「乞子不欲酒，欲劍乎！」又嘗與知誥飲，伏甲欲殺之，知諫躡知誥足，知誥陽起如廁，遁去，知訓以劍授左右刁彥能使追殺之；彥能馳騎及於中塗，舉劍示知誥而還，以不及告。

平盧節度使、同平章事、諸道副都統朱瑾遣家妓通候問於知訓，知訓強欲私之，瑾已不平。知訓惡瑾位加己上，置靜淮軍於泗州，出瑾為靜淮節度使，瑾益恨之，然外事知訓愈謹。《資治通鑑・卷二七〇》

「夜市千燈照碧雲，高樓紅袖客紛紛。如今不似時平日，猶自笙歌徹曉聞。」❶

揚州廣陵城王宮外，煙水妖嬈、楊柳婆娑，遊客絡繹不絕；王宮大殿裡，晚燈熾耀、絲竹悠揚，正舉行熱鬧的宴會，大殿前方有座臨時搭起的戲台，角落裡有幾名樂伎正賣力地敲鑼打鼓、吹角彈琴，演奏大唐最著名的戲曲「參軍蒼鶻」。

戲台中央只有兩位伶人，其中一人頭戴幞帽，身穿綠色軍裝，扮演「參軍」角色，他生得白皙高壯，兩眼黑圈，神態輕佻囂張，搖晃著二郎腿坐在金絲楠木雕刻祥雲瑞獸的高貴圈椅上，一手拿著酒杯大口飲酒，一手握著彈弓擱放在腿上，隨著樂曲輕輕打著節拍。

另一名伶人則頭紮髽角、身穿破衣，滿臉塗了白粉，兩頰畫了大圓腮紅，扮演「蒼鶻」僮僕的丑角，他垂首低眼，戰戰兢兢地站在參軍身邊，雙手高舉著盛滿水果、酒器的銀盤，恭敬地等候參軍取用，臉上再濃厚的粉妝也掩不住既困窘又害怕的神情。

台下南吳文臣武將分坐兩邊，一起欣賞這齣戲謔喜劇，看似滿堂歡笑、和樂融融，實則一個個黑沉著臉，有人低著頭假裝品味佳餚，卻食不下嚥；有人怒目相瞪，卻不敢出聲，只能猛灌酒水，好澆熄腹中怒火。

「這酒太苦了，你不知道嚒？」台上那位參軍眉目張揚，對服侍的僮僕喝斥：「還不快快換上好酒？」

「是！是！」那扮演蒼鶻僮僕的男子連聲答應，才轉身要去換酒，那參軍向台下看倌做個鬼臉，嘴角流露一抹奸詐的笑容，忽然拿起手中的彈弓朝僮僕的膝窩射去！

「唉喲！」那僮僕冷不防被射了一彈，整個人滾倒，掉了托盤、灑了酒水，那樂曲忽然拔高，奏得激昂熱烈，台下發出一片哄堂大笑，紛紛鼓掌叫好。

那僮僕困窘得滿臉通紅，想趕緊站起，偏偏起得急了，又被地上的酒水給滑了一跤，跌倒在地。眾人笑得更大聲了，那僮僕急得眼中浮了淚水，卻忍著不敢落下，只手腳並用地想努力爬起身。

參軍見僮僕跌得滑稽，引得眾人大笑，很有丑戲效果，在僮僕快要爬起身時，又射出一彈，令他再次跌個狗朝天，樂曲也拉到最高點，把氣氛炒至最熱鬧，參軍很是歡暢，拍手哈哈大笑：「一跌、再跌、連三跌，此謂『陽關三跌』！」

這「參軍蒼鶻」的戲碼原本就是參軍與蒼鶻兩個角色用雙關語互相調侃諷刺，因此那參軍故意把「陽關三疊」改成「陽關三跌」，又笑問僮僕：「你說是不是啊？」

僮僕坐在地上，仰起頭望著高高在上的參軍，就像仰望帝王般，眼中噙著淚水，嘴角勉強擠出一點笑意：「不……不是……陽關三疊……」

「你說什麼？」參軍故意提高聲音怒道：「你竟敢說本參軍不對？」

僮僕嚇得瑟縮在地上發抖，仍努力把台詞演完：「不……不是陽關三疊，是……是楊……楊渭三跌……」

原來這台上僮僕既非真的僮僕，也非伶人，竟是南吳大王楊隆演！而楊渭正是他從前的名字！

敢教南吳大王扮演僮僕服侍自己，這參軍自然也不是一般參軍，更非伶人，而是徐溫的親兒中最年長的徐知訓！

徐溫原本有七個兒子，長子早夭，義子徐知誥比其他親兒年長，遂排行老二，被稱為二郎，原本該成為長子的徐知訓莫名地矮了一截，成為三郎，徐知詢則為四郎，兩人年紀較長，已懂得爭權奪利，最討厭徐知誥來分奪他們的家業，自小便聯成一氣欺侮這個外來子，徐知誥也不是省油的燈，總是表面上吃虧，暗地裡卻狠狠反擊，還順勢收買人心；五郎徐知誨、六郎徐知諫年輕熱血，容易被感動，漸漸被手段高明的徐知誥收攏到自己的陣營。至於七郎徐知證、八郎徐知諤年紀幼小，尚不懂權謀鬥爭，只知吃喝玩樂，自然更易收服。

徐溫長年待在潤州遙領軍政，讓兩個年長的親兒徐知訓、徐知詢留在廣陵城，一方面是監視吳王楊隆演的行動，另方面也是讓他們歷練政務，好為將來的接位做準備。

偏偏徐知訓是一介紈褲子弟，就算憑著徐溫的權勢在南吳擔任了內外馬步都軍使、同平章事，卻無法讓朝中老臣真正信服，於是他便時常凌辱楊隆演，一來是為了好玩，二來也是將吳王提出來殺雞儆猴，好樹立個人威信！

支持徐氏之人見楊隆演身為大王，屈服於徐溫也就罷了，竟還扮丑角取悅徐氏小輩，把自己的名字拿來當做諧音笑梗，簡直快笑翻了；另有一些忠於楊氏的將領卻黑沉著臉，一點也笑不出來，反而氣得幾乎快捏破手中的酒杯：「他徐家人也夠囂張了，竟然自己大剌剌地扮演參軍，讓大王扮演丑角僮僕服侍他，還這般羞辱……」

這其中只有一人悠然自得地品飲著美酒，無論台上如何嬉笑怒罵，台下如何暗潮洶湧，他只冷眼旁觀，心中輕輕一笑：「風水輪流轉啊！」此人正是昇州刺史徐知誥。

他和眾文臣武將一樣，是應徐知訓之邀，前來欣賞這一齣荒堂戲碼，只不過他感受不到南吳眾臣的憤怒，只思緒隨著戲曲慢慢流轉，漸漸回到他小時候寄住在楊行密家裡的情景，長子楊渥總是帶著楊隆演、楊溥等一班弟弟聯手欺侮自己，如今他成了坐在台下看戲的人，欣賞著台上徐知訓戲弄著楊隆演，幼時那個幫凶如今是一點都不凶了，只唯唯諾諾，任人欺凌，連大氣都不敢吭一聲。

楊隆演畢竟是南吳大王，身邊仍有一些忠心僕人，其中一名侍衛見楊隆演雙膝被彈弓打中，雙腿酸軟得爬不起身，只能坐在地上，手足無措地任眾人羞辱，實在看不下去，一咬牙便大步走上台，道：「大王，卑職揹你下去……」一句話未說完，忽然前方一陣閃光，腦袋已滾落地！

「啊——」楊隆演看到那侍衛的腦袋滾到腳邊，嚇得瘋狂大叫，連滾帶爬地爬到別處，睜大了眼瞪著徐知訓手中兀自滴著鮮血的長刀，生怕那刀尖下一刻就會刺向自己！

徐知訓當眾行凶，殺了那名侍衛，這一來台下眾臣心中嘩然，場中卻變得一片安靜，嘲笑者的笑聲瞬間哽在咽喉，再也笑不出來；恨怒者的怒氣迸在齒間，也發洩不出，只有楊隆演嚇得不停抽搐，又因為害怕而極力壓抑著抽泣聲。

台下終於有人看不下去了，威武節度使、撫州知府李德誠站了起來，道：「徐使相在宮殿裡拿著長刀對著大王，不免讓有心人士多加聯想，萬一傳到國公那裡，可就不大好了！還是快快將長刀收起來吧！」

徐知訓心中啐道：「想拿阿爺來壓我？我呸！」面上冷笑道：「李節使，國公派我來輔佐大王，我這是清王側，替大王剷除身邊的奸佞小人，有什麼不對？」

李德誠道：「既然奸佞也殺了，這大殿染血總是不吉祥，還讓大王受到驚嚇，不如戲就演到這裡吧！徐使相如果還有興致玩樂，何不讓年輕美人上來表演歌舞，還更賞心悅目些。」又問大家：「你們說是不是？」這一句話自是想爭取眾臣支持。

徐知訓心中冷哼：「竟敢打斷本相的樂趣，定要教你好看！」一揮手示意眾人安靜，不讓他們回答，冷笑道：「說到年輕美人，我記得李節使府中有好些藝妓，個個色藝雙全，倘若她們能前來為本相表演，大王便可回去歇息。」

李德誠心知他覬覦自己的寵妓已久，想不到竟想用大王的安危逼自己交人出來，心中雖極度不忿，但表面上仍不敢得罪，只婉言推辭：「敝府那些藝伎能得使相青睞，是她們的榮幸，但她們個個都生過孩子，已經年老色衰，怎能侍候使相這樣的貴人？還容李某花點時間尋找一些年輕美人來侍候你。」

徐知訓如何聽不出他是推拒之辭，氣得揮舞長刀，威脅道：「李德誠，你今日竟敢抗命不遵，日後本相定要殺了你，連你的妻子一起奪過來！」

眾人見他言行太過分了，李德誠更是鐵青著一張臉，顫抖的手幾乎就要按上刀柄，此時另一名老將站了起來，還未開口，徐知訓又揮舞著長刀冷笑道：「怎麼？老師是想上來同樂，和大王一起演個參軍蒼鶻？還是想幫李節使求情？」

這位挺身而出的老將正是平盧節度使、同平章事朱瑾！當年朱全忠被秦宗權圍剿，命在旦夕，朱瑄、朱瑾兩兄弟曾發兵相救，可朱全忠卻恩將仇報，反而倒轉槍戟攻打他們的領地，朱瑄不敵被殺，朱瑾率殘部敗走淮南，得楊行密收留，因此朱瑾對楊氏一直心懷感恩，也為南吳立下不少汗馬功勞。

徐溫心知朱瑾是猛將，一早就讓親兒徐知訓拜他為師，學習軍法，藉此建立通家之好，但隨著徐氏父子的野心逐漸顯露，朱瑾看在眼裡，雖表面不說，內心已生不滿，今日再見到徐知訓如此囂張，實在忍不住，便站了出來，道：「三郎，你醉了！說了什麼，只怕你自己都不清楚，李節使就當做聽了一番胡話，不會放在心上，你也回去好好歇息，醒醒腦子。」又對大家說：「大王和三郎都累了，今日的宴會就散了，都回去歇息吧！」

隨著徐溫的權勢越來越大，徐知訓早已不將這個老師放在眼裡，見他竟敢出言阻攔，冷笑道：「既然不讓李節使的藝妓過來，我記得老師的府上也有一位姚娘，千嬌百媚，最擅長綠腰舞，她一人該可抵得上李節使府中的一班藝妓！」

前不久徐知訓才暗中強要朱瑾府中的妾妓，那妾妓後來向朱瑾坦誠此事，朱瑾心懷恨怒，但礙著徐溫的權勢，也只能隱忍下來，想不到這小子居然食髓知味，枉顧師徒倫理，竟然連自己最寵愛的藝妓也想染指，他胸中怒火沖燒，一時鐵青了臉，沉聲道：「你記錯了！姚娘人老珠黃，最近臥病在床，連腰桿都挺不直了！」

徐知訓哈哈一笑，道：「那改日我親自去探望探望，老師該不會捨不得吧？」

朱瑾性情剛硬，並非巧言善辯之人，方才只是見徐知訓鬧得太不像話，自己又身為他的老師，這才出來打圓場，想不到徐知訓當眾羞辱自己，他心中恨得咬牙切齒，緊握雙拳，就怕自己會一時控制不住，出手斃了這個狂悖之徒。

徐知訓見他臉色越來越難看，卻苦苦隱忍，越發得意，以居高臨下的姿態，俯視還坐在地上站不起身的楊隆演，道：「大王，我聽說泗州那邊無人管治，我這位老師有大才能，你平時又尊他一聲舅舅，不如就派他前去鎮守泗州，賞他個靜淮軍節度使做做吧！你賞了他，便可以回去歇息了！」又對朱瑾道：「老師，學生對你可不錯吧？」

朱瑾想不到徐知訓竟想把自己調離王城，放置到偏遠的泗州，氣得瞪大了眼望著楊隆演，那意思彷彿在說：「我留在都城才能護著你！」

楊隆演望了朱瑾一眼，見他雙眼瞪大如銅鈴，心中害怕至極，轉望向徐知訓，見他眼露奸猾，更加害怕，全身不自禁起了寒顫，只好又望向朱瑾怯怯地道：「舅……舅舅……你……那泗州沒有人才管治，你……你便去吧！」說罷立刻低了頭，不敢再看朱瑾一眼。

朱瑾見楊隆演竟害怕徐知訓到這個地步，心中怒火沖燒至頂點，卻反而因為看清形勢而冷靜下來，道：「今日這場宴會歡鬧夠了，臣著實有些累了，就請大王允准臣先回去準備赴任事宜。」

「好！好！」楊隆演生怕兩人當場火拼起來，自己會遭到池魚之殃，見朱瑾輕易答應，大大鬆了口氣，連忙對徐知訓道：「舅舅……他……他答應了！本……本王可以回去了吧？」那語氣十足求懇之意。

正當所有人的目光都盯著徐知訓、楊隆演、朱瑾、李德誠四人的熱鬧時，六郎徐知諫趁機走近坐在一旁悠閒看熱鬧的徐知誥，伸出手去拿取放置在他左前方的酒壺，卻悄悄地眨了三下眼，再不動聲色地取了酒壺離開。

徐知誥心中一凜：「想不到這場好戲是沖我來的！」徐知諫自從投靠了徐知誥，兩人便定下暗號，在任何場合中，只要徐知諫知道徐知誥有危險，便以眨眼三下示警。

徐知誥趁眾人不注意自己，緩緩起身，指尖揉按著太陽穴，腳步微顛地站起，假裝喝醉了酒，搖搖晃晃地朝大門走去。

徐知訓不過演了一場好戲，就同時羞辱了楊隆演、威脅了李德誠、趕走了朱瑾，正揚揚得意於自己的才智過人、權勢薰天時，忽然發現他最痛恨的徐知誥竟想悄悄離去，心中冷哼：「最大的一場戲都還沒上演，你這臭乞丐沒跟本相打聲招呼，就想退場？」拿起手中酒杯運起內力，怒氣沖沖地飛擲過去，喝道：「本相都還沒批准散場，誰敢走？」

那金杯甚重，四周又有尖銳的稜角，再加上徐知訓的內力，頓時成了一只沉厲的暗器朝徐知誥後腦勺直射過去，這一擊若中，徐知誥定會腦袋開花，橫死當場，眾人都不禁「啊！」地驚呼出聲。

卻見徐知誥一個翩然轉身，兩指輕輕夾住那只沉甸甸的酒杯！

徐知訓這一擲運上七成功力，雖知道砸不死徐知誥，但想至少能打得他頭破血流出個醜，再不然徐知誥也該狼狽閃躲，想不到他竟以兩指之力輕鬆夾住酒杯，徐知訓罵人的話還沒罵全，頓時哽在口中吐不出去，心中震驚無已：「他武功幾時變得這麼高了？」見眾人都望著自己，一時羞惱交加，怒斥道：「本相說宴會散了嚒？誰准你走了？」

徐知誥微笑道：「二哥喝多了，有些肚脹頭疼，原本只是想去小解一下……」

徐知訓最討厭他一副瀟灑自若，謙謙有禮的虛偽模樣，恨聲道：「誰跟你是兄弟？你這個臭乞丐，當初國公不過是可憐你，收留你一會兒，你就賴著不走，你不是最喜歡搖尾乞食，本相就賞你一頓飯菜！你居然還敢擅自離席？你賞酒不吃，難道是想吃刀劍嚒？」

徐知誥也不動氣，微笑道：「弟弟請喝酒，做哥哥的怎能拒絕好意？」指尖巧妙一挑，將酒水盡數倒入口中，又高舉酒杯往下倒，讓徐知訓看見那酒水已一滴不剩了，笑道：「三弟敬酒，二哥也喝過了，就不打擾你看戲聽曲，先走一步了。」說罷也不管徐知訓如何生氣，逕自轉身，頭也不回地離去。

支持楊吳的老臣方才嚥了一肚子氣，直到徐知誥這不輕不重、綿裡藏針地刺了一下徐知訓，才稍稍舒了一口鬱氣，暗暗叫好：「這徐家還好有二郎明事理、有才幹，又有氣魄，敢與三郎對抗……」倘若無能對抗徐溫的權勢，那麼至少徐知誥是一個較好的選擇：「以後還是與二郎多親近，盡量遠離三郎，否則家中妻女不保……」

徐知訓一反常態，沒有大發雷霆，只冷冷地盯望著徐知誥離去的身影，唇角流露出一抹冷笑：「我故意將大臣都留在宴會裡，又將暗殺的消息透給六郎，就是騙他去跟你通風報訊，讓你提早離席……臭乞丐，你萬萬想不到這一場絕殺大戲不在王宮裡，而是在外邊……看這一次還不要了你的命！」

他原本就恨透了徐知誥，雙方暗中交手已不知凡幾，只不過礙著徐溫，始終不敢直接衝突，直到前幾天，徐溫忽然來信，警告他說近日會有大劫，叮囑他務必小心謹慎，保守自身，他認定這大劫必是來自徐知誥，越想越不安，再不顧一切，決定先下手為強！

想到徐知誥即將踏入死亡陷阱，從此再沒有人能威脅自己的地位，徐知訓歡喜之餘，決定大發慈悲放了楊隆演一馬，遂揮揮手道：「下去吧！」

楊隆演虛驚一場，總算鬆了口氣，淚水情不自禁地落下，卻怕眾臣瞧見，更看不起自己，連忙低垂了頭。服侍大王的侍衛連忙上來攙扶他一步步慢慢走下台。

徐知訓歡喜地對眾大臣道：「這參軍蒼鶻的戲就演到這裡，接下來，還有美人綠腰舞、銷魂舞，什麼國色天香、環肥燕瘦應有盡有，想留下來陪本相的，咱們就玩個通宵達旦，不醉不歸，若是有人想學那臭乞丐一走了之，也儘管走，本相絕不攔著！」

眾人聞言，都知道誰在這時候離席，就是表明與徐知訓作對，支持徐氏者，自不會離開，支持楊氏的老臣見大王已安然回去，也不想與他鬧翻，眾人便都留下來，繼續欣賞歌舞。

徐知訓見眾臣服服帖帖，心中更是得意，以目光瞄了最得力的貼身侍衛刁彥能，又瞄了自己的大刀一眼。

這刁彥能會被派在徐知訓身邊，自是聰明伶俐，武功非凡，而那把佩刀更是徐溫為了寶貝兒子，特意拜訪鑄刀名家窮盡心力所打造出來的寶刀，徐知訓時常拿來耀武揚威，南吳兵衛無人不知。

刁彥能立即會意，知道主上擔心暗殺不成，因此要他拿著那柄寶刀做為信物，號令一隊精兵去助陣，刁彥能為免驚動宴會中人，也不行禮，只悄悄拿起寶刀默默退席，趕去追殺徐知誥。

徐知誥出了南吳王宮，沿著江岸獨自漫行，漸漸遠離珠翠填咽、紅袖笙歌的鬧境，走入十里春風的楊柳長道，就像從一個繁華塵世進入一個黑暗迷霧裡。

他來時未安排車駕，身邊也無任何侍衛，只想一人清靜清靜，好好思索當今的處境：「那賊子今日在酒宴上動手，是故意當眾撕破臉了……」他知道徐知訓一旦發動攻勢，就絕不會輕易罷手，與徐溫的衝突即將來到，但自己手中的權勢還不足以對抗，時間卻已經不多了。

徐知誥陷入自己的沉思，不知不覺中，走入月光隱隱、杳無人煙的幽林小徑裡，林間溪水潺潺，滌人俗慮，清風拂搖柳枝，發出沙沙微響，即使輕得幾乎不可聞辨，卻依然驚動了他，令他收斂了心思，停下腳步，回首望向遠在樹林外的廣陵宮城，只見樓閣重重疊疊，萬盞紗燈熾耀夜空，那樣的金碧輝煌就像天上的瑤池仙宮，自己何其幸運，以一介孤兒之身，竟有幸進入這座天宮，可以爭取任何想要的東西，但又何其不幸，天宮並不像外表那般美侖美奐，所有的爭取都來自嗜血殺戮，為了生存，他必須不停、不停地戰鬥，一步步小心翼翼地往上攀爬，直到登上頂峰那張寶座！

楊柳搖曳，那沙沙輕響越來越近，就像風波在他身上從不止息，他不禁冷然一笑：「命運既然如此，難道我便怕了？該來的，就來吧！」

「唰！」密密交織的楊柳忽然破開，一道詭異無聲的黑袍身影飄了出來，手持長鈎鐮刀，「唰唰唰」地交織出數道銀白刀光，道道勾掃向徐知誥，宛如暗夜拘人魂魄的死神！

就在徐知誥足尖一點，向後滑退的同時，卻從刀光的映面看見身後丈許處，不知何時，竟有一名女子坐在溪中大石上，一雙玉足浸在水裡，輕輕潑弄出漣漪，她玉首微側，一頭青絲垂散至水面，雙手輕輕潑水梳洗，宛如一幅少女河邊戲水的美麗風景，卻在徐知誥退至距離半丈內的剎那，女子忽然抬首，竟是滿臉橫皺的老太婆，雙目湛射出凌厲精光，口中還發出尖嘶嘯聲，有如鬼哭狼嚎，同時長髮一個大力揮甩，有如瀑布直衝過來！

徐知誥為閃避前方的鐮刀揮砍，正往後急退，不意後方竟有髮絲銳器刺向他背心，他足尖一點，一個倒勾翻身，身如閃電般一下子就翻到長髮婆的後方。

黑袍殺手未料正追擊的獵物忽然消失，心中一凜：「這點子比原先想的還扎手！」長鈎鐮刀收勢不及，直衝而上，幾乎要把迎面撲來的長髮瀑布削成好幾段。

長髮婆嬌嗔道：「哈尼魂使，你不殺敵，來削我頭髮，是不讓我做薩滿，改做尼姑嚒？」卻沒有閃躲之意，說話間玉首微微一擺，長髮已如黑雲潑墨般，向後方的徐知誥飄甩過去！

「德勒欽，妳這老太婆真多廢話！」那哈尼魂使回嘴間，揮舞著爍爍刀光，有如一道黑影掠過她身邊，衝向後方的徐知誥。

徐知誥正飛撲向長髮婆，欲以剛勁的扇柄去點擊她的背心，卻見對方髮絲快如利劍般反射回來，徐知誥絲毫沒有頓住急速前衝的身影，只足尖在地上輕輕一旋，身子便巧妙地蕩向髮瀑的側邊，接著手中勁力貫入鐵扇，令扇面大展，有如寬刀般用力削向髮束。

長髮婆見狀，玉首輕輕一搖，那髮束便像失去重力般，瞬間往下急墜，徐知誥鐵扇削了個空，同時間，哈尼魂使趕到，長鈎鐮刀盤旋飛舞，幻化出重重光影，「唰唰唰！」再度揮砍向徐知誥！

徐知誥鐵扇左揮右擋，一瞬間就與哈尼魂使的長鐮彎刀交鬥數十下。長髮婆也轉身飛掠過來相助，她人未至，髮先到，飄散的髮絲像漫天利箭般再度灑射向徐知誥！

徐知誥見兩人招式詭異，服飾奇特，連臉上都塗著濃厚彩妝，不似中原人士，心中奇怪：「三郎派來的殺手，竟是黑薩滿……」未及細思，那髮絲利箭已近在咫尺！

三人原本在楊柳堤道上打鬥，徐知誥身側就是潺潺江河，退無可退，只能足尖一蹬，沖身飛起，長髮婆見狀，立刻身子一滑，掠進他下盤，同時運功於頂，令髮束直衝上天，去纏絞空中徐知誥的小腿，口中呼喝：「白那恰，快出手！」

徐知誥雙腿被髮束纏縛，感到絲絲縷縷的古怪氣勁似要鑽入腿中，那氣勁與中原內功大不相同，既詭異又難纏，他正想該怎麼掙脫時，上空已撲來第三名敵人——同樣是臉塗花彩，身穿大黑花袍的黑薩滿，綽號「山神」的白那恰！

此人有一顆比尋常人大三倍的腦袋，頭頂尖尖，有如三角椎，更古怪的是他以頭下腳上、雙腿大展的詭異姿式，似飛天陀螺般旋轉到徐知誥上空，以頭尖對準徐知誥的頂心，企圖強勢破頂！

雙方尚未真正接觸，徐知誥就已經感受到「山神」的氣場真有如泰山壓頂般沉重，但最可怕的是雙方的頭頂一旦對上了，被壓迫者勢必難以逃脫，山神白那恰的身子會像鐵陀螺鑽土般不停旋轉、不斷下壓，對手很快就會被這龐大又古怪的螺旋勁鑽得腦袋開花，壓得粉身碎骨。

此時徐知誥若想及時躲開這龐大壓力，只能急速下墜且往旁飄移，偏偏他雙腿已被長髮婆的髮絲玄功給纏住，前方更有哈尼魂使的重重刀光。

面對三方詭異的夾擊，徐知誥身子凌空，左手上舉，在掌心凝結一層厚厚的氣勁，以單掌之力抵住對方鐵頭強硬的螺旋勁道。

白恰那也不甘示弱，整個身子加速旋轉，試圖以陀螺鑽土之力穿破他的防禦氣層，徐知諾縱使身懷「落霞飛鶩」神功，但這門功法乃是以輕盈無形見長，並非以堅厚剛硬取勝，要與山神比拼內力，乃是以己之短去硬抗敵人之長，實在是吃了大虧，更何況下方還有兩名詭異高手不斷襲擊，一旦他受到震蕩，致使掌心氣層稍有破損虛弱，山神白那恰的磅礴氣勁必會大舉攻入，有如山河狂瀑直瀉而下，令他命喪當場。

徐知誥心知必須速戰速決，絕不能給白那恰任何趁虛而入的機會，右手鐵扇旋飛而出，「叮叮噹噹！」與長鐮彎刀一陣激蕩，不只逼退哈尼魂使，還藉力向下翻轉，欲割斷下方長髮婆的髮束，那長髮婆吃了一驚，連忙鬆開髮絲，身子滾向一邊，雙手卻朝徐知誥灑出十幾隻毒蟾蜍，只要鐵扇割破蟾蜍的皮膚，便會噴灑出無數毒液飛濺向徐知誥。

徐知誥接回鐵扇的瞬間，再度將扇面平飛出去，「嗤！」一口氣劃斷身旁無數楊柳枝條，那千百枝條化為利器散射四方，將迎面而來的毒蟾蜍一齊射退，釘死在柳樹幹上！

當鐵扇再度藉力翻轉，回到徐知誥手中，他毫不客氣地以銳利的扇緣往上一劃，欲割斷山神那顆旋轉不休的腦袋！

他一人分攻三處，看似思索許久，出了十數招，其實速度之快，只在一個飛身起落之間。三名黑薩滿萬萬想不到他修為如此高深，雖及時飛身後退，但都承受了鐵扇發出的氣勁，受了內傷。

徐知誥甫落地，三名黑薩滿不容他喘息，已再度發出快攻，長髮婆的髮束散射過來，宛如毒蛇般纏上他四肢，山神白那恰見徐知誥受到牽制，立刻撲衝過來，以鐵頭尖對準徐知誥的背心猛撞過去。徐知誥四肢無法動彈，只能指尖運勁，將手中鐵扇彈飛出去，旋繞到後方，去抵擋白那恰的鐵頭。

哈尼魂使見徐知誥四肢俱縛，唯一的鐵扇利器又去抵擋白那恰，再空不出手來對付自己，心中大喜，足尖一蹬，飛撲而上，長鈎鐮刀對準不能動彈的徐知誥狠狠劈下，就要將他劈成兩半！

危機迫在眉睫，徐知誥卻感應到樹林裡還隱藏著兩名虎視眈眈的高手，他俊偉的臉上沒有半點波動，甚至連眼睛都未眨一下，因他已排除一切雜念，將自己沉入一個習以為常的殺戮境界裡：「既然怎麼隱忍都避免不了衝突，那就放手一搏吧！」

倏然間，林間群鴉驚飛，發出聲聲嘎然長響，沒人看清怎麼回事，只聽見哈尼魂使喉間發出一聲慘呼：「呃……」手中鐮刀「哐啷！」掉落，雙手緊緊握住咽喉，卻仍止不住鮮血從指縫間大量滲出，身子慢慢軟倒。

長髮婆對哈尼魂使的死亡還來不及反應，整個人已因為髮絲的纏捲，被徐知誥狠狠拖至面前，同時間，那鐵扇已割斷後方山神白恰那的咽喉，又旋轉飛回落入徐知誥手中，「嗤！」割斷縛手的髮絲的下一剎那，也毫不客氣地一把割斷長髮婆的咽喉！

正當徐知誥以「落霞飛鶩」的氣針射穿哈尼魂使的咽喉，又以鐵扇一舉解決另兩名黑薩滿時，樹梢上急速墜下一道蒙面的黑色身影，「唰唰唰！」以長刀瘋狂砍向徐知誥的腦袋，卻是一直藏身附近的高手終於按捺不住了！

這刺客頭下腳上，以倒掛金鈎的方式懸垂在一條細軟的樹梢上，只憑這根細柳絲蕩來蕩去，就令倒掛的身子不斷旋繞在徐知誥四周，手中刀法狠、奇、快、猛，宛如一道道狂風暴雨圍繞著徐知誥，看似瘋狂亂砍，但每一刀又精準無比，逼得徐知誥也不得不謹慎以對，一邊以鐵扇「噹噹噹！」地對抗這淩厲特異的刀法，一邊思索：「三郎請來的殺手不只有黑薩滿，還有這使刀高手……他們究竟是誰？」

面對這一重又一重的殺機，徐知誥原本想再施出「落霞飛鶩」殺了所有敵人，但見到這蒙面黑衣人手中的刀宛如一隻活生生的鐵鷂子，不斷展翅飛撲、攻啄獵物，他不禁生出疑惑：「此人出手凶如猛禽，刀法精奇快準，每每一擊便退，卻能在彈指之間擊出三十多刀……這不像草原雄鷹展翅翱翔，倒有些像鷂子與大型獵物的搏殺技……」抬首望去，正好對上刺客露在黑巾外的一雙眼睛，兩人眼中的銳氣似激蕩出一道電光！

徐知誥見這雙眼睛英武炯炯，不失沉穩，但眼中有一份初生之犢不畏虎的氣勢，那是少年兒郎才有的天真豪氣，一邊以鐵扇揮、割、搧、劃地抵擋，一邊思索：「一手鷂子刀法使到這等境地，難道他竟是契丹二皇子？」即使是一對一，他感到自己仍需花費一番力氣才能收拾對方，更何況暗處還有另一名伏敵：「上回我出使契丹，明明與耶律阿保機相談甚歡，還送了賀禮令他龍心大悅，耶律德光為什麼要千里迢迢地來暗殺我？」又想：「必是三郎私下允諾契丹什麼好處，要求殺我做為回報。契丹既得好處，又能除去南吳高手，自是樂於合作……」

倘若這黑衣殺手真是耶律德光，那麼他便不能隨意殺了對方，否則會影響到梁、晉、契丹、南吳四方角力。

徐知誥心知自己已掉入徐知訓精心佈置的陷阱：故意讓徐知諫通風報訊，好誘騙自己單獨退離宴會，同時將南吳文臣武將盡數留在宮殿裡，使他既無援軍，又無人證，接著讓契丹高手埋伏圍殺，徐知訓便可全然地置身事外，倘若是一般契丹高手，那也罷了，偏偏出手的是契丹皇子，一旦他識破殺手的身分，不敢全力施展，便只能處於挨打的下風，若是他不顧一切殺了對方，徐溫必會追究到底，那他也難逃死劫！

徐知誥心中確實猶豫，出手多有保留，黑衣刀客卻緊抓住機會步步進逼，每一刀都是雷霆萬鈞之勢，越擊越快、越攻越狂，展現出少年不知疲憊、無懼生死的旺盛戰鬥力，到後來點點刀光已如銀花綻放，連成一圈又一圈炫目的光芒。

徐知誥只能閉了眼，全憑身心去感應，以更強大的內力貫入鐵扇之中，化出百般幻影，以柔克剛地抵住對方的狂猛攻擊。

正當雙方僵持不下，徐知誥陷入思索該如何解此情況時，後方突然殺機大盛，竟有另一黑衣人悄然攻至！

這偷襲者的武功與耶律德光完全不同，他無聲無息地欺到徐知誥身後，對準背心大穴，發出蓄力綿長，後勁十足的一掌！那詭異的氣勁甚至在他身後形成一堵包圍的氣牆，把退路完全封鎖住，令他無法往左右橫移避開！

剎那間，徐知誥陷入前後兩大高手夾攻的險境，除非他願意冒著被徐溫識破的風險，不顧一切施展出「落霞飛鶩」的絕招，一舉斃了耶律德光或者後方敵人，才可能解除危機，否則自己將會重創而死。

他雖無暇回顧後方敵人，卻可推測出那三位黑薩滿應是保護皇子的隨侍，耶律德光見他們敗亡，不得不親自出手，這後方暗敵卻是在觀察耶律德光仍無法勝出後，決定使出卑鄙的偷襲之招，可見其身分尊貴在耶律德光之上，整個契丹只有三人具備這樣的地位，但這人的功力不如耶律阿保機深厚，招式也不似述律平狠辣，那麼便只剩一個可能，此人正是當今契丹太子耶律倍！

徐知誥心知若要出手殺人，便需徹底滅口，將兄弟二人都殺了，但如此一來，只怕會掀起更大的風波！

這一思索只是瞬間，並沒有太多的時間容他考慮，眼看鐵鵵戰刀還狠狠糾纏住鐵扇，不容他抽手，後方強大的掌勁卻快速逼近，就要將他夾殺在其中，是選擇南吳前途還是自己的性命？是殺人滅口還是曝露自己的絕招？他必須當機立斷！

千鈞一髮間，徐知誥身子一側，使出兩敗俱傷之招，左掌冒險竄入耶律德光的一片刀光之中，拼著隨時會被鐵鵵戰刀削斷的危險，狠狠砍向對方的頸項弱處！他外表雖意態瀟灑，但骨子裡卻是亡命殺手出身，捨一掌換生機，甚至是換帝座，他都捨得！

但耶律德光不同，他出身貴族，徐知誥這一招是賭上對方絕不肯輕易捨命，面對強勁的手刀威脅，非退不可！同時間他右腕一抖，手中鐵扇倏然變成一把長軟劍，甩向後方，直刺耶律倍！一式兩分地對付前後兄弟！

耶律德光見徐知誥的手刀狠狠削來，反應極快，刀鋒向內一捲，就要削斷對方手掌化解殺機，可下一剎那，他就發現徐知誥攻擊自己只是虛晃一招，真正目標卻是刺殺兄長！

耶律倍方才見耶律德光已咬住徐知誥，萬無一失，這才加入戰團，發動突襲，萬萬想不到敵人原本往前攻擊的鐵扇竟會像變戲法般，忽然化成一柄長劍衝殺向自己！他整個人正衝向徐知誥，聚力於掌，要擊出納影魔功，見劍尖忽然刺來，已來不及收勢，幾乎就要把自己的胸口全然送給對方，生死瞬間，耶律德光戰刀急收，只在徐知誥的左臂掠了一道長口子，便直接掠過對方身邊，向耶德倍急撲而去，抱住他用力往後一滾，避開了徐知誥的劍尖！

他這一舉動無疑是冒著被徐知誥半途擊殺的危險，且必須承受耶律倍正往前衝的納影魔功的掌力，但為了解救兄長，他已沒有別的選擇！待兩人滾得稍遠，耶律德光已忍不住嘔出血來。

徐知誥的左臂至左掌被鐵鶻戰刀劃了一道長長的口子，但他把分寸拿捏得十分精準，只傷肌肉不傷筋骨，他原以為耶律德光戰鬥勇猛，乃是因為出身貴族，年少輕狂，因此不知天高地厚，但經此交手，心中對耶律德光不由得刮目相看，暗暗驚奇：「這人年紀輕輕，身處萬般風險，竟能在極短的時間內，精準地判斷出對契丹最有利的形勢，甚至願意犧牲自己去維護這形勢，只有大智大勇之人方能做到……這人將來必成大器！」忽然間他感到眼前少年有一股十分熟悉的狠勁，那是一種拼了命也要達到目的，不死不休的野心，與自己實在相似，只不過這少年生長在草原，他的野性就像戰狼一般，十分張揚，而自己更隱密一些，至於那位太子看似擅於精算，卻非絕頂聰明，這樣的人往往會因為太愛謀算而失去一切，就像徐知訓！

「那少年實在比契丹太子更危險……」方才徐知誥拼著斷掌也不願下殺手，是因為顧及群雄勢力的互相掣肘，但此刻他就算冒著破壞平衡，也要下殺手，是因為他認知到耶律德光潛力無窮，對中原是一大威脅！

兩兄弟心想契丹來了五名高手，折了三個，傷了一個，恍然明白徐知誥實力深不可測，眼看對方一步步走近，冷冷殺氣撲身而來，心中暗驚：「徐三郎說這人武功雖高，但還不到絕頂高手之境，我們已動用了五名高手，卻折了三名，我兩兄弟還受了傷……」思索至此，更是驚駭，兩人不由得交換一個眼神：「徐知訓分明是欺騙我們，難道他是故意設下陷阱來套殺我們兄弟？」

如今耶律德光受了傷，委頓在地，無法站起，只剩耶律倍一人，就更不是對手了，他想到自己貿然答應徐知訓的要求，卻落入險境，不由得十分懊悔，再顧不得隱藏身分，連忙從懷中取出一個號炮，沖射升天，引契丹武士來救。

徐知誥見那號炮沖天，也知道兩位皇子身邊必帶有護衛，不宜動手了，正想抽身退離時，不遠處卻傳來一陣鐵靴聲響，竟是刁彥能帶著一隊精兵趕到了！

眾兵排出陣勢，最前一排揚起弓弩對準場中三人，後面數排則高舉長劍。這弓弩力道雖不如弓箭巨大，射程也不如弓箭遠，但速度奇快，可以連射，運用於中距離的擊殺十分厲害。刁彥能高舉徐知訓的寶刀，冷冷望向徐知誥不斷淌血的手臂，眼底閃過一絲狠厲殺意，只待他用力揮下寶刀，弓弩手就要百箭齊發！

耶律兄弟與徐知訓密會時，曾見過徐知訓炫耀那柄寶刀，更覺得是對方設下陷阱套殺自己，見雙方劍拔弩張，一觸即發，實是危險到了極點，心中著急契丹武士為何還不到？耶律倍更猶豫該不該表明身分去與刁彥能談判，耶律德光卻拉住他低聲道：「眼下情況不明，絕不能洩露身分，我們趁亂走！萬一他們連我們也射殺，我便掩護大哥先走！」耶律倍深吸一口氣，點點頭。

卻見徐知誥緩緩轉過身去，以一夫當關之勇擋在兩人前方，獨自面對刁彥能和眾兵衛的弓弩，又對兩兄弟冷冷低喝：「還不走？」

耶律兄弟實在搞不清哪一方才是敵人？見徐知誥願為自己擋住兵衛，耶律倍連忙攙扶耶律德光起身，狼狽快速退離危地。

徐知誥見兩兄弟走得遠了，微微一揮手示意，刁彥能隨即放下徐知訓的寶刀，眾兵衛也放下弓弩。

徐知誥走近刁彥能，問道：「都是自己人？」

刁彥能露出一抹幾乎看不見的微笑，低聲答道：「卑職精心挑選過，都是自己人。」原來他方才眼中閃過的殺意其實是向徐知誥打了一個暗號：「要不要殺了地上那兩名刺客？」

刁彥能又關心道：「使君怎麼受傷了？」

徐知誥接過他手中徐知訓的寶刀，對著自己受傷的手臂輕輕一抹，沾上鮮血，微笑道：「不受傷，你怎麼回去交差？」又道：「雖然他故意讓六郎來通風報訊，逼我離開宴會，卻不知你早已把這伏殺之計另外透露給我了！倘若我不將計就計，又怎知他私下勾結了兩位契丹皇子？」

刁彥能吃驚道：「方才那兩位竟是契丹皇子？使君殺了他們的人，會不會影響國公的計劃，遭到責罰？」

徐知誥微笑道：「是他們來暗殺我，還個個蒙面，我不過是自衛，匆促之間，又怎知殺手是誰？」又道：「這件事應該不是國公的意思，是三郎趁著耶律兄弟來到南吳，私下與他們接觸，交換了條件，經此事件後，那耶律兄弟再也不會相信他了！我先離開，你們把這裡佈置好。」

「是！」刁彥能一邊命眾兵衛將現場佈置成他們已盡力追殺徐知誥，一邊教大家回去後該怎麼應對。

徐知誥正要離去，卻聽見遠方傳來一道撫掌聲，隨即頓住腳步，回首望去。

「本座真是欣賞了一場精彩絕倫的逆殺！」長巷盡頭的黑暗中，緩緩現出三道騎在馬背上的人影，當前一人穿著耀眼張揚的秋香金衣，臉帶金色面具，正是金匱盟主金無諱！後面兩人則穿著樸素灰衣，一位是腰掛菜刀的護衛高手阿寶，另一位則是僕從阿金。

徐知誥驚喜道：「貴客光降，真令徐某意外！」

金無諱微笑道：「三年之期已到，本座是特意前來履行約定，為徐使君製造一個契機。」

徐知誥聽他信守承諾，更加高興，笑道：「方才那一頓盛宴還沒來得及享用，就被趕了出來，豈知是福不是禍，正好能與盟主共進晚膳！」

刁彥能從未見過徐知誥如此歡喜，心知來了重要人物，便主動說道：「卑職會命人將此處清理乾淨，再回去稟報結果，使君可放心去接待貴客。」他身為徐知誥的暗樁，待會還須回去向徐知訓稟報暗殺未成，徐知誥已經逃了。

徐知誥微微頷首，便不再與他交談，只面對金無諱微笑道：「盟主遠道而來，也該累了，請讓徐某做個東道主，好好為你接風洗塵！」

這地方還是廣陵地界，他們的行動很容易落入徐知訓的探子眼中，徐知誥絕不想被人發現他與金匱盟的關係，便帶著三人走了一段彎曲黑暗的小路，來到一片幽森樹林裡，接著進入一間外表看來十分破舊，絕不會引人注意的荒廢大木屋。待進去之後，徐知誥又推開一扇房門，金無諱三人才發現裡面別有洞天，竟是一間佈置精巧雅緻的廳殿，還有僕人和廚役，正好用來招待貴客，可見此處是徐知誥在廣陵的隱密落腳處。

廳殿裡原本坐著一位頭戴幞帽，身穿藏青色長袍的文士，一邊手持文書認真批閱，一邊等候徐知誥，見到他回來，立刻起身關切道：「使君總算安全回來了！」望見金無諱等人，又問：「還帶回幾位朋友？」

徐知誥向金無諱微笑介紹道：「這是我軍府的推官宋齊丘，字子嵩。」又對宋齊丘道：「這位便是我跟你提起過的奇人——金匱盟主，還有他的兩位護駕使者……」一時不知該如何介紹兩人的名字。

金無諱接口道：「這是阿金小兄弟和阿寶姑娘。」

徐知誥向阿寶、阿金微微一笑，又對宋齊丘道：「我離開宴會時，恰好遇見三位貴客，便邀他們一起共進晚膳。」說罷向廚子微微使個眼色，那廚役與僕人會意，都趕緊退下，去準備酒菜。

宋齊丘出身將門，乃是鎮南節度副使宋誠之子，但宋誠早逝，導致家道中落，值錢的東西都失去，只剩下一堆沒用的書冊相伴宋齊丘成長。隨著鎮南藩鎮被南吳吞沒，宋齊丘一路顛沛流浪至揚州，最落魄時，甚至只能寄宿在娼妓家中，但他堅信自己有朝一日必能飛天乘龍，因此始終刻苦自勵，努力尋找機會，終於成為昇州騎將姚克瞻的門客。

這姚克瞻見他滿腹才華、擅長謀略，想將他推薦給胸懷大志的主子徐知誥，便找了機會邀徐知誥同遊「鳳凰台」，讓宋齊丘作陪客。三人遊賞山水時，宋齊丘緊抓住機會，作了一篇《陪遊鳳凰台獻詩》抒發胸中大志。

徐知誥文武兼備，又有鴻鵠志，一見文章，大為激賞，但覺宋齊丘真是知己，立刻以國士之禮相待，此後宋齊丘便成為徐知誥的軍府推官、首席謀士，只要徐知誥待在昇州，兩人幾乎形影不離。

金無諱見宋齊丘年近三十，臉上有一種過盡滄桑的精明世故，明明只是個七品小推官，卻沒有卑微地待在後方，反而站在與徐知誥幾乎並肩而立的位置，臉上有一股嗤鄙天下庸才，自認是古往今來第一人的傲氣，可見其人驕矜自負，品級雖低，但在徐知誥心中的份量絕不一般。

果然徐知誥又道：「子嵩乃是將門之後，因緣際會來到南吳，成為我麾下第一謀士，盟主若不介意，就讓他同席而坐。」

「徐使君是主人，要邀請什麼賓客入座，自有考量，金某客隨主便！」金無諱微微一笑，又道：「倒是我身邊這兩位朋友，隨我跋山涉水，一路奔波，也想跟使君刁擾一頓酒菜。」

「這是自然！盟主的朋友即是徐某的朋友！」徐知誥親自招呼眾人入座，對阿金和阿寶都十分客氣，阿金想到有酒菜吃，立刻興沖沖坐下，阿寶卻是暗哼：「這偽君子轉性了？對咱們這麼客氣！禮多必有詐，我得小心保護盟主！」

待眾人入座後，僕役十分熟練地端了酒壺、酒杯上來，分別為眾人置杯倒酒，頓時一股瓊花香氣沖升上來，溢滿整間廳室，令人聞之神清氣爽，阿寶擅長醫毒湯液，立刻嗅了嗅氣味，對金無諱低聲道：「這是瓊花露酒，不是荷花露酒，無毒！」

雖然她說得極小聲，徐知誥仍是聽見了，微笑道：「阿寶姑娘，徐某見到你們前來，歡喜都來不及，又怎會下毒相害？」舉杯相敬道：「與義兄弟共享滿桌珍饈，卻四面楚歌，讓人坐立不安，還不如與好友小酌兩杯，聆聽金玉良言，更能精益求精，請！」

金無諱舉杯回敬，笑道：「金某說的話便是『金』玉良言，徐使君真是風趣！那麼宋推官說的話豈不是『齊』東野語了？」

宋齊丘見金無諱無故挑釁自己，也不甘示弱，道：「為何在下就是『齊東野語』，卻不是胸有『丘』壑、功若『丘』山？」

金無諱冷笑道：「宋郎君初到昇州，未立任何功績，如何稱得上功若丘山？至於胸有丘壑，亂世豪雄何其多，這裡也只徐使君一人才稱得上胸有丘壑，你最多只能算是他胸懷裡的其中一座小土丘罷了！」

「你……」宋齊丘臉色頓時變得青白，一時無語可答，只咬牙道：「此刻宋某品級雖低，將來必能扶明君成大事！」

徐知誥見兩位奇才誰也不服誰，心中甚是得意，口裡卻是打圓場道：「子嵩學貫古今，有經天諱地之能、縱橫謀略之術，乃是當世少見的奇才！」

金無諱心知徐知誥說這番話的用意，一來是炫耀他手中有能人，並展現禮賢下士的大度，以刺激自己加入他麾下的意願；二來是讓自己幫他掌掌眼，鑑定看宋齊丘是否真人才？這場同桌用膳，說穿了就是徐知誥有意讓宋、金二人互相考較對方，因此金無諱一開口便無忌無諱，直挑宋齊丘：「宋推官確實有才，但並非是『奇才』，而是『鬼才』！」

徐知誥一愣：「鬼才？」

宋齊丘頗不服氣，但對於金無諱這沒頭沒腦的評論，也不知如何反駁，只能冷笑道：「使君曾說先生有通天徹地之能，在下只想請教一個問題，何謂『鬼才』？」

金無諱微笑道：「本座為人解惑，一題千金，宋推官應是負擔不起，但今日瞧在徐使君的面子上，我可免費透露玄機，回答你這問題，你這鬼才也確實有才，只不過這才氣表面上雖有輔君之能，暗地裡卻有傷國之凶！」

徐、宋二人臉色齊變，宋齊丘更是不忿，道：「宋某浪蕩半生，終得使君器重，心中萬分感激，早就立誓要全力輔佐使君成就大業，你一開口，就想挑撥我主臣二人的情誼？」

金無諱並不理會他，只悠悠地喝了一口酒。徐知誥看場面有些僵，再加上心裡也犯起疙瘩，忍不住道：「子嵩自跟隨徐某以來，確實一直盡心盡力地為我籌謀大業，從未出錯，這鬼凶之氣從何說起？傷國之凶……盟主這話未免說得太重了！」

金無諱放下酒杯，悠然笑道：「徐使君不必介意，你的雄才偉略能鎮得住他的鬼凶之氣，因此你二人相知相契，宋推官確實會是你的好幫手，他也只能為你所用，倘若這主子氣勢弱些，壓不住他的鬼凶之氣，難免會受其害，就未必用得了他！」

徐、宋二人聞言都鬆了口氣，徐知誥心中更是高興，暗想：「這話說得不錯！子嵩確實太過精明，若是主子自己愚蠢，肯定管治不住他！我剛好有能力治他，又能令他發揮長才，就是一物剋一物，倘若他有貳心，絕對逃不過我的眼睛！」

宋齊丘卻暗暗冷哼：「這人就是滑頭，想拍徐使君的馬屁，卻故意先損我一頓！他奉承的手段確實高明，難怪連使君這麼聰明的人都不免著了他的道！」

他卻不知金無諱從不拍任何人馬屁，更不知金無諱真正的意思是：「徐知誥確實鎮得住這位鬼才，但他的子孫就未必了！」

此時廚子已快速備好一道炒飯，教僕人送過來，徐知誥微笑道：「這『碎金飯』是我揚州最著名的美食！」❷

僕人小心翼翼地為眾賓客分別盛裝一碗飯，接著又端上一盤金黃色的熟菱角，阿金忍不住驚呼道：「這菱角一顆顆都是金黃色的，好像金元寶疊成一盤！真漂亮！」

徐知誥微笑道：「這是邵伯『綠菱』，最是清甜。」

阿金奇怪道：「它金澄澄的，怎麼是『綠菱』，卻不喚做『金菱』呢？」

徐知誥微笑解釋：「因為它原本是翡翠般鮮豔的綠色，又喚做『羊角青』，待蒸熟之後，就與盟主最愛的黃金相同了！」

金無諱見他特意準備了兩道與「金」有關的食物，微笑道：「這碎金飯，再加上金色菱角，徐使君真是有心了！」

徐知誥道：「我不知貴客今日駕臨，匆促間只能準備一點飯食和甜菱，遠不如盟主招待的富貴宴，還盼幾位貴客不要介意。」

阿金原以為可飽餐一頓，想不到只有炒飯和菱角，不禁「啊」了一聲，頗是失望。

金無諱冷笑道：「徐使君治下的昇州繁華似錦，乃是整個南吳最富庶的地方，你招待本座居然只用炒飯和菱角？」

徐知誥心知金無諱身價不菲，平時必是瓊漿玉液、珍饈美饌，但想不到他說話如此直接，不禁有些尷尬，陪笑道：「小舍簡陋，徐某平時也是儉樸隨意，屋中備用的食材不多，盟主莫看這碎金飯簡簡單單，好像只是用雞蛋炒米飯，它可是當年隋煬帝最愛的宮廷佳餚，因為他來到揚州巡視，才將烹飪之法流傳出來，成了揚州最有名的美食。」又揀了一顆最肥大的綠菱放入金無諱的盤中，微笑道：「這邵伯『綠菱』和嘉興的『風菱』、太湖的『紅菱』、裏下河的『飯菱』並稱我江淮四大名菱！吃了碎金飯後，再嚐一點甜菱，品一點瓊花露酒，最是人間美味！」

金無諱喝了一口酒，讚道：「揚州瓊花天下無雙，這瓊花露酒確實不錯！」又舀了一匙碎金飯，道：「帝王家的炒飯味道也不差！只可惜……」輕輕一嘆，道：「如果這肥大的羊角青能換成真正的昇州大肥羊，就好了！」

昇州並不特產羊肉，徐知誥與宋齊丘都不明所以，宋齊丘暗想這人根本就是故意挑刺、擺架子，正想如何為主上掙回顏面，徐知誥已召來廚子，道：「你此刻就騎上我最快的馬趕去最好的『秦淮酒樓』，買一道鮮炙肥羊，速去速回！」

金無諱毫不客氣地補了一句：「記得！一定要昇州的肥羊，要挑最鮮甜最肥美的！」

這廚子一趟來回，需半個時辰，徐知誥便趁機談起正事：「這裡都是自己人，徐某也不隱瞞，我向來忍耐徐知訓、徐知詢兩兄弟，避免正面衝突，是因為我自身實力還不夠強大，再者，我也需要齊國公開路！」這齊國公正是他的義父徐溫。

金無諱接口道：「但徐知訓今夜一頓胡攪蠻纏，徐使君雖逃過一劫，卻提前激化了你與齊國公之間的矛盾。」

徐知誥悵然地點點頭，心想徐溫雖然很倚重自己，但徐知訓今夜這莽撞之舉，逼得他使出全力對付殺手，徐溫必會洞悉他的武功大進，為防止他坐大，再加上要在親兒與得力幹將之間選擇其一，所謂「疏不間親」，徐溫最終一定會選擇親兒而犧牲自己，想到無論多麼賣命，他永遠敵不過血緣之親，即使這麼多年來，他已漸漸釋懷且暗中籌劃大業，但內心深處仍有一絲痛楚。

但同時，他也感到驚喜交加，驚的是金無諱居然在三年前就預測出他與徐溫的關係會在此刻繃至緊點，面臨決裂，以至於訂下這三年之約，此人當真比自己所想的還可怕！喜的是這可怕的人特意前來相助，那他還有什麼好擔心的？

他不禁慶幸當年在澶州風波亭，自己做了正確的決定，答應放過馮道，才換來金無諱的相助，使今日的危機轉為契機！又問：「盟主什麼都知曉，但不知對徐某的處境有何建議？」

金無諱道：「徐使君莫急，待肥羊回來，本座吃得過癮，或許會有答案！」又招呼阿金和阿寶道：「你們應該餓了，就多吃幾碗炒飯和菱角！」兩人聽話地大快朵頤起來。

徐知誥和宋齊丘都是一愣，不知他弄什麼玄虛，卻也無法相逼，金無諱見徐知誥有些無奈，笑道：「徐使君太嚴肅了，你一生都在精益求精、砥礪前行，不累嚒？既然等著美食，不如放鬆心情，聊聊揚州風光！」

過了好一會兒，廚子趕回來了，將好大一份熱騰騰、烤得酥脆的肥羊放到桌上，眾人都瞧得垂涎欲滴，徐知誥連忙道：「盟主，你快嚐嚐，看是否合心意？」

金無諱只聞一聞，就嫌棄道：「這昇州肥羊雖好，卻配不上徐使君的身價！」逕自吩咐廚子：「你拿這肥羊回去秦淮酒樓，換一道『炙鹿肚』回來！」

那廚子不敢擅自行動，瞧了瞧徐知誥的臉色，等他示下。到了這一刻，徐知誥也覺得金無諱在故意刁難自己，有些不悅，金無諱卻對他笑道：「碎金飯是隋陽帝最愛的主食，這炙鹿肚可是漢高祖劉邦最愛的下酒菜！同是帝王美食，搭配起來才相得益彰！」

伸手不打笑臉人，徐知誥極有耐心，既認定金無諱能幫助自己，只微笑道：「那肥羊帶著麻煩，既然盟主不滿意，讓其他人分食便是。」又吩咐廚子：「你再去帶一道炙鹿肚回來！」

那廚子正要奔出，金無諱卻道：「這肥羊看似不錯，卻始終差了點，怎能入口？既然留之無用，不如拿去換道鹿肉回來！記得，要用潤州鹿！什麼宣州鹿、昇州鹿都不要！」

潤州根本沒有特別生產鹿肉，那廚子覺得這客人簡直是無理取鬧，但見主人十分禮遇他，也只好扛起那頭昇州肥羊，再度急匆匆地趕去秦淮酒樓去換潤州炙鹿肚回來。

徐知誥和宋齊丘面面相覷，都猜不透金無諱如此無禮挑剔，究竟是何意？一開始還想探究一些問題，都被金無諱以「一題千金」擋住，到後來就連談笑似乎也找不到話題了。

阿寶吃了一大碗飯後，便開始用菜刀「咚咚咚！」地敲破菱角殼，阿金則狠狠地吃了三大碗碎金飯，之後便努力剝開阿寶敲破的菱角，一邊笑咪咪地自己品嚐，一邊將那白胖胖的菱角肉送到金無諱的盤子裡。金無諱一邊悠然品酒，耐心等候那道炙鹿肚，一邊享用阿金剝好的香甜菱角肉。

眾人就這麼各自努力、有些尷尬、不明所以地度過了半個時辰，那廚子終於回來了，連忙把那香氣逼人的炙鹿肚放到桌上，眾人都張大了眼，忍不住吞了吞口水，又望向金無諱，等他示意。

金無諱淺嚐一口，不禁微然皺眉，徐知誥心中一跳，連忙問道：「這鹿有何不對？」金無諱微微沉吟，細細品嚐，道：「這潤州鹿是對了，可偏偏少了一味，加點鹽會更好！」又對阿金和阿寶道：「咱們酒足飯飽，也該離開了，你們要多謝徐使君請這一頓酒菜。」

兩人便齊聲道：「多謝徐使君！」

徐知誥眼看三人就要離去，自己平白被耍了一趟，再也忍不住，沉聲道：「盟主當初答應助徐某一個契機，難道因為情況變得困難，再無法為我解開危局，便故意挑三嫌四地來推托？」

金無諱微笑道：「本座已經給了答案，徐使君還不明白麼？」說罷便帶著阿金、阿寶出門離去。

徐知誥、宋齊丘兩位皆是聰明過人的奇才，面對更奇異的金匱盟主，卻完全捉摸不透，徐知誥問道：「為什麼要用肥羊換鹿肚？」

宋齊丘極力思索，將幾個句子反覆吟唸：「或許是昇州肥羊換潤州炙鹿肚……又或是肥羊換鹿……昇羊換鹿……」

徐知誥道：「還有那句『加點鹽會更好』又是什麼意思？」

宋齊丘埋怨道：「這位金盟主既然要給使君契機，為何不把事情說開來，卻要弄得這麼神祕？」

兩人始終想不透這昇州肥羊、潤州鹿、加點鹽，跟金無諱給的契機究竟有什麼關係？

（註❶：「夜市千燈照碧雲……猶自笙歌徹曉聞。」出自唐代王建的《夜看揚州市》。）

（註❷：「碎金飯」即知名的「揚州炒飯」。）

九一八・二

金陵空壯觀・天塹淨波瀾

吳主李昪獻猛火油，以水沃之愈熾。太祖選三萬騎以攻幽州。后曰：「豈有試油而攻人國者？」指帳前樹曰：「無皮可以生乎？」太祖曰：「不可。」后曰：「幽州之有土有民，亦猶是耳。吾以三千騎掠其四野，不過數年，困而歸我矣，何必為此？萬一不勝，為中國笑，吾部落不亦解體乎！」《遼史卷七十一・列傳第一》

溫客尤見信者，惟駱知祥、嚴可求，可求善籌畫，知祥長於財利，溫嘗以軍旅問可求，國用問知祥，吳人謂之「嚴、駱」。溫亦自喜為智詐，尤得吳人之心。《新五代史・卷六十一》

「刺誥失敗，訓急。」

冬盡春寒，晴光乍現，花雪更替，淮南潤州齊國公府裡，徐溫站在窗臺邊，望著窗外粉雪煙滅、楊花初飛的美景，彷彿看著一個時節的更替與動蕩，心頭一片沉重，再望向手裡傳來的急報，忍不住動了怒：「這個蠢材！我明明再三叮囑他近日會有大劫，教他這段時間務必謹慎保守，切莫輕舉妄動，結果他非但大肆行動，還幹出這等蠢事！簡直是把我的話都當成馬耳東風，最蠢的是這行動居然還失敗！累得我這個老父還得為他收拾善後！」

自從他殺了另一重臣張顥後，便獨攬了南吳軍政大權，但朝中還有許多忠於楊氏的老臣，對這一切變化自然心懷不滿。他一方面找機會慢慢除掉反對勢力，另方面也積極培養自家實力，他特意將徐知訓、徐知詢兩兄弟放在廣陵，以掌控京城勢力，又將徐知誥放在稍遠的昇州，除了不讓這個野心勃勃的義子插手朝中政事，也為了避免三兄弟起衝突，想不到越是叮嚀，徐知訓越是膽大妄為，竟公然動手伏殺徐知誥！徐溫向來沉靜如古井不波，極少有什麼事能動搖心志，這一回卻實在動了氣，忍不住呼斥連連。

他身後一位年紀相仿、長相儒雅，精光內斂的文士道：「三郎既下了殺手，以二郎的性子，就算一時隱忍，將來也絕不會善罷干休，國公是時候做下決定了！」

徐溫對敵人向來不手軟，但對沒有威脅的臣屬卻能展現寬和大度，自從主政以來，他廢除弊端，施行德政，甚得民心，這當中有兩位得力謀士相輔，其一是參與軍政謀劃的嚴可求，另一位是掌管財賦收支的駱知祥，時人佩服他們的才能，常並稱「嚴駱」，而眼前這位精明儒雅的文士便是嚴可求。

徐溫沉沉一嘆道：「畢竟我養了他許多年，他也服侍我許多年，這大大小小的事，為我辦了不少，我們之間總還有一點父子情分……」

嚴可求見徐溫眼神深沉，猶豫不定，勸道：「國公念著父子情分，他可未必！再放任下去，只會養虎為患。」

徐溫明知嚴可求說得對，卻實在捨不得徐知誥，道：「他表面上只是昇州刺史，但實際上，無論是昇州、宣州、煙雨樓……大大小小許多地方，都有潛藏的勢力，還有許多文武官員的秘密、弱點，都掌握在他的秘冊裡，倘若我真要換人接管，也需要時間處理。但該換誰好？又有誰能像他，把臺面上下的事情都處理得十分合宜？我就算不計一切後果動手清理他，也得慢慢處理，萬一他著急起來，拼個魚死網破，我怎麼也得受個重傷。你知道的，南吳表面上穩定，其實內憂外患，外有梁晉壓迫，內有楊吳老臣蠢蠢欲動，那些人一見到我自斷手臂，還不見獵心喜？至少他表面上還尊我是義父，若是換別人上來，我更不放心！」又罵道：「三郎那小崽子就是不成氣候，否則我何至於如此為難？」

嚴可求道：「但三郎已經動手了，事情是箭在弦上了！」

徐溫面對各方挑戰，總能輕易決斷，唯獨對徐知誥，卻是糾結難捨，不由得輕輕一嘆：「怎麼人一老，心就軟了……」這一瞬間，他忽然發覺自己好像飲鴆止渴，明知徐知誥是毒藥，卻捨不得放棄，原本自己應該牢牢掌控住他，什麼時候開始，這個毒藥般的養子已漸漸反過來牽制自己了？

正當他沉思難解，猶豫不決時，門外傳來一聲稟報：「太原使者求見！」

徐溫和嚴可求互望了一眼，嚴可求道：「梁晉之爭已到了生死關頭，晉王卻派使者過來，想必是遭遇困境了！」

徐溫搖搖頭，冷笑道：「他不是遇到困難，而是野心勃勃地想一口氣拿下大梁，偏偏還不夠實力，就想拿我們當他的墊腳石，倘若我放任他成事，下一步，豈不輪到我南吳遭殃了？徐某又怎會如此愚蠢？」

嚴可求微笑道：「看來國公心中已有打算，要怎麼對付這位太原使者了？」

徐溫輕輕一嘆：「天命不允，誰想成事，都難！」

嚴可求見他又說出一些神機莫測，自己應答不上的話，只能陪著苦笑。

徐溫嘆道：「二郎的事，我再想想，你先退下，讓那使者進來吧！」

「是！」嚴可求恭敬行禮後，便自退下。

徐滘兀自沉思，馮道已笑咪咪地走進來了，徐滘萬萬想不到是他，不由得一愣，馮道看著他驚愕的表情，得意道：「徐公，好久不見啦！你雖然神機妙算，但怎麼也算不到我今日會出現在你面前吧！」

徐滘想到兒子與義子正是水火不容，這傢伙一來，只怕要多添變數，心裡的憂慮不禁更深了：「晉王竟派他前來，這事可有些難辦……」臉上卻是不動聲色，只淡淡微笑：「是好久不見！這一別有十二年了，真是恍如隔世！」

馮道笑道：「小馮子當年從淮南落荒而逃，轉眼已變成老馮子了！你在淮南好吃好喝，養得白白胖胖，連白鬍子也長出來了，倒是多了幾分仙風道骨的模樣。」

徐滘比起當年，自然年紀大了些，身形也豐潤了點，但並沒有養得白白胖胖，他出身武將，後來雖已收斂了爭鬥凶氣，變得沉靜深厚，卻也稱不上仙風道骨，聽馮道這話說得有幾分奉承味道，不由得一笑：「你都老大不了，還自稱小馮子，我又幾時仙風道骨了？」又道：「看來晉王也被你捧得暈乎乎的，十分器重你，才會派你過來！」

馮道笑道：「小馮子不是年紀小，而是官位小！十年過去，你已是大大國公大徐子，我還是小小巡官小馮子。」

此時馮道也已三十好幾，徐滘想不到他竟然只是個巡官，愕然道：「晉王只給你小巡官的位子？」

馮道嘆道：「所以你說，我哪裡得晉王器重了？就是幫他跑個腿，傳個話而已，你才真是受吳王器重呢！連南吳都快拱手相讓了！」

徐溫被他弄得又好氣又好笑，只能板了臉，冷笑道：「那晉王還真是瞧得起徐某，竟派一個小巡官過來交涉？」

馮道笑道：「官大有什麼用？話能投機才管用，咱倆是老朋友，談起話來容易些，晉王因此派我過來。」

徐溫英眉一挑，道：「你就不怕再遇見我義子？」

馮道心想徐知訓殺徐知誥一事鬧得沸沸揚揚：「他故意提起我和小徐子的恩怨，是想把我拖到同一條船上，幫他一起想辦法對付小徐子！」便裝傻笑道：「只要有老徐子在的一天，我又何必怕那小徐子？他不是一直被你捏得死死的？」

徐溫心中苦笑，索性轉了話題問道：「晉王派你來做什麼？」

馮道果然就像跟老朋友閒聊般，自己大剌剌地找個位子坐下，主動倒起桌上的茶水，不管不顧地喝了一大口，才道：「還能有什麼事？自然是希望你們再出兵攻打大梁囉！」

徐溫見他這種態度，也嚴肅不起來，只能另外找個位子坐下，搖搖頭道：「上回我們出兵毫州、穎州，被劉鄩打得大敗而回，引發不少怨言，倘若徐某再提出這事，只怕還未出兵，自己人就因為意見不合，先打起來了！南吳戰事也不是徐某一人說了算，我實在無法答應晉王！」

馮道說道：「上回主帥是徐知訓，他年輕識淺，處事不周，連小徐子都鬥不過，又怎鬥得過劉百計？倘若由你親自掛帥，情況肯定不一樣！」

徐溫想到兒子闖下禍事，以至自己落入進退兩難的境地，忍不住又憶起那個可通曉亂世變化的寶典，或許可一解今日困境，微笑道：「明人不說暗話，這麼多年過去了，難道你還沒有找到『天星棋局』？」

馮道心中好笑：「想教我拿天星棋局來交換出兵？」便學著他的語氣，再度裝傻道：「這麼多年過去了，難道徐公還念念不忘那個虛無縹緲的棋局？」

徐溫攤了攤手，露出一抹高深莫測的笑容，道：「既然馮兄弟不願說出實情，那徐某真是愛莫能助了！」

馮道搖了搖頭，嘆道：「短短十年，徐公已經憑著自己的本事位極人臣，總攬南吳大權，只差一步就要登王稱帝了，卻來問一個長長十年也混不出什麼名堂，只能當小巡官的小馮子要什麼棋局？這事說得通麼？如此簡單的道理，徐公這麼聰明之人，為何會一直糾結不通？」

徐溫被他這麼一說，心中如受重錘，又彷彿破開迷霧：「是啊！倘若他手中真有天星棋局，能知曉朝代興衰、群雄起落，又怎會十年只混到一個小巡官？難道……我窮盡一生……竟是在追求一個根本就不存在的東西？」即使他此生已經過許多大風大浪，但想到一生所求之物竟是落了空，自己糊裡糊塗地空想了大半生，一時間仍是失落難已，再想到兒子的莽撞，更是萬分疲憊，不由得神思迷茫：「我畢生追求的，就是想將一切都掌握在手中，難道反而是將自己陷入困局？」

馮道見他神情有些恍惚，身子微微一顫，關心道：「老徐，你怎麼啦？拿不到一個棋譜就失魂落魄的，不至於吧？你要是這麼愛下棋，我留在南吳的日子便陪你多手談幾局，一解你的思棋之苦吧！」

徐溫被他弄得啼笑皆非，卻還是勉強力持鎮定，暗想：「則天女皇留下天星棋局的消息已流傳數代，豈能有假？這小子狡猾得很，說不定又來跟我演戲……」望了望馮道，又想：「但一個人再狡猾，總不能虛耗自己十年前程，人生短短，又有幾個十年？」

他思來索去，覺得馮道所言句句合理，但要承認從前追尋皆是一場空，又實在不甘心，便道：「馮兄弟身為晉王使者，如果沒有達成目的，是無法回去交差的，但徐某也不能擅自做主，說出兵就出兵。這樣吧，你先在我齊國公府歇下，明日我與幾位大臣商量，再把答案告訴你，或許能想出一個兩全其美的法子，既不用我南吳出兵，又能解決晉王的兵禍，讓馮兄弟回去交差。」

原本使者是不可能入住齊國公府，徐溫特意將馮道留在身邊，自是想觀察他的行為，看是否有任何奇怪之處；而馮道得不到滿意答案，也不願輕易離開，想繼續纏磨，看能不能磨出一點好處來，徐溫提出這邀請，真是再好不過了，遂笑咪咪地答應下來：「如此甚好！甚好！老徐就是細心，設想周到！小馮子這就不客氣啦，在你齊國公府裡好吃、好住、好好睡！」

徐溫也微笑道：「那是自然，徐某是不會虧待你的！只不過你來得匆促，徐某軍務繁忙，今晚已安排要事，實在無法招待你。待明早咱們一起去遊江河，一邊賞景，一邊用膳，或許景色宜人，你便能想起許多事情。」

馮道笑道：「就這麼說定！明日遊河時，你放鬆心情，或許就願意出兵了！」

馮道隨齊國公府的僕人前去客房，只見房中陳設優雅，牆上掛有書畫，桌案上擺有筆墨紙硯，床枕衾被輕暖潔淨，最特別的是房室深處有一個大澡桶，專供客人洗塵之用。

僕人貼心地前來倒滿熱水，並端來一盤皂角、澡豆、拭巾和木梳等梳洗之物，又有一名婢女端來一盤酒菜，其中有四碟江南風味的小點，一壺瓊花露酒，那酒菜杯盤俱是高雅精緻之物，與北方富貴豪氣的風格全然不同，那婢女長得也是溫婉靈秀，說話輕聲細語：「馮使節梳洗過後，可在房裡好好歇息，吃喝點酒菜，安心睡個覺，明日一早，奴便會來帶使節去見國公。公府是深宅大院，到處都有侍衛巡守，馮使節若無事，請勿隨意走動，萬一迷了路，或無意間犯了忌諱，惹禍上身，可就不好了！門外會有僕衛守夜，以保護貴客安全，馮使節如有什麼需要，吩咐他們便成了。」

馮道心中一凜：「敢情老徐是把我當犯人軟禁起來了！」面上仍微笑道：「多謝姑娘提點，也請轉告國公，多謝他細心安排，馮某會好好待在屋內歇息，靜待明日相見。」那婢女行了一禮，便退了出去，又順手把門關上。

馮道也不在意，一顆心早飛到那個熱騰騰的浴桶裡，一見房門關上，連忙脫了衣衫，跳進浴桶裡，享受那滿身熱氣蒸騰，通體舒暢的快感。

他長年跟隨李存勖在魏博打仗，有時天寒地凍，戰事緊張，往往十天半月都不能沐浴，最好的情況，也只是在河裡隨意清洗一下，哪有這麼享受的浴桶？此刻他剛從魏博一路趕來，滿身風塵、筋骨疲累，更是恨不能整晚都泡在熱水浴裡，別說什麼到處遊走，犯了忌諱，就算外邊真打起仗來，只要不燒到這浴桶，他說什麼也不想起身。

馮道仰首閉眼，全身放鬆地坐躺在浴桶裡，體內氣血因熱水湧動，心想：「我好久沒練功了，可真有點對不起師父……」這麼一想，倒覺得自己對練功一事實在偷懶，便趁這機會運起「圓通」內功，讓內氣遊走全身。正當他運行了一周天，感到通體舒泰時，忽聽見遠處傳來一陣軍靴緩慢移動的聲音。

馮道可感到傳音的地方極遠，似乎在府院的圍牆外，只不過他剛好有對「聞達」雙耳，此刻又萬籟俱寂，他心靈空淨，這才將天地之聲都輕易收入耳中，心想：「這麼晚了，老徐還在練兵？」又聽見有人低聲喝斥：「小心點！這麼笨手笨腳的，不要命了嚒？」

馮道對這種呼斥聲十分熟悉，心中好笑：「這傢伙肯定是個士兵頭兒，不知道在使喚下面的人做什麼事？天下的士兵頭說話的方式都一樣，動不動就呼呼喝喝的！」原本只想閉了眼，繼續享受泡浴，完全不想理會，但接下來那士兵頭卻提高聲音罵道：「小心！小心！你們這麼莽莽撞撞的，是想害死大家嚒？」

「這大半夜的，南吳兵怎麼會害死自己？」馮道實在好奇，只好放棄可愛的浴桶，披穿起薄衫，伏趴到窗邊，輕輕推開一點窗縫，悄悄向外望去。

這客房門口有人守衛，窗戶卻正好對著江水，因為能入住國公府的客人必然身分不凡，徐溫為讓貴客心情愉悅，當初特意將客房設置於能眺望江景的方位，卻想不到讓馮道有了可趁之機。

江畔有點點人影移動，顯然是有許多人來來去去，只不過這國公府畢竟離江畔有些距離，岸邊的燈火又幾乎全滅，只剩一盞風燈高高掛在一艘海鶻船桅上輕輕搖曳，所有人都穿著黑衣，身形掩在黑漆漆的夜色裡，馮道若不是有對「明鑒」雙眼，連人影都看不見，更別說看清他們在做什麼。

「老徐居然喜歡在江邊練兵，還不點燈火？難道是在訓練盲兵？」馮道將全部內力聚到雙眼，再仔細瞧去，這才看清江面除了那艘海鶻之外，還有一艘較大的運貨沙船，南吳兵正在搬運木箱上船，那箱子並不大，卻不是用手推車運送，而是兩人一組合力抬著一口木箱，小心翼翼地搬至沙船底艙。

馮道心中奇怪：「老徐可是南吳的大當家，連吳王見了他都要畢恭畢敬，無論他要運什麼貨都輕而易舉，為什麼要偷偷摸摸的？還有這搬貨上船，竟不點燈，多不方便啊！」

只見徐溫與兩名體形高大、身穿長袍的男子走近渡口，南吳兵連忙停下手中動作，那隊長領著眾人向徐溫恭敬行禮，徐溫微微一揮手，示意他們繼續搬箱，不必多禮，便與兩名男子一起面對江水，靜靜觀看士兵的行動。

天色太黑、距離太遠，徐溫和兩名男子又是背對站立，馮道實在看不清他們的模樣，只想：「這兩人究竟是誰？竟敢與徐溫並肩而立，不分尊卑……」

其中一名男子忽然開口說話，那是一道不熟悉的口音說著一串嘰哩咕嚕的話，馮道一點也聽不懂，心中卻十分震驚，因為他幾乎可確定對方說的是契丹話！

「老徐和契丹人？這一南一北，天差地遠的，怎會湊在一起？」馮道感到太不可思議：

「難怪他說有重要的事，又不准我出房門，原來是契丹使者來了！契丹前陣子才攻打幽州，所以老徐不想我們碰到一塊兒，可南吳向來是我們的盟友，契丹又遠在天邊，是什麼人前來，竟比我這晉王使者還重要？」他深覺其中必有古怪，便決定先回到門口，打開房門查看情況，外邊果然有兩名侍衛站崗。

侍衛一見房門打開，立刻心生警惕，悄悄伸手摸上腰間刀柄，待看清馮道兩眼惺忪、滿臉通紅，身穿薄衣，衣襟微敞，不知是剛睡醒，還是醉著酒，總之是一副閒懶散漫的姿態，才稍稍放下戒心，恭敬道：「馮使節有什麼吩咐？」

馮道揉了揉還睜不開的眼，微笑道：「我旅途勞累，想喝些酒來放鬆，可你們南方的酒實在太淡了，喝著不過癮，麻煩兩位小兄給我準備幾壺烈酒。」

兩位侍衛不敢得罪國公府的貴客，其中一人道：「馮使節請稍候，卑職去灶房為您準備。」便趕緊前去。另一侍衛雖沒有說話，但眼神堅定，擺出一副說什麼也不會離開門口的姿態，馮道也不在意，朝他笑了笑，道：「我再去泡個澡，待會兒酒來了，先放在門口，待我泡好澡了，會自己拿取。」

那侍衛心想貴客泡澡時，通常不喜歡旁人打擾，也不以為意，只恭敬稱：「是。」

馮道轉回屋內，將房門鎖上，再輕輕推開窗戶，見外邊無人，便悄悄溜了出去。那侍衛一心守著門口，萬萬想不到一介使節竟會爬窗而出，因此並未發現屋後的動靜。

馮道悄悄施展輕功，奔到附近，藏在江邊的一塊大石之後，見江邊站著許多眉目粗獷的黑衣武士，心中暗呼：「果然是契丹人！」又見那唯一的風燈掛在海鶻上，但南吳士兵並沒有把任何箱子搬到那艘船，反而是搬到黑漆漆暗無燈火的大沙船上，又想：「那艘海鶻必是契丹貴人坐的。」

果然徐溫帶著兩名契丹貴客一起登上海鶻，進入船艙之中，馮道暗想：「他們刻意在船上相談，就是不想讓人偷聽，哼！這點小伎倆怎難得倒我？」他悄悄移身往前，卻也不敢靠得太近，仍是躲在岸邊的樹叢裡，見契丹武士分成兩隊，有一部分人走進運貨沙船的上層，另一隊人馬則步行離開，又想：「這樣看來，老徐應是把什麼貨物交給契丹，讓他們帶回去。但契丹人向來只騎馬，不坐船，水性極差，為什麼不一起走陸路運貨，卻要分一半人馬冒險走水路？」

海鶻船艙裡傳來其中一名契丹貴客的聲音，竟是流利漢語：「上回徐公派使者徐知誥來我們京城，展示猛火油的威力，天皇帝十分高興，即使地皇后反對，他仍不顧一切地發動數十萬騎兵去攻打幽州，可那一戰，猛火油並沒有發揮多大用處，它並不像你們使者說得那麼厲害！」

馮道聞言，著實吃了一驚，暗呼：「原來那一箱箱東西是猛火油，難怪船上不敢點燈火！」又想：「我們一直以為是盧文進為了投靠契丹，便設法弄了猛火油去獻給耶律阿保機作為投誠禮，想不到竟是這老徐子在背後做怪！他表面上假裝是我們的盟友，派親兒子率軍與大梁交戰，背地裡又派假兒子送猛火油給契丹，讓他們圍攻幽州，這是一石二鳥之計！但這兩位契丹貴客是誰？」

「倘若猛火油不見威力，你們又怎會千里迢迢來到這裡？」徐溫笑了笑，道：「天皇帝想揮軍南下的野心是不會熄滅的，既然有此志向，就應該好好儲備軍資，才可能打贏下一場戰爭！攻打幽州失利，正好曝露貴國的軍械準備尚不充足，所以你們非但不該拒絕猛火油，相反地，應該採買更多！」

馮道心中暗罵：「這老徐子長了年紀，看似更溫和慈祥了，骨子裡卻沒變，依然奸猾似鬼，居然想瞞著我們繼續賣猛火油給契丹，而且還是賣這麼一大貨船！」頓時覺得事態嚴重：「上回徐知誥帶去契丹的猛火油只是少數，因此最終沒有影響到幽州戰局，但契丹已嚐到甜頭，這次才會不遠千里而來，想要買更多猛火油……倘若讓這一大貨船的猛火油順利運到契丹，我燕雲十六州豈不是完了？老徐，雖然你招待我好吃好喝，可大義在前，我絕不會心軟，你別怪小馮子給你使絆子！」

雖然他叫守衛去拿烈酒，爭取到一點時間外出竊聽，也弄清楚徐溫的陰謀，但他不能待在屋外太久，免得被門口侍衛發現，眼看南吳兵一旦裝完貨就會出發，在這麼短的時間內要阻止雙方行事，其中還要應付徐溫、契丹貴客等三大高手，這簡直就是不可能的任務，倘若他現在貿然衝出去，說不定徐溫還會殺人滅口。

「我絕不能讓猛火油運到契丹軍手裡！但究竟該怎麼做才好？」馮道一邊思索，一邊繼續竊聽眾人談話。

那契丹貴客又道：「地皇后說我們在契丹過得好好的，已經十分富足，何必再用這東西去中原發動戰爭？更何況，只需要出動鐵騎圍住幽州城，使城中糧食消耗光，它就會自己敗亡，又何必大舉攻城？」

徐溫冷笑道：「真是婦人之見！倘若晉軍有那麼好對付，大梁如此豐裕，又怎會年年戰敗？」

那契丹貴客還待說什麼，他身邊另一名契丹貴客已忍耐不住，怒道：「不准你羞辱我母后！地皇后厲害偉大，你這個南方蠻子哪裡知道？」

馮道一愕：「原來他們是契丹皇子！」又想：「那個脾氣較溫和的應是大皇子耶律倍，是這次談判的主角，這個氣憤難平的，應是述律平最喜愛的耶律德光，難怪他要替述律平出頭！」

馮道曾見過耶律倍小時候，當時覺得他實在冰雪可愛，想不到如今已成了談判猛火油的主角，可與徐溫平起平坐；至於耶律德光，當李嗣源救援幽州回來後，眾將領提起那一場戰役，最常提到的便是這個年少氣盛的二皇子，說他年紀雖輕，一手自創的鐵鷂戰刀竟比耶律倍的納影魔功還厲害。

耶律兄弟原本是為了買猛火油，才應徐溫之邀來到南吳。徐知訓得知這個消息，便搶在父親之前邀請耶律兄弟密會，承諾只要他們暗助自己除去徐知誥，一旦他掌握大權，定會源源不斷無償供應猛火油給契丹。

徐知訓打的如意算盤是出手殺徐知誥的是南吳貴賓、契丹皇族，與自己並不相干，而父親才剛與契丹建立默契要聯手打擊晉軍，就算知道了實情，也不會為了一個假兒子的死去追究凶手，破壞雙方關係，如此一來，徐知誥就只能冤沉大海了。

耶律兄弟藝高膽大，隨護的幾位黑薩滿也都是高手，心想如果能除去南吳一員猛將，削弱對方實力，又能源源不斷得到猛火油，何樂而不為？雙方輕易達成約定，這才有前幾日契丹眾人蒙面伏殺徐知誥一事，只是他們萬萬想不到徐知誥的武功竟遠遠超出他們想像，以至於契丹損兵折將。

徐知訓原本不敢讓父親知道暗殺徐知誥一事，卻得到耶律倍傳來消息說他們已派出五大高手圍攻徐知誥，卻三死兩傷，這讓徐知訓大為震撼，覺得徐知誥實在不對勁，這才硬著頭皮傳了急訊給徐溫，讓他提防並處理此事。而徐溫見到兒子的警示，隱隱感到徐知誥可能已脫出掌控，因此十分頭疼。

耶律兄弟既是奉皇命前來購買猛火油，即使前日遭遇重挫，仍依約前來與徐溫會面，只不過經過江畔一戰，兄弟倆對徐氏父子生出懷疑。耶律德光原本性情沉穩，但此刻疑心對方是故意設下圈套誘殺自己，言語間便不再客氣。

徐溫並沒有被耶律德光的氣勢給嚇倒，只緩緩解釋道：「如今幽州已不是劉守光那二愣子作主了！而是名震天下的老將周德威在防守，圍城戰曠日費時，自身耗損極大，契丹兵夏不耐熱、冬缺糧草，圍個兩、三年，真吃得消嚒？更何況還要抵禦外來的援軍，聽說上一次大太保李嗣源僅憑數百名橫沖軍，就在山谷狹道把你們打得大敗而逃！」

那一戰乃是兩兄弟心中的奇恥大辱，雖不想提起，卻也無法辯駁，耶律倍氣得一臉鐵青，開口想辯解什麼，但畢竟漢語並非母語，匆促間實在想不出什麼鋒利辭彙，反倒是耶律德光知道對方所說屬實，辯解無用，乾脆轉了話題，道：「這猛火油運送困難，我們一南一北距離遙遠，不只中途容易遭歹徒打劫，猛火油也很容易燒傷自己人，就算順利運到了，也不易保存，北方天乾物燥，夏季氣候炎熱，這猛火油還會自己燃燒起來，遠不如我們的刀箭好用！」

耶律倍接口道：「二皇子說得不錯，這猛火油運送實在麻煩，我契丹兵強馬壯，憑著自己的本事，什麼敵人攻不下？倘若你還想慫恿我們繼續攻打晉軍，就必須給更大的好處。」

徐溫心中一笑：「原來是想討價還價！」道：「你我雙方不是早已約定，就以長江為界，以北歸契丹所治，以南歸我南吳，這不是最大的好處嚒？」

未等耶律倍反應，耶律德光已搶先道：「你們漢人多奸詐，口說無憑，得寫下字據來。」

馮道心想：「這字據一寫，老徐便被人拿住把柄了，他才不會這麼笨！他只是想攪亂北方，好讓南方可以休養生息，趁機壯大。」

徐溫無論如何是不會留下證據，微微一笑道：「二皇子是說笑了！這種事心照不宣，怎可立字據為憑？」

耶律德光道：「你不立字據，我們信不過你！」

徐溫微微一笑，道：「徐某賣猛火油，只不過是為南吳掙點小利，為府庫添點銀兩，倘若契丹不肯買，我大可賣給晉王，我想他會很有興趣……」

耶律兄弟互望一眼，耶律倍將事先商量好的說辭道出：「前兩天我們才剛抵達貴境，就遭遇你們的宵小襲擊，以至幾個兄弟受了傷，這難道就是南吳的待客之道？要我們買猛火油也可以，但只能收一半的價錢，另一半就當做賠償！」

徐溫賣猛火油絕不是貪圖小利，而是為了扯晉軍後腿，所以這單生意就算賠本也會咬牙答應，但他並不想讓契丹覺得可以予取予求，微微一笑，道：「是徐某管治不力，造成貴客受傷，這樣吧，我便減一成價錢以示誠意。」

耶律德光道：「六成！」

「一句話，七成！」徐溫又道：「兩位皇子不遠千里而來，就表示有意合作，徐某也已經表現出誠意，事先派人用油布袋包裹著密封的陶甕來保存猛火油，又派出船艦協助你們走水路回契丹，還派出一隊水軍為你們操持船艦、保護火油，這其中耗費的人力、物力和南吳的誠意，都遠超過一成的價值。」

原來猛火油十分危險，運送時不能用鐵器或木箱裝盛，只能使用密封陶甕，但陶甕在長途運送跋山涉水時，很容易破碎，再加上契丹工藝文化不如中原進步，無法出產大量的陶甕來裝油，因此猛火油威力雖強，但運送保存的不便，也讓契丹降低了興趣。徐溫為了做成這單生意，確實煞費苦心。

馮道聽到這裡，心知雙方已談得差不多了，不敢再待下去，連忙躡足回去，又從窗戶爬入客房，再趕到門口，一邊脫了上衣，一邊喊話道：「侍衛大哥，那烈酒取來了嘛？」

衛兵道：「剛來了！方才敲了門，馮使節沒回應，卑職不敢打擾。」

馮道隨意披上長袍，故意露出赤裸的胸膛，一邊打開房門，一邊假裝還在披穿長袍，笑道：「方才我泡在浴桶裡，太舒服了！不知不覺就睡著了，竟沒聽見侍衛大哥的喊聲！」

衛兵連忙將盛酒的托盤遞給他，盤中有三隻酒壺，還有幾碟下酒小菜，笑道：「這酒燙得很！倘若馮使節還想沐浴，卑職再去喚人來添加熱水。」

「不了！」馮道雙眼微瞇，佯裝昏昏茫茫的樣子，提起其中一隻酒壺搖搖晃晃地笑道：「我去享受好酒了！這一路奔波太劇，都睡不好，喝了好酒，肯定一覺到天亮！你們就別讓人來吵我啦！」兩名衛兵不疑有他，齊聲道：「是！」

馮道將酒盤端進房室，放在桌案上，便將房門鎖住，又微微打開一絲窗縫，從懷中拿出一支細香，小心翼翼地點燃，將它插在外邊的窗台縫隙上，讓渺渺香烟飄散出去，再把窗戶關上，接著回到書桌前坐下，拿起桌案上的筆墨快速寫了一封信。

「叩叩叩、叩叩！」馮道才剛寫好書信，窗外就傳來三急兩短的輕輕敲擊聲，馮道抬首望去，見窗紙上映出一道瘦小黑影，便起身走到窗邊，將信柬從窗縫塞了出去，那黑影接過信柬後，像小貓一樣，一溜煙地不見了。

契丹武士原本騎馬而來，到了南吳之後，徐溫為展示南吳的實力與誠意，決定派出一隊水軍助契丹押送猛火油回去，由於猛火油十分危險，他還十分貼心地準備了兩艘船，小海鶻是讓契丹皇子乘坐，領航在前，船中沒有任何火油；另一艘較大的沙船則是運貨用的，除了船頭有一盞燈火外，船上其他地方都嚴禁任何火苗。

耶律兄弟為分散風險，決定將隨從分為兩隊，一半騎兵鐵衛保護耶律倍由陸路返回契丹，耶律德光則率領另一半衛兵，負責押送貨物乘船回去，他讓隨侍的領隊傳令下去，挑選不會暈船的士兵先登上沙船，並通知他們一旦搬完貨物就要啟程。兩兄弟則繼續留在海鶻船艙裡，一邊與徐溫把酒言歡，一邊等候裝貨完畢。

許多契丹武士一輩子沒坐過船，被指定押送貨物的士兵都十分興奮，一登入上層甲板，忍不住就縱酒高歌、大聲玩鬧起來，壓根沒想到有人膽敢潛入下層底艙。

此時有幾道蒙面黑色身影悄悄進入江水之中，游到沙船底下，再身手俐落地攀爬上船緣，無聲無息地潛入船艙底層。領頭人悄悄打個手勢，讓眾人跟隨自己東突西竄，藉著船桅掩護身影，小心翼翼地前行。

儘管這底艙十分黑暗，只有幾許慘淡月光滲進木板縫隙，領頭人仍很快找到放置猛火油的地方，見有數百個木箱，每個木箱都有防水的油布袋包裹著，連忙比了手勢指揮，眾人七手八腳地將一只只箱子盡量堆疊在一起。

領頭人打開其中幾只木箱，將藏在裡面的火油罐都取出來，灑倒在船艙的木板上，另外再拿出一把削鐵如泥的利刃，在底艙的甲板上割畫一個大圈，低聲道：「小心！船要沉了！」

眾人心中早有準備，都伸出手扶住疊在較高處的油布袋，只見江水從割裂處快速滲了進來，接著滾滾洶湧而入，那塊被割劃的圓形木板沉入水下，船底瞬間破個大洞，堆疊其上的油布袋一下子嘩啦啦沉入江底！

江水自洞口衝了上來，眾人提氣緊閉，縱身往洞口跳下，竄游入江裡。

船底下早有水性好的人準備幾個捕魚的大網，精準地接住落下的油布袋，大網的繩索繫在江邊另一頭的漁船上，船上的漁夫見貨物已入網，迅速轉動輪盤，將纜繩收回，便瞞天過海地將數百個油布袋拖到對岸的江水底下，再拉進漁船裡，趁著契丹船上一片驚慌混亂，無聲無息地快速離開。

領頭人最後一個離開，他先游到稍遠處，再用力投擲了一枚火苗落到滿佈火油的船艙上，「轟！」一聲，那火焰瞬間熊熊燃燒起來，成了一片火海，他同時奮力往下一竄，沉到深水底下，以避開熱氣的灼傷。

「發生什麼事了？」契丹武士從未乘坐過船，又聚在一起歡鬧，喝得酩酊大醉，江水剛灌入船底時，還反應不過來，以為是自己喝醉了酒，才會感到搖搖晃晃，待入水越來越多，船身快速傾斜，眾人滾跌至船尾，才驚覺不對勁。

許多契丹武士都不會泅水，眼看船身不斷破碎，跳船也不是，不跳也不是，人人像無頭蒼蠅般亂竄亂撞、奔來跑去，待船身越來越傾斜，只能奮力抓住船杆求生，卻驚見大火從船艙裡熱烈冒出，不一會兒就延燒成一片火海。

原本徐溫還刻意為這艘大船配備幾艘救生小舟，但契丹武士並不熟悉如何放舟下水、操持木舟，乍見到火勢猛烈，驚慌之下，全然忘記這件事，只嚇得連連大吼，高聲呼救。

徐溫在海鶻船艙裡宴請耶律兄弟，雙方相談甚歡，但他內功深厚，耳力靈敏，忽聽得外邊隱隱傳來吵鬧聲，便差身邊侍衛去查看。

「國公，不好了！那猛火油忽然燒起！」不一會兒，被派去查看的侍衛愴惶奔回，呼喊道：「沙船要沉了！」

「什麼？」徐溫和耶律兄弟心知契丹武士不會泅水，情況危急，連忙奔出船艙外，只見江面已火焰沖天，漫燒成片，那沙船迅速燒熔在火海中，船上武士只怕是凶多吉少了。

徐溫擔心火海會延燒到這邊，連忙命侍衛將海鶻划回岸邊，請耶律兄弟上岸避難，又命人去通知軍隊救援，但火勢太快太猛，南吳軍船實在無法靠近，眾人眼睜睜地看著一整船的猛火油銷毀，只救回幾個在水面掙扎的契丹武士。

耶律兄弟氣憤難當，彼此嘰哩咕嚕地說了一堆契丹話。徐溫雖聽不懂，也知道這趟合作破滅了，心中懊惱至極，卻只能一邊安撫耶律兄弟，救治傷者，賠償契丹的損失，一邊緊急召來嚴可求仔細查辦此事。

昨夜南吳和契丹歷經一場火燒江船的驚魂，耶律兄弟自是氣惱得一刻也不想待下，拿了賠償的銀兩，便匆匆離開，帶著自己的人馬沿陸路返回。

馮道為免事情殃及自己，很乖巧地待在客房裡，睡到日上三竿，國公府的僕人幾次來喚門，他總是「咿咿啊啊」地回答，一副沉睡得不醒人事的模樣，直到侍衛送來餐點，他才懶洋洋地起床開門接應。

侍衛道：「國公要出遠門，讓卑職前來問一句，馮使節願不願意隨行？倘若不願意，那麼一切就等他回來再細談。」

「出遠門？」馮道心中一愣：「昨夜發生那麼大的事，他居然要出遠門？肯定有更重要的事必須處理……」連忙穿上外衣、鞋襪，道：「跟！自然要跟！」

那侍衛道：「馬車已在門外等候，請馮使節隨我來。」

馮道跟隨侍衛來到府門外，乘坐馬車趕往渡口，遠遠便瞧見徐溫帶了心腹謀士嚴可求、潤州司馬陳彥謙和幾名隨從正要登上船艇，馮道連忙下了馬車，高聲呼喊：「喂！老徐！等等！」一邊奔近，一邊叼叼絮絮地埋怨：「你這人當真不守信用，說了要招待我遊河，好好談事情，怎麼一聲不吭就走了？幸好我趕得及時，否則讓你失了地主之誼，可不是害你丟面子嚒？人家會說南吳大當家招待晉王使者真是不周到，傳出去可是壞了你的名聲！」說完這一串話，正好跳上船艇。

這船乃是徐溫來往各州鎮的專屬座船，自是沒有閒雜遊客，他雖身分尊貴，但船上佈置簡單樸實，雖具品味，卻不奢華，只船艙寬敞，甲板上擺放了精緻的桌椅，桌上擺放一點食物，好可以一邊煮茶用膳，一邊欣賞江岸風景。

馮道不管三七二十一，自己找了好位置一屁股坐下，徐溫也不介意，找了對面的位置坐下，微笑道：「我幾次差人去喚你起床，你皆相應不理，我瞧你睡得沉，便讓你好好歇息，老夫軍務繁忙，有些事情實在耽擱不得，只好先行出發了，這反倒成了老夫待客不周？」

兩人談話間，船夫已經放下風帆，徐徐啟航。

清風拂面，雖然還有些寒涼，但馮道長年待在天寒地凍的河北，此時只覺得南方的風太舒服了，忍不住笑道：「老徐，你說當年朱全忠最後一次遊九曲池時看到的湖景，跟咱們現在遊河所見，哪一個更美？」

徐溫微笑道：「我南吳江河的風景，天高地闊，自然成色，乃是收天地映於江河、展江河融入天地，令人心曠神怡，千古不衰；九曲池畔那些宮殿樓閣，就算雕樑畫棟、鑲金嵌玉，看似光彩華麗，卻會因著朝代更迭而毀壞，隨著歲月久遠而衰殘，你說哪一種風景更好？」

馮道微笑道：「明明咱們乘船遊賞山河美景，你卻長吁短嘆，心事重重，說什麼『朝代更迭而毀壞，歲月久遠而衰殘』，你從前可不是這樣的人！你自信滿滿，萬事都在掌握之中，就好像天人般高深莫測，如今到底是你定力退步了，還是真有什麼嚴重事不能解決？不妨說來聽聽，說不定小小巡官小馮子真能為你這大大國公大徐子開解疑惑呢！」

徐溫暗想自己明明面帶微笑，極力維持淡定的表象，想不到還是被他看出端倪，只能再擠出一抹微笑，道：「萬事盡在徐某掌握之中，我能有什麼煩心事？最煩的就是你這個黏人鬼，趕都趕不走！」

「說到鬼嘛……」馮道嘻嘻一笑道：「我又想起了當年朱全忠遊著九曲池，吹著徐徐涼風，望著池畔燦爛煙花，聽著美人唱曲，吃著佳餚美饌，身旁還坐著孝順的義子朱友文，你說，這滋味美不美？就好像咱們此刻一樣快意，誰承想，下一刻，他就掉進朱友文設的水鬼陷阱裡！」他隨手拿起桌上的胡麻酥餅塞入口中，一邊吃一邊說道：「哦！對了！朱全忠的長子也是早早就去世了，那義子朱友文也是因此被喚為二郎！老徐，你說巧不巧？你和老朱一樣，都喜歡收養個二郎義子，壓在自己親孩子的頭上！又喜歡坐在船裡去見二郎義子！咱們這船可穩妥吧？不會忽然就翻了吧？你小心，莫要重蹈老朱的覆轍！」

徐溫聽他借朱友文伏殺朱全忠的故事警告自己，這一趟去昇州，很可能會落入徐知誥的陷阱，心想：「這傢伙看似不起眼，其實人精似鬼，就想挑撥我父子的關係，好讓晉王可以漁翁得利！」冷笑道：「徐某雖沒有福份得到天星棋局，但也略微知曉自己的天命是大吉大利、福祿壽全！今趟不只能富貴平安，還能滿載而歸。」

馮道心想他趕著到昇州與徐知誥攤牌，原來是早就算準了今趟會平安無事，心思微微一轉，笑道：「那就好了！那我也可放心地跟在你身邊，沾沾你的福氣！」

徐溫冷笑道：「我們父子感情好得很，他不會對我怎麼樣，但對你可就不一定了！你也知道，徐家二郎心狠手辣，要誰的命，只是彈指之間，到時候，我想救你，可能都來不及！」

馮道說道：「從前你們義父子感情自然好，但自從三郎殺二郎的事情發生後，那可就不一定了！」拿了一顆小甜梅塞進口裡，又道：「當年老朱去見二郎義子時，就扮豬吃老虎，裝得一副病奄奄的，想試探義子忠不忠心？這一試可不得了！竟試出那二郎原來是白眼狼，害他差點溺死在火湖裡，他受了驚嚇，悲怒攻心，從此就一病不起！你說他冤不冤？」望了徐溫一眼，笑道：「你既下不了決定拿二郎義子怎麼辦？不如就學老朱那一招，也來喬裝改扮一下，試探試探小徐子？」

徐溫啐道：「朱全忠不仁不義，以至於親兒子都殺了他，徐某是何等樣人，怎能去學他？馮兄弟真是越說越不像話了！」

馮道笑著陪禮道：「是！是！您大仁大義，怎能去學一個竊國賊？是小馮子失言了！您大人大量，別跟一個小巡官計較！」

三年前徐溫成立霸府，就是為了日後登基做準備，因此他一路行來，總是樹立仁德美名，好使大業能順利進行。但馮道這幾句話明顯是譏諷他像朱全忠般，想篡權奪位，一時間他又反駁不得，只覺得有一口悶氣堵在胸間，吐也不是、吞也不是。

馮道有晉王使者這道護身符，也不怕得罪人，又繼續說道：「朱賊何等厲害，可一旦老了，仍然被後輩擺了一道，老徐，不是我小瞧你，你是有些本事，也懂得天機謀算，可你沒有老朱狠心，你這樣猶猶豫豫的，是成不了大事的！」他幸災樂禍地瞄了臉色越來越難看的徐溫一眼，又笑道：「依我說，你和老朱的心機都厲害，但眼光都不大好，還不如老李……嗯，就是李克用，他的心機沒你們厲害，也沒神機妙算，但挑義子的眼光卻比你們好，你瞧，他手下那些十三太保，哪一個反叛了？李嗣源、李存璋、李存審……個個忠心得很！」

徐溫冷哼道：「時候未到，忠不忠心、勝負成敗，都只有天知曉！」

嚴可求坐在一旁，聽了馮道的嘲諷，忍不住想勸他這次去昇州，一定要狠下殺手，莫再任徐知誥坐大，卻見徐溫眼神越發深沉，有如一汪幽潭，實不知他心裡有什麼打算，一時間，到口裡的話又嚥回肚去。

馮道見嚴可求的臉色，便知道他的勸告和徐溫的猶豫，對嚴可求笑道：「老徐子是下不了手殺小徐子的，你又何必給自己找麻煩？」又轉對徐溫道：「但我還是要奉勸你一句，義子終歸不如親子，早做決定早好！」

徐溫臉色一沉，冷哼道：「你這麼多廢話，能活到現在，真是個奇蹟！」

「罷了！人家聽不得實話，我又何必操這個心？」馮道雙手大展，用力伸了伸懶腰，笑道：「幸好小馮子官小，養不起義子，這等親兒、義兒打打殺殺，父子相殘的事不會落到我頭上，還是留給你們這些大人物去煩心吧！趁著還有一點時間，我不如下去好好睡個覺，待會兒到了昇州，才有力氣遊玩。」說罷也不管失不失禮，一個溜身便鑽入船艙裡，真的呼呼大睡起來。

馮道雖然離開，但他的話就像投石般，已在徐溫心裡激起千層浪，徐、嚴兩人互望一眼，欲言又止，沉默許久，最後還是嚴可求忍不住了，開口勸道：「馮郎君的話是難聽，但很有道理，國公還是下不了手麼？」見徐溫又陷入沉思，嘆道：「既然如此，那國公又何必舟車勞頓地來昇州一趟？」

徐溫道：「我原本確實是來殺他的！但你瞧不出來麼？馮道為何非要跟上船來？」

嚴可求被這麼提醒，恍然大悟道：「他不只是想求你出兵，還故意提起朱全忠遊九曲池，父子兄弟相殺之事，來刺激您對徐使君下手？」

徐溫微然點頭，道：「你想想，他明明不該插手此事，卻急不可耐地慫恿我除去二郎，就算把自己的意圖曝露出來，也顧不上了，你說為什麼？」

嚴可求道：「如今李存勖已跨過黃河，只要再打敗大梁，接下來，就是兵指南方！」

徐溫冷聲道：「倘若我們要抵擋住晉軍，二郎絕對是我不可或缺的左右手！所以今日馮道前來，是佈了一條長線，既想教我們出兵，又想趁機斷去我的臂膀！此人心思之深，絕不像表面那麼簡單，咱們絕不可大意！」

為了大局著想，嚴可求似乎已不能再勸徐溫動手了，便問道：「國公真要放過他，那他和三郎的恩怨該怎麼辦？」

徐溫雙眼一閉，深深吸了口氣，壓下心中的波濤，道：「只能先設法安撫他了！」

九一八·三

金陵控海浦·渌水帶吴京

庚戌，吳以鎮海節度使徐溫為管內水陸馬步諸軍都指揮使、兩浙都招討使、守侍中、齊國公，鎮潤州，以昇、潤、常、宣、歙、池六州為巡屬，軍國庶務參決如故；留徐知訓居廣陵秉政。

吳昇州刺史徐知誥治城市府捨甚盛。五月，徐溫行部至昇州，愛其繁富。潤州司馬陳彥謙勸溫從鎮海軍治所於昇州，溫從之，徙知誥為潤州團練使。知誥求宣州，溫不許，知誥不樂。宋齊丘密言於知誥曰：「三郎驕縱，敗在朝夕。潤州去廣陵隔一水耳，此天授也。」知誥悅，即之官。三郎，謂溫長子知訓也。溫以陳彥謙為鎮海節度判官。溫但舉大綱，細務悉委彥謙，江、淮稱治。彥謙，常州人也。《資治通鑑・卷二六九》

馮道跟隨徐溫乘船順著長江往上溯，沿途飽覽江南的山光水色，過了兩日，抵達昇州金陵的渡口，眾人便下了船。

徐溫此行想動手除去徐知誥，不想惹人注意，便刻意微服簡從，只帶幾名心腹隨行，也沒有通知昇州軍府接迎，他想暗中觀察伏殺事件後，徐知誥有什麼反應。

眾人一路行去，只見兩岸楊柳飄曳，處處春光爛漫，小橋流水邊，矗立著一幢幢雕樑畫棟的宅院，家家戶戶張燈結綵、栽花植樹來裝點門面，街坊巷弄間，商販不絕，店舖連綿，路上車水馬龍，來往行人個個身穿綾羅綢緞，臉上充滿笑意。

馮道望著秦淮河兩岸的煙花酒樓，翩翩紅袖招，不禁瞪大了眼，一邊東張西望，一邊驚呼連連：「原來昇州才是真正的富貴溫柔鄉啊！小徐子在這裡眠花宿柳、聽琴賞藝，可過得太逍遙、太愜意了！」又笑著抱怨：「老徐，咱倆也算舊識，我大老遠地來看你，你治下明明有好東西，卻只請我吃粗茶淡飯，這說得過去嚒？幸好我死皮賴臉地跟著你來到昇州，才瞧見了這貴香樓、春燕坊，還有那個、那個金陵酒樓，這幾家看來豪華氣派，姑娘美麗，又挨著秦淮河畔，咱們進去裡面好好吃一頓，既可賞景，又可賞美人！」一邊指指點點幾家大酒樓，一邊道：「我陪你來瞧你那野心勃勃的假兒子，一路舟車勞頓，你可不能再小氣了，得請我吃幾頓山珍海味，好好彌補一下才行！」

徐溫雖然行止謹慎，不敢淫奢，但也不至於小氣，尤其款待晉王的使者更不可能隨便，他已命齊國公府的廚子整治出精美佳餚了，卻想不到還是被馮道譏刺一頓，但他完全可以理解馮道話中之意，誰都瞧得出來，這昇州治所「金陵」城竟比吳王所在的揚州治所「廣陵」、自己所在的潤州治所「延陵」更繁榮興盛，如果說揚州、潤州是達官貴人撐出來的華麗場面，那麼昇州就是骨子裡平民百姓的安康富裕，這裡才是南吳最豐庶的地方！

昇州被治理得如此美好，徐溫應該高興才是，對徐知誥的勵精圖治更應大大獎勵，但經馮道有意無意地譏諷，心中頓覺不是滋味：「他還真會收買人心……」才剛放下的殺意瞬間又提了起來，眼底神色越來越深沉。

馮道笑道：「『江南佳麗地，金陵帝王州』，果不其然！」❶

徐溫聽到「金陵帝王州」這一句，陡然想起三國時期，天人般的軍師諸葛亮也曾以「鐘山龍盤，石頭虎踞，此乃帝王之宅也。」來形容金陵，更覺得徐知誥野心不小，隱有取代南吳稱帝之志，他終於下定決心寧可自斷右臂，也留之不得。

嚴可求見他眼神倏忽變化，一會兒銳利，一會兒森寒，卻是沉默不語，自是明白他的心意，想趁機再勸進，但見馮道這個外人在此，又不好直言說出，一時欲言又止。

馮道忽覺眾人目光都望向自己，識趣地道：「小馮子有幸來到南吳最歡樂的地方，倘若不好好尋花問柳，享受享受眾美人服侍的帝王之樂，真是對不起自己！老徐，我可沒興趣參和你那些亂七八糟的爭鬥，等你解決了，我再來找你談出兵之事！」說罷便歡歡喜喜地走了。

嚴可求見馮道走得遠了，立刻道：「這昇州如此富庶，大大提升了二郎的財力，以財養兵，輕易就能擴充軍力，倘若國公再放任下去，必養虎為患！」

徐溫問道：「你們以為應該如何下手，才不會打草驚蛇，能一舉制服他？」

嚴可求和陳彥謙正要開口，卻見到一名文士快步走來，徐溫冷哼道：「我微服而來，他竟然這麼快就得到消息，是派人盯著我麼？」嚴可求和陳彥謙十分機警，立刻噤了聲，不再討論。

那文士來到徐溫面前，恭恭敬敬地施了個大禮，道：「國公光降，令我昇州滿城生輝，百姓同映福澤，使君特命卑職前來迎接。」

徐溫冷聲問道：「你是誰？」

文士恭敬道：「卑職是昇州軍府推官宋齊丘。」

徐溫最擅察言觀色、洞悉人情，一看這推官的長相便不喜歡，尤其那一雙精明世故的眼晴流露出太尖銳的野心，即使態度恭敬，也藏不住自負倨傲，對誰都不是真心服氣，這讓徐溫很不舒服，暗想：「這人官職雖小，但生得精明，一身才華，必是彭奴的心腹，才會被指派來迎接我，但我為何不曾見過？他幾時暗自收納這許多人才？」彭奴是徐知誥的小名。如今徐知誥已年近三十，又手握一方藩鎮，徐溫在外人面前便改了稱呼，但在心裡仍是習慣喚他小名。

徐溫冷聲問道：「徐使君呢？他既然知道我來了，為何不親自來迎接？是不歡迎我這個國公，還是不認我這個父親？竟只派個小推官過來？」他對部屬向來寬和，但此刻故意刁難，是想考較宋齊丘。

宋齊丘連忙道：「使君忽然得到消息，驚喜萬分，但想國公微服來到，必是不願擾民，使君不敢壞了您的仁德美意，這才沒有大舉迎接，以至失了禮數，臣等實在是罪該萬死。使君此刻正忙著準備酒宴，抽不開身，因此命臣盡快趕來。」見徐溫臉上沒有笑意，又道：「國公這一路過來，也該累了，馬車就停在附近，國公一上車駕便可歇息，還是臣先送您回府安歇？」

徐溫道：「不了！我直接過去見二郎。」

宋齊丘恭敬道：「臣領路，請國公隨我來。」

徐溫一行人上了馬車，宋齊丘便命車夫直接馳往昇州軍府，徐知誥並沒有像朱友文招待朱全忠般，在河畔設置昂貴酒宴，讓秦淮名妓相侍，相反的，他只在軍府裡擺設一桌家常飯菜，桌上除了「金陵炙鴨」是昇州名菜，其他如黃鬆糕、糖粥藕、蒸餅等，都是小時候徐溫的妻子李氏常做而他們父子都相當喜愛的簡單小食，桌旁還有一壺金陵名產「六安毛尖茶」。

徐溫雖不是淫奢之人，但總攬南吳大權後，吃食自然變得講究，就算不是餐餐山珍海味，也不可能太隨便，尤其李氏成為國公夫人後，更不會再下廚做這些粗食。徐溫忽然見到這幾樣私房小菜，心頭登時暖了起來，對徐知誥的心意更是感動：「他是在告訴我，即使發生三郎那件事，他依然視我如親，還是一家人，就像小時候……」前一刻，他才下定決心要除去徐知誥，此時卻不禁微微濕潤了眼眶。

徐知誥一邊歡喜迎接徐溫，招呼他坐上主位，一邊道：「您老人家過來，怎不事先告訴我？幸好巡邏的侍衛瞧見了您，趕來通報，倉促之間，孩兒未能準備周全，還望義父原宥。」說話間，他以眼神示意留下嚴可求、陳彥謙等徐溫隨行人員，至於己方，卻只留下負責端菜、倒茶的僕人，其他閒雜人等包括宋齊丘在內全部退下，好讓徐溫知道他並沒有設下埋伏，也沒有任何幫手，可以安心用餐，廳堂擺飾也十分簡樸，氣氛就像家人聚餐般溫馨。

「孩兒親手做了點東西……」徐知誥夾了一塊黃鬆糕到徐溫的碟子裡，笑道：「小時候，只要阿娘到了灶房，我便跟在她身邊團團轉，想不到現在還記得這些東西怎麼做，就怕味道不像母親的手藝，讓您吃得不習慣。」

徐溫有兩位夫人、一位妾室，白氏乃是徐家六個親兒的母親，崇尚仙道，連帶影響七郎徐知證、八郎徐知諤都喜歡修仙。

徐溫後來又娶了繼妻李氏，且從楊行密手中接過年幼的徐知誥，便將徐知誥交給沒有孩子的李氏扶養。李氏見這小娃兒聰明伶俐，漸漸喜愛，倒不曾苛待，但徐知誥寄人籬下，自是什麼苦力雜活都要做，當徐知訓帶著一幫小弟在外邊玩耍，徐知誥就得跟隨養母在灶房裡幹活，但今日從他口中說出，非但不埋怨，反而成了溫馨回憶。

徐溫聽他這麼說，心中甚覺安慰，將黃鬆糕送進口裡，雖然味道平實，卻自有溫暖意味，不禁點點頭，微笑道：「是差你母親一點點，這糕皮若再鬆軟些，便成了！」又笑道：「你自小聰明，學什麼都快，匆促間能做成這樣，也不容易了。」

徐知誥微笑道：「我許久沒回去看阿娘了，下次再向她討教，一定要做出道地的徐氏鬆糕來給義父嚐嚐！」

徐溫心中忽想：「他其實一直戰戰兢兢地服侍我，從不曾違背我的意思，我從前是不是防他防得太凶了？」微微望了徐知誥一眼，又想：「他究竟是真心還是假意？從什麼時候開始，我竟也看不清了……」

徐知誥轉問僕人：「那道肥羊做得如何了？可上菜了嘜？」又對徐溫微笑道：「義父最近要應付外邊戰況，還要安撫各方勢力，實在是勞心傷神，這些家常菜只是給咱們父子解解饞，孩兒另外命人用上好的昇州肥羊包成嬌耳，燉成『祛寒嬌耳湯』，給義父好好補一下身子。這大冷天的，羊肉溫補氣血，再合適不過，這道『祛寒嬌耳湯』可是孩兒特別查找東漢名醫張仲景的古方，教人細細燉煮的，特別有功效！」❷

徐溫微笑頷首，道：「吃點黃鬆糕，喝點羊肉嬌耳湯，確實不錯，義父聽著身子都暖起來了！」又笑道：「你把昇州治理得真好，都能秋收冬藏，殺豬宰羊，清塘捕撈了！」

徐知誥道：「義父將昇州交給孩兒，孩兒不敢有誤，總是戰戰兢兢，竭盡全力。」

徐溫忽覺得不對，問道：「這太湖、姑蘇西郊都產羊，昇州幾時產羊肉了？」

徐知誥道：「這肥羊並非是大量放養，而是附近農戶自家養的，孩兒看了喜歡，方才得知義父過來，便趕緊差人向那農戶買了一頭羊，宰殺來孝敬義父。」

徐知訓的魯莽行動將徐知誥的處境逼到了絕處，他心知徐溫這一趟過來，很可能會下殺手，但他尚未準備充足，實在不想與義父鬧翻，與宋齊丘商量許久，又一直猜不透金無諱那句「昇羊換鹿」是什麼意思？只知道一定與這次的事件有關，索性弄一隻肥羊來，做成「袪寒嬌耳湯」，放到徐溫面前試一試，看能不能出現金無諱口中的契機。

徐溫聽見「昇州肥羊」，頓時陷入沉思，徐知誥猜想他正在猶豫是否要為了徐知訓而犧牲自己，一顆心也被吊得七上八下，這對看似溫馨的父子，一旦沉默下來，彼此間即流蕩著詭異的氣氛。

幸好僕人正好走了過來，稟報道：「那頭昇州羊太肥，尚需一點時間才能燉好，之後還得剁碎，再包成嬌耳下鍋，沒那麼快上菜。倒是炙鹿肚已經烤好了，廚人想問使君，是否要先上？」望了徐知誥一眼，又按他事先的吩咐，道：「就是用潤州鹿做成的那道……」

徐溫聽見「潤州鹿」三個字，回過神來，愕然道：「你還準備了炙鹿肚？竟是潤州來的？」

徐知誥微笑道：「是！孩兒怕這頭昇州羊太肥，您不喜歡，另外又準備了一道溫補之物，前些時候，那秦淮酒樓剛好從潤州帶回一頭麋鹿，讓眾人出價，價高者得，孩兒心想鹿乃仙獸，唐玄宗最愛吃，想必是延年益壽的好東西，便將它買下，養在庭院裡，以備義父來昇州巡察時，可以孝敬您，想不到今日就派上用場了！」他微微一笑，又對僕人加重語氣道：「就把昇州肥羊換成潤州鹿好了！教廚人盡快上菜，莫讓國公久候了！」那僕人領命之後，便趕緊離去。

徐溫聽見「昇州肥羊換成潤州鹿」，一直黑沉沉的雙眸忽然湛射出光芒，徐知誥心中一跳，小心翼翼問道：「怎麼了？是孩兒有什麼事做得不周全嚒？」

「你做得好！」徐溫拍了拍他的肩，笑道：「做得好極了！」

徐知誥不知他是什麼意思，但覺有些不對勁，卻又猜不透，勉強陪笑道：「義父喜歡炙鹿肚勝過肥羊嬌耳湯？那可太好了！看來孩兒是準備對了……」

「不！」徐溫輕輕一嘆，打斷了他的話：「今日來昇州一趟，為父才發覺，這麼多年操勞奔波，我真是年紀大了、累了！如果可以卸下重擔，我倒想找個富庶清閒之地，與你母親一起過著遊街賞河、喝喝肥羊嬌耳湯的日子，頤養天年……」

徐知誥是聰明人，徐溫話未說盡，已經明白義父看中了昇州的富庶，想要收入囊中，內心不由得一震，臉色微微蒼白，他萬萬想不到自己依據金無諱的指示，做了「昇羊換鹿」的動作，卻換來一個財權兩失、鳥盡弓藏的結果！心中不由得感到驚顫：「我明明依照金盟主當日所示，先送上昇州肥羊，再假意換了潤州鹿，豈料這卻提醒了義父要我把昇州這隻大肥羊送給他！這豈不是羊入虎口，有去無回？難道那金盟主千里迢迢來履行三年之約，竟是一早就設下陷阱來坑害我？」

倘若答應徐溫的要求，數年努力將化成泡影，他無論如何也不甘心，但若是拒絕，那麼父子之間再沒有任何迴旋餘地，必要兵戎相見，眼看徐溫一雙清睿的眼正緊緊盯望著自己，絲毫沒有閃躲逃避的可能，就算他再怎麼聰明冷靜，一時間也不知如何應對。

他心中掙扎衝到了頂點，激動得豁然站起，幾乎就要提起玄功直接與徐溫翻臉對抗，但徐溫並沒有被他的氣勢嚇到，仍是深邃平和地望著他，那雙眼睛充滿了許多奧妙，有威脅、有溫情，也有捉摸不透的深意，彷彿在告誡他：「你還不成氣候！」

這一剎那，徐知誥心中轉過七、八個念頭：「就算我憑著落霞飛鶩一舉殺了他，南吳官員也不會服氣我，只會陷入四分五裂，便宜了李存勖……」

望著徐溫的那一雙深邃的眼，他感到自己即使練了神功，卻依然是那個被人全然掌控，只能乖乖聽話照辦的少年，心中萬般憤慨，但長年隱忍的習慣，教他只能緊緊握住雙拳，握到指節都發白，硬生生逼著自己吞下所有勃勃欲發的怒氣，顫抖著勉強吐出：「孩……孩兒去看看那昇州羊準備得……如何了？幾時才能……上菜？」說罷便轉身大步離去。

徐溫知道他心中激動難已，也不再逼迫，只等他心情冷靜，乖乖送上昇州肥羊！

「恭喜國公！」嚴可求和陳彥謙沿路上一直轉著腦筋，希望為徐溫找出化解難題的方法，但思來想去，只能勸徐溫盡快動手殺了徐知誥，徐溫始終猶豫不定，想不到一瞬間，他自己就出手了，而且還是兩全其美的法子！

陳彥謙道：「國公這一招真是高明啊！倘若國公將治所移鎮昇州，便可名正言順地接收這頭肥羊，軍力和財力都可大大增加，而徐使君離開了自己的地盤，那些人氣名望、財賦權力，從前費盡心機所積攢的一切，都會在剎那間化為烏有！」

「你說得對極！」徐溫見陳彥謙所言，正合心意，笑道：「待我移鎮昇州後，你便任鎮海節度判官吧！昇州諸事都交由你打理！」

這鎮海節度判官幾乎等同副節度使之意，陳彥謙大喜過望，連忙道：「多謝國公恩賞！」

嚴可求卻道：「國公取了昇州固然是好，但必須為二郎安排出路，否則他被取了地盤，只怕會狗急跳牆。」

徐溫悠悠說道：「移鎮昇州，我也是忽然想到的，這次再怎麼說，是三郎不對，我又忽然奪了他的地盤，總歸是要給他一點補償的！」他心中已打定主意，無論徐知誥提什麼條件都要答應。

徐知誥假意去灶房看「袪寒嬌耳湯」，其實是去灶房旁邊的小室會見謀士宋齊丘。那小室只有宋齊丘一人秘密躲著，地上還放置一盆小火爐和兩副長鐵筷。

徐知誥心中雖忿忿不平，但怕有心人躲在門外偷聽，不敢出聲說話，便拿起長鐵筷在小火爐上沾了點炭灰，在地上快速寫字：「義父想吞昇州。」寫罷又用鐵筷子將地上的煙灰字抹去。

宋齊丘也是大為驚愕：「他竟想吞掉昇州……」連忙寫道：「國公如何說？」

徐知誥冷哼一聲，快速寫道：「他說得好聽，說要養老，實則是想用孝順名義壓迫我自動奉上昇州！」

宋齊丘實在不解，又寫：「他既坐鎮潤州，又如何收納昇州？」

徐知誥寫道：「應是把整座霸府都搬移過來。」

宋齊丘寫道：「使君打算如何應付？」

徐知誥寫道：「以昇換宣。」這意思是奉上昇州，以換取徐溫賞賜宣州。

宋齊丘望望「以昇換宣」四字，又望望「昇羊換鹿」，思索好一會兒，忽然靈機一現，抬起頭來，微微一笑，以鐵箸輕輕敲點著「昇羊換鹿」四字，寫道：「恭喜使君。」

徐知誥一愕，心想自己被逼到一無所有的地步，哪來的喜事？此時他是藉口到灶房探望菜色而偷溜出來，並不能離席太久，免得被徐溫懷疑，因此無暇細問原由，只能匆匆寫道：「如何應對？」

宋齊丘寫道：「爭取潤州，宣州次之。」

徐知誥又是一愕，心想：「這意思是潤州勝過宣州？但潤州位於昇州、揚州之間，義父一旦得到昇州，我手中大權就被拔除，倘若再進入潤州，豈不是落入義父和三郎的夾殺之中？」

這是險之又險的一步棋，倘若他們推算錯誤，不只滿盤皆輸，甚至連性命都會丟掉，但他向來信任宋齊丘的判斷，遂堅定信念告訴自己既然要爭，便要爭最好的潤州，什麼次好的宣州、肥羊昇州都不需要留戀：「既然子嵩已勘透『昇羊換鹿』的意思，我就賭上一把，再相信金匱盟主一次！」遂趕緊起身出去，一路上思索著：「義父向來多疑，我若直接說要潤州，他必然不允，我得讓他自己開口賞賜才行。」

徐知誥親自端著一大碗「祛寒嬌耳湯」，又讓僕人端了一盤「炙鹿肚」，一起回到廳殿內，把羊、鹿兩道菜色都放上餐桌，再坐回徐溫旁邊，小心翼翼地挾了一塊鹿肚肉到徐溫的碟子裡，道：「義父，你嚐嚐這鹿肚烤得如何？」

徐溫挾起鹿肚放入口裡，微笑道：「這潤州鹿確實烤得不錯，但為父更喜歡那昇州肥羊！」

徐知誥只得親手為徐溫舀了一碗嬌耳湯，恭恭敬敬地呈上，口中有氣無力地道：「既然義父喜歡這昇州肥羊，孩兒便親手為你奉上。」

徐溫哈哈大笑，道：「你果然最孝順！」便大方接過，歡歡喜喜地品嚐起來。

徐知誥耐心地等候徐溫的賞賜，卻見他只埋頭吃食，完全不露口風，他不禁心口怦怦而跳：「我不會賠了昇羊又折鹿，淪為一場空吧？」倘若真是這樣，就算拼個魚死網破，他也不會任人宰割。

等了許久，徐溫終於將碗中連湯帶料吃得一滴不剩，這才抬起首，笑道：「這道昇州肥羊整治得真好！將義父心中寒涼、胸中悶氣全驅除了，你想要什麼賞賜，儘管說來。」

徐知誥鬆了口氣，歡喜道：「孩兒從前在宣州待過一段時間，很喜歡那裡，也有一些熟悉的老部屬，辦起事來絕對能事半功倍，倘若義父肯允，請讓孩兒去宣州為您效力，孩兒保證必將宣州治理得和昇州一樣繁榮興盛，到時再請義父前來遊覽！」

「宣州……」當年徐溫想獨攬大權，有許多老將不服，其中宣州觀察使李遇更抗命不從，徐溫於是派另一名老將柴再用率兵攻打宣州，徐知誥也隨軍出征，後來李遇因為愛子被抓而投降，徐溫受降後，卻誅盡李遇全族，以此樹立了威嚴，爾後再沒有人敢反對他，徐知誥也因為這一戰，再加上與老昇州刺史王戎聯姻之故，得到昇州這個地盤。

宣州領地非常大，已賞賜給支持徐溫的老將柴再用，而徐知誥待在宣州期間，曾暗中積極擴展勢力，讓徐溫極不放心，這種種原因加起來，讓徐溫下定決心將他調至昇州，這個既在自己眼皮底下，又遠離南吳朝廷的地方。

徐溫原本已決定無論徐知誥開口要什麼，都會答應，好彌補他心中委屈，想不到他竟獅子大開口，提出要宣州這塊大餅，一時間，他幾乎要衝口說出的「好」字硬生生地哽在喉間，一顆心又沉了下去：「這宣州是萬萬不能給的，但我若是再拒絕他，只怕父子之間的裂縫就難以彌補了，我總得想個好賞賜……」太重要的地方不能給，若賜荒涼之地，不只徐知誥會心生不滿，也浪費他的才能，究竟要賞賜什麼，方能適得其所，皆大歡喜，著實讓他傷透腦筋。

徐知誥見徐溫猶豫不決，心知他絕對不會給宣州，便決定再下一場豪賭，雙眼一閉，沉痛道：「即使孩兒奉上昇州，依然得不到義父的信任，不如義父放我回家孝敬母親，好好學習黃鬆糕怎麼做吧！」

徐溫頓覺得有些過意不去，正想說些安慰的話，徐知誥又道：「孩兒回到潤州做鬆糕，在您眼皮底下盡孝，你就能時時看顧孩兒了！」他說的「看顧」自是「監管」之意。

徐溫見他神色不悅，難得吐露賭氣的話，反而鬆了一口氣，倘若他依舊神色恭敬，沒有半點情緒，才是最應該擔心的，那就表示他心中已有謀劃！微微一笑，道：「咱們是父子，你又長大成熟了，哪裡需要我這個老父親時時看顧？我既說了要到昇州養老，自然要把整個霸府遷移過來，這樣說起來，那潤州便缺人打理了！」拍拍徐知誥的手背，微笑安撫道：「潤州離大王很近，我必須找個可信之人，你便以團練使的名義代替我過去，好好整頓那裡的地方兵吧！」

徐知誥心想雖只是整頓地方軍的團練使，但此後義父長年待在昇州，潤州還不任自己遨遊？臉上卻佯裝未能得到宣州，仍是怏怏不快，但又不能違背父親之命，只淡淡行禮道：「多謝義父賞賜。」

徐溫微笑道：「待用完膳後，你陪義父走走，好好瞧瞧你的政績！」

「是！」徐知誥用完膳後，一邊領著徐溫巡視軍營、府庫、街道、商舖……等地，一邊拿著名單賬冊交接手中之事，一路上態度始終恭恭敬敬。

「鐘山龍盤，石頭虎踞，此乃帝王之宅也。」徐溫解了心頭難題，大大鬆了口氣，想起諸葛亮的評語，頓覺得再望這座繁榮豐庶的金陵城，已不是萬分沉重，而是萬分欣喜；而徐知誥得其所願，更是歡喜難言，這對父子原本各有盤算，最終各得所需，總算暫時化解了矛盾！

徐溫在昇州待了兩天，在徐知誥的帶領下，巡視軍營、瞭解政務，赫然發覺自己真是撿了一頭大肥羊，昇州實比他所想的還要富裕，不禁暗暗慶幸及時拿走徐知誥的地盤，否則任他暗中坐大，後果不堪設想，這麼一想，便迫不及待地想趕回潤州處理霸府遷移事宜。

徐溫將陳彥謙留下，讓他好好交接事務，不必來送行，這意思自然是讓陳彥謙緊盯著徐知誥，不讓他有任何暗做手腳的機會，接著徐溫便帶了嚴可求和幾名僕衛前往渡口，準備乘船返回潤州。沿路上，嚴可求忍不住問道：「國公真要把潤州讓給二郎？當初調他去昇州，不就是為了讓他遠離大王，如今這潤州離揚州可太近了！」

徐溫道：「無妨！潤州還有我許多老部屬盯著，量他玩不出什麼花樣，他要想收羅人心，東山再起，沒有三、五年，是不成的！倘若他真有什麼動靜，我和三郎可以立刻出兵夾擊，我思來想去，倒覺得這潤州雖離得近，反而是最安全的。」見嚴可求仍憂心忡忡，又笑道：「我不是讓你留在廣陵輔佐三郎嚒？你有空就去潤州探探消息，這樣總行了吧！」

嚴可求見徐溫始終不願殺徐知誥，自己再勸說下去，倒是枉做小人了，只好道：「是！臣一定常到潤州好好盯著二郎的舉動。」

兩人談話間，遠遠就瞧見馮道站在渡口等候，徐溫無奈笑道：「真正令人頭疼的傢伙在這裡，攆都攆不走！」

馮道一見到徐溫，立刻大力揮舞雙手，興沖沖喊道：「老徐！在這裡！小馮子在這裡！」待徐溫走近後，立刻端起笑咪咪的臉，道：「你不介意我搭個便船吧？」說罷也不管徐溫答不答應，逕自跳上了船。

徐溫此趟匆促前來，只準備了一點簡單的吃食，倒是徐知誥十分細心，怕徐溫回程時餓了肚子，特別讓人準備了「蟹黃饆饠」、「櫻桃饆饠」、「蜜糖寒具」、「貴妃紅酥山」、「眉黛青酥山」等珍奇點心，還有各式水果、茶、酒等盡數堆在桌案上，又怕徐溫覺得江上風景不夠瞧，命人在船帆上掛了好幾幅雅緻的筆墨丹青、山水圖畫，還怕他航行時覺得無聊，又在船艙裡擺放了琴、棋、筆墨、茶具等風雅玩意兒，所有好吃好玩，只要是徐溫感興趣的，一應俱全。

馮道幾乎看直了眼，連連讚嘆：「小徐子也太貼心了！不只準備許多點心，這饆饠還分成鹹、甜兩味，酥山也分為青、紅兩色……難怪老徐子怎麼也捨不得殺他！將來小馮子成了三公，也要收個孝順義子，一定要像小徐子這麼貼心才行！」見船上沒有其他賓客，歡喜道：「小徐子孝敬老徐子這麼多東西，反正他也吃不完，小馮子既身為貴賓，就好好享受一下！」便大剌剌地坐下，不只倒了桌上的茶來喝，還拿了一碗「貴妃紅酥山」呼嚕嚕地吃起來。

徐溫春風滿臉，不疾不徐地登上了船，見馮道未得主人同意，竟擅自吃喝，便坐到他的對面，笑道：「這明明是我兒子孝敬我的，你倒是主動得很！」

馮道笑道：「我渴了，又知道你心情挺好的，絕不會吝嗇這一杯茶！反正你都會請我喝，我不如自己動手倒了，既不用多渴一會兒，你也不必服侍我，豈不是兩全其美？」

徐溫道：「那這一碗紅酥山呢？你也這麼主動？」

馮道吃得一點不剩，滿意笑道：「你那假兒子奸詐得要命，你要從他手裡拿回昇州，說不定他表面上孝敬你，暗地裡卻在食物裡下毒，我是好意先替你試毒。」

徐溫精光微微一沉，冷笑道：「你明明去遊山玩水，怎麼我要拿回昇州的事，你也知道了？」

馮道微笑道：「這有什麼難猜的？諸葛亮都說金陵是帝王之宅，又被你假兒子養得這麼肥，你還不垂涎欲滴？就像我看到這滿桌精緻點心，不管失不失禮，有沒有毒，都是忍不住的，非吃下肚不可！」又伸手去拿眉黛青酥山，笑咪咪道：「對了！我剛才試了紅酥山，沒毒！現在再幫你試試青酥山，最好每一樣都試過，就知道你那假兒子是不是真心孝敬你了！」

徐溫假裝不悅道：「你什麼都包吃了，那我還有什麼？」

「你有的可多了！」馮道笑咪咪道：「倘若我吃了這些東西還活著，你就得到一個好兒子，若是我被毒死了，你就撿回一條命！這兩樣無論哪一個，可都比這些點心貴重多了，所以你真是太划算了！」

徐溫被他弄得又好氣又好笑，道：「你說什麼都有道理，連胡扯也是！你貪吃點心也罷，總不介意分老夫一杯茶吧！」

馮道笑道：「不介意！不介意！這茶沒毒！」說著便為徐溫倒了一杯茶。

徐溫喝了口茶，微笑道：「反正我不答應出兵，你就不肯走是吧？」

馮道說道：「你至少得讓我帶點東西回去覆命吧。」

徐溫微笑道：「那我就給你指點一條明路。」

馮道說道：「你既有明路，還不快快說來？你這老傢伙就喜歡賣關子！」

徐溫緩緩道：「偽梁每次打敗仗，損失兵員物資都是數以萬計，卻能支撐到今日，不僅僅是因為坐擁關中富庶之地，還因為各地藩鎮不斷上貢！這其中吳越藉道虔州，進獻最多。」喝了口茶又道：「南吳將領大多反對直接出兵大梁，我雖身為國公，也不能忤逆眾意，但派人拿下虔州，斷絕這條糧道，也是打擊大梁的一種方式，你以為如何？」

馮道沉吟道：「迂迴作戰……確實是一種方式……」但他曾與吳越的藩主海龍王錢鏐在玄幻島上一起共過患難，錢鏐甚至贈送他易容術的秘笈，而且南吳與吳越好不容易休兵，他實在不願雙方再起爭戰，道：「你們與吳越已和好多年，雙方還締結婚盟，你卻忽然斷絕他上貢之路，豈不是無故挑釁？」

徐溫微笑道：「海龍王向來效忠偽梁，我卻尊奉大唐，怎麼可能真正和平相處？大家偃旗息鼓，只不過是爭取時間休養生息罷了！今日我不打他，待明日他壯大實力，一樣會攻打我。更何況我打的是虔州，並非是海龍王的領地，他又能說什麼？」

馮道搖搖頭，道：「這方法緩不濟急，遠不如直接攻打大梁來得快速，晉王肯定不滿意！小馮子回去後，還是沒辦法交差！」又唉嘆道：「萬一晉王覺得我沒辦好事情，一怒之下，拔掉我的官……」

徐溫插口嘲笑道：「你那官職小不溜丟的，拔就拔了，有什麼好可惜的？」

馮道無法反駁，又道：「那萬一他砍了我的頭呢？我可不能再來看你了！」

徐溫笑道：「你不能再來看我，那也好得很啊！」

馮道啐道：「瞧你說這沒良心的話，好歹咱倆也相識十多年了！在這亂世裡，能分別十年再重逢，還能兩造相安，和和平平地坐下來喝一口茶，這緣分可不容易！」

徐溫道：「可我怎麼覺得每見你一次，我就會莫名損失一些寶貝，上回你拐走我女兒，這回嘛，嘿！你處心積慮地挑撥我們父子關係，我又差點掉了一個兒子！」

馮道啐道：「你那假兒子如今不是好好的？非但沒掉一根寒毛，還乖乖地送上昇州肥羊，樂壞了你，不是麼？」

徐溫微笑道：「那是我小心防範且老謀深算，才沒著了你的道，總算保住了寶貝兒子，所以咱們還是不見面的好！」

馮道認真道：「你不在乎小馮子這個朋友，但我不一樣，我挺重視你這個朋友的，所以我不能眼睜睜看著你得罪晉王，也不伸手救你，這樣吧！我也給你指一條明路！」

徐溫好奇道：「你也有明路？」

「那是自然！」馮道自信一笑，又神神祕祕道：「我知道你有些好東西……你說每一次見我，總要損失掉一些寶貝東西，這話倒是不錯！」

徐溫心中一凜，面上仍微微一笑，問道：「我還有什麼好東西可損失？」

「猛火油！」馮道微笑道：「既然契丹人不懂得保存運送，不如就將猛火油送給我們吧！」他語氣雲淡風輕，實則是表示他已經知道南吳暗助契丹之事了。

徐溫心中一愣：「他怎會知道猛火油的事？」

馮道慢悠悠地吃了一口香甜軟嫩的青酥山，笑道：「老徐，你也不要說我不近人情，我也給你兩條路選，看你是要出兵攻打大梁，還是送猛火油，兩者選其一！」

徐溫沉聲道：「既然你已知道猛火油的事，那你也應該知道猛火油已被盜匪一把火燒光了！倘若沒發生這件事，我便可賣些給你們……」一句話未說完，馮道搖了搖手，道：「是『送』！不是『賣』！」

徐溫啐道：「你這個賊小子，倒會趁機敲詐！」

馮道嘻嘻一笑道：「倘若我是賊小子，你便是賊老頭！」

徐溫臉色一沉，道：「徐某向來嚴謹克己，怎麼做賊了？」

馮道說道：「你的猛火油只是被燒了一點，其他都被盜走了，你卻騙我說被燒光了，這不是賊話滿篇是什麼？」

徐溫命嚴可求暗中追查真相，嚴可求心思細膩，很快就從蛛絲馬跡發現事有蹊蹺，接著他隨徐溫來到昇州，便將這件案子交給心腹下屬繼續追查，前不久剛傳來消息，這猛火油原來只燒了一部分，其他應是被瞞天過海地運走了，但整艘船幾乎燒毀殆盡，竊賊又是在水下行事，沒留任何痕跡，因此很難追查下去。

徐溫聽馮道居然知道油是被盜走的，不禁起了疑心：「難道是這傢伙找人來盜取猛火油？」

馮道一瞧他的眼神，未等他開口，就揮手示意他打住：「別作賊喊抓賊！那一晚你派了侍衛守著我，自己偷偷去跟契丹人做買賣，我再怎麼神通廣大，總不能在你的監視下，一個人搬走一船的油吧？你這樣冤枉我，真枉費我把你當成老朋友！」

徐溫心想這話說得也是，又試探問道：「你隔天一早就跟著我來昇州，如何知曉有人盜走了油？莫非那晚你根本沒睡著，將一切都瞧在眼裡？」

馮道哼道：「那客房離江岸遠得很，誰瞧得見賊影？」

徐溫微笑道：「你住的客房剛好可眺望江岸，我不過想問你有沒有瞧見竊賊的模樣，你又何必多心？」

馮道說道：「世上沒有不透風的牆！那天晚上，火光將整個夜空都照紅了，所有人慌張奔走，契丹武士氣憤不平，大聲嚷嚷，我就算醉酒，還是能聽聞一二的，再加上嚴公的加緊盤查，都讓我推敲出是有盜賊動手搶油！倘若他們只想燒油，大可一早潛到倉庫裡去放火，何必燒船？這麼做無非是想等油罐都裝上船艙，他們就可以潛到水底去鑿船偷油，如此所有行動都會被江水抹去痕跡，這件事想必早有預謀，並非一朝一夕可成。」

徐溫暗想：「他說得不錯，要偷走這麼多油，必是早就計劃安排好……這麼說來，這件事確實與他無關了。」冷哼道：「被搶走和被燒光有什麼區別？我幾時騙你了！」

「當然不一樣啦！」馮道說道：「被人搶走，就是油還在，你肯定會去追查線索，把油搶回來！」

徐溫道：「明人不說暗話，我們確實在追查盜賊，但至今沒有任何消息。」

馮道說道：「一大批危險的油桶就這麼憑空消失？以你老徐的本事，竟然說找不到，我可不相信！你是不是不想送油，就故意找了藉口矇我？」

徐溫語帶嘲諷道：「小馮子，你沒當過大官，才會說出這等無知的話！位高者只抓大事，不會去追查小事，倘若事必躬親，那便連大事都辦不好了！丟了幾桶油於徐某來說，並不是什麼大不了的事，只不過是少做點生意罷了！我南吳豐庶，難道還損失不起這幾兩銀子？」微微一笑，又道：「南吳有許多大事等著我去處理，這等小事自有『辭狀司』的人去查辦，只不過下面的人能力有限，有些懸案一查數年，也是常有的事，你若要等我們查到線索，那便留在齊國公府慢慢等吧，我也不差你這一口飯。」

馮道聽他反過來譏誚自己沒當過大官，眼界太小，還用懸案來推托，只好道：「你總還有其他的油吧？」

徐溫斬釘截鐵地道：「沒有！那已經是全部的油了！要找到新油田進行開採，也要數年時間。」

馮道聽他推得一乾二淨，乾脆亮出李存勖的威名，道：「若是晉王知道你暗助契丹，發起火來肯定比猛火油還厲害，南吳可就吃不了兜著走！出兵或送油，自己選一個，你已得罪契丹，總不想再得罪晉王吧！」

徐溫淡淡道：「等晉王真有本事消滅梁軍和契丹，跨過黃河，再來威脅我吧！我南吳還有長江天塹呢！」

馮道見他不受威脅，嘆道：「也不是我想為難你，但你既不肯出兵，又不肯送油，這樣我很難向晉王交代，看在咱倆相識十多年的情分上，這樣吧，我再給你一條明路，別說我不照顧你……」

徐溫深銳的雙眼微微一瞇，暗想：「他還想出什麼鬼主意？」卻又看不出所以然，便道：「你先說來聽聽。」

馮道說道：「我知道你準備搬遷霸府，之後還要整頓昇州，監管你那個假兒子的行動，諸事繁忙，找油這麼點小事就不麻煩你了！我自己去找！有本事找到，算我的，你也別再派人來搗亂；找不到，我自己提頭回去見晉王！這樣可夠義氣了吧？」

徐溫並不想與河東公開翻臉，心想：「如今確實只有贈送猛火油，才能挽救與河東的關係，他這提議倒是公允……」思來想去，但覺此事並無不妥，也省了一條煩心事，便道：「就依你所言吧！」

馮道笑道：「別忘了，還有斷絕虔州糧道！」

徐溫笑斥道：「你這賊小子真是半點也不吃虧！」

「這樣雙管齊下，方能有效打擊梁軍，晉王才可能滿意。更何況……」馮道英眉一挑，微笑道：「你剛剛得到一頭大肥羊，這點小事算得了什麼？小馮子只不過順道搭個便船，沾沾你的喜氣，這就叫徐公雨露均霑，眾人皆大歡喜！」

卻說昇州軍府裡，徐知誥好不容易送走了徐溫，陳彥謙為防他暗作手腳，立刻纏著他交接軍府事務，徐知誥倒是擺出一付坦蕩蕩的姿態，知無不言。兩人一直討論到夕陽西下，用過完膳，才互相告辭，分別回房就寢。

徐知誥小寐兩個時辰，稍事歇息後，即清醒過來，起身換了一身黑衣，悄悄出外，來到郊外樹林裡的「石龍池」。

這石龍池乃是天然湖池，水面寬闊，岸壁由石塊築壘而成，池中央有一座涼亭，岸邊有一座簡便的獨木橋可通至涼亭裡。徐知誥感受四周沒有半點人跡，隨即施展輕功飛身而起，足尖輕輕一點木橋，便已飛過池面，躍入涼亭之中。

那涼亭之中已有一人，見徐知誥來到，立刻站起，道：「使君！」正是宋齊丘。

徐知誥微微擺了擺手，示意不必多禮，宋齊丘連忙走到涼亭邊，拉動鐵鍊，將那座獨立橋收起，以防止有人進入涼亭。

原來徐知誥心知身邊定有徐溫的密探，為免自己籌謀之事被竊聽，他不只常用炭灰與宋齊丘交換短訊，甚至在軍府附近的石龍池裡設立一座涼亭，每到深夜，便與宋齊丘先後進入亭內，將木橋撤去，以商議大事。這石龍池水面寬闊，岸邊又有樹林遮蔽，就算密探發現他們的蹤跡，也絕對偷聽不到他們的談話內容。

宋齊丘收好木橋，回到涼亭的座位裡，徐知誥立刻道：「那日我刻意讓你去迎接義父，是為了讓義父提拔你，你位置越高，對我越有利。」

宋齊丘道：「齊丘有辱使君所托，未能贏得國公歡心，甚至……他似乎有些厭惡我。」

徐知誥點點頭，道：「看來義父已瞧出你是我的謀士，才不喜歡你，這也罷了！只是日後你恐怕會受到壓抑，官位不進。」

宋齊丘道：「士為知己者死，短暫的委屈算得了什麼？只要使君能成大業，便是齊丘最大的心願。」

徐知誥微笑道：「你放心，只要大事能成，我必不相負，你定能位列宰輔，一展抱負！」頓了頓又道：「你先說說那潤州處於昇、揚之間，我被拔了軍權，孤身進入潤州，等於是被義父和三郎左右挾制，為何潤州會是首選之地？與那『昇羊換鹿』又有什麼關聯？」

宋齊丘拿起竹枝沾了點茶水，在涼亭的石桌上草草畫了昇州金陵、潤州延陵、和揚州廣陵三地的方位，道：「三郎如今坐鎮揚州廣陵，名為輔佐大王，實則囂張跋扈，時常欺凌大王，許多忠於楊吳的老臣早已心生不滿，他還時常索要文臣武將的藝妓，甚至連人家的妻子也覬覦，如此人神共憤，遲早會惹禍上身，一旦他出了事……」接著以竹枝敲點了一下潤州，道：「此去廣陵，只有一水之隔，你便可趁機率軍渡河，最早搶進宮中控制局面，所以使君移至潤州實是天賜良機！」

徐知誥大喜，道：「原來這『昇羊換鹿』乃是必須狠下心腸，捨棄手中的昇州肥羊，換得逐鹿南吳的機會！」

「不錯！」宋齊丘微笑望向徐知誥，兩人內心深處卻同時生起一絲戰慄：「這金匱盟主真神人也！」

徐知誥心想：「他只用一道菜，就為我製造了一個逐鹿南吳的契機，他究竟是何方神聖？來日若有機會，我定要再邀他入幕。」

宋齊丘卻想：「我自負才華傲世，獨步古今，可今日卻見識到人外有人、天外有天，幸好他無意投靠使君，否則豈有我立足之地？」說道：「使君進入潤州之後，可積極收攏人心、整頓兵馬，靜待時機。」

「不！」徐知誥隱忍了數十年，實在不想再忍了，精光一沉，道：「兵貴神速，與其等待，不如主動製造契機！」

春日已過、暑夏初至，昇、潤兩州的移鎮之舉已經完成，徐溫將昇州治理交給陳彥謙，自己只掌握大事，日子過得頗為愜意，偶爾接到嚴可求傳來的密報，說徐知誥在潤州除了勤練兵馬外，並沒有什麼特別動靜。

徐溫心想這一切早在自己的預料中，倒沒有什麼好擔心：「這小子就是有毅力，即使一切成空，還是不甘心就此平淡，仍汲汲營營地努力，但萬事起頭難！想要重新練出一支自己可信任的子弟兵，哪有這般容易？可是需要好幾年的時間，到那時……」

到那時，他或許就已經登基稱帝，也立了徐知訓為太子，他感到自己終於為愛子化解了一場劫數，這麼一想，心頭重擔放下不少，終於能安心享受昇州的風調雨順、繁榮康泰，並且專心籌謀如何剷除吳王身邊的老將，以及應付梁晉的變化。

他萬萬想不到這歡喜舒心的日子不過數月，南吳已經悄悄蘊釀著一股不尋常的氣氛，他就要迎來此生最大的風暴！

陽光微暖、晴空初霽，徐溫正舒適地躺坐在昇州軍府的花園裡，吹著沁涼樹風，一邊欣賞滿園燦爛夏花，一邊享用著徐知誥特別留下孝敬他的「六安毛尖茶」，偶爾低頭批閱宣州傳來的例行文書，心想：「再過幾日便是三郎的生辰了，我得讓人在廣陵宮中好好舉辦一場盛宴，藉此樹立他的威望……」

外邊忽傳來嚴可求的呼聲：「國公！國公！大事不好了！」

徐溫不由得心中一凜，英眉微蹙，暗想嚴可求從來不是慌張的人，即使廣陵城中宿衛將領馬謙和李球聯合叛亂，已經劫持了吳王楊隆演，徐知訓嚇得想要逃走，嚴可求都不動如山，不只輔佐徐知訓穩定大局，甚至還從容地回屋睡覺，直到朱瑾率大軍回宮救援，平定那場叛亂。

「究竟什麼事能讓可求如此慌張？」徐溫知道必有大事發生，心中有些不安，剛站起身，隨手拿起桌上的越窯盞想喝口茶來鎮定心神，嚴可求已臉色蒼白地衝奔進來，幾乎是全身顫抖道：「三……三郎……被殺了！」

「哐啷！」一聲，徐溫彷彿被一道晴天霹靂狠狠擊中全身般，眼前一片漆黑，腦中似轟雷般不停嗡嗡作響，以至於他完全無法思考，連手中杯盞也拿不住，直接摔碎在地上。

嚴可求見他臉色蒼白如死，身子搖搖晃晃，連忙上前攙扶，道：「國公，保重！」

世上最痛，莫過於白髮人送黑髮人，徐知訓還是徐溫極力栽培的繼位者，這一刻，徐溫只覺得一生所有的努力、未來傳承的希望，瞬間全破滅了！他感到心口被狠狠剜了一大塊血肉，全身止不住地發冷，天地也不停旋轉，整個人暈眩到幾乎站立不住，心中卻還有一個可怕的聲音在嗡嗡迴蕩：「此人膽敢殺了我的愛兒，必然實力雄厚，野心不小，而我竟然完全沒有察覺……」

嚴可求將徐溫小心翼翼地攙扶回座，徐溫緊緊抓住他的手臂，艱難地吐問：「誰？究竟……是誰？」咬牙切齒道：「我定要將他碎屍萬段，誅滅九族！」

「是朱瑾。」嚴可求也同感震憾與悲痛，道：「可……他已經死了……」

「朱瑾？」徐溫幾乎不敢相信自己的耳朵，凶手竟是一個怎麼都猜想不到的人：「他是三郎的老師，李球和馬謙在宮中發動叛亂，情況危急，還是朱瑾帶兵來救，又怎會殺了三郎？是不是弄錯了？」當年他讓徐知訓去跟朱瑾學習兵法，一方面是看中朱瑾的實力，另方面也是想藉師生關係來攏絡朱瑾，想不到竟因此為徐知訓招來殺禍。

嚴可求嘆道：「沒有弄錯，此事說來複雜……」

「那就先別說了！」徐溫經過初始的震撼，雖然此刻仍心如刀絞，但聯想到後勢發展，也只能用最大的力氣強迫自己振作起來，他稍稍理了頭緒，道：「朱瑾並非奸狡之徒，他犯下這事，多半是一時衝動，並非蓄謀已久……所以情況雖糟，卻不至於最糟，現在趕回廣陵，還能控制住局面……」說話間已起身快步往外走，準備召集軍隊，盡快乘船趕回揚州主持大局，免得發生更大的動蕩，一邊問道：「宮中如何了？大王呢？」

嚴可求緊緊跟隨在側，道：「大王暫時無事。」

「那就好。」徐溫雙眼一閉，沉痛道：「你在路上把事情理理清楚，再說給我聽。」

徐溫快速整頓軍隊，命眾兵登上船艦，順江而下，忙了一段時間，終於有片刻寧靜可以站在甲板上，他回想自己識得天機以來，內心從未如此驚慌不安，望著前方一波又一波滾滾而逝的江浪，不禁生出一種天地曠然、人間孤寂的悲涼感。

「臣以為這事還是要從三郎伏殺二郎那天說起……」嚴可求陪侍在側，理了理思緒，小心翼翼地述說起整件慘案的始末：「那一天，三郎不只伏殺徐使君，還得罪了朱瑾、威武節度使李德誠，他在宴會中大聲嚷嚷，說將來一定要得到李德誠的妻子，接著又跟朱瑾討要府中藝妓，朱瑾很喜歡那名藝妓，便客氣推辭，當著眾人的面，雙方雖沒有立即鬧翻，只怕心中都埋下恨意了。」

覬覦恩師的寵妾，這等逆倫之事怎麼也說不過去，尤其徐溫最在意名聲，臉色不禁有些難看：「竟為了幾個下賤女人丟了性命……」

嚴可求續道：「過了幾天，朱瑾特意邀三郎到府中，說自己要前往泗州赴任了，臨行前要贈三郎寶馬和藝妓作為壽禮，由於是老師邀請，又投其所好，三郎不疑有他，便興沖沖地趕到朱府。」

徐溫沉聲道：「三郎隨身都有兵衛保護，朱瑾要殺他，肯定會鬧出極大的動靜，那些兵衛都沒出手護主嚒？」

嚴可求道：「這事有些蹊蹺，據探子說，那天朱瑾先帶三郎去馬廄挑馬，接著說要設宴招待，但因為天氣炎熱，朱府的院子和客廳都擺滿了水缸，不能請客，朱瑾便把三郎請到內廳，兵衛們因此無法跟隨進去。」

徐溫恨聲道：「這就是預謀了！」

嚴可求續道：「朱瑾果然請姚氏出來唱歌敬酒，三郎很高興，喝了很多酒，大約也是醉了，後來不知怎的，馬廄裡的馬兒忽然發生暴動，有幾匹甚至跑了出來，大家都跑去觀看，想要制止馬兒互相衝撞，連同三郎的兵衛都被吸引了注意。就在這個時候，那姚氏慫恿三郎帶自己離開，三郎自是滿口答應，興沖沖地起身準備離去，他大概太高興了，忽然又記起朱瑾是老師，便躬身行拜謝禮，誰知朱瑾袖中早已悄悄藏著鐵板，趁機施出一招拿手絕技『鐵板神殛』重重拍……」他原本想說「重重拍擊三郎的後腦勺，打得他頭破腦裂，一招斃命」，但考慮到徐溫的心情，便把話吞了進去。

徐溫如何不知這一擊有多厲害，畢竟朱瑾也曾是能與朱全忠爭一時雄強的人物，想到愛兒慘死情狀，心痛到無以復加：「這老賊竟用如此卑鄙的手段騙取三郎的信任，我早該在除去趙匡凝時，就一併除去他……敢動我兒子，我定要他全族作賠！」

嚴可求又道：「那內廳四周也有埋伏，朱瑾一舉得手，便取下……」話說到一半，又停了口，徐溫卻已經明白朱瑾是割下徐知訓的腦袋，心中恨意更加熾烈：「就算他死了，我也不放過，定要他死無全屍！所有參與此事，見死不救者，全都該死！全要付出代價！」又氣憤問道：「門外那些兵衛沒殺那惡賊嚒？竟任他走了？我也要處死這班惡奴！」

嚴可求道：「事出突然，那些兵衛忽然看見朱瑾滿手血淋淋地走出來，心知闖下大禍，嚇得一哄而散，都逃了。朱瑾立刻騎上那匹寶馬直奔王宮去覲見大王，就算有兵衛想追，也追不上。」

徐溫冷聲道：「大王怎麼說？」

「朱謹對大王說……」嚴可求有些遲疑道：「說他已經為南吳除去禍患，但大王聽了很害怕，只一個勁兒地搖頭說：『這事是舅舅你自己幹的，不關我的事！不關我的事！』朱瑾想不到大王竟如此反應，氣得拿……」他原想說「氣得拿三郎的腦袋去擊打柱子」，話到口邊，及時打住，硬生生嚥了下去，又道：「朱瑾斥罵大王說：『真是扶不起的阿斗！你這小子如此懦弱，如何成大事？』大王見他這般兇神惡煞，更害怕了，轉身逃進後院裡，朱瑾見這樣下去也不是辦法，便想離開，可這時候，大王已醒覺過來，連忙下令教子城使翟虔關上府門，率兵捉拿他。朱瑾見府門已關，只好施展輕功躍上城牆想要逃走，可不知為什麼，縱躍到一半，竟從空中摔跌下來……」

徐溫聽到這裡，從原本的悲慟欲絕，極端憤怒，忽覺得事情有一絲蹊蹺：「你說他想躍上城牆，卻摔了下來？」

「是！」嚴可求又道：「這一摔，他腿骨似乎受了傷，無法再施展武功，眼看大批追兵趕到，實在逃不掉，只悲狂大喊說：『我是為南吳除害，你們卻害怕亂臣賊子，背信棄義，不敢支持我！好！就讓我一人做烈士，一肩挑下所有禍患重擔，但願你言而有信，否則你子孫也必受人欺淩至死！』說完便自殺了。」

徐溫咬牙恨聲道：「就這麼死了？」

「是！」嚴可求道：「橫死當場。」

徐溫眼神一沉，口中吐出如冰刀般的話語：「我不會讓他這麼輕易就死……」

嚴可求小心翼翼地道：「臣當時待在潤州，收到這消息時，實在太過震驚，便直接趕來見您，來不及去廣陵查探情況，但一路上思來想去，總覺得這件事有諸多疑點。」

徐溫聽出他意有所指，沉聲道：「都到這份上了，有什麼話就直說吧！」

嚴可求道：「朱瑾平時雖有些智謀，但性情剛烈，並非深謀隱忍之人，否則他就不會為了一名藝妓當面拒絕三郎，導致兩人種下了心結。」

徐溫當時殺了趙匡凝，卻容忍朱瑾存活，正是因為他的心思較容易掌握。嚴可求又道：「朱瑾既敢當場強硬拒絕，就表示他並不在乎對抗……國公您，甚至不怕死，但究竟是什麼原因令他忽然改變主意，決定放低姿態，以藝妓、寶馬為餌，佈置出如此細膩的陷阱來引三郎入甕？還有一點，朱瑾臨死前口口聲聲說是為南吳除害，這表示他是為大王出頭……」

徐溫實在氣恨，即使聽出這是徐知訓自招禍事，也拒絕承認，直到再度聽見這句話，才終於醒悟過來，插口問道：「那惡賊為何要替大王出頭？」

嚴可求有些遲疑，不知該如何回答，徐溫口裡沒有逼問，只冷眼一瞪，精光便宛如刑求的利刃般，逼得嚴可求不得不吐實：「三郎自從接掌廣陵以來……總是……欺……欺凌大王……這件事已惹得許多老將敢怒不敢言，心中十分不滿……」

至此，徐溫終於明白嚴可求聽到惡耗，為何如此慌張，因為朱瑾的動手並非為了寵妓，而是為楊吳的正統，他滿腔怒火頓時轉成幾分寒意，心中暗驚：「三郎在我面前恭敬孝順，想不到在廣陵城中鬧出這許多事……倘若大王真的聯合朱瑾，再召集所有不滿的老臣聯手除去我徐氏一脈，可太危險了！幸好大王生性膽小，這才錯失良機，迫得朱瑾無奈自殺……」

徐知訓仗著徐溫之威，在外人面前囂張跋扈，但在這個無所不能的父親面前，卻是活潑伶俐，善於討好的乖兒子，因此即使有人狀告說徐知訓犯了過錯，徐溫也只是覺得他生性頑皮，並非惡意，且無傷大雅。外人見徐溫屢屢包庇愛兒，事後又會遭到徐知訓的報復，便不敢再告狀，倘若不是今日徐知訓已死，即便是嚴可求，也不敢直言道出。

嚴可求道：「廣陵王府的城牆雖高，以朱瑾的身手，只要事先有所準備，應能輕易越過，他似乎對大王的反應感到很意外……或許是有人告訴他，大王希望殺了三郎，彼此裡應外合，他才冒險動手，但萬萬想不到大王根本不知情，還命人圍殺他，情急之下，他只好躍牆逃走……」頓了一頓，又道：「還有最可疑的一點是，就算城牆太高，沒辦法躍過，以他的身手，落下時，絕不可能摔斷腿骨，臣懷疑有人為了讓他成為替罪羊，暗中打傷他的腿，他自知不敵，這才引頸就戮！他最後說的那兩句話：『但願你言而有信，否則你子孫也必受人欺凌至死！』究竟是指南吳所有老臣，還是意有所指？」

徐溫聽到這裡，怒氣已漸漸轉成憂慮，也終於明白嚴可求的意思：從爭搶一名妾妓，到為了扶持楊吳大統，利用那妾妓做魚餌，引徐知訓上鈎，其中內心細微的轉折、精致的佈局，絕不是朱瑾這剛烈硬漢能想得通，定是有人以「拯救楊隆演，斷絕他徐溫的繼承人，重振楊吳大統，報答楊行密恩情。」等說辭在蠱惑朱瑾，並為他謀劃一切，也就是說，朱瑾就是一顆受人擺佈的棋子兒！

但背後主謀究竟是誰？如此處心積慮，並且在眾目睽睽之下出手傷人，竟沒被發現，還以為是朱瑾自己摔傷腿骨。

「到了廣陵，一切便能揭曉，誰得利最大，便是主謀！」徐溫目光森然，沉聲道：「朱瑾一族固然要誅殺，那背後主謀更要揪出來，我要將他碎屍萬段！還有，那些向來不聽話的、可疑的，全清洗了！尤其那個米志誠，絕不能放過！」

嚴可求心中一愣，道：「米志誠才剛立戰功回來，且未犯下任何過錯，也從未反對國公……」

徐溫冷聲道：「他是沙陀人！當年跟著朱瑾投奔過來，兩人一向交好，必是共謀！總之，我從前便是太心軟了，才害三郎身亡，這次絕不能再給他們任何翻身的機會！」

嚴可求看著一向溫良謙和的徐溫忽然展現冷血的一面，心中不禁生起一股寒意，恭謹道：「米志誠十分勇武，精擅弓弩，手中有弩兵，我們只帶這幾百兵衛，對戰起來恐怕很麻煩，不如設下一道慶功酒宴，單獨誘他前來，再予以伏殺。」

徐溫聽這法子幾乎就是朱瑾伏殺徐知訓的翻版，心中又是一慟，對著濤濤江河哽咽道：「三郎，你好好去吧，阿爺定會給你報仇……」

（註❶：「江南佳麗地，金陵帝王州」出自南朝齊國謝朓的《入朝曲》。）

（註❷：「嬌耳」即是餃子，乃漢朝名醫張仲景發明，「祛寒嬌耳湯」即是羊肉餃子，但餃子在唐朝已改稱為「偃月形餛飩」。）

九一八・四

並隨人事滅・東逝與滄波

> 吳徐溫入朝於廣陵，疑諸將皆預朱瑾之謀，欲大行誅戮。徐知誥、嚴可求具陳徐知訓過惡，所以致禍之由，溫怒稍解，乃命網瑾骨於雷塘而葬之，責知訓將佐不能匡救，皆抵罪；獨刁彥能屢有諫書，溫賞之。戊戌，以知誥為淮南節度行軍副使、內外馬步都軍副使、通判府事，兼江州團練使。以徐知諫權潤州團練事。溫還鎮金陵，總吳朝大綱，自餘庶政，皆決於知誥。知誥悉反知訓所為，事吳王盡恭，接士大夫以謙，御眾以寬，約身以儉。以吳王之命，悉蠲天祐十三年以前逋稅，餘俟豐年乃輸之。
>
> 嚴可求屢勸溫以次子知詢代徐知誥知吳政，知誥與駱知祥謀，出可求為楚州刺史。可求既受命，至金陵，見溫，說之曰：「吾奉唐正朔，常以興復為辭。今朱、李方爭，朱氏日衰，李氏日熾。一旦李氏有天下，吾能北面為之臣乎？不若先建吳國以系民望。」溫大悅，復留可求參總庶政，使草具禮儀。知誥知可求不可去，乃以女妻其子續。《資治通鑑・卷二七〇》

徐溫歷經了一段漫長而煎熬的旅程，期間與嚴可求不斷討論，一邊寫下所有忠於楊氏的南吳老將，猜測誰是此事件的真正主謀，一邊分析哪個將領可威逼利誘地拉攏過來，誰又必須除去，誰和誰能互相牽制，如此不斷設想各種安撫、鎮壓眾將領的手段。

過了三日，船隊終於抵達廣陵渡口，徐溫和嚴可求都猜想廣陵城如今已十分混亂，一下船，便直接帶著數百兵衛朝王宮直奔而去。

「太安靜了……」徐溫和嚴可求但覺有些不對勁，廣陵城的街道上，車水馬龍、遊客絡繹，所有營生都一如往昔，彷彿這個城中沒有發生任何叛變。

「難道那位幕後主謀的老將已經控制住一切，正磨刀霍霍地等我進宮？」徐溫越想越覺得前方有巨大的陷阱在等著自己，但於此之際，他不能也不會退縮，他深信廣陵城中還有自己的人馬，也決定不計任何代價都要逼那主謀伏誅，為愛兒復仇，便吩咐嚴可求別跟著進宮，去暗中查探情況，召集可信任的將領，先下手為強地率兵殺了朱瑾的家族及部屬。

「恭迎國公——」

正當徐溫獨自一人闖入龍潭虎穴，踏進王宮大殿準備興師問罪時，赫然見到兩排文武官員恭敬相迎，領頭人並非什麼南吳老將，而是義子徐知誥，教他如何不震驚？

徐知誥道：「孩兒聽聞廣陵動亂，便趕緊率軍前來安定一切，如今城中已恢復平靜，有孩兒關注著，義父實在不需要這麼擔心，還特意奔波過來！」

徐溫聽到城中已經安定，稍稍鬆了口氣，但隨即注意到徐知誥眉目間隱然有喜色，心中頓時如有芒刺：「三郎慘死，他明知我悲痛萬分，臉上歡喜之情竟藏都藏不住……」一路大步往前行去，只見吳王楊隆演臉色蒼白如死，瑟縮在宮殿深處的大座上，目光畏怯，卻不是望向自己，而是一瞬也不瞬地盯著徐知誥！

徐溫心中一凜：「大王竟害怕他更甚過我……」又望向那些向來支持自己的老將領，

眾人不是低垂了頭，一聲不吭，就是悄悄注目著徐知誥，看他眼色行事。

徐知誥朗聲道：「大王見孩兒護衛周全，將這動亂一下子就平定了，處事井井有條，歡喜之餘，方才已宣佈孩兒升任淮南節度行軍副使，兼內外馬步都軍副使，從此坐鎮廣陵，輔佐朝政，爾後有孩兒長駐於揚州，不會再出什麼大事，義父可放心回昇州好好頤養天年！」

至此，徐溫已明白一切都是徐知誥的精心佈局，他早在廣陵城中運作多年，收買不少人心，待騙得自己答應昇、潤交換後，便暗中慫恿朱瑾動手，再藉著地理優勢順利入駐揚州，成為廣陵宮城的新主人！

千防萬防，仍是防不過這個毒蛇般的義子，想到愛兒慘死，徐溫氣恨得全身發抖，心中波濤洶湧，幾度衝動地想與徐知誥對決，但又幾度壓抑下來，他滿腔痛苦無法發洩，悲恨之下，只能對著其他人大開殺戒：「你是安定了局勢，但大王受驚、重臣被殺，我身為國公，豈能置身事外，自顧逍遙？亂賊必有同黨，我今日回來，便是要伸張義理、重振朝綱，絕不容這一幫逆賊逍遙法外！」

眾官員心中驚惶，都想：「徐副使說得不錯，國公一回來，定要大舉清洗南吳老臣，他向來疑心甚重，誰都有可能落入誅殺名單，如今只有依附徐副使，才有活路！」

「徐副使最瞭解國公的脾性，只有他勸得了國公，才能拯救得了我們。」

徐溫對著高堂上的楊隆演森然道：「臣聽說逆賊輕易自殺，這豈不是太便宜了？必須嚴懲重罰，才能以儆效尤！」

楊隆演夾在兩強之間，實有如扯線布偶般，嚇得一聲都不敢吭，只微微望向徐知誥，見他點了點頭，才敢開口，徐溫卻不等他說話，已沉聲道：「臣已命人將逆賊屍首沉入魚塘，同時必須將他的同黨一併誅滅！」他正打算從懷中拿出一張清單宣佈逆黨之名，徐知誥卻搶先一步，道：「國公，臣先前已查清事情真相，跟大王稟報過了，也在眾臣面前公開說明，此事乃是由於徐使相長年欺辱主君、羞辱眾臣，才引起的禍事。」

徐溫已從嚴可求口中知道事情確實如此，但他心中偏私，壓根不想承認是自己的兒子招惹禍事，也不覺得有人敢議論，想不到徐知誥竟當著滿朝文武的面直斥其非，倘若自己再追究下去，徐知誥詳細列舉徐知訓劣行，而眾臣為了自保，紛紛附和，到那時徐氏的名聲將毀於一旦，一時之間，他只能把滿腔火氣硬生生壓住。

徐知誥心知必要讓徐溫發洩心中怒火，否則這把火就會燒向自己，也從懷裡拿出一張清單，呈上道：「國公未到之前，臣已經仔細查究過參與凶案的同黨，大王已經同意將這幫凶手依律處刑，請國公過目。」

倘若徐溫自己出手，勢必是一場大屠殺，甚至會引發某些老將領聯手對抗，徐知誥為了拉攏住大多數官員支持自己留在廣陵，便與眾人商量好，犧牲幾個反徐的死硬派來化解徐溫的怒氣，眾人為求自保，都默許同意。徐知誥深悉義父的喜惡，因此名單上人員不多，但個個都是徐溫最深惡痛絕，又不願支持徐知誥之人。

徐溫冷冷接過名單，見上方所列之人，皆是自己亟想下手除去卻又找不到藉口者，不禁怒從心起：「這蛇崽子是在教我用兒子的一條命，交換剷除逆黨的機會！」他原本十分生氣，說什麼也不願意，但再往下看去，忽然見到一個久違得幾乎忘記的名字「李儼」，心中一愣：「這老傢伙早已移居海陵，為何會被列入名單？」

李儼原本為大唐宣諭使，是唐帝派來監管淮南節度使，但大唐滅亡後，李儼自知身分尷尬，便急流勇退，移居海陵，不管世事，到後來甚至過得十分窮苦潦倒，也無人聞問。

這樣的人居然會列在名單裡，徐溫隨即明白徐知誥的用意，一旦公開處決大唐留下的代表，即意謂著南吳從此斬斷與大唐的聯繫，不由得眼睛一亮：「他這是讓我改弦易轍啊！擺脫大唐的枷鎖後，我先慫恿大王稱帝，再逼大王禪位，如此便可順理成章地建立徐氏帝國……」一時間，心中悲喜交加，五味雜陳：「這蛇崽子做事可真周全！連一個行將就木的老頭都想到了，知道拿他的腦袋來討好我……」

倘若徐溫堅持追討血仇，雙方就是拼個漁死網破，但如果他依著徐知誥的名單處決，非但剷除了共同敵人，且徐知誥仍願奉徐溫為父，甚至助他登基稱帝。

如今他父子二人各撐一片天，形成恐怖的平衡，合則兩利，拼則兩敗俱傷，徐溫不禁陷入天人交戰。

此時嚴可求剛好進來，先向吳王行了禮，又向徐溫微微使了眼色，接著稟報吳王：「臣方才依據國公指示，處理了朱賊家族，但凶逆留下一些線索，還需國公前去查看。」

楊隆演不明白場中詭譎的形勢究竟變了幾番，只知道自己能避則避、能忍則忍、能順則順，這對父子誰也得罪不起，連忙點點頭，道：「國公快去吧。」忍不住又望向徐知誥的臉色。

徐知誥向楊隆演微微點頭示意，接著朗聲道：「國公年事已高，又逢喪子之痛，心神劇創下又千里奔波，實在太勞累，臣請伴隨他前去查看，但願能為國公分憂解勞。」

楊隆演正要答允，徐溫卻冷聲道：「不必了！大王也受了驚嚇，你便專心護衛宮廷安全吧。」說罷也不理眾人的反應，即大步走出殿外。

徐溫出了宮殿大門，帶上自己的數百護衛，隨嚴可求前往揚州城北處的「雷塘」，沿路上，只恨恨地說了一句：「我真想不到是那個蛇崽子！」

兩人長年的默契，只這麼一句話，嚴可求立刻就明白了徐溫的意思，但他並不意外，只眉目微微一沉，神情十分凝重，這下反倒是徐溫感到意外了，問道：「你幾時知道的？」

「剛剛！」嚴可求雙眉緊蹙，沉聲道：「事情只怕比我們想的還要糟糕……」

徐溫知道能讓嚴可求說出一句「糟糕」，情況就絕不容樂觀，沉吟道：「他想以一份除逆名單，包括李儼在內，交換我答應他入主揚州，你以為如何？」

嚴可求聽到「李儼」兩個字，不由得苦嘆一聲：「他不出手則已，一出手便是方方面面，毫無間隙，要逼得對手只能進入他的甕……」

徐溫不甘示弱，冷斥道：「不過一時挫折，連你也瞧不起本公了？覺得只能任他牽著鼻子走？」

嚴可求知道他會生氣，也不辯解，只輕輕一嘆：「待國公看完朱瑾的屍體後，便會知曉了。」

徐溫知道嚴可求這麼說，必有緣故，但想到愛兒慘死，諸事不順，一向冷靜寬和的他也忍不住動了氣，斥道：「我不是說要將那狗雜碎沉潭噻？你又教我去看什麼？」嚴可求不再說話，只任他發洩。

眾人來到雷塘，徐溫下了馬，面對這一大片汪洋池潭，不悅道：「屍體呢？」

嚴可求道：「國公命我將他沉潭，臣不敢有誤，查驗完屍體後，仍將他丟入潭底。倘若國公肯允，臣便讓人打撈他的屍體。」

徐溫雙眼一閉，道：「撈上來吧！」

兵衛們立刻把屍體撈上來，嚴可求蹲到了朱瑾身邊，以指尖輕輕翻動他微微發白腫脹的小腿，道：「國公請看。」

面對這個殺子凶手，徐溫忍下萬般痛惡，也蹲到他身邊，微微瞥了一眼嚴可求指尖所指的地方，這不看便罷，一看當真是驚駭至全身震撼，胸口有如被大錘狠狠一擊，許久許久，才雙目一閉，悵然吐出一句：「你猜得不錯！」

他雖猜想一切是徐知誥的精心策畫，仍存著一絲希望，盼這個義子不是幕後主謀，只是剛好撿了個大便宜，又或者徐知誥雖是凶手，但羽翼尚未成熟，只要他花一點時間重新整頓，便能重新奪回揚州，但朱瑾腿上這「落霞飛鶩」的傷口，卻證明了徐知誥的驚人實力！

聽到徐知訓的死訊是一大重創，看到徐知誥入主揚州城，與自己分庭抗禮，是第二重打擊，楊行密去世多年，他的「落霞飛鷲」玄功卻赫然重現，以致奪回揚州大權的夢想瞬間被破碎，是第三道打擊！連著三道重大打擊，徐溫感到全身像被掏空了般，幾乎站立不起。

嚴可求連忙上前扶住了他，道：「國公保重。」

徐溫想到非但不能為愛子報仇，餘生還必須跟這條毒蛇一直虛與委蛇，才可能保住其他孩子，安享晚年，不禁潸然淚下，哽咽道：「看來……我真是老了……是該回昇州養老了……」

嚴可求安慰道：「國公連遭重創，才會心志頹喪，但事情未必有那麼糟，許多老將還是支持國公的，倘若他實力真有那麼強大，方才又何必刻意討好你？如今我們知道他習得『落霞飛鷲』，也就知道如何防範，國公不妨先假意與他合作，再設局殺他一個措手不及，便有希望扳回一城。三郎雖遭不幸，但還有四郎可傳承，國公切莫喪志。」

徐溫心想：「可求說得不錯！當年我都能悄無聲息地扳倒楊行密，如今又為何不能反制這個蛇崽子？我是被三郎的死弄得六神無主了……」嘆道：「幸好你如此細心，發現這個秘密……」

嚴可求也是輕輕一嘆：「方才我命人找到朱瑾的屍體，原本要依您的指示將他沉屍潭中，忽想起他從城牆摔下一事，便查看了一下他的腿骨，發現有一小塊瘀血，卻沒有明顯的外傷，我心中生疑，於是仔細研究了一下，才發現這傷口似細微氣針所造成，如果不是當年你派我在節帥身邊服侍多年，對他的玄功十分熟悉，我也不會發現。」

徐溫得悉徐知誥的秘密後，心中已有決定，便與嚴可求再度回到了王宮。

楊隆演假意關心道：「國公去查探案情，探得如何了？可有發現新線索？」說罷照例望了望徐知誥，見對方臉色如常，才稍稍放下心來，又望向徐溫。

「臣詢問了幾名朱瑾的同夥，確實發現了新線索……」徐溫長長一嘆，道：「是臣教子無方，導致三郎貢高自慢，才與朱瑾起了衝突，此事乃私人恩怨，非牽涉國家大事，實不該勞煩大王及諸位憂心，因此，除了朱瑾擅闖王宮以至驚擾大王，犯下重罪，其家族、同黨應受律法懲處之外，臣也要自請處分，還有三郎的隨侍將領無能匡扶主上，糾正錯誤，都該一併論處！」

堂上眾人見徐溫態度軟化，南吳一場血禍總算停止，都大大鬆了一口氣。

楊隆演再度望向徐知誥，見徐知誥微微頷首，便像背好稿子般，怯懦地道：「國……國公……為我南吳日夜操勞，無……無法顧及家務，才生出這等憾事，本王同感心痛，這才讓……讓徐副使長駐廣陵，為國公分憂……」見徐溫臉上雖有哀慽，並無半點怒色，鼓起勇氣續道：「國公回到昇州後，便可專心對抗外敵，也可多享天倫之樂，至於懲處一事……國公功蓋南吳，本王何忍追究？只要……只要處罰一幫惡奴即可。」

徐溫心中冷哼：「他教大王說這一番話，還真是迫不及待想趕我回昇州……」但面上沒有半分波動，只向楊隆演微微行禮，道：「臣謝大王赦罪之恩。」

楊隆演嚇得坐立難安，連連搖手道：「不……不敢……不必……不用……」似乎說什麼都不對，只好又望了徐知誥一眼，語無倫次地道：「國公莫再傷心，這樣……這樣就好。」便趕緊安靜下來。

徐溫心想自己居然被逼至向楊隆演請罪，而楊隆演居然還得看義子的臉色，實覺荒謬至極，但眼下形勢比人強，只能傳令道：「來人！將徐使相身邊左右之人全都抓起，即刻斬首示眾。」

「且慢！」徐知誥道：「還請國公聽臣一言。」

徐溫冷冷地望著他，心想：「他又要做什麼？」

徐知誥又道：「徐使相身邊也不全是惡奴，仍有忠心規勸者，只不過人微言輕，徐使相聽不入耳罷了。」

徐溫冷哼道：「有誰能忠心進諫？」

「刁彥能！」徐知誥道：「此人嚴謹守法，還時常規勸徐使相。」

眾臣聞言都是一愣，隨即暗暗佩服：「當日徐知訓伏殺徐副使，就是派刁彥能帶人去追殺他，可徐副使竟不計前嫌地為刁彥能求情，可見他真是寬宏大量，我們跟隨他，還有什麼好擔心的？反倒是國公疑心日重，今天他雖然放過我們，難保將來不會秋後算帳！」

只有徐溫和嚴可求看出刁彥能原本就是細作，徐知誥這番求情不只救了自己人，還收攏一撥人心，徐溫咬牙暗恨，但想自己連徐知誥這幕後主謀都能忍，一個聽令的小卒又有什麼不能忍？索性大方道：「刁彥能既能勸諫主上，自不該受罰，反要擢升，好給眾臣僕做個榜樣！」

至此，徐知訓凶殺案落幕，徐知誥成了最大贏家，不只順利入主京城，更收攏一大撥人心。而徐溫不得不暫時退回昇州重整旗鼓，並將嚴可求暫留在廣陵擔任營田副使，以對抗徐知誥的勢力。

即使徐知誥已入主廣陵，掌控了吳王，逼退了徐溫，他仍不敢放鬆，一回到軍府，立刻找來心腹謀士宋齊丘商議接下來的策略。

徐知誥舉杯微笑道：「義父已退回昇州了，多虧子嵩悟透那句『昇羊換鹿』，又替我去蠱惑朱瑾，事情方能如此順利，我得到子嵩，當真是如虎添翼！」

「副使視我為知己，齊丘萬死也不敢有負！」宋齊丘微笑舉杯道：「這一杯，應是齊丘祝賀副使又往前一大步，大業指日可待才對！」

兩人聯手打了一場無形的勝仗，徐知誥對宋齊丘更加推心置腹，道：「但還有一件事頗為棘手，義父雖退回昇州，卻將嚴可求留下來了！」

宋齊丘立刻明白其中關鍵：「此人聰明多智，必會在揚州積極行動，把咱們好不容易拉攏過來的人再說服回去，爾後你與國公表面平和，暗地裡卻會較勁得厲害。」

徐知誥沉聲道：「我不想費這個勁！我們必須想出一勞永逸的法子！」

宋齊丘道：「如今我們只是掌握了朝廷，但國公的實力仍然強大，周邊的州鎮仍聽命於他，要將徐氏一脈連根拔起，實在不容易。」

「不！」徐知誥緩緩搖頭，道：「我的意思並非是除去他們，倘若我連義父、義弟都不放過，世人會如何評價我？又有誰敢跟隨我？」

宋齊丘沉吟道：「不除去他們，還要防止國公反撲，這實在是困難……」

徐知誥道：「金盟主以一句『昇羊換鹿』助我入主廣陵城，他其實還有下一句，你可琢磨透了？」

宋齊丘道：「副使是說那句『加點鹽會更好』，鹽……嚴……」

兩人同時想到，精光一亮，齊聲低呼：「是嚴可求！」

宋齊丘微笑道：「看來這句『加點鹽會更好』意思是把嚴可求拉攏過來。」

徐知誥忍不住讚道：「金匱盟主果然非尋常人，他這一計確實高明！義父絕對想不到嚴可求會背叛，一旦他背叛了，這樣的暗棋對我最有用！萬一義父真的發現而下手除去他，也是自斷右臂！」

宋齊丘道：「但嚴可求對國公忠心耿耿，如何拉攏得了他？」

徐知誥微笑道：「人都有弱點，嚴可求也不例外！」

淮南秋雨夜，高齋聞雁來。❶

「天涼了……」昇州軍府裡，徐溫站在書房窗邊，遙望河畔點點燈火，聽著瀟瀟雨聲，還有偶爾傳來幾許雁群橫越江面的長嘎聲，心中不禁泛起一陣惆悵：「小雁總會緊緊追隨大雁，三郎啊，你為何迷了路？群雁都知道南歸，你可曾像它們一樣，回來探望我這個老父親……」一時又陷入深深的沉痛之中，還有許多迷惑不解：「我自認能掌握時機、人心，可……事情怎會變成這樣？究竟是哪裡出了錯？我竟會敗給一個從小就捏在手心裡的棋子兒？」

他低頭望向手中剛得到的密函，心中一嘆：「這消息究竟是真是假？是那毒蛇步步進逼，又設局讓我自斷臂膀？還是真的連可求都背叛了？」信中所寫乃是嚴可求自從留在廣陵城中，便時時進宮與吳王密商，至於商量何事，並無人知曉。

如今吳王掌控在徐知誥手裡，嚴可求卻常與吳王密會，其中意涵不言而喻，徐溫不禁雙眉微鎖，尋思：「這消息是知祥呈上來的，他與可求向來齊心輔佐我，一理財賦、一理軍政，彼此既無利益衝突，也無心結矛盾，甚至可說是至交好友，他實在沒理由陷害可求。」又想：「可求向來精明，或許……他見我勢力消退，便見風轉舵了……」

徐溫不禁深深感慨，自己明明寬和仁德、禮賢下士，為什麼身邊的人都背叛了？

「國公，嚴使君求見。」門外傳來一聲通報。

「來得倒挺快的！」正當徐溫思索該如何處置時，嚴可求竟自己送上門了！

徐溫冷哼一聲：「讓他進來！」便回到桌案邊，親手溫了酒，準備與嚴可求共飲。

過了一會兒，嚴可求在僕衛的帶領下，進入徐溫的書房，這是極少數人才有的禮遇。

徐溫坐在書桌後方，深深地望著他，問道：「夜深天涼，什麼事急著趕來？」

「國公。」嚴可求雖受器重，也不敢失了禮數，仍是恭恭敬敬行了一禮。

徐溫望著這個跟隨自己數十年的心腹部屬，想著方才收到的消息，不禁感到有些疲累，嘆道：「坐吧！」嚴可求正要入坐，徐溫又道：「先喝點酒，暖暖身子再說。」

「臣謝國公。」從前嚴可求只要進入徐溫的書房，便有茶酒相待，因此嚴可求也不以為意，直接走過去拿起酒杯，忽然間，他感到徐溫雖一如既往地溫馨招待，但望向自己的眼神卻暗藏一絲冷冽，心中一愣：「國公怎麼了？為何……」目光忍不住一垂，望向杯中酒水：「這……不是毒酒吧？」又微微抬眼望向徐溫，見對方眼中精光正冷冷射向自己，於此之際，這杯酒不喝是不行了，但喝酒之前，要不要為自己爭論辯解？

這一剎那，嚴可求心中轉過了許多念頭：「必是有人在國公面前挑撥離間，國公原本就疑心日重，再經過二郎背叛一事，他是對誰都不信任了！倘若我不肯喝酒，國公必會親自出手，與其都是一死，不如賭一賭！」便拿起酒杯，假裝若無其事地一口喝盡，微笑道：「今年的瓊花開得特別好，國公珍藏的瓊花露酒果然是極品！臣能與國公共飲一杯，真有福氣！」又端了空酒杯給徐溫道：「國公應不會吝惜再賞賜臣一杯吧？」

徐溫向來多慮，雖懷疑嚴可求，卻也擔心自己會再次中了徐知誥的離間計，因此他只是想試探嚴可求，酒水其實無毒，倘若嚴可求不願喝下，那他會毫不猶豫地出手殺人，但嚴可求立刻表明了心跡：「主要臣死，臣萬死無悔。」徐溫心中稍寬，便為他斟滿了酒，道：「坐下來慢慢說吧。」

「臣謝國公賜酒賜座。」嚴可求小心翼翼地端了酒杯坐到下首，一邊慢慢品酒，一邊稟報道：「二郎入主揚州以來，節儉克己，剷除貪官污吏，還聽從宋齊丘的諫言，取消了丁口錢和田地稅，其餘稅金也改成用穀帛來繳交，一匹價值一千錢的細絹可抵三千稅錢。」

徐溫蹙眉道：「一千抵三千？豈不是要減少大量稅收了？」心中默算一下，又怒道：「府庫每年要流失上億稅錢！他怎能如此亂來？再這樣下去，哪有錢供養軍隊防衛疆土？他是拿府庫的錢在收買人心！」

嚴可求說：「一開始二郎也有疑慮，但宋齊丘說：『一旦百姓富足，朝廷又怎會貧窮？』二郎對他還真是言聽計從，非但取消許多稅賦，還將農桑政務都交給他打理，宋齊丘於是鼓勵開墾荒地，廣植作物，說要以大量農產來彌補稅賦的不足。」

徐溫哼道：「那宋齊丘不是小推官嚒？哪有權力管治這許多事？」

嚴可求道：「如今他已升為殿直軍判官了。」

徐溫冷聲道：「小官能由蛇崽子做主，大官還得我同意，那宋齊丘鬼頭鬼腦，一肚子壞水，我瞧著厭惡，他也止步於此了！」

嚴可求道：「但二郎還從外地廣召賢才，慷慨納諫，又對功臣宿將都十分尊敬，他們漸漸就被收服了。」

徐溫英眉一蹙，問道：「那大王呢？他待大王又如何？」

嚴可求道：「二郎早晚都去向大王請安，還以大王的名義下令揚州百姓可豁免十三年前的欠稅，至於十三年內的欠稅，等到豐收時再繳交即可。」

「十三年……」徐溫初始不解為什麼以十三年為界，隨即明白十三年前正是楊行密身亡之年！冷哼道：「他以王命下令，表面上好似替大王收買人心，其實是在提醒百姓，楊氏向來稅徵繁重，苛待你們，我作主之後，百姓欠楊氏的稅統統不算數！」

嚴可求自是明白其中深意，嘆道：「揚州百姓無不拍手叫好，如今整個揚州從上到下，無不推崇二郎聲望，就連鄰近州縣的人才，無不想擠進揚州，求得一戶之地，長此以往，只怕南吳的人心都要歸向他了！」

徐溫又問：「大王有什麼表示？」

嚴可求道：「從前三郎主管揚州時，大王雖偶爾受點委屈，但身子尚好。自從二郎主事以來，雖然早晚請安，事事尊重，大王反而鬱鬱寡歡，神情更加畏縮，身子也漸漸虛弱，常常一整日都不說話。」

徐溫冷哼道：「三郎雖曾戲弄大王，但有我在，卻也不敢真的下手，大王尚能保住一命。但那蛇崽子就不一樣了！他名聲越好，大王的性命就越危險，他日日表演恭敬，哪一天忽然發狠弄死大王，眾人也不會疑心他，就算心存懷疑，但拿了他許多好處，也不敢說什麼。大王雖懦弱，倒也不是傻子，瞧得出這虛偽毒心比三郎的捉弄更可怖！他日日擔心性命不保，自然精神萎靡、悶悶不樂了！」

嚴可求又勸徐溫：「二郎野心既露，便不會收手，若不除去，危險至極。」

徐溫嘆道：「當初我決定轉至昇州，除了可收獲大筆財力，也是因為昇州位於南吳中心，容易管控各州鎮，一旦除去蛇崽子，又讓誰去主持廣陵？」

嚴可求道：「可交予四郎，臣依然會竭心盡力地從旁輔佐。」四郎即是徐知詢。

「四郎？」徐溫苦笑道：「我自己的兒子有幾兩重，我明白得很，他雖不像三郎驕縱莽撞，卻不比三郎聰明多少，要與那條毒蛇鬥，實在不夠格！我只怕兒子再這麼一個個死下去，就沒人為我送終了！」

嚴可求見他笑容滄桑疲憊，暗想：「國公遭遇喪子之痛，鬥志盡失，再這樣下去，所有基業遲早被二郎吞噬殆盡，到那時我又該如何自處？」他尚未思索清楚，徐溫已給了答案：「揚州剛發生事故，人心浮躁不安，二郎既有能力安撫那些老將，就讓他暫時坐鎮著，有我在，他還不敢怎麼樣，待局勢平穩之後，再做打算。」見嚴可求還想說些什麼，便揮揮手，嘆道：「好啦！夜已深了，你也先回去歇息吧。」

嚴可求心中總覺得這次會面有些古怪，但又說不上來哪裡不對勁，見徐溫想要歇息，便識相地退了出去，一走出府門外，才驚覺自己全身裡衫都濕透了，忍不住便抬手抹了抹額上微微滲出的冷汗，正當他鬆了口氣，準備登上馬車時，後方忽然傳來一道喊聲：「嚴使君請留步。」

嚴可求一愣，回頭望去，卻是陳彥謙急匆匆地奔至他面前，說道：「國公方才喚我過去，讓我轉告你，過兩日就會把你調往楚州擔任刺史。」

嚴可求心中一凜，連忙問道：「嚴某駑鈍，想請教陳判官，國公可曾透露口風說嚴某哪裡辦事不周，需要改進？」

陳彥謙嘆道：「我也不知道嚴使君哪裡得罪了國公？」又低聲道：「國公下午接了一封密摺，就神情蕭索，站在窗邊思索事情，一直到深夜您過來為止，想來是與那封密摺有關。」

嚴可求英眉一蹙，又問：「那密摺是誰上的？竟能動搖國公對我的信任。」

陳彥謙苦笑道：「既是密摺，陳某哪裡會知道？我就是冒險給你提個醒，嚴使君還得自己斟酌斟酌，看最近得罪了什麼人？」

嚴可求道：「多謝你了。」便相互告辭離去。

一路上嚴可求心中思索：「如今國公正是用人之際，倘若告密之人沒有足夠的分量，說的事情不夠嚴重，國公絕不會將我調離朝廷……這麼說來，方才會面時，國公確實動了殺機，但他後來沒有殺我，是因為我通過了考驗……」想到自己僥倖保住一命，不由得又冒了冷汗：「能殺人於無形又得到最大利益，除了『他』，還能有誰？」

明明秋高氣爽，他卻感到自己渾身寒涼，內心更湧上無限感嘆：「國公此刻明明最需要我的襄助，且最該殺了『他』，可國公非但不動手，反而寧可相信那條毒蛇，也要把我遠遠調開！」他對徐溫的選擇感到有些灰心，又對徐知誥的手段感到驚悸：「人家手段如此高明，這場仗還怎麼打？你再執迷不悟，最終只會落得抄家滅族，一片淒慘……」遂下了決定，對車夫道：「去渡口，回廣陵。」

舟車顛簸了兩日，嚴可求回到廣陵城內，已近夜晚，一路上他思來想去，決定主動與徐知誥談和，既有此念頭，他是一刻也等不及，連家都不回了，就直接命車夫驅車前往廣陵軍府。

到了軍府門口，馬車停了下來，嚴可求掀開車窗布簾一角，悄悄地望向這座華麗的府邸：「真要進去嚒？」他不知裡面有什麼毒蛇猛獸在等待自己，一旦進去，會不會是羊入虎口，屍骨無存？但想到嚴氏一族的生存，不禁長嘆一聲，終於還是下了馬車，往前走去。

軍府門口竟沒有半個守衛，嚴可求面對這奇怪的情景，心中更加忐忑：「我不過離開數日，難道京城又發生變化了？」他伸出手正要叩打府門，那大門卻忽然「呀——」地一聲自動打開，眼前赫然出現一道修長精練的身影讓嚴可求著實吃了一驚，嚇得倒退不及，身子整個往後仰，幾乎要摔倒。

「嚴使君小心！」此人不是別人，正是廣陵城的主人徐知誥，他一邊伸出長臂及時攬住要摔跌的嚴可求，將他扶立，一邊笑道：「二郎等你許久，你總算來了！」

嚴可求面對徐知誥胸有成竹的微笑，心中驚疑不定：「他早猜到我會過來，竟專程站在門口等我……他究竟想怎麼對付我？」

徐知誥又笑道：「不只是我，還有你的知交好友、兒女親家，大家都等著與你把酒歡聚！」

嚴可求一愣：「什麼知交好友、兒女親家？難道他趁我離城的時候，抓了我嚴氏一族想來威脅我投降？」他念頭尚未轉完，府內又走出一名文士，笑容滿面地打招呼：「老嚴，你總算來了，可費了我好大的勁呢！」說罷也不管嚴可求的意願，拉了他就往內殿大步走去，此文士不是別人，竟是陷害他的駱知祥！

嚴可求真是驚詫無已，暗呼：「想不到老駱竟也投向二郎了……這……又是什麼時候的事？」忍不住回首望向後方，只見徐知誥悠閒走近，還向他微笑頷首，眉目間雖有得意之情，卻無惡劣之意，嚴可求心中稍安：「看老駱的樣子，不像被逼迫，既來之，則安之吧！」

待三人進到軍府廳堂，嚴可求才真正嚇了一跳，堂中早已擺了豐盛的酒宴，與會賓客都是熟識的朝臣，有些是光明正大地投靠到徐知誥陣營，也有些表面上還支持著徐溫，嚴可求看見他們，表面上力持鎮定，心中著實吃驚：「趙侍郎……王司馬……左衛軍長……還有他們……竟然都已暗中投靠了二郎……」

眾人也不以為意，只向嚴可求微笑頷首，口中雖未說什麼，但眼神傳遞盡是：「嚴使君，你總算來了！」

嚴可求雖有些尷尬，卻也放心不少，但最奇怪的是堂上有一雙「囍」字，不禁暗暗納悶：「今日這般熱鬧，敢情是二郎要辦喜事，眾人才來祝賀，但他要辦什麼喜事？我和國公事先竟都不知道，還在深夜裡神神祕祕地舉辦？」望了望堂上那個「囍」字，又想：「莫非是他要納妾室？」

駱知祥帶著他坐到了徐知誥身邊，兩人一左一右，那情景就像從前他們總是分列在徐溫左右一般，明眼人都看出是什麼意思。

宋齊丘立刻上前向徐知誥敬酒：「恭喜副使再得一賢良！」其他人見狀，也紛紛舉酒相敬，齊聲附和，只有嚴可求如坐針氈，感覺自己好似一腳踩進泥淖裡，再難脫身，但接下來徐知誥的話更讓他幾乎驚掉了下巴：「今日我邀請大家前來，除了歡聚享樂之外，還有一件十分重要的事宣佈……」望了嚴可求一眼，又對眾人微笑道：「我聽說嚴使君的么兒嚴續至今尚未娶親，前兩日便主動與他商量好，說將來我有女兒就嫁給嚴續，雙方結成兒女親家，今日我邀請大家前來，便是做個見證。」

眾人一片歡呼叫好，只有嚴可求差點把口中的酒水噴了出來，幸好他經過大風大浪，才沒在這場子裡出醜，終於硬生生地吞回了酒水，抬眼望著徐知誥談笑風生、自信大度的模樣，心想：「難怪有這麼多人追隨他……」心中輕輕一嘆：「芳林新葉催陳葉，流水前波讓後波！國公再怎麼老謀深算，總是夕陽西沉，人近黃昏，待他走後，那四郎又有什麼用？五郎、六郎、七郎、八郎就更不用說了，這南吳總歸是要落到二郎手裡的……」這麼一想，倒覺得自己今日真是來對了，索性放開胸懷，臉色也從原本的驚詫青白漸漸恢復血色，再想到自己能與這未來的帝王結親，是何等幸運，不由得越想越歡喜，與徐知誥對飲數杯後，已是笑逐顏開，紅光滿面了！❷

這一場夜宴，在眾人觥籌交錯、傳杯送盞當中，漸漸到了尾聲，終於賓客散去，嚴可求刻意留下來，徐知誥心知他想單獨談話，便帶著他到庭園的涼亭裡，斟茶相待。

嚴可求跟隨徐溫一輩子，忽然被逼上賊船，心中著實感慨萬千，又有千言萬語，卻不知該從何說起，一時欲吐無言。

徐知誥倒是一派輕鬆，笑問：「嚴使君是不滿意這樁婚事，想要悔婚？」

「不！不！不！」嚴可求心知騎虎難下，必須把眼前的路走到底，輕輕一嘆：「二郎非池中物，嚴某何德何能高攀這樁婚事？」

「既不想悔婚，」徐知誥笑道：「難不成嚴使君想討論聘禮之事？」

嚴可求心知他在消遣自己，苦著臉道：「你當眾說要與我結親，若是被國公知道，豈不是要害死我了？」見徐知誥一臉似笑非笑，又嘆道：「輕則告老還鄉，重則橫死荒野，一個死人能對二郎的大業有什麼幫助呢？」

徐知誥微笑道：「我費了這麼大周章才請來嚴使君，自有用得著你的地方，我又怎麼捨得讓你死？」

嚴可求心中一沉，道：「二郎希望我做什麼？」

徐知誥雲淡風輕地道：「也不需特別做什麼，你常在國公身邊，知道了什麼，告訴我一聲便是。」

嚴可求道：「拜二郎所賜，國公已決定調我去楚州擔任刺史，不能為你效力了！」

徐知誥聽他話語中隱含怨怒，劍眉一揚，道：「你我既是兒女親家，便是一條繩上的螞蚱，自該為彼此著想……」

嚴可求以為他硬要威逼自己，未等他說完，插口道：「國公已不再信任嚴某，就算有什麼機密也不會告訴我了！」

「我是說，」徐知誥微微一笑，道：「你我既是兒女親家，二郎就該為你排憂解難！」

嚴可求一愣，恍然明白徐知誥那一抹微笑的含意：「他是在告訴我，他可以貶逐我，也可以令我升官，我的升降生死全操控在他手裡！」只好道：「那便請親家指點了。」

徐知誥道：「只要大王自立，國公便能高升，他心中一歡喜，嚴使君自然也跟著高升了！如此大家都高升，豈不是皆大歡喜？」

嚴可求恍然大悟，暗思：「當初先王打著擁唐的旗幟，才得以召聚許多義士前來投靠，但如今大唐已亡，國公早有自立之意，又擔心一旦拋棄大唐名號，會讓這批老將有藉口興兵反對，因此遲遲不決。大王乃先王子孫，倘若由他來宣稱自立，承擔背唐的罵名，那些支持楊吳的老將就不能再說什麼，待兩年之後，大王禪位給國公……」這裡所想的先王乃是楊行密。

他微微望了一眼徐知誥，又想：「大王禪位之後，大約也沒多少日子好活了！國公看似登高，實則早已大權在握，這等虛名並不會增加多大利益，反而容易成為眾矢之的。二郎這一招，是把他們推到風口浪尖上去擋飛箭，自己躲在後方壯大實力，再伺機奪位……」

明知對方的謀算極深，但此時就如徐知誥所言，兩人已是同一條繩索上的螞蚱，嚴可求沒有別的選擇，在拜辭徐知誥後，一刻也不敢歇息，又連夜乘船趕回昇州，去覲見徐溫。

夕陽微暖地灑照在昇州軍府的庭院裡，自從徐知誥接收了最重要且最麻煩的揚州，昇州大小事又有陳彥謙處理，徐溫便多了一些空暇時光，正一邊悠閒地在庭院裡蒔花弄草，一邊思索著如何重新掌控徐知誥，忽聽得嚴可求登門求見，心中一愣：「他竟敢違令不去楚州，真是人人都不把我放在眼裡了……」心中雖不悅，但知道嚴可求向來性情謹慎，若非有要事，絕不敢如此，便還是傳他進入庭院，卻瞧也不瞧他，仍自顧自地澆水，只冷淡問道：「你怎麼來了？」

嚴可求恭敬道：「臣回揚州一趟，原本打算收拾好行囊，即要前往楚州赴任，但於宮中聽見一道消息，便趕來向國公報告，再啟程轉往楚州。」

徐溫冷冷問道：「那蛇崽子怎麼啦？」

嚴可求道：「廣陵城中大致平靜，二郎並沒有特別動作，是外方來的消息，臣以為與國公的前途大有關係……」

「哦？」徐溫冷笑道：「那便說來聽聽！」依然彎著腰，悠閒地蒔弄花草。

嚴可求道：「我南吳召聚賢才、出兵征戰，總以復興大唐為號召，但如今梁、晉雙方在黃河邊激戰，臣聽聞梁兵屢屢戰敗，李存勖卻所向無敵，步步進逼，萬一……有那麼一天，他真的吞併了大梁，又打著復興大唐的旗號揮軍南下，要我們尊奉他為共主，到那時，國公要如何抉擇？真甘心紆尊降貴地聽命於他麼？」

徐溫心中一刺，指尖不經意地折斷了一片花草，終於挺起了腰，回過身來，語氣終於輕緩了些：「你說得不錯，那你以為如何？」

嚴可求道：「大唐滅亡已十二年，在這麼漫長的時間裡，鄰鎮都已紛紛稱王稱帝，我南吳卻始終不敢更改『天祐』年號，也算忠誠守節，未辜負大唐了！但如今大唐滅亡已是不可挽回的事實，國公不如就趁著梁晉忙於交戰，恭請大王宣佈自立吳國，揚棄大唐所賜的封號，如此，將來無論李存勖以什麼名義南下，我南吳都有自己的國號，能自成一方，不必聽其號令。」

徐溫聞言，自是明白嚴可求這一計是讓楊隆演背負棄唐的罵名，成為自己稱帝的墊腳石，微笑道：「你說得不錯，但不知大王的心意如何？又有誰能去向他進言？」

嚴可求道：「臣先前常入宮與大王密談，便是為了國公的大業去打探大王的心意。」

徐溫得到的密報是「嚴可求時常覲見吳王，不知在密謀什麼」，此刻聽到嚴可求一心為自己著想，心頭沉壓許久的陰霾終於消散，十分歡喜，微笑道：「還是你設想得周到！再過不久，我便要親自入主廣陵了，待一切安定之後，就會指定四郎承接我的位子！這中間有許多事需要周旋，還得擬定吳國的禮制，你學問好，這些事都少不了你！」這意思便是讓嚴可求繼續留在身邊了。

嚴可求聽到徐溫連「吳國」這名字都取好了，還說要親自入主廣陵，便知道他確實想稱帝了：「二郎一輩子都在琢磨國公的心思，果然還是他最瞭解啊！」又想：「一旦國公登基稱帝，便會下旨由四郎擔任太子，江山自然還是會由親兒傳承，二郎再怎麼謀算，仍是為人作嫁一場空！這對假父子都這麼工於算計，還真像親父子，難怪國公對二郎又愛又恨，始終不忍捨棄，倒是那幫親兒只會吃喝玩樂，反倒不像國公了……」

他望著徐溫映在夕陽餘暉裡的半黑身影，心中感慨：「只可惜國公再怎麼謀算，終究年事已高，親兒又無能，再過幾年，二郎羽翼豐成，誰還制得住他？大王、國公雖然接連稱帝，看似風光了一把，實則都是為二郎鋪路，這就叫『螳螂捕蟬，黃雀在後』……」口裡卻仍恭敬道：「國公深謀遠慮，是臣所不及，臣必竭心盡力完成任務。」

嚴可求被留下來，自然很高興，無論是面對檯面上的上司，或暗地裡的親家，他都必須努力去完成南吳自立一事，但楊隆演雖懦弱，也不是傻子，心知自己一旦稱帝，非但違背了父親的遺志，也會成為萬矢之的，一旦被逼禪位，便性命不保，因此死活不肯答應，最後在徐溫的威逼下，採取一個折衷方式，宣佈建立吳國，自立為吳王，從此停用「天祐」年號，改元「武義」，建宗廟、設百官，禮樂典章全用天子禮制，改謚楊行密為孝武王，廟號為太祖，改謚楊渥為景王，尊母親為太妃，並大赦南吳。

徐溫被任命為大丞相，都督中外諸軍事，兼中書令、東海郡王；徐知誥則擔任左僕射、參政事兼知內外諸軍事，兼領管江州團練使；就連嚴可求也得到門下侍郎的位置，成為門下省的首長。

唯獨兩人不如意，其一是為徐知誥籌謀而立下大功的宋齊丘，因徐溫的壓制，始終只是小小的殿直軍判官。另一位便是楊隆演自己，他日日受驚抑鬱，夜夜借酒消愁，兩年後，即病弱而逝，時年不過二十四歲。

老臣們見吳王日漸消沉，乃至病逝，都把矛頭指向徐溫，認為是他想自立為帝，因此逼死大王，表面上雖不至於興兵反叛，暗地裡卻常使絆子，使他行事不順。

徐溫雖提高地位，卻成為眾矢之的，實是始料未及，他為表清白、安撫眾心，只好暫緩稱帝一事，改迎楊隆演之弟楊溥繼位，楊溥更無力反抗，他自己仍拒絕稱帝，但依徐氏父子之意，改年號為「順義」，追謚楊隆演為「宣皇帝」，並升任嚴可求為尚書右僕射，兼同平章事，即宰相之位。

至於徐知誥乃是此番鬥爭的大贏家，他安臥都城，予民休養生息，予軍蓄養實力，到後來，徐溫雖遙秉大政，但南吳人心都漸漸地歸向他，甚至到了「只知徐知誥，不知徐溫」的地步。

（註❶：「淮南秋雨夜，高齋聞雁來」出自韋應物的《聞雁》。）

（註❷：「芳林新葉催陳葉，流水前波讓後波」出自劉禹錫的《樂天見示傷微之敦詩晦叔三君子皆有深分因成是詩以寄》。）

九一九・一　明主不安席·按劍心飛揚

賀瓌結陳而至，橫亙數十里。王師銀槍都陷其陳，沖蕩擊斬，往返十餘里。行營左廂馬軍都指揮使、鄭州防禦使王彥章軍先敗，西走趣濮陽。晉輜重在陳西，望見梁旗幟，驚潰，入幽州陳，幽州兵亦擾亂，自相蹈藉；周德威不能制，父子皆戰死。魏博節度副使王緘與輜重俱行，亦死。《資治通鑑・卷二七〇》

卻說梁、晉還僵持在黃河邊岸，魏博楊劉城的天空陰沉得像濃墨潑灑般，轟隆隆的雷雨夾著劈里啪啦的破冰聲響徹天地，梁將謝彥章施了「鑿冰計」後，黃河之水就像地獄怒氣般衝吼而出，洶涌數十里，居住在河岸附近的大梁百姓雖然事先得到晉王的通知，卻怎麼也不肯相信國家真會犧牲他們，以為只是敵人的離間計，直到瞧見暴漲的洪水像猛獸般衝湧過來，才驚慌失措地攜家帶眷逃難，來不及逃出虎口的，只能聚成一大片浮屍。

僥倖存活下來的人在金匱盟的幫助下，雖然暫時有棲身之地，但原本美麗的家園瞬間成了一片汪洋，從此流離失所，無家可歸，哀哭聲依然瀰漫天地，失望憤怒之情也如滾滾洪水衝擊著大梁朝廷。

當賀瓌率軍抵達楊劉城，見到這一片慘況，才恍然明白朱友貞為什麼會給他那道密旨，是讓他在事成之後斬殺謝彥章以平民怨！

朱友貞以為忍心捨棄少數子民，會換來帝位的安穩，謝彥章以為自己出了妙計，會贏得加官晉爵，卻想不到敵軍非但沒退，反而給晉王抓住機會大發檄文，不但招降了安彥之等流兵，增添軍力，更令梁軍惡名昭彰，使得大梁百姓人心都歸向晉王。

晉軍雖不能大舉渡過黃河，但李存勖受到萬民仰望，流兵來歸，心中大為振奮，便親自操持小舟去探測河水情況，之後更領頭在前，率晉軍浩浩蕩蕩地乘舟前行，到了水勢低淺處，難以行舟，李存勖又激勵軍兵說：「梁軍鑿開冰河，是因為他們根本不敢與我們正面對決，只想龜縮在後方，借溝壑來保護自己，所以我們要涉水而過，直搗朱小兒的巢穴！」接著便跳下船隻，將長槍扛在肩上，涉水而過。眾人見到大王以身作則，奮勇當先，都鼓起精神，緊緊跟隨，即使水淹至膝，也不後退。

謝彥章見大水不能阻止晉軍來襲，連忙率軍前往抵擋，雙方在河水裡激烈作戰，幾回之後，梁軍大敗，死傷慘重，隨著黃河的漫延，苦難大地盡被染成血紅，百姓浮屍都還來不及清理，便又添了千萬具殘破的士兵屍首，始作俑者謝彥章最後只帶著幾名親信逃至濮州北方的「行台村」，據城而守。

晉軍趁勝追擊，成功搶佔黃河沿岸四個渡口營寨，之後沿著黃河攻下鄆、濮兩州，緊接著李存勖在濮州「麻家渡」紮下營寨，並展開最大規模的調兵遣將，不只接應了十萬大軍過河，也把所有可調遣的大將都召回身邊，準備直搗開封，一舉攻滅大梁。

這其中包含魏博銀槍效節都和五千鴉軍，周德威的幽州三萬步騎，李嗣源統合邢州、魏州共二萬步騎，李存審統合滄州、景州共一萬步騎，趙王王鎔、北平郡王王處直也各自派了數千騎兵相助，另外還有麟、勝、雲、蔚、新、武等數州軍兵，奚、契丹、室韋、吐谷渾等外族傭兵共三萬。

另外李存勖為了加快行軍速度，又從魏博徵召三萬民丁，只要部隊行軍到哪裡，他們便修築柵壘工程到哪裡，如此士兵們不必再修築工程，便能節省許多體力和時間，這三萬民丁和修築工事便交由二太保李嗣昭全權監管。

卻聽說大梁的步兵老將賀瓌已率十萬大軍抵達濮州北行台村，與騎兵神將謝彥章重新組成陣式，形成「步騎合一、智勇雙全」的陣法，企圖阻止晉軍西進之路，這其中還包括只以最簡樸的三招「王鐵槍法」就打得李存勖毫無招架之力的鐵槍王王彥章，也已經從汝州趕來，加入謝彥章的陣營。

李存勖對王彥章仍心有餘悸，他雖聽從馮道的建言，指點修正過夏魯奇的槍法，但短短時間，夏魯奇還沒有把握能勝過王彥章，李存勖便不想讓自己的這枚奇兵太早在王彥章面前曝露出來。

天雪飄飄，當賀瓌率大軍抵達謝彥章固守的北行台村營寨時，被鑿開的河面又漸漸凝結起來，看在梁軍的眼底，只覺得打從心裡冒出冷氣，但於賀瓌而言，卻還有更冰寒之事，朱友貞的密旨就像一道催命咒般在他內心糾結，催促著他，也催著謝彥章的命！

他暗中緊盯著謝彥章的一舉一動，想查看對方是否有謀叛之心，另方面覺得自己大軍已至，應盡快打敗晉軍，好回京覆命，免得像劉鄩那樣拖延，引起主上懷疑他們擁兵自重，便屢屢主張強攻猛進：「聖上將全國兵力都交付給咱倆，保全社稷也依賴這一仗，我們卻遲遲不開戰，這如何說得過去？」

偏偏謝彥章以儒將自居，喜用智計退敵，先前他幾次設下陷阱，的確曾困住李存勖，只不過對方得猛將元行欽相助，才僥倖逃脫，這些戰績使得他在晉軍中聲名大噪，更讓他恃才傲物，尤其當他深深寄望的「鑿冰計」未能一舉消滅敵人，反而讓騎兵隊遭受重創，他實在懊惱萬分，卻也處心積慮地想運用計謀再扳回一城。

他眼看賀瓌一來，就急著想與敵人正面對決，但覺這步兵老帥只會魯莽衝撞，便屢屢反對：「沙陀兵最擅長的就是騎馬來回掃殺，以求速戰速決，所以我們要反其道而行，佔據津要，建築深溝高壘，使他們的騎兵無法發揮作用，如此一來，他們便不敢深入！」

賀瓌對自己的步兵重陣極具信心，見謝彥章狠心施了鑿冰計，反被李存勖利用，致使梁軍名聲受損，心中已是不忿，又見謝彥章老是唱反調，但覺得他是嫉妒自己會立下大功，怒道：「如今強敵已經寇抵邊境、逼近國門，難道我們不該奮勇殺敵嚒？你還想坐等敵軍自行退去？」

謝彥章道：「正因為敵人已寇抵邊境了，我們更應該守住最後界限，若是輕率出兵，萬一有什麼閃失，豈不是大勢去矣？敵人並不易對付，在沒有萬分把握之前，絕不宜輕舉妄動！」

初始兩人只是各執己見，爭論不下，漸漸地，賀瓌開始感到不耐煩，也疑心謝彥章有貳志，否則為何他的鑿冰計明明慘敗，晉軍還不斷宣揚：「只要兩京太傅謝彥章出現，咱們就趕快退了吧！他的智謀可是一點也不遜於劉百計！」

雙方二十萬人馬在濮州對峙了三個多月，所有人都知道決戰一觸即發，精神都緊繃在弦上，尤其李存勖齊集了十萬兵馬，自然想一鼓作氣，絕對不想再消耗下去，日日積極演練兵陣，更不斷派人去梁營前挑釁。

十萬梁軍在行台村修築了深溝高壘，有如一座大山橫擋在前方，硬生生阻斷了晉軍西進之路，無論李存勖怎麼挑釁威逼，梁軍因著謝彥章的阻止，怎麼也不肯出來決戰。

梁軍是在自己的境內列陣橫阻，後勤供應自然沒有問題，但晉軍卻是從各地東徵西調，才湊足了十萬兵馬遠路而來，其中包含不少胡兵，時日一久，莫說軍糧供應是個大問題，幾支軍隊間也難免生出齟齬，倘若再拖延下去，定會生出變數，這情況令李存勖萬分頭疼，心想：「我還是另選一片營地，把幾支胡兵分開來安放，這樣不只可減少紛爭，軍陣排面更寬廣，所圍護的地域也會更大！」便積極找了一塊營地，教士兵們立刻紮營築壘。

「大王！馮巡官從南吳回來了！」

李存勖忙完了分兵移營後，便召來眾將領討論如何破解梁軍的「步騎合一、智勇雙全」，眾人正一籌莫展時，就聽到馮道回來的消息，李存勖連忙召他進來，急問：「南吳如何？徐溫可答應出兵？」

馮道行禮之後，稟報道：「南吳發生政變，如今已不是徐溫一手遮天，而是被義子徐知誥分掉一半權力，此刻他自顧不暇，因此無法出兵，在卑職極力爭取之下，他答應出兵虔州，截斷吳越上貢給大梁的糧道。」

李存勖蹙眉道：「這徐溫真是老奸巨猾！知道本王快一統天下了，就不肯出兵援助，他說去攻打虔州，不過是找個藉口推辭！」冷哼一聲，又道：「也罷！他今日不肯相助，待本王滅了大梁，要再征伐南吳，就不必講情面了！」又對馮道似笑非笑地道：「本王要你帶回救兵，你並沒有達成任務，怎麼有臉回來見我？」

馮道認真說道：「卑職自覺愧對大王的信任，確實沒臉回來，一路上想來想去，決定冒險潛入梁營去刺殺對方將帥，好將功贖罪！」

「你……」李存勖原本只是故意捉弄馮道，想看他如何應對，想不到他竟自責到想潛入梁營刺殺主帥，斥罵道：「你簡直是不自量力！」又關心道：「你沒受什麼傷吧？」

馮道笑嘻嘻道：「多謝大王關心！卑職雖然本事不濟，卻毫髮無傷，非但全身而退，梁帥還真死了一個！」

眾人以為他在開玩笑，都想：「事關軍情，馮巡官怎可胡說八道，這玩笑未免開得太大了！」

李存勖更想看他怎麼圓謊？英眉一挑，道：「你說的可是『梁帥死了一個』，並不是『梁將死了一個』？梁軍死了一個小騎校，可沒什麼好拿來說嘴的！」

馮道認真答道：「卑職有幾顆腦袋，怎敢胡說八道欺瞞大王？確實有個梁帥死了！」

眾人都覺得奇怪，梁帥一旦去世，肯定是驚天動地的大消息，但探子並未傳回任何消息，李存勖心想馮道言行雖然有些滑稽，做事卻極有分寸，忍不住生出懷疑，問道：「梁帥總共不過兩個，你不是弄錯了吧？」

馮道說道：「卑職冒著九死一生的危險潛入梁營數日，剛剛探得這個天大的好消息，就立刻趕回來稟報。」頓了一頓，又道：「是謝彥章死了！」

「什麼？」李存勖連同眾將領都驚愕不已：「謝彥章死了？」

李存勖太過驚喜，卻又不敢相信，笑道：「本王都還沒出手殺他，怎能輕易就死？那謝彥章最愛使詭計，不會是詐死想引本王入彀吧？」

閻寶忍不住插口問道：「究竟怎麼回事，馮巡官，你快快說來！」

馮道見眾人不相信自己，便心生調皮，故意吊著胃口慢慢述說：「大梁十萬軍兵原本都安放在同一個營寨裡，賀瓌覺得太擁擠了，前些日子便提議另外找一塊營地，將步騎分開，這新營地最好與原本的營壘形成犄角之勢，可以加強防守，謝彥章深表同意，兩人便一起外出尋找營地，賀瓌看中了一塊周圍山丘隆起，環抱中間平原的地方，說易守難攻，又有水源，是塊好營地……」

李存勖想到自己看中的新營地也是中間平坦，四周山丘環抱，還指揮軍兵忙到深夜才紮好新營寨，笑道：「這步兵老帥倒與本王想到一塊兒去了！」

馮道笑道：「正是英雄所見略同，這才釀成謝彥章的大禍！」

眾人忍不住好奇，紛紛問道：「究竟發生什麼事了？馮巡官，你快快說吧，別再賣關子了！」

馮道微笑道：「賀瓌選好營地後，便回去整理軍隊，過了兩日，再來觀察營地，想著怎麼移防時，赫然發現原本空曠的營地上竟已矗立了兵馬，嚇得他目瞪口呆！」

眾人聽到這裡，都感到不解：「怎會如此？是哪一方的人馬？」

只有李存勖撫掌哈哈大笑：「原來賀老頭和本王看中的是同一塊營地，可咱們的速度快，一下子就紮好了營寨，那梁軍動作慢吞吞的，怎能搶到大好肥肉？」

眾人恍然大悟，都齊聲稱頌：「大王英明！」

這下換李存勖不明白了，問道：「既是本王搶了賀老頭的營地，關謝彥章什麼事？他怎會惹上大禍？」

馮道笑道：「賀瓌與謝彥章表面上號稱『步騎合一、智勇雙全』，其實兩人早有心結，總是意見相左，賀瓌見自己千挑萬選的寶地竟然被大王搶先佔據了，而這營地所在只有謝彥章知曉，因此心中生疑，覺得是謝彥章與咱們暗通聲氣，便設下一詭計！」

眾人聽到這裡，已經相信謝彥章真的慘遭橫禍，十分高興，都當成趣事來聽，紛紛問道：「那賀老頭看起來忠厚老實，謝彥章才是詭計多端，他怎麼反而上了賀老頭的當？」

馮道笑著搖搖手，道：「人不可貌相！以後咱們遇上這老位老將軍，千萬不能掉以輕心。」

李存勖問道：「賀瓌究竟用了什麼計謀？」

馮道說道：「其實是再普通不過的計謀！賀瓌先暗中聯合行營馬步都虞候朱珪，接著舉辦酒宴說要犒賞將領，席間將謝彥章和他的心腹濮州刺史孟審澄、別將侯溫裕等人灌醉，便一起斬殺了！那謝彥章萬萬想不到大敵當前，雙方合作都來不及，賀瓌竟會動手殺他，這才著了道！」

李存進哈哈大笑道：「此人心狠手辣，鑿挖冰河坑害數萬生靈，當真死得好！」

李存審微一沉思，問道：「雖然賀瓌身為主帥，再怎麼說謝彥章也是副帥，陣前伏殺另一名大將，動搖軍心，分裂將士，賀瓌就不怕梁帝砍他的頭麼？」

馮道說道：「梁軍得知這個消息，確實炸開了鍋，不只騎兵差點要造反，就連步兵自己都看不下去，幾乎沖垮了大梁的士氣，但讓人意外的是賀瓌以謝彥章謀叛之名上報梁廷，朱友貞非但不怪罪，也不派人徹查，反而提拔參與伏殺的朱珪為匡國留後、平盧節度使兼行營馬步副指揮使作為獎賞！」

李存勖聽到這消息，簡直樂壞了，拍案狂笑不已：「本王真是福星，選個營地都能做死一名大梁名將！」

眾將領也哈哈大笑，紛紛道：「大王真是蒙蒼天護祐，乃是真命……福星！」眾人原本想說真命天子，又覺得不妥，便臨時改了口。

李存勖如何聽不出眾人的意思，大梁折了一位名將，這一仗南下大有勝算，極可能長驅直入開封，滅梁稱帝，而眾人都支持自己開國立朝，心中更加歡快，哈哈大笑道：「這天大的好消息真該慶祝一番，今晚本王要與你們飲酒同樂，不醉不歇！」精光一湛，沉聲道：「梁軍將帥自相殘殺，賀老頭盡失軍心，這場仗他還怎麼打？本王定要想個妙計把賀老頭勾引出來，先殲滅他的十萬梁軍，再直下梁都！」

李存審蹙眉問道：「那鐵槍王王彥章呢？他在謝彥章麾下，也被賀瓌斬殺了麼？」

馮道答道：「這倒沒有。」

李存勖歡喜道：「沒死才好！本王還等著派徒子徒孫光明正大地打敗他呢，好顯出我烏影寒鴉槍的厲害，他怎能輕易被害死？」

正當眾人歡快不已時，周德威見李存勖少年得志，因此養成他目空一切，不把天下英雄放在眼底的性子，忍不住提醒道：「賀瓌性子雖然暴躁，卻非莽夫，於戰場上有勇有謀，能分辨形勢，手中的步兵重陣更被譽為大梁第一，大王萬萬不可小瞧了他。」

李存勖哼道：「大梁第一又怎樣？別忘了，本王乃是天下第一的戰神，又怎會怕一個小小的大梁第一？我承位以來，南攻大梁，北掃契丹，從一座晉陽城到打下整個北方，哪一次不是以少勝多？這天底下的英雄梟雄哪個不是我手下敗將？就算今日朱賊在世，見到我，也只能嚇得倉皇退走，更何況是他手下將領，一個暴躁老頭何足懼哉？」

周德威想到驕兵必敗，又勸道：「就算大王軍功蓋世，賀瓌確實不如，就算謝彥章折了，可王彥章還在，他仍可擔任騎兵指揮，這便是賀瓌膽敢陣前斬殺騎兵主帥的原因！更何況梁軍人數眾多，裝配精良，又在自己境內，很容易增派兵力，大王切莫掉以輕心！」

大梁糧食豐足，河東原本就較匱乏，再加上連年征戰，實已到了入不敷出的困境，所以奪取大梁富庶之地，不只是李存勖稱霸天下的壯志而已，更是搶奪生機的一戰：「如今梁軍氣勢正弱，自己四分五裂，乃是千載難逢的良機，倘若這等情況本王還不能一舉殲滅大梁，豈不是讓天下人笑話了？更何況此次集結十萬大軍，每日糧草耗費甚大，真要拖延下去，反而對我方不利。」

周德威還待開口，李存勖阻止道：「總管不必擔心，本王已有妙計！」

周德威道：「敢問大王有什麼妙計？」

李存勖笑道：「還是引蛇出洞的老法子！想當初莘縣那一戰，劉百計萬般隱忍，硬是不肯出寨，可一聽到本王要回援晉陽，他就出來了！如今少了謝彥章的阻攔，只要用同樣的方法誆騙，賀老頭肯定上當，會傻傻地追出來！」

五太保李存進不解道：「可這一次晉陽並沒有危險，咱們又拿什麼當誘餌，才足以勾引賀老頭出來？」

李存勖意味深長地一笑：「這次咱們不必回援晉陽，而是兜一個大圈子避開賀環大軍，假裝繞遠路去攻打開封，那老傢伙一見咱們要直搗朱小兒的巢穴，哪敢再做縮頭烏龜？爬也得爬出來，拼命趕去救他的主子！咱們就好整以暇地等在胡柳陂……」指了地圖又道：「我已察看過了，這胡柳陂東西各有一座矮山，兩山之間有一大片平原，十分平坦遼闊，很適合騎兵奔馳，咱們搶先佔據較高的那座山丘紮營，且大軍背靠山丘擺下一字陣，如此就不怕賀老頭從後方偷襲。等他大軍一到，咱們以逸待勞，正面對決，來一個、殺一個，來十萬、殺十萬！一旦殲滅這十萬主力，再沒有任何攔阻，咱們就可以直下開封！」

眾將領被激起與梁軍決一死戰的氣概，都大聲道：「我們願追隨大王直搗開封，請大王吩咐軍令。」

李存勖朗聲道：「周總管、大太保聽令！」

「在！」周德威與李嗣源齊聲應答。

李存勖道：「周總管率幽州三萬步騎作為左翼，大太保率邢、魏二萬步騎為右翼，配合本王組成軍陣！」

周德威與李嗣源齊聲應答：「得令！」

李存勖興奮道：「這一回本王要在開封成內直接封賞百官，所以文官也不必回去了，就和糧草輜重一起跟隨大軍，先前往『濮陽』安頓。」

眾人聽到李存勖的承諾都十分興奮，也感受到大王對這一仗信心十足，才會把文官直接帶在身邊。

馮道心中卻咯噔一下：「這濮陽城不久前才打下，裡面全是剛投降的大梁將臣，離決戰的胡柳陂不到五十里，這等於是……把糧草直接安放在最前線！萬一濮陽降將與賀瓌裡應外合燒了我們的糧草，豈不危矣？」又暗暗嘀咕：「小李子簡直是被勝仗沖昏頭了，竟把糧倉擺到敵軍面前，好像在高聲招呼：『這裡有塊大肥肉，你們快來搶啊！搶不到，燒了也好！』倘若這一仗真出了什麼差錯，咱們的士兵大敗潰逃，我小馮子就會變成小鱉子，被敵人正好來個甕中捉鱉！」

他越想越不安，幾乎就要不顧自己品級低下，開口勸阻，可這一開口，就是當著所有人面前在信心滿滿的大王頭上狠澆一桶冷水，他並不是周德威、李存審那種德高望重的大將軍，得罪了大王也沒事，想到自己只是個小巡官，心中就不由得糾結萬分。

李存勖於萬般危境中都能勝出，更何況如今梁軍陣前分裂，乃是千載難逢的良機，他壓根就不覺得自己會打敗仗。這濮陽距離胡柳陂和開封都近，一旦殲滅賀瓌之後，接著攻打開封，把糧倉設在濮陽，就不用再轉移，可省卻許多麻煩，只不過他也考慮到濮陽城內有許多降將，便又下令：「九太保，你率滄、景一萬步騎負責保護文官和糧草輜重前去濮陽！」

馮道暗暗鬆了口氣：「小李子果然是真正聰明的戰神，並不是盲目自信的二愣子劉守光！」

這一來，卻換成李存審心中愕然，百般糾結：「這等於教我留守後方跟一群文人廝混？如此重要的一場戰役，為何不讓我建立軍功？」

所有人都深信這一戰不只攸關天下局勢是否丕變，也關係到一旦新朝建立，各人分王封地的仕途前景，因此個個摩拳擦掌，十分興奮，都想在這一場大戰中擠進一個好位置，立下從龍之功。

李存審見自己被安排在後方看護文官和糧草，心中難免有些不服氣，想開口爭取，卻見李存勖轉了頭與貼身護衛元行欽談笑，又轉過來對眾將領道：「二太保、李建及、閻寶等其餘軍兵，全歸入本王麾下，我要親自指揮這五萬精銳作為中軍，另外五千鴉軍和銀槍效節都由元使君統領，負責隨時支援本王，保護我的安危！」

李存勖心中所想乃是文官、輜重都十分重要，這裡面甚至有他最喜愛的伶人團，自當派經驗豐富的大將保護，周德威和李嗣源要配合自己形成軍陣，元行欽向來是自己的貼身侍衛，只有派李存審去保護文官和輜重，他才會放心。

李存審卻認為李存勖獨厚元行欽，心中萬分感慨：「我一心為大王好，大王卻不耐我的教誨，只喜歡與這個背骨的傢伙一起逞勇，遲早有一天會因為這傢伙惹出大禍！」但知道以李存勖今日的威勢，早已聽不進自己的勸言，只得把滿腔憤慨嚥下。

李存勖道：「這附近必有大梁探子隨時在偵察我們的動靜，既然要引蛇出洞，就要把前戲做足，必須把軍中所有老弱家眷全部遣回魏州，還要毀去咱們所有的營寨，這樣才能展現出直搗開封的氣勢，賀老頭才會上當！」精光一湛，朗聲道：「本王定會親自率領大家攻下大梁，揚威定霸，在此一役！」

眾軍齊心振奮，在李存勖的一聲令下，便各就各位，開始拔營前進。

河東軍如此行進了一日，抵達李存勖選定決戰的胡柳陂，已近黃昏，李存勖便下令眾軍就地簡易紮營，嚴陣以待，等候賀瓌追來。

「啟稟大王，賀瓌果然按捺不住，急急追來了！」探子帶來的消息，令李存勖十分興奮，對眾將領笑道：「你們瞧，這天下戰役有什麼能逃出本王的手掌心呢？本王教他來，那老頭不敢不來！」

周德威心中不安，勸道：「此處距離開封不到三日路程，梁軍家眷都在城中，將士們為保衛家園定會拼命抵抗，相反地，我軍乃是深入敵境，對周圍形勢並不瞭解，雙方正面激戰，損傷必然很大，不如用計謀來制服他們。」

李存勖聽周德威有妙計，連忙問道：「總管有什麼法子可讓咱們一舉滅敵？」

周德威知道已勸不動李存勖，便想了一個折衷的法子，道：「梁軍既是急匆匆追來，定然十分疲憊，不如咱們先按兵不動，臣先率一小隊騎兵前去騷擾，讓他們無法紮營歇息，也吃不了飯。我軍營壘已建好，守備有餘，大軍就耐心待在營壘裡，等到梁軍疲憊不堪時，再發動總攻，一舉破敵。如此以逸待勞，保全體力，待轉戰開封時，我軍才有力氣進攻。」

李存勖滿心想要轟轟烈烈地大殺一場，好威震天下，聽周德威提的竟是向來慣用的騎兵騷擾計，頓感不耐煩，道：「咱們在麻家渡已耗了三個月，整日挑釁，只恨敵人不出來，現在賀瓌好不容易自動送上門來，只派幾個騎兵去小打小鬧，算什麼英雄好漢？梁軍騎兵已經癱瘓了，有什麼好怕的？你太膽怯了！」

李存審不只善用計謀，且十分沉得住氣，因此蓚縣一戰才能以無比堅忍的意志熬到最後一刻，使五百晉兵驚退二十萬梁軍，嚇得朱全忠一病不起，所以他完全贊同且理解周德威的意思：「總管不想白白犧牲軍力，大王卻好大喜功，明明可以小博大，大王卻不聽勸……」他幾乎忍不住就要開口勸說，李存勖卻揮揮手阻止他，道：「依梁軍那慢吞吞的腳程估算，真正抵達的時間已近明日正午，今夜便讓將士們好好歇息，飽食一頓，明日才有精力隨本王大殺四方！」

李存審只能把話吞了進去，心中一嘆：「大王派我押糧，就是不想我跟在身邊囉嗦，我的勸告，他又怎麼聽得進？」

周德威見李存勖如此興奮，知道自己再說什麼都無用了，便出去傳令教大軍加餐做飯，接著早早熄燈歇息，心中卻十分不安。

周德威忙完了一切，回到自己的軍帳中，長子周光輔見他一張黑沉沉的臉更加黑了，知道他心情不佳，安慰道：「如今大軍是箭在弦上，不得不發，大王已不可能回頭了，阿爺又何必去衝撞他，惹得兩人心裡都不愉快。」

周德威冷斥道：「驕兵必危，大王總是一意孤行，再這樣下去，我這條老命不知要死在什麼地方！」

周光輔見父親發火，不敢再吭聲，正當父子相對無言時，帳外卻傳來一聲稟報：「馮巡官求見。」

周德威一愣：「他怎麼來了？」便對兒子道：「你先回去歇息吧，好好睡一覺，明日還有場硬仗要打。」

周光輔道：「阿爺別太擔憂了，或許大王真是福星，咱們明日真能大勝一場呢！」

周德威點點頭，讓他離去，接著再傳喚馮道進來，問道：「你怎麼來了？」

馮道手中端了一個木盤，盤中有一小壺酒、一小壺茶和幾片胡餅，微笑道：「從前潞州之戰時，卑職曾與總管有一點交往，如今來到河東許久，都還未真正向總管請安，我瞧這燈火還亮著，猜想你是擔心明日的戰役，無法入眠，便準備一點吃食過來。倘若總管想找人聊上兩句，又不嫌棄卑職低微，道便留在這裡陪你小酌幾杯，倘若總管想歇息了，心裡卻還犯愁，這另一壺是安眠茶，可助總管養足精神，應付明日的大戰。」

周德威雖不明白他到來的真正原因是什麼，但對於他的好意也感動於心，便道：「坐下吧！咱們就喝兩杯，或許明日之後，誰都不知道人在何方？」

馮道坐下為他斟酒，一邊閒聊太原風光，周德威一開始仍是沉默不言，只喝著悶酒，直到幾杯黃湯下肚，漸漸放開心懷，感慨道：「先王去世至今，已經整整十年了！想我年少時，憑著一柄長陌刀佔據延川，劃地為王，後來遇見先王前來挑戰，我兩人明明一見如故、英雄相惜，可年輕氣盛，一打照面，二話不說，當場就幹起架來，我們一邊拼喝烈酒一邊打，紅紅火火地大戰數百回合，到後來，軍營裡刀、槍、劍、戟什麼能用的武器都比上了，什麼烈酒都喝光了，就這麼足足打了三天三夜，到最後兩人都累得醉倒在雪地裡，空中忽然飛來一對金雕盤旋不去，大約是把我們兩個醉漢當成了死屍，想伺機啄食我們的身子，先王說：『咱們都沒力氣了，就拼最後一把，比射雕！』我是真沒力氣了，那箭矢只擦中雌雕的一小撮羽毛就掉了下來，可先王在酒醉之中，竟能一箭射中雙雕眼睛，當場震撼了我，我心甘情願地奉上領地，從此生死相隨。先王待部屬、養子向來有福同享、有難同當，所以大家對他都很忠心，但我除了忠心之外，更多的是一份兄弟情義！」

他大大喝了一口酒，聲音中充滿痛失兄弟的感傷：「那一日他忽然倒下，人人都說我會趁機奪權，我壓根就沒想過，我從小在馬背上長大，只會打仗，不會治國，我搶王權來做什麼？就像亞子把幽州賞賜給我，許多幽州老將都不服氣，說我太嚴厲，盧文進才會叛變去幫助契丹壯大，以至於變成河東的威脅……我也不瞞你，我確實痛恨幽燕將領，是他們害死了大哥！」

他狠狠喝了一口酒，似想發洩心中所有的怒氣與悲鬱，又苦笑道：「馮小兄，你懂治國，你說我該怎麼辦？想再讀書求學問已經來不及了！形勢這麼危險，稍有不慎，燕雲十六州都會傾覆，我只能把不忠心的、不服氣的、囂張的全都殺掉！

我滿心只想維護住河東基業，照顧好老大哥的家！亞子是大哥的孩子，是我看著長大的，我不能讓人欺侮他，更不能讓他走偏了路，萬一河東或亞子有什麼閃失，將來我有什麼臉面見大哥？所以啊……我就忘了主臣之分，除了拼命打仗之外，有時不免多嘴了兩句，態度也強硬了些，可亞子終究是大王，不是我的親侄子……」

馮道帶來的一小壺酒不夠喝，周德威索性拿起營帳內自己的酒罈猛灌起來，一口接一口黃湯下肚，喝了許久，原本黑黝黝的臉泛著紅潮，整個人更添了幾分鐵血丹心的味道。

馮道忽然想起張承業曾形容眼前這個血性漢子說：「黑炭頭臉是黑的，可心是紅的！」他不禁暗暗加了一句：「因為血是熱的！」

只聽周德威感慨道：「以前我馳騁沙場，在千萬敵軍中來去，從不知道害怕，幽州那一戰，面對契丹三十萬大軍圍城，我以為支撐不下去了，也沒有這種感覺，我知道像我們這樣生於沙場之人，終究要馬革裹屍的，我周家父子個個封將拜相，大王也沒有虧待我們，我心裡其實沒什麼遺憾了，可不知道為什麼，這一仗，我心裡很不安……」

這位鋼鐵老將從來不多說廢話，今日卻傾吐了這麼多心聲，可見他內心有多麼難受，馮道知道自己今日來對了，只見周德威打開衣襟，坦露出滿佈傷痕的胸腹，道：「這一路以來，我拼死打過無數戰役，身上大大小小上百道傷痕，只要有一次稍稍疏忽，不能逃出死關，我周德威就不在了！所以當我看見亞子志得意滿的樣子，心裡實在是怕得慌，我擔心會有大事發生，想勸他小心謹慎，他總嘲笑我膽怯，每一次他不顧眾人反對，勇敢躁進，結果都打了勝仗，所以他根本聽不進任何勸言！就連都監那樣輕聲細語地勸他，我聽說……他都曾經舉刀相向！更別說我這個粗漢，只怕勸不了兩句，就會吵起來了……」

馮道望著眼前這滿佈刀刻血痂深紋的身子，不由得深深震撼，再看他兩鬢已被嚴峻的軍情催得霜白，眼底卻仍是初火熾烈的赤誠，心中頓時沖湧起一股感動：「河東全軍都被戰神功績迷了眼，小李子自己更是忘乎所以，只把元行欽當兄弟，想一起冒險闖蕩，逞展威風，卻忘了他今日能坐穩王位，開拓江山，全靠這班老將衝鋒陷陣、忠心扶持，他不能體會老將軍的用心良苦，也不能體會大哥的艱辛、九太保勸誡的好意……」想說什麼勸解的話，卻實在無言可慰，只能狠狠喝下一杯酒來掩飾尷尬，平緩自己受衝擊的思緒。

「或許他真是對的！」周德威嘆了口氣又道：「我們已經老了，如今是年輕人的天下，凡事應該勇敢一些，不該像我們這些老頭，做什麼事都謹小慎微……」

馮道安慰道：「總管言重了，你為河東打下無數江山，全憑膽大心細，戰爭關係太多人命，稍有不慎，便萬軍傾覆，小心謹慎自然是對的，你雖然阻止大王冒進，卻自請要率軍去梁營中挑釁，又有誰敢說你膽小？」

周德威苦笑道：「馮小兄，你是幽燕人，所以一開始我並不喜歡你，可今日我竟然和你坐在一起喝酒，心裡的話也只能跟你吐露……你說，這是不是很諷刺？」他忽然伸出大掌緊緊握住馮道的手腕，紅了眼眶萬分誠懇地道：「你官位雖小，但我知道你本事極大，如果這次真有什麼差池，你一定、一定要想辦法保住亞子，我把他交託給你了……」那語氣就像在託孤般。

馮道不禁想起柏鄉一戰，他也是二話不說，就帶著數百鴉軍去為李存勖死戰，對李存勖的扶持，他一向萬死無悔，只不過李存勖已漸漸不能領受。

馮道心中難受，也握緊他的手安慰道：「總管放心，這一戰無論結果如何，有那麼多悍將保護大王，他一定不會有事的，倒是你自己……」微然哽咽，又道：「你年事已高，明日又是一場硬仗，你千萬要保重自己！」

周德威慘然地笑了笑，道：「我這條命，早就交在大哥手裡！話說出來，心裡也舒服多了！馮小兄，你的酒真好！多謝你了！」

馮道見他吐出悲鬱之後，顯得有些疲累，心想：「老將軍應該歇息了……」便悄悄換了安眠茶，與之對飲兩杯，見周德威雙眼漸漸迷濛，已露睡意，便起身告辭離去。

他緩緩走出帳外，仰望雲空，見天雪初霽，繁星閃爍，其中一顆土星正逐步運行到紫微垣中，漸漸靠近「上將星」，形成「鎮星犯上將」的星相，不由得輕輕一嘆：「鎮星犯上將，不利主帥！看來這星相是不會改變了……」

在通曉《天相・星象篇》之後，他明明百般告誡自己，這世間英雄、梟雄皆是匆匆過客，勝負成敗盡是浮雲流水，莫要隨之起伏，可不知為何，前夜他觀察到周德威的將星漸漸消失，數度測算，總是得到相同的結果，內心便湧聚著一股濃濃惆悵，始終無法排遣，他雖知自己無力改變，卻還是忍不住深夜前來探望周德威，想見他最後一面。

或許是長年征戰，總是處在生死邊緣，周德威對危機的感應十分敏銳，也或許是知道自己終有盡頭，才讓他忍不住對一個小巡官吐露心聲，希望能求得一知音，交託重任。而馮道告訴自己就陪他喝幾罈酒，品幾杯茶，接受交託吧！即使結局無可改變，至少可以讓他心無罣礙地放手一戰。

馮道對著營帳深深行了一禮，就像瞻仰訣別一位赤膽老英雄般，這才緩步離去。

翌日清早，天雪還微微飄灑，河東軍已佔據了東邊的山丘，李存勖就站在坡頂上的營寨前俯瞰下方，周德威、李嗣源、李存審、李嗣昭、李存進等將領都集結在他兩旁，一起眺望敵情，商討對策。

王緘身為掌書記，戰戰兢兢地站在這一班大將的後方，以備李存勖隨時傳喚，馮道則跟在王緘身後，以便他隨時指使。

馮道從側邊偷偷瞄了周德威幾眼，見這老將又回復一臉黑沉嚴肅，全身似卸下重擔般輕鬆，氣度已恢復雄壯威武，就算與馮道的目光剛好對上，也彷彿兩人昨夜並沒有交心般。馮道心知他已將生死置之度外，暗暗鬆了口氣：「看來將軍已經恢復精神了，或許會因此出現奇蹟……」

「報！」遠處一名探子飛馳而來，大聲一喝，打斷了馮道的思緒。

那探子見大王和將帥們都在前方，趕緊用力一扯韁繩，令馬兒急剎而止，以俐落的動作甩身下地，飛奔上高坡，行禮道：「啟稟大王，賀瓌率領大軍已抵達二十里處，騎兵在前，步兵在後，一切如大王預料，大約正午就會到了！」

「來得好！」李存勖十分興奮，大喝一聲：「傳令下去，所有軍兵依陣式全力備戰！」周德威、李嗣源、李嗣昭等將領都領命前去指揮自己手中的軍隊。

李存審也帶著一萬士兵，護送行軍司馬盧汝弼、節度判官盧質，河東掌書記王緘、霸府掌書記張憲、觀察判官盧程，巡官馮道等所有霸府文官謀士，還有最受大王喜愛的景進伶人團，以及最重要的糧草輜重先行離開戰場，前往濮陽。

李存審帶著眾人走了幾里路，越想越糾結，環目望去，見前方有座高坡足以遮擋全軍，忍不住下令：「眾軍轉往那高坡後方。」

眾人雖不明所以，仍依令而行，待走到高坡後方，李存審又道：「大夥兒先在這裡簡單地紮營歇息。」

「歇息？」眾人一愣，才走不到三里路，竟要歇息，就連馮道也猜不透李存審的心思，接著李存審便派出一名探子去察看前方大戰的情況。

胡柳陂的高坡上，李存勖等將領眼看遠方煙塵揚起，如滾滾黃濤般越捲越大，漸漸逼近，所有人的精神瞬間緊繃了起來，手上緊緊握住兵刃，只待大王一聲令下，就要與梁軍展開生死對決！

當時賀瓌得到消息說李存勖迂迴個大圈，繞過己軍直奔開封，當真是大吃一驚，無論消息是否有誤，他都不能坐看王城覆滅，只能立刻放棄營壘，啣尾急追，一路朝濮陽東南方追去，當梁軍拼命追趕到胡柳陂時，赫然驚見十萬晉軍阻擋在前方，嚴嚴整整地排出三大陣塊，橫陣數十里，刀槍爍爍地恭候大駕！

賀瓌恍然想起這正是李存勖慣用的伎倆，當初劉鄩在莘縣就是中了這「引蛇出洞」計，才在毫無防備之下，丟掉七萬大軍！心中不禁暗恨李小兒太過狡猾！

賀瓌雖然暴躁，卻非莽夫，他既被尊為大梁第一步兵統帥，面對戰場上的突發狀況，自有應變之智，更何況他早就想與晉軍正面對決，當初是被謝彥章阻擋才無法如願，今日既然對上了，也無所畏懼，他立刻命大軍一字排開，也分成中、左、右三塊最堅固的陣式，以應強敵！

這一場大戰，攸關大梁國祚能否延續，因此朱友貞齊集步、騎十萬，打算背水一戰；河東也是召集各方好手，傾巢而出，賭上全部身家，無論哪一方都是形勢所逼，只能勝，不能敗！

「殺——」剎那間，聲威震撼天地，雙方軍兵宛如洪水破閘般衝向對方！

每一次大戰，李存勖總被保護在後方，這一回他親自率領五萬中軍，以前騎兵、後步兵的方式，揚起烏影寒鴉槍，打算一舉殺入對方中陣，刺穿敵軍腹心，大展神威！

他所面對的正是賀瓌親自率領的重裝步兵，這一老一少，一個百戰不殆，一個百勝氣狂，一個如鋼盾堅厚，一個如鐵槍鋒銳，兩人心中都存著非取敵首不可的狂烈意志，這一場對決乃是毫無轉圜、毫無餘地的搏殺，一旦碰撞在一起，不到生死之分，絕不罷休！

「衝！」李存勖率領的鴉軍和銀槍效節都乃是天下第一騎兵，幾個突衝，就逼得賀瓌的步兵陣節節後退，李存勖原以為可像往常那樣，輕易突馳來去，先將對方的軍陣大卸成零亂碎塊，再分別掃殺散逃的梁兵，一旦梁軍嚇得崩潰敗逃，大戰就結束了，豈料賀瓌的步兵陣十分穩固，雖有些退後，卻絲毫不亂，無論怎麼衝撞，仍是厚厚實實的鐵板一塊。

李存勖向來遇強則強，看見如此強悍的對手，戰意越加高昂：「這老頭有點意思，本王戰勝他，才不枉耗費這一番力氣，若是敵人太弱了，哪有什麼趣味？就算戰勝了，也沒人會佩服我！」

賀環年紀雖大，脾氣卻仍倔硬，一心想取下傳說中的戰神，好振奮頹靡已久的大梁軍心，因此硬是把兵陣嚴守得滴水不漏。李存勖幾個突衝不破，氣惱之下，心中暗暗發下豪語：「本王定要取下這『大梁第一』的腦袋，大大炫耀於天下，教梁兵嚇破膽！」便帶著騎兵不斷突衝，往返十多趟也不覺得疲累。

河東左翼是經驗最豐富的老將周德威，對上梁軍步兵副帥朱珪，原本朱珪是萬萬打不過周德威，偏偏周德威手中只有一半是心腹鐵林軍，另一半卻是剛接收的幽州軍，當初周德威攻破幽州城之後不只治軍嚴酷，還冤殺幽燕將領，使得幽州兵表面上不敢反抗，私下卻忿忿不平，這缺失平時並不明顯，一旦上了戰場，面臨生死關頭，便立刻顯露出來。

當周德威驚覺有一半士兵行動鬆散，不聽指揮，害得整個陣式運轉不靈時，為時已晚，戰場上沒有回頭路，他只能憑著自己豐富的經驗力挽狂瀾，咬牙堅持，幸好朱珪實力稍遜一截，雙方因此打得難分難解。

河東右翼則是最勇猛的先鋒李嗣源，率領天下第一先鋒軍橫沖都，對上替代謝彥章的騎兵副帥王彥章，帶領大梁第一的騎兵陣！

李嗣源的武功與李存勖一樣都是源於李克用的烏影寒鴉槍，而王彥章的王鐵槍法正是他們兄弟武功的剋星，李嗣源面對這個勁敵，萬萬不敢掉以輕心，卻也存心想為烏影寒鴉槍討回一個公道，因此立刻飽提全身功力，準備大開殺戒！

而王彥章曾經打敗過李存勖，自是想再打敗李嗣源，只不過此刻的他心中別有企圖……

「衝！」李嗣源勇猛、王彥章火爆，雙方一旦對壘，便再無任何試探迂迴，數千騎兵以雷霆電光之速、洪水猛獸之勢，朝對方轟隆隆怒奔而去，那速度快得令旁觀者目炫神迷，究竟幾人摔馬、幾人拋飛、幾人被刺死，都來不及看清，雙方軍隊便像兩道光流般，已錯身而過！

「情況如何了？」李存審帶著文官和糧草隊躲在大土坡後方，一見探子回來，關切地詢問。

探子連忙回報：「雙方都分成三塊軍陣，大王與賀瓌、周總管與朱珪各自糾纏在一起，大太保與鐵槍王正面衝殺，雙方一時分不出勝負。」

李存審心想：「我軍向來能以少勝多，如今已是十萬對十萬，怎麼還分不出勝負？看來這賀瓌確實不簡單……」望了望後方，又想：「我手中明明有一萬兵馬，怎能浪費在這裡？不如帶著他們加入軍陣，定能助大王早一刻獲勝！」便對眾文官和押運糧草的民夫道：「你們好好躲在這裡，不要亂跑，待我助大王獲勝後，再回來接你們！」說罷也不管眾文官意見，留下一千士兵看顧，自己就領了九千士兵奔赴前方戰場。

此時李存勖久久衝不破賀瓌的步兵重陣，漸漸心煩氣躁，覺得沒有面子，乍見李存審帶了援軍從後方突入，將賀瓌無堅不催的兵陣終於衝出一個破口，甚是興奮，立刻號召中軍前後夾擊，早已顧不上李存審為何會出現在這裡？

卻說土丘後方，眾文官見李存審忽然跑了，不由得一陣驚慌，面面相覷：「九太保怎麼走了？我們該怎麼辦？」

馮道心中直覺不妙：「小李子把一大票文官輜重全放到濮陽這前線城池，就已經夠糟糕了，想不到九太保走到一半，居然把我們直接丟在戰場上，自個兒跑了？這簡直太胡鬧了……」

這幫文臣裡官職最高的便是行軍司馬盧汝弼和節度判官盧質，文官們都望向這對叔侄，希望他們拿個主意。

盧汝弼向來以張承業的旨意為依歸，此刻忽然成了頭頭，也沒了主意，倒是侄子盧質聰慧明睿、目光如炬，偏偏性情太疏狂，無酒不歡，見李存審走了，叔父又沒主意，眾文官心中惶惶，心想此時一動不如一靜，便安慰道：「既然九太保讓咱們在這裡候著，大夥兒便不要亂跑，免得被敵人發現，閒來無事，不如咱們喝酒賭博，既消磨時光，也放鬆心情，說不定一局還沒賭完，大王就打勝仗回來了！」

伶人聽見有樂子，爭相叫好，便開始喝酒賭博，眾文官閒極無聊，也就跟上，一時間玩得忘情，竟忘了身在險地，只有馮道心中十分不安，悄悄地游目觀察，暗想：「這地方看似隱密，其實凶險得很……」便起身想探探四周的環境，看有沒有更好的藏身處。

「可道，九太保已吩咐咱們好好待著，你怎麼亂走亂看的，萬一被敵人發現，我可救不了你！」王緘見馮道起身走來走去，忍不住拉他回來，叨叨啐唸：「你幾次文書整理不妥，都是我幫你善後，你要再這麼任性，小心被大王摘了腦袋！我已經提醒過你了，咱們幽燕降臣最不待人見，大王又重視門第，現在要開朝立國了，我是名門之後，還是他的得力助手，自然沒什麼問題，但你就一個鄉下小子，做事還不讓人省心，憑什麼封官入朝？就算我看在同鄉的情份上，想拉你一把，你也得自個兒爭氣才行，否則人家會說我循私！你以後有什麼事，都要讓我知曉，照我的指示去做，不要自己胡來，也不可私下去覲見大王，否則一旦闖出什麼禍事，就算我想救你，也來不及……」

土丘外的平原，雙方正殺得難分難解時，怎麼也想不到一樁荒謬的意外，有如蒼天忽然惡作劇般，令這萬眾矚目的一場大戰瞬間分崩離析，出現雙方都料想不到的結局！

李嗣源衝過王彥章的騎兵陣之後，和石敬瑭等部屬放眼望去，只見四周空蕩蕩一片，竟沒有半個梁軍敵影，不由得一愣：「人呢？」

原來李嗣源、王彥章所帶的騎兵都是精銳中的精銳，速度之快，無法輕易停下，雙方一陣交錯衝撞之後，仍繼續往前奔馳，直奔出數里遠才停下。

王彥章的騎兵隊失了蹤，卻是另有原因！

騎兵統帥謝彥章和一眾部將莫名被冤殺，幫凶朱珪卻升了官，騎兵隊個個士氣低落，激憤難已，想到還要幫賀瓌打勝仗，說什麼也不願意，私下更商量好要趁機扯賀瓌的後腿。

王彥章原本不屬於謝彥章的人馬，只是被臨時徵召過來相助，又忽然被賦予統領騎兵的重責大任，他心知此戰關係大梁命脈，絕不可胡來，但見騎兵隊無心作戰，為了顧全國家大局，便想出另一計策，他判斷出李存勖既然毀營燒寨，率軍前往開封，一定需要一個地方安放糧草，而最可能的地點即是濮陽！

他告訴騎兵隊，軍令不可違，與晉軍對戰還是得做做樣子，但他們可以改變目標——對衝之後直奔濮陽，搶燒晉軍糧倉！倘若事情能成，便會立下大功，為騎兵隊扳回一城，而胡柳陂這場對戰，步兵少了騎兵相助，戰況必定不順，騎兵就能再壓步兵一頭。

騎兵隊一聽極有道理，便聽從王彥章的指揮，與李嗣源的騎兵陣對衝後，依然往前衝奔，一路直奔濮陽！

王彥章原以為要一路奔到濮陽，奪下城池之後，才能燒糧，還得費一番周章，萬萬想不到他們才策馬疾奔，越過前方那一座大土丘之後，竟看到一大塊肥肉就在眼前……

「救命啊——」

河東的文官謀士、伶人團、糧草輜重全藏在土丘後方底下，眾人原本正樂陶陶地賭博喝酒，馮道忽覺得遠方傳來一陣馬蹄急響，連忙站起身，要發出警告，卻已經來不及，只見坡頂轟隆隆地衝下一大群凶神惡煞的梁軍騎兵，眾人一下子炸開了鍋，嚇得魂飛魄散，什麼也不顧了，只驚聲哭喊，拔腿就跑：「救命啊！大王！九太保！救命啊！」

王彥章就像看到一群逃命羔羊般，虎目放光，大喝一聲：「殺了他們，搶糧！」率領騎兵直接衝殺過去！

李存審留下的一千士兵如何是鐵槍王和數千騎兵的對手，只能拼死護著文官、伶人和糧草隊逃離屠殺，但眾文人沒有從戰場整齊撤退的經驗，只憑著本能驚慌四竄。

盧汝弼畢竟世故，經過洛陽逃難的大風浪，一看情況不對，二話不說，左手扯起嚇得雙腿發軟、兩眼發昏的盧程，右手抓起昏醉茫茫，不知發生何事的盧質，看準了馬兒停放的位置，衝奔過去，一口氣搶了兩匹馬兒，讓盧程騎一匹，自己抱著醉酒的盧質跳上另一匹馬兒，直接逃跑。

而馮道身懷「節義」步伐，要在亂軍中逃竄保命，並非難事，求生的本能讓他一看敵軍奔來，幾乎是一個跳起身就要拔腿逃命，但他若自顧自地走了，只怕眾人都性命不保，這一次李存勖為了進入開封後能大肆封賞，幾乎把所有文官武將全帶上，若被殺盡，河東朝廷好不容易建立起來的棟樑基石就全毀了！

馮道心知自己要對付千軍萬馬尤其還有王彥章那樣的高手，是絕不可能，只能救一個算一個：「糧草輜重是顧不得了……」趁著那一千士兵還在奮力抵抗，連忙拽了身旁嚇得面無血色的王緘，對周圍一群無頭蒼蠅般亂衝亂闖的文官伶人大喊道：「快跟我來！」想帶眾人往後方的山林跑，好躲藏起來。

王緘卻一邊使勁掙扎，一邊大叫：「馮道，你這豬腦袋！王彥章的騎兵隊來了，就是大太保敗了！咱們必須去前面找周總管求救！不然大家都是死路一條！」遂使出全身力氣掙脫馮道的手，雙手抱頭往前衝，要奔去戰場上向周德威求救。

馮道還來不及追上他，就看見一名梁軍一槍刺穿王緘的胸口，緊接著那清瘦的身子被挑飛起來，拋甩出去，一蓬鮮血噴灑落下，十幾匹馬兒來往奔馳，鐵蹄如鼓點落下，瞬間將一個活生生的人給踐踏淹沒。

馮道與王緘稱不上摯友，甚至王緘還使過幾個小絆子，擺過威風，但兩人一樣從幽燕來到河東，在河東老臣、大梁降臣、世家大族的縫隙間求存，也算同是天涯淪落人，有著一絲相依為命的感情，因此他始終把王緘的叨叨啐唸當做一種親切，當他眼睜睜看著一個鄉親故友就這麼慘死於前，卻無力挽救，一時間受到極大的衝擊，不由得悲從中來：「我只知道鎮星犯上將，沒想到王兄也命喪於此……」但眼前情況萬分危急，實在容不得他悲傷感懷，只能勉強打起精神，轉身一邊奔逃，一邊呼喝：「大家隨我來！」

「哪裡逃？」王彥章一聲大喝，騎兵隊立刻大肆屠殺，彷彿要將前陣子的冤屈悲憤全發洩在這幫倒楣的文官身上：「我們搶了糧草回去，就是大功一件，摧毀了晉軍進犯，聖上歡喜之餘，就會為謝將軍還有我們騎兵隊洗刷冤屈……」這麼一想，下手更毫不留情，只恨不得把晉人都殺光，好重振騎兵隊的聲威！

馮道身邊的人聽見他的喊聲，雖不明所以，仍自然而然地隨他奔竄，但有更多文官、押運糧草、修築營寨的民夫與王緘所想一樣，或是聽見他的喊聲恍然明白大太保敗了，也有一些憑著本能逃命，一心想去找周德威庇護，於是上萬人就像一大群小羊般，胡亂衝入周德威的軍陣裡，而後方還有一批虎狼啣尾急追！

周德威與朱珪正纏鬥到生死關頭，儘管憑著本事已經稍佔上風，但就像兩大高手以內力對決般，無論哪一方稍有差池，都會潰敗如洩洪，正當周德威抓住一個契機，想要一舉挫敵時，忽聽得後方傳來一陣陣驚喊騷動，幽州軍紛紛回頭望去，只見成千上萬的文官和糧草兵衝了過來，眾人都大吃一驚：「發生什麼事了？」還來不及反應，整個陣式已被衝撞得大亂。

周德威震驚之餘，被朱珪一個突入，重砍兩刀，周德威強撐著傷體，幾度提功大聲呼喝：「快停下！後軍攔住！快擋住！」他拼命想要穩住大軍，卻已經不可能了，整個陣勢崩潰大亂，人馬自相踐踏、胡亂奔逃。

緊跟其後的是手提弓箭長槍的王彥章騎兵隊，他們緊抓住這天賜良機大肆屠殺，見到河東頭號大將周德威已經受了傷，立刻對準他射去一蓬又一蓬的箭雨。

周德威拼命揮舞著紅火陌刀，卻感到手中的刀越來越沉重，望著四周不斷洶湧過來的殺意，漸漸地，已分不清是敵人還是自己人，只模糊成一波又一波的驚濤駭浪，逐漸把他吞噬：「想不到我戎馬一生，勝戰無數，最後竟是如此荒謬地死去……我還沒見到大王登基，一統天下，我不甘心！不甘心……」他不停揮舞著火紅陌刀，拼命想將敵人揮掃出去，可再多的不甘心，敵人總是無窮無盡地湧來，而自己的力氣終究是漸漸失去了……

不知為何，這一刻人馬湧動，萬聲吵雜，他卻想起了昨夜在營帳中的那一道溫暖人影和那一雙清澈透析的眼睛，恍然明白馮道來找自己夜酌的用意：「原來那小子早就看透了一切！那麼……他答應我，會保護亞子安全離開，也一定會做到……」

他忽然覺得這一生太累太累了，是該放下對河東所有負擔，好好休息：「大哥，我沒有辜負兄弟之義，可我也到盡頭了……亞子已經長大，不需要我了……我這就去找你！咱兄弟再一起馳騁草原、彎弓射雕，好好醉個三天三夜……」

周德威的兒子遠遠瞧見父親龐大的身影緩緩倒下，拼命揮開阻敵，奔過來哭喊：「阿爺！阿爺！我護你出去！」一邊揹起意識不清的父親，一邊揮舞大刀，只想保護父親殺出一條血路，可無論他們父子如何勇猛，陌刀如何厲害、鐵林軍如何忠勇，都抵不住前有朱珪步兵陣、後有王彥章騎兵隊千萬兵馬的夾攻，抵不住幽州兵暗藏的私心怨怒，也抵不住天意注死的結局……

馮道帶著文官、伶人、民夫、糧草兵等拼命奔逃進入前方的山林裡，見敵兵沒有追來，馮道便找了一處隱密的狹谷讓眾人藏身，稍稍喘口氣，見眾人眼神驚惶，安慰道：「王彥章忙著搶糧草，應該不會追過來。」

眾人心中稍安，馮道又道：「我擔心王彥章會率軍從後方夾擊大王，我得趕去通知他，你們就先待在這裡，等戰事結束，再返回魏州。」

王彥章在土丘後發現大批晉臣和糧草，立刻心生一計，教騎兵隊分成兩半，一大半追殺想要逃向周德威的晉人，再從後方順勢突破周德威的軍陣；另一小撥騎兵則留在土丘上，殺盡來不及逃亡的晉人，搶奪搬運晉軍的糧草輜重，因此沒空追殺逃向山林另一頭的馮道那幫人。

不到半日，晉軍從糧草兵逃難變成左翼全面崩潰、中軍受到衝擊，這胡柳陂平原靠近黃河南岸，逃亡士兵見河面結冰，忽想起可躲回北方的魏州大本營，遂紛紛湧向冰河。

李存勖誓要斬下賀瓌，即使對方的步兵陣十分堅固厚實，他也絲毫不氣餒，不斷率軍往返衝殺，終於將敵陣衝撞出一道裂縫，正打算大軍突入，一舉破開，逼梁兵往兩邊逃竄，好讓周德威、李嗣源殲滅，豈料右翼的李嗣源與王彥章衝殺之後，並沒有回來，左翼周德威的軍陣更是陷入一團混亂，李存勖的中軍瞬間成了孤軍，不但被己方亂軍衝撞，賀瓌還立刻抓住機會一箭狠射向李存勖，並高聲呼召副帥朱珪：「合圍成方陣，將晉王中軍夾殺在裡面！」

李存勖眼看軍陣大亂，己方的糧草兵和周德威的鐵林軍四處奔逃，心中震驚：「發生什麼事了？」周德威從來不會失誤，糧草更是重中之重，兩件重大事故同時迸發，任憑戰神再勇猛堅強，也不由得驚慌失神，想弄清怎麼回事，幾乎忘了自己身在險地，待回過神來，才發現賀瓌的厲箭已射至胸口！

當時李嗣源率橫沖騎兵與王彥章交鋒錯身之後，一口氣衝出數里外，才驚覺自己衝得太遠了，連忙掉轉回頭，想與王彥章的騎兵隊再度交鋒時，卻忽然失去敵軍的蹤影，原來王彥章的騎兵隊更是一口氣衝過山丘，下到另一邊。

李嗣源雖不明所以，卻直覺不妙：「王彥章假意與我軍衝撞，卻返身回去，想從後方襲擊大王的軍陣……」連忙大聲傳令：「快回頭！」

當李嗣源率橫沖軍想趕回原來的戰場時，卻驚見前方大批奔逃的人流像洪水般滾滾湧來，有些是梁兵，但更多的是晉軍，而且大多數是受傷慘重的鐵林軍和原本該去濮陽的糧草兵。

「大事不妙……」李嗣源一個念頭還沒轉完，衝奔過來的人潮越來越多，甚至有李存勖的中軍，李嗣源心中一震，連忙抓了一個奔逃的士兵，急問：「前方如何了？大王呢？」

那士兵是幽州兵，滿身傷痕，滿臉驚慌，血淚交織得哭道：「周總管父子都死了！大軍全亂了！死的死、逃的逃……」

「總管戰死了……」李嗣源被震撼得腦中一片嗡嗡巨響，手上一個用力，幾乎將幽州小兵整個人提到半空中，急聲喝問：「大王呢？我是問你大王呢？他究竟如何了？」

那幽州兵好不容易逃出來，根本不知李存勖的生死，忽被李嗣源抓住，宏聲逼問，只嚇得臉色蒼白、全身顫抖，支支吾吾道：「王彥章突然從後方殺過來，咱們左翼就全垮了，周總管父子戰死，大王原本與賀瓌纏鬥，可忽然失去左翼和右翼，又被亂軍一沖，自是……」他原本想說「自是凶多吉少」，忽見到李嗣源的臉色青白得可怖，驚覺不妙：「我們拋棄大王自個兒逃了，臨陣脫逃……是死罪！這大太保肯定一掌打死我……」靈機一動，想起最好的答案：「大王……便帶著鴉軍親衛突圍……衝出敵人的包圍，逃回魏州去了！所以我們也趕緊跟上，正要回魏州去……」

李嗣源拋下這幽州小兵，心中萬分著急：「王彥章沒有跟我對決，卻去攻擊總管後方，趁陣式大亂，再去衝擊中軍……總管已經遭難，亞子又腹背受敵……幸好他突圍出去了，但身邊只有少數鴉軍，梁狗絕不會放過他，我得盡快趕去支援……」

只兩人談話的一會兒，一波波蜂湧過來的人潮就已經把李嗣源的軍隊衝散了，這其中夾著不少趁勝追擊的梁軍，一遇見李嗣源的軍隊，二話不說就大殺一通。

安重誨、李從審、石敬瑭、高行周都在李嗣源附近，與衝湧過來的梁軍激烈廝殺，李從珂卻被人群沖散至遠處，被幾個梁兵圍住，李嗣源見狀，連忙搭弓挽箭射殺了三個梁兵，一扯韁繩，呼喝道：「阿三留下救人，找回總管父子，其餘隨我來！」

安重誨等人聽見呼召聲，邊打邊退，都聚集到李嗣源身邊，隨他趕回魏州。

自從李存勖一路勝戰以來，已經整整十年，他們未見過河東軍敗得如此慘烈，驚慌潰逃得如此混亂，李嗣源不知事情怎會變成這樣？急得五內俱焚，一路策馬狂奔，見前方許多傷兵正浩浩蕩蕩渡過結冰的黃河，心中不斷向蒼天祈求：「老天爺，祢一定要保祐我及時找到亞子，保祐他安然無恙……」

《十朝・奇道・卷六，亢龍有悔 待續》

國家圖書館出版品預行編目(CIP)資料

十朝. 二部曲；奇道(卷四～卷六) / 高容著, -- 初版, --
臺中市；白象文化事業有限公司, 2023.02
冊；公分
ISBN 978-626-7253-51-9 (全套；平裝)

863.57   112000296

高容作品集 20　十朝：奇道．卷五，龍韜豹略

作　者：高容
作者fb：www.facebook.com/kaojung.dass
策劃團隊：大斯文創
聯絡電子信箱：dassbook@hotmail.com
總編輯：奕峰
責任編輯：李秀琴
文字校對：李秀琴　鄭鉅翰　高容
封面設計：陳芳芳工作室

發行人：張輝潭
出版發行：白象文化事業有限公司
地　址：412 台中市大里區科技路 1 號 8 樓之 2（台中軟體園區）
出版專線：(04) 2496-5995　傳真：(04) 2496-9901
經銷地址：401 台中市東區和平街 228 巷 44 號（經銷部）
購書專線：(04) 2220-8589　傳真：(04) 2220-8505

印　刷：漢斯國際印刷有限公司
地　址：新北市新莊區化成路 63 巷 6 號 4 樓之 3
電　話：(02) 2998-2117

ISBN：978-626-7253-51-9
定　價：卷四～卷六　1140元
2023 年 2 月　初版
版權所有 翻印必究